WITHDRAWN

Todos juntos y muertos

Charlaine Harris (Misisipi, Estados Unidos, 1951), licenciada en Filología Inglesa, se especializó como novelista en historias de fantasía y misterio. Con la serie de novelas *Real Murders*, nominada a los premios Agatha en 1990, se ganó el reconocimiento del público. Pero su gran éxito le llegó con *Muerto hasta el anochecer* (2001), primera novela de la saga vampírica *Sookie Stackhouse*, ambientada en el sur de Estados Unidos. La traducción de las ocho novelas de la saga a otros idiomas y su adaptación a la serie de televisión *TrueBlood (Sangre fresca)* han convertido las obras de Charlaine Harris en best-sellers internacionales.

www.hbo.com/trueblood
www.sangrefresca.es
www.charlaineharris.com

Todos juntos y muertos

CHARLAINE HARRIS

Traducción de Omar El Kashef

punto de lectura

Título original: *All Together Dead*
© 2007, Charlaine Harris
© Traducción: Omar El Kashef
© De esta edición:
2011, Santillana Ediciones Generales, S.L.
Torrelaguna, 60. 28043 Madrid (España)
Teléfono 91 744 90 60
www.puntodelectura.com

ISBN: 978-84-663-1745-0
Depósito legal: B-18.344-2011
Impreso en España – Printed in Spain

Diseño de cubierta: María Pérez-Aguilera
Fotografía de cubierta: Xavier Torres-Bacchetta

Primera edición: junio 2011

Impreso por **blackprint**
A CPI COMPANY

*Dedico este libro a las pocas mujeres
que me enorgullezco de llamar amigas:
Jodi Dabson Bollendorf, Kate Buker, Toni Kelner,
Dana Cameron, Joan Hess, Eve Sandstrom, Paula Woldan
y Betty Epley. Todas vosotras me habéis aportado algo diferente,
y me siento agradecida de conoceros.*

Agradecimientos

Hay unas cuantas personas a las que he expresado ya mi agradecimiento y a las que debo repetírselo: a Robin Burcell, ex policía y escritor en la actualidad, y al agente del FBI George Fong, que estuvieron increíbles respondiendo a mis preguntas sobre seguridad y desactivación de bombas. Agradezco las aportaciones de Sam Saucedo, ex locutor de noticias y escritor en la actualidad, que me explicó algunas cosas sobre políticas fronterizas. También tengo que dar las gracias a S. J. Rozan, que estuvo encantada de ilustrarme sobre temas de arquitectura, aunque lo relativo a los vampiros la dejara pasmada. Puede que haya pasado por alto alguna de las informaciones, pero fue por una buena causa. Como de costumbre, tengo contraída una gran deuda con mi amiga Toni L. P. Kelner, que se leyó mi primer manuscrito sin reírse lo más mínimo. Y a mi nueva incorporación, Debi Murray; de ahora en adelante, si cometo errores, tendré a alguien a quien echarle la culpa. Debo mucho a los numerosos y maravillosos lectores que visitan mi sitio web (www.charlaineharris.com) y dejan sus mensajes de ánimo e interés. A Beverly Batillo, presidenta de mi club de fans, que me ha levantado los ánimos más de una vez cuando me encontraba de capa caída.

Capítulo

1

El bar de los vámpiros de Shreveport abriría más tarde esa noche. Llegaba con retraso, así que me dirigí directamente a la entrada principal, la de acceso al público, sólo para toparme con un letrero escrito a mano, en caracteres góticos rojos sobre cartulina blanca, que rezaba: «Estaremos listos para darles la bienvenida con un mordisco a las ocho. Rogamos disculpen las molestias por el retraso». Lo firmaba «El personal de Fangtasia».

Corría la tercera semana de septiembre, por lo que el cartel rojo de neón del Fangtasia ya estaba encendido. El cielo era prácticamente un pozo de oscuridad. Permanecí con un pie en el interior de mi coche durante un instante, disfrutando de la templada noche y el leve y seco olor a vampiro que flotaba alrededor del club. Entonces conduje hacia la parte trasera y aparqué junto a varios coches que estaban cerca de la entrada de empleados. Apenas llegaba cinco minutos tarde, pero al parecer todo el mundo había acudido antes a la reunión. Llamé a la puerta. Aguardé.

Levanté la mano para volver a llamar cuando Pam, la lugarteniente de Eric, abrió. Pam trabajaba principalmente en el bar, aunque cumplía con otros cometidos dentro de los diversos negocios que Eric llevaba entre manos. A pesar de que los vampiros habían salido a la luz pública hacía cinco años y que habían mostrado la mejor de sus caras, seguían siendo muy reservados en cuanto a sus métodos de ganar dinero, y no eran pocas las veces que me preguntaba qué porción de Estados Unidos era propiedad de los no muertos. Eric, propietario del Fangtasia, era todo un vampiro en cuanto a guardarse sus propias cosas. Claro que no le había quedado otro remedio durante su larga, larga existencia.

—Pasa, telépata mía —invitó Pam, haciendo un gesto exagerado. Iba con su uniforme del trabajo: el largo y vaporoso vestido negro que todos los turistas que pasaban por el bar esperaban ver en una vampira (cuando Pam lucía su propia ropa, era más de colores pastel y pulóveres a juego con cárdigan). Tenía el pelo más liso y rubio que había visto nunca; de hecho, era etéreamente adorable, con cierto matiz de peligro mortal. Y era ese matiz el que a nadie convenía olvidar.

—¿Qué tal? —pregunté cortésmente.

—Excepcionalmente bien —admitió—. Eric está pletórico.

Eric Northman, sheriff vampiro de la Zona Cinco, había convertido a Pam en vampira, quien estaba obligada, y naturalmente impulsada, a hacer lo que él le mandara. Eso formaba parte del rollo de convertirse en no muerto: tu creador siempre goza de poder sobre ti. Pero Pam me había dicho más de una vez que Eric era un buen jefe, y que la dejaría marchar libremente si eso era lo que ella quería. De hecho, Pam había estado viviendo en Minnesota hasta que Eric compró el Fangtasia y la llamó para que le ayudara a llevarlo.

La Zona Cinco comprendía la mayor parte del noroeste de Luisiana, que, hasta hacía un mes, había sido la mitad más pobre del Estado. Desde el huracán Katrina, el equilibrio de poder en Luisiana había cambiado drásticamente, sobre todo en la comunidad vampírica.

—¿Qué tal está ese delicioso hermano tuyo, Sookie? ¿Y tu jefe cambiante? —preguntó Pam.

—Mi delicioso hermano empieza a hablar de boda, como todo el mundo en Bon Temps —respondí.

—Pareces un poco deprimida. —Ladeó la cabeza y me miró como un gorrión observa a un gusano.

—Bueno, puede que un poquito —admití.

—Tienes que mantenerte ocupada —dijo Pam—. Así no tendrás tiempo para lamentarte.

Pam adoraba *Dear Abby*. No eran pocos los vampiros que leían la columna a diario. Las soluciones que aportaba a algunos de los problemas de los que consultaban daban ganas de gritar. Literalmente. Pam ya me había dicho que sólo se me subirían a la chepa si yo lo permitía, y que tenía que ser más selectiva con mis amistades. Estaba recibiendo consejos de salud emocional de una vampira.

—Eso hago —admití—. Mantenerme ocupada, quiero decir. Trabajo, sigo con mi compañera de piso de Nueva Orleans y mañana voy a una despedida de soltera. No por Jason y Crystal. Otras personas.

Pam hizo una pausa, apoyando su mano sobre el pomo de la puerta que daba al despacho de Eric. Juntó las cejas mientras meditaba sobre mis palabras.

—No recuerdo lo que es una despedida de soltera, aunque he oído hablar de ellas —meditó en voz alta. Se le iluminó la cara—. ¿Se despiden de sus amigos solteros? No, espera, estoy segura de haberlo oído antes. Una chica escribió a Abby que no había recibido ninguna nota de agradecimiento por un regalo que hizo en una despedida de solteros. ¿Se dan… regalos?

—Lo has pillado —contesté—. Una despedida es una fiesta que se da a alguien que está a punto de casarse. A veces es para la pareja, y ambos están presentes. Pero lo normal es que sólo se honre a la novia, y todas las asistentes sean mujeres. Cada una lleva un regalo. En teoría, esto es porque así la pareja podrá empezar su nueva vida con todo lo que necesita. Solemos hacer lo mismo cuando la pareja espera un bebé. Claro que entonces la fiesta es en honor al bebé.

—Una fiesta para el bebé —repitió Pam. Esbozó una sonrisa escalofriante. Bastaba con la mueca de su labio superior para ponerle los pelos de punta a cualquiera—. Me gusta la idea —dijo.

Llamó a la puerta del despacho y la abrió—. Eric —comentó—, ¡puede que algún día una de las camareras se quede embarazada y podamos ir a una fiesta en honor al bebé!

—Sería digno de verse —afirmó Eric, levantando su cabeza dorada de los papeles que había sobre el escritorio. El sheriff se dio cuenta de mi presencia, me propinó una dura mirada y decidió ignorarme. Eric y yo habíamos tenido nuestros problemas.

A pesar de que la habitación estaba llena de gente a la espera de su atención, Eric posó el bolígrafo y se levantó para estirar su magnífico cuerpo, puede que en mi honor. Como de costumbre, Eric iba con unos vaqueros ajustados y lucía una de sus camisetas del Fangtasia, negra con los estilizados colmillos blancos que utilizaba como marca comercial. La palabra «Fangtasia» estaba escrita con llamativos caracteres entre los puntos blancos, como el letrero luminoso del exterior. Si Eric se hubiera dado la vuelta, podría haberse leído en la espalda: «Un bar con mordisco». Pam me había regalado una cuando Fangtasia empezó a vender sus propios productos.

A Eric le sentaba de maravilla la camiseta, y yo no podía olvidar lo que había debajo.

Logré arrancar la mirada de Eric para pasearla por los alrededores. Había un montón de vampiros apiñados en el pequeño espacio, aunque tan quietos y silenciosos que una no se daba cuenta de su presencia hasta verlos. Clancy, el encargado del bar, apenas había logrado sobrevivir a la Guerra de los Brujos del año anterior, aunque no sin alguna secuela. Los brujos lo drenaron casi hasta el punto de no retorno. Cuando Eric lo descubrió rastreando su olor en el cementerio de Shreveport, Clancy estaba al borde de la muerte definitiva. Durante su prolongada convalecencia, el vampiro pelirrojo se había vuelto más amargado e irascible. Me sonrió, mostrándome los colmillos.

—Puedes sentarte en mi regazo, Sookie —dijo, dándose unas palmadas en los muslos.

Le devolví una sonrisa de trámite.

—No, gracias, Clancy —contesté educadamente. Los flirteos de Clancy siempre habían tenido filo, pero ahora resultaban cortantes a más no poder. Es uno de esos vampiros con los que preferiría no encontrarme a solas. A pesar de llevar el bar con suma eficiencia y de no haberme puesto encima un solo dedo, no dejaba de encenderme todas las alarmas. No soy capaz de leer la mente de los vampiros, razón por la cual me resulta refrescante estar con ellos, pero al notar esa distintiva sensación de alerta, no deseaba más que poder meterme en su cabeza para descubrir lo que se cocía en ella.

Felicia, la nueva barman, estaba sentada en el sofá, junto con Indira y Maxwell Lee. Era como una reunión de la Coalición del Arco Iris vampírica. Felicia era el producto de una feliz mezcla de razas, y casi medía 1,85, por lo que había bastante belleza que apreciar. Maxwell Lee era uno de los hombres de tez más oscura que había conocido. La pequeña Indira era hija de inmigrantes indios.

En la habitación había otras cuatro personas (digo «personas» por decir), y cada una de ellas me ponía nerviosa, aunque en grados diferentes.

Una de ellas era alguien que no contaba para mí. Tomando nota del código de los licántropos, lo trataba como a un miembro proscrito de la manada: renegaba de él. No pronunciaba su nombre, no le dirigía la palabra. No reconocía su existencia. Por supuesto, se trataba de mi ex, Bill Compton, ensimismado en un rincón de la habitación.

Apoyada en la pared junto a él estaba la vieja Thalia, que probablemente era más antigua que Eric. Era tan pequeña como Indira, y muy pálida, de pelo negro muy ondulado, y extremadamente grosera.

Para mi asombro, algunos humanos lo consideraban algo atractivo. De hecho, Thalia contaba con un buen puñado de seguidores que alucinaba cuando ésta empleaba su inglés afectado para decirles que se fueran a la mierda. Descubrí que incluso tenía una página web, creada y mantenida por sus fans. A saber. Pam me dijo que cuando Eric aceptó que Thalia se quedase a vivir en Shreveport, resultó ser como tener un pit bull mal entrenado atado en el patio. A Pam no le gustaba la idea.

Todos aquellos ciudadanos no muertos vivían en la Zona Cinco. Para vivir y trabajar bajo la protección de Eric, todos le habían jurado pleitesía. Así, de ellos se esperaba que dedicasen parte de su tiempo a satisfacer sus necesidades, aunque no trabajasen en el bar. La población vampírica había aumentado ligeramente en Shreveport durante los últimos días, desde lo del huracán Katrina. Al igual que muchos humanos, tenían que ir a alguna parte. Eric aún no había decidido qué hacer con los refugiados no muertos, y no habían sido invitados a la reunión.

Aquella noche había dos visitantes en el Fangtasia, uno de los cuales superaba a Eric en rango.

Andre era el guardaespaldas personal de Sophie-Anne Leclerq, la reina de Luisiana. La reina era una de las evacuadas de Baton Rouge. Andre parecía muy joven, puede que unos dieciséis años; su piel era suave como la de un bebé y su cabello pálido y denso. Andre había pasado una larga existencia sirviendo a Sophie-Anne, su creadora y salvadora. Esa noche no llevaba su sable, ya que no ejercía como guardaespaldas, aunque yo estaba segura de que iba armado de alguna forma (ya fuese un cuchillo o una pistola). Andre era, de por sí, un arma letal, con o sin ayuda.

Justo cuando éste se disponía a decirme algo, una profunda voz manó de detrás de su silla.

—Hola, Sookie.

Era nuestro segundo visitante, Jake Purifoy. Me forcé a quedarme quieta, cuando cada una de mis neuronas me impelía a salir del despacho. Me estaba portando como una idiota. Si no me puse a gritar al ver a Andre, Jake no sería quien me descolocara. Me obligué a hacer un gesto con la cabeza hacia el joven de buen aspecto que aún parecía vivo, pero era consciente de que mi saludo era de todo menos natural. Me llenó con una terrible fusión de lástima y miedo.

Jake, licántropo de nacimiento, había sufrido el ataque de un vampiro que lo había desangrado hasta la muerte. En lo que probablemente fuera un gesto de piedad equivocado, mi prima Hadley (otra vampira) descubrió el cuerpo moribundo de Jake y lo convirtió para traerlo de vuelta. Esto podría considerarse como un gesto noble, pero al parecer nadie apreció la generosidad de Hadley… Ni siquiera el propio Jake. Nunca antes se había oído hablar de un licántropo convertido en vampiro: a los licántropos no les gustaban los vampiros y desconfiaban de ellos, y el sentimiento era prácticamente recíproco. El trance fue muy duro para Jake, que se encontró en una solitaria tierra de nadie. La reina le dio un lugar a su servicio, ya que nadie más dio un solo paso en ese sentido.

Jake, en su frenética sed de sangre, se abalanzó sobre mí como su primer aperitivo de vampiro. Como resultado, yo aún lucía una cicatriz roja en el brazo.

La noche se volvía maravillosa por momentos.

—Señorita Stackhouse —dijo Andre, levantándose de la segunda silla de invitados de Eric. Hizo una reverencia. Se trataba de amabilidad genuina, y me alegró un poco el alma.

—Señor Andre —contesté, devolviendo la inclinación. Andre extendió una mano para indicar educadamente el asiento que había dejado vacío, y dado que aquello resolvía el problema de dónde ponerme, acepté.

Clancy parecía disgustado. Como vampiro de menor rango, se esperaba que él me cediese su sitio. La acción de Andre lo resaltó como si le hubieran puesto encima una flecha de neón parpadeante. Me esforcé por reprimir una sonrisa.

—¿Cómo está su majestad? —pregunté, tratando de mostrarme tan cortés como Andre lo había sido. Decir que me gustaba Sophie-Anne hubiera sido una exageración, pero no cabía duda de que contaba con mi respeto.

—Ella es parte de la razón que me ha traído aquí esta noche —respondió—. ¿Podemos empezar ya, Eric?

Supuse que aquello era una suave reprimenda por las tácticas que empleaba Eric para perder el tiempo. Pam se sentó en el suelo, junto a mi asiento.

—Sí, ya estamos todos. Adelante, Andre. Tienes la palabra —dijo Eric con una leve sonrisa y su particular terminología moderna. Se recostó en su sillón, extendiendo sus largas piernas sobre la esquina de su escritorio.

—Vuestra reina está viviendo en la casa del sheriff de la Zona Cuatro, en Baton Rouge —reveló Andre al pequeño grupo—. Gervaise ha sido de lo más amable brindándole su hospitalidad.

Pam arqueó una ceja hacia mí. Gervaise habría perdido la cabeza de no haberlo hecho.

—Pero permanecer en la casa de Gervaise no pasa de ser una solución temporal —prosiguió Andre—. Hemos ido varias veces a Nueva Orleans desde el desastre. A continuación os presento un informe del estado de nuestras propiedades.

Aunque nadie se movió, pude sentir cómo se aguzaba su atención.

—La sede de la reina ha perdido la mayor parte del tejado, por lo que se han producido importantes daños materiales en el primer piso y en la zona del ático. Además, parte de otro tejado ha caído en el edificio, causando destrozos, boquetes en las paredes y demás problemas del mismo estilo. Mientras secamos el interior, el techo sigue cubierto con un plástico azul. Una de las razones por las que he venido es para encontrar a un contratista que comience de inmediato con las labores de reconstrucción del tejado. Hasta el momento, no he tenido ninguna suerte al respecto, así que si alguno de vosotros tiene influencia en algún humano que se dedique a esto, necesito su ayuda. En el piso bajo se han producido muchos daños estéticos. Ha entrado algo de agua. Y también algunos saqueadores.

—Quizá la reina debería quedarse en Baton Rouge —dijo Clancy, maliciosamente—. Estoy seguro de que Gervaise estaría abrumado ante la feliz expectativa de ser su anfitrión permanente.

Estaba claro que Clancy era un idiota suicida.

—Una delegación de los líderes de Nueva Orleans ha visitado a la reina en Baton Rouge para pedirle que regrese a la ciudad —continuó Andre, omitiendo por completo los comentarios de Clancy—. Los líderes humanos creen que si los vampiros vuelven a Nueva Orleans, el turismo lo hará con ellos. —Clavó una gélida mirada en Eric—. Mientras tanto, la reina ha hablado con los otros cuatro sheriffs acerca del aspecto económico de la restauración de los edificios de Nueva Orleans.

Eric realizó una imperceptible inclinación de la cabeza. Era imposible decir lo que pensaba acerca de verse gravado por las reparaciones de la reina.

Nueva Orleans se había convertido en la meca de los vampiros y de todos aquellos que deseaban estar cerca de ellos desde que se demostrara que Anne Rice tenía razón acerca de su existencia. La ciudad era como la Disneylandia de los vampiros. Pero desde lo del Katrina, todo aquello se había ido al infierno, por supuesto, junto con la mayoría de las demás cosas. Incluso en Bon Temps se habían sentido los efectos de la tormenta. Nuestra pequeña ciudad seguía atestada con todos los que habían huido del sur.

—¿Qué hay de la finca de entretenimiento de la reina? —preguntó Eric. La reina había comprado un antiguo monasterio al borde del Garden District para entretener a un gran número de invitados, tanto vampiros como no vampiros. A pesar de estar rodeada por muros, la finca no gozaba de una fácil defensa (dado que era un edificio protegido como patrimonio histórico, las ventanas no podían modificarse para bloquearlas), y era impensable que la reina se fuera a vivir allí. Yo lo consideraba más bien el rancho donde celebraba sus fiestas.

—No ha sufrido muchos daños —admitió Andre—. También hubo saqueadores. Por supuesto, dejaron un rastro de su olor. —Los vampiros sólo se veían superados por los licántropos en cuanto a las habilidades de rastreo—. Uno de ellos le disparó al león.

Lamenté aquello. En cierto modo, el león me caía bien.

—¿Necesitáis ayuda con las capturas? —preguntó Eric.

Andre arqueó una ceja.

—Sólo lo pregunto porque andáis mal de personal —dijo Eric.

—No, ya nos hemos encargado de ello —apuntó Andre, con la sombra de una sonrisa.

Preferí no pensar en los detalles.

—Aparte de lo del león y el pillaje, ¿cómo estaba la finca? —preguntó Eric, para devolver la conversación a su curso original.

—La reina puede quedarse allí mientras revise las demás propiedades —prosiguió Andre—, pero sólo durante una o dos noches, como mucho.

Todos asintieron levemente.

—Nuestra pérdida de personal —prosiguió Andre con su agenda. Todos los vampiros se tensaron un poco, incluso el novato de Jake—. Como sabéis, nuestras estimaciones iniciales se quedaron cortas. Supusimos que algunos reaparecerían después de la tormenta. Pero sólo han vuelto diez: cinco aquí, tres en Baton Rouge y dos en Monroe. Parece que hemos perdido a treinta de los nuestros sólo en Luisiana. Misisipi ha perdido al menos a diez.

Se produjeron murmullos y movimientos incómodos por toda la habitación al tiempo que los vampiros de Shreveport digerían las noticias. La concentración de vampiros, residentes y visitantes, había sido muy importante en Nueva Orleans. Si el Katrina hubiese visitado Tampa con la misma fuerza, el número de muertos y desaparecidos habría sido muy inferior.

Levanté una mano para hablar.

—¿Qué ha sido de Bubba? —pregunté después de que Andre me hiciera un gesto con la cabeza. No veía a Bubba desde el Katrina. Bubba no es de los que pasan desapercibidos. Cualquiera podría reconocerlo, al menos cualquiera con cierta edad. No había muerto del todo en el suelo de ese cuarto de baño de Memphis. No del todo. Pero su cerebro había sido afectado antes de volver a la vida, y no se le daba muy bien eso de ser vampiro.

—Bubba está vivo —dijo Andre—. Se escondió en una cripta y sobrevivió a base de pequeños mamíferos. No está muy bien mentalmente, por lo que la reina lo ha enviado a Tennessee para que se quede un tiempo con la comunidad de Nashville.

—Andre me ha dado una lista de los desaparecidos —explicó Eric—. La colgaré después de la reunión.

También conocía a algunos de los guardias de la reina, así que me alegraría de saber cómo les había ido.

Tenía otra pregunta, así que volví a hacer una señal con la mano.

—¿Sí, Sookie? —preguntó Andre, clavando su vacía mirada en mí. No tardé en arrepentirme de haber pedido la palabra.

—¿Sabes lo que más me intriga? Me pregunto si alguno de los reyes o las reinas que iban a acudir a la cumbre, o comoquiera que la llaméis, tendrá un…, un hombre del tiempo o algo parecido en plantilla.

Una multitud de miradas en blanco convergió en mí, aunque Andre parecía interesado.

—Porque, mira, la cumbre, conferencia o como sea estaba prevista originalmente para finales de primavera. Pero no dejó de haber aplazamientos, ¿no? Y, de repente, llega Katrina. Si la cumbre se hubiera celebrado cuando estaba prevista originalmente, la reina habría quedado en una posición de fuerza. Habría contado con un gran fondo para la guerra y un montón de vampiros estremecidos, y quizá no habrían estado tan ansiosos por acusarla de la muerte del rey. Probablemente, la reina habría obtenido todo lo que hubiera pedido. Por el contrario, irá prácticamente en calidad de… —iba a decir «mendiga», pero me lo pensé dos veces al ver a Andre—, de alguien con mucho menos poder.

Temí que fueran a reírse en mi cara o a ridiculizarme, pero el silencio que siguió dio mucho que pensar.

—Ésa es una de las cosas que tendrás que averiguar durante la cumbre —dijo Andre—. Ahora que me has dado la idea, me parece posible, por muy extraño que suene. ¿Eric?

—Sí, creo que puede ser —añadió Eric, mirándome—. A Sookie se le ocurren siempre ideas ingeniosas.

Pam me sonrió desde la altura de mi codo.

—¿Qué hay del pleito interpuesto por Jennifer Cater? —le preguntó Clancy a Andre. No había dejado de sentirse cada vez más incómodo en la silla que se había empeñado en monopolizar.

Podía oírse una mosca. No tenía la menor idea de lo que estaba hablando el vampiro pelirrojo, pero concluí que sería mejor averiguarlo escuchando la conversación antes que preguntando.

—Sigue en marcha —dijo Andre.

Pam suspiró.

—Jennifer Cater se estaba entrenando para convertirse en la lugarteniente de Peter Threadgill. Se encontraba en Arkansas, gestionando sus asuntos, cuando estalló el conflicto.

Asentí para indicar a Pam que le agradecía que me pusiera al día. A pesar de que los vampiros de Arkansas no habían tenido que pasar por un huracán, habían perdido un gran número de su gente frente al grupo de Luisiana.

Andre recuperó la palabra:

—La reina ha respondido al pleito testificando que tuvo que matar a Peter para salvar su propia vida. Por supuesto, ha ofrecido una indemnización al fondo común.

—¿Por qué no a Arkansas directamente? —le pregunté a Pam.

—Porque la reina considera que, dado que Peter está muerto, ella se queda con Arkansas, según las estipulaciones del contrato de matrimonio —murmuró Pam—. No va a indemnizarse a sí misma. Si Jennifer Cater gana el pleito, la reina no sólo perderá Arkansas, sino que tendrá que pagar una multa. Una gorda. Además de otro desagravio.

Andre empezó a pasear por la habitación sumido en el silencio, única indicación de que el asunto del que se hablaba no era de su agrado.

—¿Tenemos tanto dinero después del desastre? —preguntó Clancy. No era una pregunta muy inteligente por su parte.

—La reina tiene la esperanza de que el pleito no vaya a más —dijo Andre, volviendo a ignorar a Clancy. El permanente rostro adolescente de Andre era del todo inexpresivo—. Sin embargo, el tribunal está dispuesto a celebrar el juicio. Jennifer argumenta que la reina engañó a Threadgill para que acudiera a Nueva Orleans, lejos de su territorio, con la intención de asesinarle e ir a la guerra.

—Pero eso no fue lo que pasó —dije. Y Sophie-Anne no mató al rey. Yo presencié el momento. El vampiro que había detrás de mí justo en ese instante fue quien lo mató, y entonces me pareció justificado.

Sentí cómo los gélidos dedos de Andre me acariciaban el cuello. Cómo supe que eran sus dedos, no tenía la menor idea; pero el toque leve, el segundo de contacto, hicieron que cayera de repente en un hecho terrible: yo era la única testigo de la muerte del rey, además de Andre y la propia Sophie-Anne.

Nunca me había visto desde esa perspectiva, y juro que, por un momento, el corazón dejó de latirme. En esa fracción de segundo, aglutiné las miradas de la mitad de los vampiros que ocupaban la habitación. Los ojos de Eric se ensancharon mientras me miraba a la cara. Y entonces, el corazón reanudó sus latidos, y el momento pasó como si nunca hubiese existido. Pero la mano de Eric se crispó en el escritorio, y supe que él nunca olvidaría ese segundo, y que querría saber qué significó.

—Entonces ¿crees que se celebrará el juicio? —le preguntó Eric a Andre.

—Si la reina hubiese acudido a la cumbre como señora de Nueva Orleans, o de lo que era Nueva Orleans, creo que el tribunal habría negociado algún tipo de acuerdo entre Jennifer y la reina. Quizá algo en el sentido de ascender a Jennifer a una posición de poder en la jerarquía de la reina y la obtención de una buena prima. Pero tal como están las cosas ahora… —Se produjo un prolongado silencio mientras cada uno completaba la frase a su manera. Nueva Orleans ya no era lo que era, y puede que nunca volviera a serlo. Sophie-Anne ahora no era más que un potencial cadáver político—. Ahora, dada la presencia de Jennifer, creo que el tribunal seguirá adelante —dijo Andre, antes de quedarse callado.

—Sabemos que las acusaciones no son ciertas —añadió una fría y diáfana voz desde un rincón. Hasta el momento, había conseguido omitir la presencia de mi ex, Bill. Pero no me salía con naturalidad—. Eric estaba allí. Yo estaba allí. Sookie estaba allí —prosiguió el vampiro (innombrable, me dije).

Y era verdad. La alegación de Jennifer Cater sobre que la reina había invitado al rey a su fiesta para matarlo era toda una farsa. El baño de sangre se desencadenó por la decapitación de uno de los hombres de la reina a manos de otro de Threadgill.

Eric sonrió ante el recuerdo. Disfrutó de la batalla.

—Di cuenta de aquel que lo empezó todo —recordó—. El rey hizo cuanto estuvo en su mano para pillar a la reina en una indiscreción, pero no lo consiguió, gracias a Sookie. Al no salirle bien la jugada, recurrió a un simple ataque frontal —continuó—. Hace veinte años que no veo a Jennifer. Ha ascendido rápidamente. Tiene que ser despiadada.

Andre se adelantó hasta quedar a mi derecha, dentro de mi campo visual, lo cual era todo un alivio. Asintió. De nuevo, todos los vampiros presentes realizaron algún que otro movimiento, no al unísono, pero escalofriantemente cerca. Pocas veces me había sentido tan extraña: era el único ser de sangre caliente en una habitación llena de criaturas muertas y reanimadas.

—Sí —dijo Andre—. Lo normal sería que la reina quisiera allí todo un contingente para apoyarla. Pero, dado que estamos obligados a ahorrar, hemos recortado las cifras. —Una vez más, Andre se acercó lo suficiente para tocarme, apenas un roce en mi mejilla.

La idea desencadenó una especie de revelación en miniatura: «Eso es lo que se siente al ser una persona normal». No tenía la menor idea de las intenciones o los planes de mis compañeros. Así vivía la gente normal cada uno de los días de su vida. Era aterrador, pero emocionante; como recorrer una habitación llena de gente con los ojos vendados. ¿Cómo aguantaba la gente normal el suspense del día a día?

—La reina quiere que esta mujer esté cerca de ella durante las reuniones, ya que acudirán otros humanos —prosiguió Andre. Hablaba sólo con Eric. El resto bien podríamos no haber estado en la habitación—. Quiere conocer sus pensamientos. Stan traerá a su telépata. ¿Lo conoces?

—Eh, que estoy aquí —murmuré. Nadie me prestó atención, salvo Pam, que me dedicó una luminosa sonrisa. Luego, con todos esos pares de fríos ojos clavados en mí, me di cuenta de que todo el mundo esperaba mi respuesta, que Andre se había dirigido a mí directamente. Estaba tan acostumbrada a que los vampiros hablasen de mí como si no estuviese delante que me pilló por sorpresa. Reproduje mentalmente las palabras de Andre, hasta que comprendí que me había formulado una pregunta.

—Sólo he conocido a un telépata en mi vida, y vivía en Dallas, por lo que deduzco que será el mismo; Barry el botones. Trabajaba en el hotel de vampiros de Dallas cuando me percaté de su... eh, don.

—¿Qué sabes de él?

—Es más joven que yo, y más débil, o al menos así era por aquel entonces. Nunca aceptó lo que era del mismo modo en que lo hice yo. —Me encogí de hombros. Era todo lo que sabía.

—Sookie estará allí —le dijo Eric a Andre—. Es la mejor en lo suyo.

Me halagaba, aunque no recordaba que Eric comentara que conocía a más de un telépata. También estaba un poco fastidiada, pues parecía colgarse las medallas por mi excelencia, en vez de dejármelas a mí.

A pesar de tener ganas de ver algo fuera de mi pequeña ciudad, me sorprendí deseando hallar una forma de salir de ésa. Pero, meses atrás, ya me había comprometido a asistir a la cumbre vampírica en calidad de empleada de la reina. Y, durante el último mes, me había hecho mis largos turnos en el Merlotte's para acumular las horas suficientes como para que las demás camareras no tuvieran inconveniente en cubrirme durante una semana. Sam, mi jefe, me había ayudado a llevar un registro de las horas con una pequeña tabla.

—Clancy se quedará aquí para llevar el bar —dijo Eric.

—¿Puede ir la humana y yo me tengo que quedar? —protestó el encargado pelirrojo. No estaba nada satisfecho con la decisión de Eric—. Me perderé toda la diversión.

—Así es —continuó Eric, alegremente. Si Clancy tenía previsto decir algo negativo más, quedó abortado ante la mirada de su jefe—. Felicia se quedará para ayudarte. Bill, te quedas también.

—No —contestó con su tranquila y fría voz desde el rincón—. La reina me ha requerido. He trabajado mucho en la base de datos, y la reina me ha pedido que la lleve a la cumbre para ayudar a recuperar sus pérdidas.

Por un instante, Eric pareció una estatua, pero enseguida hizo un imperceptible movimiento con las cejas.

—Claro, me había olvidado de tus dotes con los ordenadores —dijo, como si hubiera dicho: «Se me había olvidado que sabes deletrear *gato*», dado el interés y el respeto que rezumaba—. En ese caso, supongo que tendrás que acompañarnos. ¿Maxwell?

—Me quedaré, si es lo que deseas —respondió Maxwell Lee, dispuesto a demostrar que sabía lo que era un buen secuaz. Miró en derredor para reforzar su argumento.

Eric asintió. Pensé que Maxwell recibiría un bonito juguete por Navidad, y Bill (huy, el innombrable), el carbón.

—Entonces, te quedarás. Y tú también, Thalia. Pero me tienes que prometer que te portarás bien en el bar. —El trabajo de

Thalia en el bar, que básicamente consistía en sentarse por ahí con aire misterioso y vampírico un par de noches a la semana, no siempre se desarrollaba sin incidentes.

Thalia, tan hosca y melancólica como siempre, hizo un gesto seco con la cabeza.

—No me apetecía ir de todos modos —murmuró. Sus redondos ojos negros no irradiaban más que desprecio por el mundo. Había visto demasiadas cosas en su larga existencia, y hacía muchos siglos que no se divertía, ésa era la impresión que me daba. Yo trataba de evitar a Thalia en todo lo que era posible. Me sorprendía el mero hecho de que perdiera su tiempo con los demás vampiros; a mí me parecía de las que van por libre en todo.

—No tiene ningún deseo de liderazgo —resopló Pam en mi oreja—. Sólo quiere que la dejen en paz. La echaron de Illinois porque fue demasiado agresiva después de la Gran Revelación. —La Gran Revelación era el término que empleaban los vampiros para referirse a la noche que salieron en las televisiones de todo el mundo para anunciar su existencia y expresar su deseo de salir de las sombras para unirse a los cauces sociales y económicos de la sociedad humana—. Eric deja que Thalia haga lo que quiera, siempre que siga las normas y se presente a tiempo para sus turnos en el bar —prosiguió Pam en un leve susurro. Eric era el señor de este pequeño mundo, y a nadie se le olvidaba—. Conoce el castigo por pasarse de la raya. A veces olvida lo poco que le gustaría ese castigo. Debería leer a Abby y sacar algunas ideas.

Si alguien no es capaz de extraer ninguna alegría de su vida, debería…, oh, hacer algo por los demás, buscarse una nueva afición o algo parecido, ¿no? ¿No era ése el consejo habitual? Me imaginé a Thalia dispuesta a hacer el turno de noche en un hospicio, y me estremecí. La idea de verla haciendo punto con un par de agujas me inspiró otra clase de horror. Al demonio con la terapia.

—Entonces, los únicos que acudiremos a la cumbre seremos Andre, nuestra reina, Sookie, yo, Bill y Pam —dijo Eric—. Cataliades, el abogado, y su sobrina como mensajera. Oh, sí, Gervaise, de la Cuatro, y su mujer humana, toda una concesión, ya que Gervaise ha acogido a la reina tan generosamente. Rasul como conductor. Y Sigebert, por supuesto. Ése será el grupo. Sé que algunos de vosotros os sentís decepcionados, y sólo puedo esperar que el año que viene sea mejor para Luisiana. Y para Arkansas, que ahora consideramos como parte de nuestro territorio.

—Creo que eso era todo lo que necesitábamos hablar con los presentes —añadió Andre. El resto de los temas que él y Eric tuvieran que discutir se zanjarían en privado. Andre no volvió a tocarme, lo cual estuvo bien. Me aterraba desde la coronilla hasta las uñas pintadas de los pies. Claro que no debía sentirme así con todos los presentes en la habitación. Si hubiera tenido más sentido común, me habría mudado a Wyoming, que contaba con la menor tasa de población vampírica (dos, a decir verdad, de los que salió un artículo en *American Vampire*). Había días que me sentía francamente tentada.

Saqué del bolso un pequeño bloc de notas cuando Eric anunció las fechas de salida y regreso, la hora de llegada del vuelo de Anubis procedente de Baton Rouge para recoger a la gente de Shreveport y unas cuantas anotaciones sobre la ropa que iba a necesitar. Con cierto abatimiento, me di cuenta de que tendría que volver a pedir cosas prestadas a las amigas. Pero Eric añadió:

—Sookie, no necesitarías nuevo vestuario si no fuese por el viaje. He llamado a tu amiga de la tienda de ropa y tienes crédito allí. Úsalo.

Sentí cómo se me encendían las mejillas. Me sentí como la prima pobre hasta que añadió:

—El personal tiene cuentas en un par de establecimientos de Shreveport, pero no sería conveniente para ti. —Relajé los hombros y deseé que estuviera diciendo la verdad. Ni un solo parpadeo de sus ojos me inspiró lo contrario—. Es posible que hayamos sufrido un desastre, pero no vamos a parecer pobres —dijo, cuidando de dedicarme sólo una fracción de su mirada.

«No parecer pobre», anoté.

—¿Está todo claro? Nuestra tarea en esta cumbre es apoyar a nuestra reina mientras trate de deshacerse de esos ridículos cargos, y que todo el mundo sepa que Luisiana sigue siendo un Estado prestigioso. Ninguno de los vampiros de Arkansas que vinieron a Luisiana con su rey han sobrevivido para contarlo. —Sonrió Eric con una mueca nada tranquilizadora.

No supe aquello hasta esa noche.

Vaya, eso sí que era conveniente.

Capítulo
2

Halleigh, como te vas a casar con un poli, quizá podrías decirme… cuánto le mide la porra —preguntó Elmer Claire Vaudry.

Yo estaba sentada al lado de la futura novia, Halleigh Robinson, ya que había recibido la vital tarea de registrar cada regalo y su donante, mientras la propia Halleigh abría todos los paquetes forrados de papel blanco y plateado y las bolsas de regalo con adornos florales.

A nadie pareció sorprenderle que la señora Vaudry, una maestra de escuela cuarentona, lanzara una pregunta tan obscena en medio de aquella reunión femenina, eclesiástica y de tan estricta clase media.

—Pues no sabría decirte, Elmer Claire —dijo Halleigh tímidamente, a lo que siguió un coro de escépticas cantarinas.

—Bueno, ¿y qué me dices de las esposas? —insistió Elmer Claire—. ¿Las habéis usado alguna vez?

Estalló una algarabía de voces femeninas sureñas en el salón de Marcia Albanese, la anfitriona que había accedido a prestar su casa como el cordero del sacrificio, para que fuera allí donde se celebrara la despedida de soltera. La otra anfitriona se había llevado lo menos malo y sólo debía aportar el ponche y la comida.

—Cómo eres, Elmer Claire —dijo Marcia desde su posición, cerca de la mesa de refrescos. Pero sonreía. Elmer Claire desempeñaba su papel de atrevida, mientras las demás la dejaban disfrutar con él.

Elmer Claire nunca se habría mostrado tan vulgar de estar presente la vieja Caroline Bellefleur. Caroline era la emperatriz social de Bon Temps. Tenía alrededor de un millón de años de edad y la espalda más recta que la de un soldado. Sólo un contratiempo extremo la habría mantenido apartada de un acontecimiento social de esa importancia para su familia, y es que algo extremo había ocurrido. Caroline Bellefleur había sufrido un infarto, para conmoción de todos los habitantes de Bon Temps. Para su familia, sin embargo, el acontecimiento no había supuesto una gran sorpresa.

La gran doble boda de los Bellefleur (Andy con Halleigh y Portia con su contable) había sido programada para la primavera pasada. La habían organizado con prisas dado el repentino deterioro de la salud de Caroline Bellefleur. Pero, incluso antes de que pudiera celebrarse la improvisada boda, la señora Caroline sufrió el ataque. Y luego se rompió la cadera.

Con el beneplácito de Portia, la hermana de Andy, y su novio, Andy y Halleigh habían pospuesto la boda hasta finales de octubre. Pero había oído que la señora Caroline no se recuperaba, como habían esperado sus nietos, y cada vez parecía menos probable que se fuese a recuperar su estado previo.

Halleigh, con las mejillas enrojecidas, luchaba contra el lazo que rodeaba una pesada caja. Le facilité unas tijeras. Había una tradición acerca de cortar un lazo, relacionada de alguna manera con el número de hijos que tendría la pareja casadera, pero yo estaba dispuesta a apostar que Halleigh prefería una solución rápida. Cortó la parte de la cinta más próxima a ella para que nadie se percatara de su fría indiferencia hacia las tradiciones. Me lanzó una mirada agradecida. Todas íbamos ataviadas con lo mejor de nuestros armarios, por supuesto, pero Halleigh parecía especialmente mona y joven con su traje de pantalón con rosas bordadas en la chaqueta. Llevaba un ramillete, por supuesto, que la distinguía como la agasajada.

Me sentía como si estuviese observando una curiosa tribu de otras latitudes, una que daba la casualidad que hablaba mi idioma. Soy camarera, varios peldaños por debajo de Halleigh en la escala social, y telépata, aunque la gente suele olvidarse de ello porque cuesta creerlo, dada la normalidad de mi ser exterior. Pero estaba en la lista de invitadas, así que hice un gran esfuerzo por encajar con elegancia. Estaba bastante convencida de que lo había conseguido. Llevaba puesta una blusa ajustada sin mangas, pantalones azules, sandalias naranjas y azules, y llevaba el pelo suelto y liso, derramándose por mi espalda. Los pendientes naranjas y la cadena dorada remataban el conjunto. Puede que estuviésemos a finales de septiembre, pero hacía más calor que en la cocina del infierno. Todas las presentes aún lucían sus conjuntos más veraniegos, aunque algunas valientes se habían atrevido con los colores del otoño.

Conocía a todas las participantes en la despedida, por supuesto. Bon Temps no es un lugar precisamente grande, y mi familia lleva casi dos siglos viviendo aquí. Pero una cosa es saber a quién tienes delante y otra estar cómoda, así que me alegré de recibir la tarea de tomar nota de los regalos. Marcia Albanese era más aguda de lo que jamás habría pensado.

Sin duda estaba aprendiendo un montón. Aunque me esforzaba por no escuchar con mi mente, y mi pequeño trabajo me ayudaba en ello, empezaba a sufrir cierta saturación mental.

Para Halleigh era como tocar el cielo. Le estaban haciendo regalos, era el centro de atención y se iba a casar con un tipo genial. No estaba segura de que conociese muy bien a su novio, pero estaba deseosa de creer que Andy gozaba de aspectos maravillosos de los que yo nunca había sabido u oído hablar. Tenía más imaginación que el típico hombre de clase media de Bon Temps; eso lo sabía. Y también tenía miedos y anhelos que enterraba profundamente; eso también lo sabía.

La madre de Halleigh había venido desde Mandeville para participar en la despedida, como no podía ser menos, y estaba invirtiendo sus mejores sonrisas para apoyarla. Pensé que yo era la única que se había dado cuenta de que la madre de Halleigh detestaba las multitudes, incluso las diminutas como ésa. Cada instante que pasaba sentada en el salón de Marcia resultaba una cruz para Linette Robinson. En ese preciso momento, mientras se reía ante otra de las agudezas de Elmer Claire, deseaba con todas sus fuerzas estar en casa con un buen libro y un vaso de té helado.

Empecé a susurrarle que todo acabaría en (eché una mirada a mi reloj) una hora, hora y cuarto a lo sumo, pero recordé que eso la machacaría más de lo que ya estaba. Anoté los «Paños de Selah Pumphrey» y permanecí sentada en equilibrio a la espera del siguiente regalo. Selah Pumphrey pretendía que yo reaccionara de forma exagerada cuando apareció en la puerta, ya que ella era quien estaba saliendo con el vampiro del que yo había abjurado. Selah se pasaba la vida imaginando que saltaría sobre ella y le zurraría en la cabeza. Tenía una opinión muy pobre de mí, y eso que no me conocía en absoluto. Sencillamente no asimilaba que el vampiro en cuestión estaba fuera de mis intereses. Di por sentado que la habían invitado porque era la agente inmobiliaria de Halleigh y Andy cuando se compraron su casita.

«Tara Thornton; conjunto íntimo», anoté y le sonreí a mi amiga Tara, que había escogido el regalo para Halleigh de las existencias de su tienda de ropa. Claro que Elmer Claire tuvo mucho que decir acerca del conjunto, y todas pasamos un buen rato (al menos de cara para fuera). Algunas de las presentes no se sentían cómodas con el dilatado sentido del humor de Elmer Claire, llegando a pensar unas cuantas que su marido tenía mucho que aguantar, mientras que otras deseaban sencillamente que cerrase el pico. Ese grupo lo comprendíamos Linette Robinson, Halleigh y yo.

El director de la escuela donde enseñaba Halleigh había regalado a la pareja unos salvamanteles individuales muy bonitos, y el adjunto a la dirección se había encargado de aportar unas servilletas a juego. Apunté los regalos y añadí más papel de regalo a la bolsa de basura que tenía al lado.

—Gracias, Sookie —dijo Halleigh en voz baja, mientras Elmer Claire contaba otra historia sobre algo que había pasado en su boda y que tenía que ver con el pollo y el padrino—. De veras aprecio tu ayuda.

—No es para tanto —respondí, sorprendida.

—Andy me dijo que te pidió que escondieras el anillo de compromiso cuando se me declaró —añadió, sonriente—. Y no es la primera vez que me echas una mano. —Así que Andy le había contado todo lo demás acerca de mí.

—No es nada —dije, algo azorada.

Lanzó una mirada de reojo hacia Selah Pumphrey, que estaba sentada a dos sillas plegables.

—¿Sigues saliendo con ese hombre tan guapo al que vi en tu casa? —preguntó, elevando el tono un par de grados—. Ese tío de pelo negro tan estupendo.

Halleigh vio a Claude cuando me llevó a mi alojamiento temporal en la ciudad. Claude era el hermano de Claudine, mi hada madrina. Sí, la verdad. Claude estaba como un tren, y podía ser todo un encanto (con las mujeres) durante sesenta segundos seguidos. Hizo el esfuerzo cuando conoció a Halleigh, y no pude sino estar agradecida, al notar que los oídos de Selah habían captado la conversación como los de una zorra.

—Lo vi hace cosa de tres semanas —contesté, pensativa—. Pero ahora no estamos juntos. —Lo cierto es que nunca lo hemos estado, porque la idea que tenía Claude de una cita ideal implicaba tener barba y estar dotado de un modo que yo nunca podría. Pero no era necesario que lo supiera todo el mundo, ¿no?—. Estoy con otra persona —añadí con modestia.

—¿Ah, sí? —saltó Halleigh, con inocente interés. Esa chica cada vez me caía mejor (tenía cuatro años menos que yo).

—Sí —agregué—. Un asesor de Memphis.

—Pues vas a tener que traerlo a la boda —dijo Halleigh—. ¿No sería maravilloso, Portia?

Ésa era un caso aparte. Portia Bellefleur, hermana de Andy y la otra novia de la potencial boda doble de los Bellefleur, me pidió en su momento que asistiera al evento para servir las bebidas, junto con mi jefe, Sam Merlotte. Ahora estaba en un aprieto, porque ella nunca me habría invitado más que en calidad de camarera (evidentemente, no me habían invitado a ninguna despedida en su honor). Miré a Portia con aire inocente y lleno de felicidad.

—Claro —expresó Portia con suavidad. De algo le había servido hacer la carrera de Derecho—. Nos encantaría que trajeras a tu novio.

Me alegré al imaginar a Quinn convirtiéndose en tigre durante la recepción. Dediqué a Portia una sonrisa de lo más luminosa.

—Veré si puede acompañarme —asentí.

—Eh, chicas —dijo Elmer Claire—, me ha dicho un pajarito que anotara lo que decía Halleigh mientras abría los regalos porque, ya sabéis, ¡es lo que se dice durante la noche de bodas! —añadió, agitando un bloc de notas.

Todas guardaron silencio, sumidas en una feliz expectativa. O quizá era pavor.

—Esto es lo primero que exclamó Halleigh: «¡Oh, qué envoltorio más bonito!». —Hubo un coro de risitas sociales—. Luego dijo, veamos: «Eso me vale, ¡apenas puedo esperar!». —Más risitas—. Y después: «¡Oh, necesitaba uno de ésos!». —Estallido de hilaridad.

Después de aquello, llegó la hora de la tarta, el ponche, los cacahuetes y la bola de queso. Todas volvimos a nuestros asientos, llevando con cuidado platos y vasos, cuando Maxine, la amiga de mi abuela, inició un nuevo tema de conversación.

—¿Qué tal tu nueva amiga, Sookie? —preguntó Maxine Fortenberry. Estaba justo al otro lado de la habitación, pero no tenía ningún problema en hablar en voz alta. En el otoño de su cincuentena, Maxine era corpulenta y saludable. Había sido como una segunda madre para mi hermano Jason, cuyo mejor amigo era Hoyt—. La chica de Nueva Orleans.

—Amelia está muy bien. —Miré nerviosamente, demasiado consciente de que era el nuevo centro de atención.

—¿Es verdad que perdió su casa en las inundaciones?

—El inquilino informó que había sufrido algunos daños, así que Amelia está esperando noticias del seguro. Luego decidirá qué hacer.

—Menos mal que estaba aquí contigo cuando pasó el huracán —dijo Maxine.

Supuse que la pobre Amelia habría escuchado eso mismo un millar de veces desde agosto. Creo que estaba cansada de tratar de sentirse afortunada.

—Oh, sí —asentí alegremente—, tuvo suerte.

La llegada de Amelia Broadway a Bon Temps había sido objeto de no pocos cotilleos. Es lo normal.

—Entonces, ¿Amelia se quedará contigo por el momento? —preguntó Halleigh, servicialmente.

—Pasará un tiempo conmigo, sí —dije, sonriente.

—Es muy amable por tu parte —lo aprobó Marcia Albanese.

—Oh, Marcia, ya sabes que tengo todo el piso de arriba, que no lo uso para nada. De hecho, lo ha arreglado ella; hizo que le instalaran un aparato de aire acondicionado, así que estamos mucho mejor. No me viene nada mal.

—Aun así, a mucha gente no le gustaría tener inquilinos durante tanto tiempo. Supongo que debería acoger a una de esas pobres almas que hay en el Days Inn, pero es que no soy capaz de meter extraños en mi casa.

—A mí me gusta la compañía —dije, lo cual era en gran parte cierto.

—¿Ha vuelto a ver cómo está su casa?

—Ah, sólo una vez. —Amelia tuvo que entrar y salir de Nueva Orleans muy deprisa para que ninguna de sus amigas brujas pudiera rastrearla. Amelia no pasaba por su mejor momento con la comunidad de brujas del Big Easy.

—Lo que está claro es que adora a ese gato suyo —dijo Elmer Claire—. Había llevado a su minino al veterinario el otro día, cuando iba yo con *Powderpuff* —se refería a su gato persa blanco, y que tenía más años que Matusalén—. Le pregunté por qué no lo castraba y ella le tapó las orejas al gato como si pudiera comprenderme. Me pidió que no hablara de esas cosas delante de Bob, como si fuese una persona.

—Bob le gusta mucho —dije, al borde de la risa ante la idea de que un veterinario castrara a Bob.

—¿Cómo conociste a esa Amelia? —preguntó Maxine.

—¿Os acordáis de mi prima Hadley?

Todas asintieron, salvo Halleigh y su madre.

—Pues bien, Hadley vivía en Nueva Orleans, y le alquiló el piso de arriba a Amelia —expliqué—. Cuando Hadley murió —todas volvieron a asentir con grave solemnidad—, fui a la ciudad a encargarme de sus cosas. Allí la conocí. Nos hicimos amigas y decidió visitar Bon Temps durante un tiempo.

Todas las señoras presentes me miraron con gran expectación, como si ardieran en deseos de escuchar lo que fuera a venir a continuación. Porque tenía que haber más explicaciones, ¿verdad?

Y tanto que había más que contar, pero no pensaba que fueran a estar listas para escuchar que Amelia, tras una noche de gran pasión, había convertido a Bob en gato durante un experimento sexual. Nunca le pedí que me describiera las circunstancias, ya que no me apetecía en absoluto tener una idea visual de lo que pasó. Pero allí estaban todas, aguardando una porción explicativa más. La que fuese.

—Amelia rompió con su novio por las malas —proseguí, manteniendo el tono bajo y confidencial.

Las expresiones de todas ellas se volvieron brillantes y simpatizantes.

—Era un misionero mormón —les dije. Bueno, Bob sí que tenía aspecto de uno, con sus pantalones negros y su camisa blanca de mangas cortas. Incluso había llegado a la casa de Amelia en bicicleta. Era un brujo, como Amelia—. Pero llamó a su puerta y los dos se enamoraron a primera vista. —Lo cierto es que lo primero que hicieron fue acostarse, pero ya se sabe…, es lo mismo a efectos del relato.

—¿Lo sabían sus padres?

—¿Lo descubrió su Iglesia?

—¿No es verdad que pueden tener más de una mujer?

Las preguntas se agolparon a demasiada velocidad como para lidiar con ellas, así que esperé a que las asistentes recuperaran su compostura más pasiva. No estaba acostumbrada a inventarme historias, y me estaba quedando sin base de verdad para seguir adelante con el relato.

—La verdad es que no sé mucho sobre la Iglesia mormona —respondí a la última pregunta, y era la pura verdad—, aunque creo que los mormones modernos pueden tener más de una mujer. Pero lo que les pasó a ellos es que sus familiares lo descubrieron y entraron en cólera porque no creían que Amelia fuese lo suficientemente buena para su chico, así que lo agarraron y se lo llevaron a casa. Por esa razón ella quiso abandonar Nueva Orleans y cambiar de aires, olvidarse del pasado y todo eso, ya sabéis.

Todas asintieron, profundamente fascinadas por el drama de Amelia. Sentí una punzada de culpabilidad. Durante un par de minutos, todas emitieron sus opiniones acerca de la triste historia. Maxine Fortenberry lo resumió todo.

—Pobrecilla —dijo—. El chico debió de hacerles frente.

Le pasé a Halleigh otro regalo para que lo abriera.

—Halleigh, sabes que eso no te va a pasar —dije, desviando la conversación a un tema más adecuado—. Andy está loco por ti, cualquiera puede verlo.

Halleigh se sonrojó, y su madre añadió:

—Todas queremos a Andy. —Y la despedida volvió a su cauce. La conversación pasó de la boda a los almuerzos que cada iglesia cocinaría por turnos para los evacuados. A la noche siguiente les tocaba a los católicos, y Maxine parecía aliviada cuando dijo que el número de comensales se había reducido en veinticinco.

Más tarde, mientras conducía hacia casa, me sentí un poco reventada por la falta de costumbre social. También me enfrenté a la perspectiva de contarle a Amelia su nueva historia inventada. Pero cuando vi la ranchera aparcada en mi jardín, todos esos pensamientos se evaporaron de mi cabeza.

Quinn estaba allí; Quinn, el hombre tigre, que se ganaba la vida organizando y produciendo eventos sociales para el mundo sobrenatural; Quinn, mi chico. Aparqué en la parte de atrás y prácticamente salté fuera del coche después de lanzar una ansiosa mirada al retrovisor para asegurarme de que mi maquillaje estaba bien.

Quinn salió a la carrera por la puerta de atrás mientras yo subía los peldaños, y me lancé sobre él de un salto. Me cogió y empezó a dar vueltas. Cuando me posó en el suelo, sus labios estaban pegados a los míos, sus manos enmarcando mi cara.

—Estás preciosa —dijo, separándose para tomar aire. Un instante después, suspiró—. Hueles de maravilla. —Y reanudó el beso.

Finalmente, pudimos concluirlo.

—¡Hace una eternidad que no te veo! —exclamé—. ¡Cómo me alegro de que estés aquí! —Hacía semanas que no veía a Quinn, y sólo había estado con él fugazmente cuando pasó por Shreveport de la que llevaba a Florida un montón de accesorios para la fiesta de mayoría de edad de la hija del líder de la manada.

—Te he echado de menos, nena —dijo, mostrando sus resplandecientes dientes blancos. Su cráneo rapado brillaba bajo la luz del sol, que picaba especialmente en esas últimas horas de la tarde—. He podido charlar un poco con tu compañera mientras estabas en la despedida. ¿Cómo ha ido?

—Pues lo típico. Muchos regalos y mucho cotilleo. Es la segunda despedida a la que asisto para la misma chica, y además les he regalado una fuente por la boda, así que están contentas.

—¿Se puede celebrar más de una despedida por la misma persona?

—En una ciudad tan pequeña como ésta, sí. Y eso que hubo otra cena despedida en Mandeville durante el verano. Así que creo que Andy y Halleigh van bien servidos.

—Pensaba que se casaban el pasado abril.

Le conté lo del infarto de Caroline Bellefleur.

—Para cuando se recuperó y volvieron a empezar a hablar de fechas para la boda, la señora Caroline se cayó y se rompió la cadera.

—Caray.

—Los médicos pensaban que no lo superaría, pero también ha sobrevivido a eso, así que pienso que Andy, Halleigh, Portia y Glen celebrarán una de las bodas más esperadas de Bon Temps algún día del mes que viene. Y estás invitado.

—¿Ah, sí?

Nos dirigimos al interior, ya que me apetecía quitarme los zapatos y ver lo que estaba haciendo mi compañera de piso. Traté de dar con algún recado prolongado que cargarle, ya que eran muy pocas las veces que podía ver a Quinn, que era como mi novio, si es que podía emplear esa palabra a mi edad (veintiséis años).

Lo que quiero decir es que emplearía esa palabra más tranquilamente si alguna vez pudiera bajar su ritmo de vida para echarme el lazo.

Pero el trabajo de Quinn, para una subsidiaria de Extreme(ly Elegant) Events, abarcaba mucho territorio, literal y metafóricamente. Desde que nos separamos en Nueva Orleans, tras nuestro rescate de unos secuestradores licántropos, había visto a Quinn en tres ocasiones. Estuvo en Shreveport un fin de semana, de camino a alguna parte, y fuimos a cenar a Ralph and Kacoo's, un restaurante muy popular. Lo pasamos bien esa noche, pero tuvo que llevarme a casa pronto porque al día siguiente tenía que meterse en la carretera temprano. La segunda vez, se dejó caer por el Merlotte's durante uno de mis turnos, y como era una noche floja, me pude tomar una hora libre para sentarme con él, charlar y cogernos un poco de las manos. La tercera, le hice compañía mientras cargaba su ranchera en el cobertizo de U-RENT-SPACE. Fue en pleno verano, y habíamos sudado de lo lindo. Sudor, mucho polvo, cobertizos, el vehículo ocasional cruzando el lugar... de todo menos romántico.

E incluso en ese momento, cuando Amelia bajaba las escaleras llevando obsequiosamente su bolso a la espalda para concedernos algo de privacidad, no parecía nada prometedor el hecho de que nos viéramos forzados a coger un instante al vuelo para consumar una relación que había tenido tan poco tiempo de contacto.

—¡Hasta luego! —dijo Amelia con una amplia sonrisa dibujada en la cara. Sus dientes, los más blancos que había visto, le conferían un aire a gata de Cheshire. Su pelo corto parecía rebelarse (ella decía que nadie en Bon Temps sabía hacer un corte como era debido), y su cara estaba limpia de todo maquillaje. Amelia parece una joven madre de barrio residencial que lleva una sillita de bebés adosada a la parte de atrás de su monovolumen; la clase de madre que encuentra tiempo para ir a natación, correr un poco y jugar al tenis. Lo cierto era que Amelia salía a correr tres veces a la semana y practicaba tai chi en mi patio trasero, pero odiaba meterse en una piscina y pensaba que el tenis era para (y cito) «idiotas que respiran por la boca». Yo siempre había admirado a los jugadores de tenis, pero cuando Amelia expresaba un punto de vista, se pegaba a él como una lapa—. Me voy al centro comercial de Monroe —añadió—. ¡De compras! —Y, con un saludo en plan «soy una buena compañera de piso», brincó al interior de su Mustang y desapareció...

… dejándonos a Quinn y a mí mirándonos mutuamente.

—Esta Amelia —dije, sin convicción.

—Es… única —respondió Quinn, tan incómodo como yo.

—El caso es que… —empecé a decir, justo cuando Quinn comentaba:

—Escucha, creo que deberíamos… —Y los dos nos quedamos callados. Me invitó a hablar primero con un gesto.

—¿Cuánto tiempo estarás aquí? —pregunté.

—Tengo que marcharme mañana —dijo—. Podría quedarme en Monroe o en Shreveport.

Volvimos a quedarnos mirándonos. No puedo leer la mente de los cambiantes, no como las de los humanos corrientes. Puedo percibir propósitos generales, y el suyo era, bueno, un deseo resuelto.

—Bien —dijo, y se puso sobre una rodilla—. Por favor —suplicó.

Tuve que sonreír, pero aparté la mirada.

—Lo único es que… —traté de decir otra vez. Habría sido mucho más fácil tener esa conversación con Amelia, que era sincera en extremo—. Ya sabes que tenemos, eh, mucha… —Hice un gesto reiterativo con la mano.

—Química —completó él la frase.

—Eso —dije—. Pero si no conseguimos vernos más de lo que lo hemos hecho en los últimos tres meses, no estoy muy segura de querer dar el siguiente paso —odiaba decirlo, pero era necesario. Lo último que necesitaba era sufrir más—. Tengo muchas ganas de acostarme contigo —dije—. Muchas. Pero no soy el tipo de mujer que se conforma con un rollo de una noche.

—Tendré unas largas vacaciones cuando concluya la cumbre —explicó Quinn, y supe que estaba siendo completamente sincero—. Un mes. Vine para preguntarte si podía pasarlo contigo.

—¿De veras? —no pude evitar sonar incrédula—. ¿En serio?

Me sonrió. Quinn tiene la cabeza afeitada y suave, es de tez aceitunada y tiene una recia nariz. Su sonrisa le provoca hoyuelos en las comisuras de los labios. Sus ojos son de color púrpura, como un pensamiento en primavera. Es grande como un luchador profesional, y da el mismo miedo. Alzó su gran mano, como si estuviese pronunciando un juramento.

—Sobre un montón de Biblias —dijo.

—Sí —expresé, después de escrutar mis miedos interiores y asegurarme de que eran nimios. Además, puede que no tenga un detector de mentiras incorporado, pero habría sabido si me decía aquello sólo para meterse bajo mis faldas. Cuesta mucho leer a los cambiantes, sus cerebros son muy feroces y parcialmente opacos, pero me habría enterado de ser mentira—. Entonces, sí.

—Oh, vaya. —Quinn respiró hondo, y su sonrisa iluminó la habitación. Pero al instante siguiente, su mirada se concentró de esa manera que tienen los hombres cuando están pensando específicamente en el sexo. De repente, estaba de pie rodeándome con los brazos como si fuesen sogas bien apretadas.

Su boca encontró la mía. Empezamos donde lo habíamos dejado besándonos. Su boca era muy inteligente, y su lengua muy tibia. Sus manos empezaron a examinar mi topografía. Bajaron por la línea de mi espalda hasta la curva de mis caderas, para volver a subir hasta los hombros y enmarcarme la cara un instante y descender de nuevo en una tentadora caricia en el cuello con la leve punta de sus dedos. Entonces, esos mismos dedos hallaron mis pechos, me quitaron la camiseta y los pantalones, y exploraron un territorio donde antes sólo habían estado brevemente. Le gustó lo que encontró, si es que «Hmmm» podía considerarse como una declaración de deleite. A mí me lo decía todo.

—Quiero verte —dijo—. Quiero verte entera.

Nunca había hecho el amor de día. Parecía muy (excitantemente) pecaminoso pugnar con los botones antes de la puesta de sol, y me alegré de llevar un sujetador de encaje blanco tan bonito con unas diminutas braguitas. Cuando me arreglo, me gusta hacerlo en todos los sentidos.

—Oh —exclamó, al ver mi sujetador, que contrastaba maravillosamente con mi moreno veraniego—. Oh, madre mía. —No eran las palabras, sino la expresión de profunda admiración. Ya me había quitado los zapatos. Afortunadamente, esa mañana había prescindido de aquellas medias hasta la rodilla, tan poco sexys, optando por llevar las piernas al aire. Quinn se tomó su tiempo acariciándome el cuello con la nariz y abriéndose camino a besos hasta el sujetador mientras yo pugnaba por desabrocharle el cinturón, aunque, como estaba inclinado mientras yo lidiaba con la dura hebilla, la cosa no fue tan rápida como hubiera sido deseable.

—Quítate la camisa —dije, y me salió una voz tan ronca como la suya—. Yo no la llevo, tú tampoco deberías.

—Vale —contestó, y en un abrir y cerrar de ojos su camisa había desaparecido. Cualquiera podría esperar que Quinn fuera peludo, pero no lo era. Lo que sí es, es musculoso hasta el enésimo grado, y en ese momento su piel aceitunada estaba muy bronceada. Sus pezones eran sorprendentemente morenos y estaban (no tan sorprendentemente) duros. Ay madre, estaban justo a la altura de mis ojos. Pugnó con su propio cinturón del demonio mientras yo empezaba a explorar un bulto duro con la boca y la mano. Todo el cuerpo de Quinn sufrió una sacudida y dejó de hacer lo que estaba haciendo. Hundió sus dedos en mi pelo para apretar mi cara contra él, suspiró, aunque le salió más como un gruñido que hizo vibrar todo su cuerpo. Con la mano que me quedaba libre, aferré sus pantalones y él reanudó su pugna con el cinturón, aunque de manera distraída.

—Vamos al dormitorio —señalé, aunque no me salió como una sugerencia tranquila y desapegada, sino más bien como una desgarrada exigencia.

Me cogió en volandas y le rodeé el cuello con los brazos mientras volvía a atacar su preciosa boca con mis besos.

—No es justo —dijo—. Tengo las manos ocupadas.

—La cama —exigí, y él me depositó sobre la cama y se echó encima de mí—. La ropa —le recordé, pero él tenía la boca llena de mi sujetador y mi pecho y no respondió—. Oh —gemí. Podría haber repetido eso, o un llano «sí» unas cuantas veces. En ese momento, un pensamiento estalló en mi cabeza—. Quinn, ¿tienes…? Ya sabes. —Nunca antes había tenido la necesidad de esas cosas, ya que los vampiros no pueden dejar embarazada a una chica o transmitirle una enfermedad venérea.

—¿Por qué crees que aún tengo los pantalones puestos? —explicó, sacando un pequeño paquete del bolsillo trasero. En ese momento, su sonrisa era mucho más salvaje.

—Bien —dije desde el corazón. Habría saltado de cabeza desde la ventana si hubiésemos tenido que dejarlo ahí—. Ya te puedes quitar los pantalones.

Ya había visto a Quinn desnudo antes, pero bajo unas circunstancias decididamente más estresantes (en medio de un pantano, bajo la lluvia, mientras nos perseguían unos licántropos). Quinn se quedó junto a la cama y se quitó los zapatos, los calcetines y, finalmente, los pantalones, lentamente para regalarme la vista. Al desprenderse de ellos, reveló unos calzoncillos bóxer que parecían vivir bastante estresados. Con un rápido movimiento, también se deshizo de ellos. Tenía un trasero duro y respingón, y la línea que iba de la cadera al muslo me hacía la boca agua. Tenía varias cicatrices finas y blancas repartidas al azar por el cuerpo, pero parecían formar una parte tan natural de él que no me impidieron admirar la belleza de su poderoso cuerpo. Estaba arrodillada sobre la cama mientras lo hacía.

—Ahora, tú —pidió él.

Me desabroché el sujetador y me lo deslicé por los brazos.

—Oh, Dios —exclamó él—. Soy el hombre más afortunado del mundo. —Tras una pausa, prosiguió—: El resto.

Me incorporé junto a la cama mientras terminaba lo que había empezado.

—Esto es como estar ante un bufé —dijo—. No sabría por dónde empezar.

Me toqué los pechos.

—Primera parada —sugerí.

Descubrí que la lengua de Quinn era un poco más áspera que la de cualquier hombre. Boqueaba y emitía sonidos incoherentes cuando pasó de mi pecho derecho al izquierdo, tratando de decidirse sobre cuál le gustaba más. No pudo escoger de inmediato, lo cual no me supuso inconveniente alguno. Cuando se centró en el derecho, yo me estaba apretando contra él y haciendo sonidos que describían con toda claridad mi desesperación.

—Creo que me saltaré el segundo plato y pasaré directamente al postre —susurró con una voz oscura y ronca—. ¿Estás lista, nena? Suena a que sí. Siento que lo estás.

—De sobra —dije, extendiendo una mano hacia abajo, entre los dos, para aferrar la extensión de su sexo. Se estremeció de pies a cabeza cuando lo toqué. Se puso el preservativo.

—Ahora —gruñó—. ¡Ahora! —lo guié hacia mi entrada, alzando las caderas para darle la bienvenida—. He soñado con esto —dijo, y penetró en mí hasta el fondo. Aquello fue lo último que cualquiera de los dos pudo decir.

El apetito de Quinn era tan impresionante como su sexo.

Disfrutó tanto del postre, que decidió repetir.

Capítulo
3

Estábamos en la cocina cuando volvió Amelia. Había dado de comer a Bob, su gato. Se había portado tan bien antes, que se merecía una mínima recompensa. El tacto no suele venir de serie con Amelia.

Bob pasó de su pienso para centrarse en observarnos mientras Quinn freía unas lonchas de beicon y yo troceaba unos tomates. Había sacado el queso, la mayonesa, la mostaza y los encurtidos, cualquier cosa imaginable que un hombre querría en su sándwich de beicon. Me había puesto unos viejos shorts y una camiseta. Quinn había cogido su bolsa de la ranchera y se había puesto su ropa informal: una camiseta sin mangas y unos pantalones desgastados.

Amelia revisó a Bob de la cabeza a la cola cuando se volvió hacia los fogones, y luego posó su mirada en mí, acompañándola con una amplia sonrisa.

—¿Os lo habéis pasado bien, chicos? —dijo, soltando las bolsas de la compra sobre la mesa de la cocina.

—Llévalas a tu habitación, por favor —contesté, porque, de lo contrario, Amelia nos hubiese hecho admirar todas y cada una de las cosas que había comprado. Entre forzados pucheros, agarró sus bolsas y se las llevó al piso de arriba. Volvió al cabo de un minuto, y le preguntó a Quinn si quedaba beicon suficiente para ella.

—Claro —dijo Quinn, gustoso, poniendo unas cuantas lonchas más en la sartén.

Me encantan los hombres que saben cocinar. Mientras yo preparaba los platos y los cubiertos, era bien consciente de la ternura que sentía bajo el ombligo, así como de mi abrumadoramente relajado humor. Saqué tres vasos del armario, pero olvidé lo que iba a hacer de camino a la nevera, ya que Quinn se apartó un momento del fogón para darme un rápido beso. Sus labios eran tan tibios y firmes que me recordaron a otra cosa suya que había estado tibia y firme. Recordé, como si de un instante de revelación se tratara, la primera vez que Quinn entró en mí. Habida cuenta de que mis únicos encuentros sexuales previos habían sido con vampiros, que sin duda van más por el lado frío de las cosas, os podéis imaginar la desconcertante experiencia que puede suponer un amante que respira, a quien le late el corazón y que tiene un pene cálido. De hecho, los cambiantes suelen ser un poco más calientes que los humanos normales. A pesar del preservativo, pude sentir su calor.

—¿Qué? —preguntó Quinn—. ¿A qué viene esa mirada? —Sonreía interrogativamente.

Le devolví la sonrisa.

—Sólo estaba pensando en tu temperatura —dije.

—Eh, ya sabías lo caliente que me pones —declaró, sonriente—. ¿Qué me dices de lo de leer los pensamientos? —dijo, más en serio—. ¿Cómo fue?

Me pareció maravilloso que hubiese hecho la pregunta.

—No podría definir tus pensamientos con claridad —respondí, con una amplia sonrisa—. Quizá podrían resumirse con un «Sísísísíporfavorporfavor».

—Entonces no hay problema —dijo, perfectamente seguro de sí mismo.

—No hay problema. Siempre que sigas envuelto en el momento y estés contento, yo lo estaré.

—Y tanto —dijo, volviéndose al fogón—. Esto es sencillamente genial.

Yo también lo pensaba.

Sencillamente genial.

Amelia se comió su sándwich con gran apetito y luego cogió en brazos a Bob para darle unos trozos de beicon que había ido acumulando. El gran gato blanco y negro ronroneó ostentosamente.

—Bueno —señaló Quinn, cuando su primer sándwich hubo desaparecido a una velocidad vertiginosa—, ¿éste es el tipo que se transformó por error?

—Sí —dijo Amelia, acariciando las orejas de Bob—, éste es. —Estaba sentada con las piernas cruzadas en la silla de la cocina, algo de lo que yo era simplemente incapaz, y su atención se centraba en el gato—. El coleguilla —canturreó—. Mi cosita linda. Mira qué lindo es, míralo.

Quinn parecía un poco molesto, pero yo era igual de culpable por hablar a Bob como si fuese un bebé cuando estábamos solos. Bob, el brujo, había sido un extraño tipo delgaducho y con cierto encanto friqui. Amelia me dijo que había sido peluquero; decidí que, si eso era verdad, se dedicaba a arreglar cabelleras en una funeraria. Pantalones negros, camisa blanca…, ¿bicicleta? ¿Alguna vez habéis visto a un peluquero que se presente de esa guisa?

—Bien —dijo Quinn—. ¿Y qué estás haciendo al respecto?

—Estoy estudiando —explicó Amelia—. Estoy tratando de averiguar qué es lo que hice mal para enderezarlo. Sería más fácil si pudiera… —Su voz se desvaneció con cierta culpabilidad.

—¿Si pudieses hablar con tu mentora? —dije, servicial.

Me miró con el ceño fruncido.

—Sí —respondió—. Si pudiera hablar con mi mentora.

—¿Y por qué no lo haces? —quiso saber Quinn.

—Primero, porque se supone que no debo usar magia de transformación. Está bastante prohibido. Segundo, he tratado de ponerme en contacto con ella por Internet desde el Katrina, en cada comunidad que usan las brujas, y no doy con ella. Puede que esté en algún refugio, quizá esté con sus hijos o con una amiga, o incluso es posible que haya muerto.

—Supongo que obtienes el grueso de tus ingresos del alquiler de tu propiedad. ¿Qué planes tienes ahora? ¿Cuál es el estado de tu propiedad? —preguntó Quinn, llevando su plato y el mío a la pila. Esa noche no tenía inconveniente en ir al grano con las preguntas personales. Aguardé con interés a las respuestas de Amelia. Siempre quise saber cosas sobre ella que me resultaban un poco violentas de preguntar, como de qué vivía entonces. A pesar de haber trabajado a tiempo parcial en la tienda de ropa de mi amiga Tara mientras su ayudante estaba de baja, sus gastos excedían con creces sus ingresos. Eso significaba que tenía un buen crédito, ahorros u otra fuente de ingresos aparte de las lecturas del tarot que había realizado en una tienda cerca de Jackson Square y el dinero del alquiler, que ya no recibía. Su madre le había dejado dinero. Debía de ser una fortuna.

—Bueno, he estado una vez en Nueva Orleans desde la tormenta —dijo Amelia—. ¿Conocéis a Everett, mi inquilino?

Quinn asintió.

—Cuando pudo hacerse con un teléfono, me informó de algunos daños en el bajo, donde vivo. Habían caído árboles y estaba lleno de ramas, y, por supuesto, no hubo agua ni luz durante dos semanas. Pero el barrio no sufrió tanto como otros, gracias a Dios, y cuando volvió la luz fui allí —respiró profundamente. Leí en su mente que temía aventurarse en el territorio que estaba a punto de revelarnos—. Yo, eh, fui a hablar con mi padre sobre los arreglos del tejado. Entonces, teníamos un tejado azul, como la mayoría de la gente de alrededor. —El plástico azul que cubría los tejados dañados era el nuevo canon en Nueva Orleans.

Era la primera vez que Amelia hablaba de su familia de una forma que no fuese tan general. Yo sabía más por sus pensamientos que por su conversación, y tenía que tener cuidado de no mezclar las dos fuentes cuando hablábamos. Podía ver la presencia de su padre en su mente, amor y resentimiento entremezclados en sus pensamientos para formar un confuso amasijo.

—¿Tu padre arreglará la casa? —preguntó Quinn como si tal cosa. Estaba hurgando en la caja donde guardaba todas las galletas que pasaban el umbral de mi casa, algo no muy habitual, ya que tiendo a ganar peso cuando hay dulces cerca. Amelia no tenía ese problema, y había acumulado un par de cajas llenas de galletas Keebler, que puso a disposición de Quinn.

Amelia asintió, mucho más absorta en el pelaje de Bob de lo que había estado un momento antes.

—Sí, ya tiene gente trabajando en ello —dijo.

Aquello era nuevo para mí.

—¿Y quién es tu padre? —Quinn seguía yendo al grano. Hasta ahí, le había funcionado.

Amelia se removió sobre la silla de la cocina, provocando que Bob alzara la cabeza en protesta.

—Copley Carmichael —dijo entre dientes.

Ambos nos quedamos callados del pasmo. Al cabo de un momento levantó la cabeza para mirarnos.

—¿Qué? —interrogó—. Vale, es famoso. Vale, es rico. ¿Y?

—El apellido es distinto —dije.

—Uso el de mi madre. Me harté de que la gente hiciera cosas raras cuando estaba delante —explicó Amelia, tajante.

Quinn y yo intercambiamos miradas. Copley Carmichael era un pez gordo en Luisiana. Tenía los dedos metidos en todo tipo de tartas económicas, y todos ellos estaban bastante sucios. Pero era un humano de los clásicos; nada de rollos sobrenaturales a su alrededor.

—¿Sabe que eres una bruja? —pregunté.

—No se lo ha creído ni un instante —dijo Amelia, frustrada y desesperada—. Cree que no soy más que una aspirante fracasada, que frecuento a gente rara para hacer cosas raras y así burlarme de él. No creería en los vampiros aunque los viese a todas horas.

—¿Y qué me dices de tu madre? —preguntó Quinn. Rellené mi taza de té. Ya me conocía la respuesta.

—Está muerta —respondió Amelia—. Hace tres años. Fue entonces cuando me mudé de la casa de mi padre al bajo de la calle Chloe. Me lo regaló cuando me gradué en el instituto para tener mi propia fuente de ingresos, pero hizo que lo gestionara sola, para que obtuviera la experiencia de primera mano.

A mí eso me parecía un trato bastante bueno. Dubitativa, dije:

—¿No era eso lo correcto? ¿Aprender mediante la práctica?

—Sí, bueno —admitió—. Pero al mudarme, quiso asignarme una paga… ¡a mi edad! Yo sabía que tenía que hacerlo por mi cuenta. Entre el alquiler, el dinero que hacía leyendo el porvenir y los trabajillos mágicos que hacía por mi cuenta, he podido salir adelante. —Alzó la cabeza, orgullosa.

Amelia parecía no darse cuenta de que el alquiler venía a ser un regalo de su padre, no algo que ella se hubiese ganado en realidad. Estaba absolutamente encantada con su autosuficiencia. La amiga que yo había hecho casi por accidente era un manojo de contradicciones. Dado que era una gran emisora de pensamientos, yo podía cazarlos altos y claros. Cuando me encontraba con ella a solas, tenía que poner todos los escudos de los que era capaz. Solía relajarme cuando Quinn andaba cerca, pero no debí hacerlo. Me estaba dejando inundar con todo el embrollo procedente de la mente de Amelia.

—¿Podría ayudarte tu padre a encontrar a tu mentora? —preguntó Quinn.

Amelia se quedó en blanco por un momento, como si meditara al respecto.

—Es un tipo poderoso, eso ya lo sabes. Pero está teniendo los mismos problemas que los demás desde lo del Katrina.

Con la salvedad de que tenía mucho más dinero y que podía irse a cualquier otra parte y volver cuando le diese la gana, cosa que estaba fuera del alcance de la mayoría de habitantes de Nueva Orleans. Apreté la boca para guardarme esa observación. Era hora de cambiar de tema.

—Amelia —dije—. ¿Conocías bien a Bob? ¿Quién andará buscándolo?

Adquirió un aire asustado, cosa poco habitual en Amelia.

—Yo también me lo pregunto —contestó—. Sólo conocía a Bob de hablar de vez en cuando, antes de esa noche. Pero sé que tenía..., bueno, amigos en la comunidad mágica. No creo que ninguno de ellos sepa que nos hemos liado. Esa noche, antes del baile de la reina, cuando estalló todo el follón entre los vampiros de Arkansas y los nuestros, Bob y yo volvimos a mi casa después de dejar a Terry y a Patsy en la pizzería. Lo habíamos celebrado tanto, que Bob llamó al trabajo para decir que estaba enfermo y que no iría a trabajar al día siguiente, y se pasó el día conmigo.

—Entonces, ¿cabe la posibilidad de que la familia de Bob lleve meses buscándolo? ¿Preguntándose si sigue vivo?

—Eh, calma. No soy tan horrible. A Bob lo crió su tía, pero no se llevan bien. Hace años que no tiene contacto con ella. Estoy segura de que tiene amigos preocupados, y lo lamento de veras. Pero, aunque supieran lo que ha pasado, eso no le ayudaría mucho, ¿verdad? Y, desde el Katrina, todo el mundo tiene muchas cosas de las que preocuparse.

En ese interesante punto de la discusión, el teléfono se puso a sonar. Yo era la que estaba más cerca, así que lo cogí. La voz de mi hermano casi rezumaba electricidad de la emoción.

—Sookie, tienes que estar en Hotshot en una hora.

—¿Por qué?

—Crystal y yo nos casamos. ¡Sorpresa!

Si bien no me había cogido totalmente por sorpresa (Jason llevaba meses saliendo con Crystal Norris), lo repentino de la ceremonia me puso nerviosa.

—¿Crystal vuelve a estar embarazada? —pregunté, suspicaz. Había abortado un bebé de Jason hacía poco tiempo.

—¡Sí! —dijo Jason, como si fuesen las mejores noticias que pudiese contar—. Y esta vez, estaremos casados cuando llegue el bebé.

Jason estaba omitiendo la realidad, y cada vez estaba más dispuesto a ello. Y la verdad era que Crystal había estado embarazada al menos una vez antes de estarlo de Jason, y también había perdido al bebé. La comunidad de Hotshot era víctima de su propia endogamia.

—Vale, voy para allá —dije—. ¿Pueden venir Amelia y Quinn?

—Claro —respondió Jason—. A Crystal y a mí nos encantará que estén aquí.

—¿Tengo que llevar algo?

—No, Calvin y los demás se encargan de cocinar. Lo haremos al aire libre. Hemos colgado guirnaldas de luces. Creo que traerán una gran cazuela de jambalaya*, arroz y ensalada de col. Mis colegas y yo nos encargamos del alcohol. ¡Tú ponte guapa! Te veo en Hotshot en una hora. No llegues tarde.

Colgué y me quedé sentada un momento, la mano aún aferrada al teléfono inalámbrico. Típico de Jason: ven dentro de una hora a una ceremonia improvisada por la peor de las razones, ¡y no llegues tarde! Al menos no me había pedido que llevase una tarta.

—¿Estás bien, Sookie? —quiso saber Quinn.

—Mi hermano Jason se casa esta noche —dije, tratando de mantener un tono de voz coherente—. Estamos invitados a la boda, y tenemos que estar allí en una hora. —Siempre supe que Jason no se casaría con una mujer a la que yo adorase; toda la vida había tenido debilidad por las fulanas duras. Y Crystal lo era, sin duda. También era una mujer pantera, miembro de una comunidad que se guardaba sus propios secretos con celo. De hecho, mi hermano era ahora un hombre pantera también porque había sido mordido repetidas veces por un rival pretendiente de Crystal.

***

* Una especie de paella criolla. *(N. del T.)*

54

Jason era mayor que yo, y por Dios que había conocido a un buen puñado de mujeres. Di por sentado que era capaz de distinguir cuando una le convenía.

Emergí de mis pensamientos para descubrir que Amelia me miraba con una mezcla de sorpresa y emoción. Le encantaban las fiestas, y la cantidad de ellas disponibles en Bon Temps era muy limitada. Quinn, que conoció a Jason mientras estaba de visita en mi casa, me miró con una escéptica ceja alzada.

—Sí, lo sé —dije—. Es una locura y una estupidez. Pero Crystal vuelve a estar embarazada, y nadie lo va a detener. ¿Queréis venir conmigo? No estáis obligados. Yo me tengo que arreglar ahora mismo.

—Oh, genial —exclamó Amelia—, me podré poner mi vestido nuevo. —Y corrió escaleras arriba para quitarle las etiquetas.

—¿Quieres que te acompañe, nena? —preguntó Quinn.

—Sí, por favor —dije. Se acercó y me rodeó con sus fuertes brazos. Me sentí aliviada, a pesar de saber que Quinn no dejaba de pensar en lo tonto que era Jason.

Lo cierto era que estaba bastante de acuerdo con él.

Capítulo
4

A esas alturas de septiembre las noches aún eran calurosas, aunque no de forma opresiva. Llevaba puesto el vestido de tirantes con flores, uno que había usado anteriormente en una cita con Bill (en quien no debería estar pensando). Por pura vanidad, me calcé las sandalias rojas de tacón alto, aunque no fuera lo más práctico para asistir a una boda que se celebraba sobre un terreno vagamente pavimentado. Me maquillé un poco mientras Quinn se duchaba, y no me disgustó lo que vi en el espejo. Nada mejor que el buen sexo para dejarte buena cara. Salí de mi habitación y miré el reloj. Tendríamos que irnos bastante pronto.

Amelia lucía un vestido de mangas cortas beige, con un leve toque azul marino. Le encantaba comprarse ropa, y se consideraba una persona vanguardista en cuanto a la vestimenta, pero su gusto era estrictamente el de una joven ama de llaves de barrio residencial. Se había puesto unas pequeñas sandalias azul marino con flores en las correas que resultaban mucho más apropiadas que mis tacones.

Justo cuando empezaba a preocuparme, Quinn salió de mi habitación, enfundado en una camisa de seda marrón y unos pantalones holgados.

—¿Me pongo corbata? —preguntó—. Tengo algunas en la maleta.

Pensé en el marco rural y la absoluta falta de sofisticación de la pequeña comunidad de Hotshot.

—No creo que sea necesario —dije, y Quinn pareció aliviarse.

Nos metimos en mi coche y nos dirigimos primero hacia el oeste y luego hacia el sur. En el trayecto, tuve la ocasión de explicarles a mis forasteros visitantes algunas cosas acerca de la aislada banda de hombres pantera y sus arracimadas casas en el rural distrito de Renard. Conducía yo, ya que era lo más práctico. Cuando perdimos de vista las vías del tren, el campo se volvió cada vez más despoblado, hasta el punto de no advertir ningún tipo de luz en un par de kilómetros. Luego, distinguimos luces de coches en un cruce. Habíamos llegado.

Hotshot se encontraba perdido de la mano de Dios, situado en una prolongada depresión en medio de un terreno de suaves ondulaciones y abultamientos demasiado vagos como para llamarse colinas. Formada alrededor de un antiguo cruce de carreteras, la solitaria comunidad emanaba una poderosa vibración mágica. Estaba segura de que Amelia podía sentir ese poder. Su expresión se afiló a medida que nos íbamos acercando. Incluso Quinn respiró profundamente. En cuanto a mí, podía percibir la presencia de la magia, pero no me afectaba especialmente al no ser una criatura sobrenatural.

Estacioné en el borde de la carretera, detrás de la camioneta de Hoyt Fortenberry. Hoyt era el mejor amigo de Jason y su sombra de toda la vida. Lo vi justo enfrente de nosotros, caminando pesadamente por la carretera hasta una zona bien iluminada. Les di a Amelia y a Quinn una linterna, y me quedé con otra, que apunté a mis pies.

—Hoyt —llamé. Me apresuré para alcanzarlo tan rápidamente como me permitieron mis tacones—. Eh, ¿estás bien? —le pregunté cuando vi su expresión abatida. No es que Hoyt tuviese habitualmente un aspecto envidiable o especialmente avispado, pero era tranquilo y solía ver más allá del momento y contemplar sus consecuencias, algo que nunca se le había dado bien a mi hermano.

—Sook —dijo Hoyt—. No me puedo creer que lo hayan cazado. Supongo que llegué a pensar que Jason y yo seríamos adolescentes toda la vida. —Trató de sonreír.

Le di una palmada en el hombro. La vida habría sido de lo más fácil si me hubiese enamorado de Hoyt. Así, mi hermano y él habrían seguido vinculados para siempre, pero Hoyt y yo nunca habíamos compartido el mínimo interés.

La mente de Hoyt irradiaba una aburrida tristeza. Estaba convencido de que su vida iba a cambiar definitivamente esa noche. Pensaba que Jason enmendaría su forma de ser por completo, para permanecer junto a su esposa como un marido debía, olvidándose de todos los demás.

Desde luego que yo esperaba que Hoyt no se equivocara en sus expectativas.

Cuando nos encontramos con más gente, Hoyt se unió a Catfish Hunter, y empezaron a hacer chistes altisonantes sobre la debilidad de Jason y su matrimonio.

Ojalá la complicidad masculina ayudase a Hoyt a pasar la ceremonia. No sabía si Crystal quería de verdad a mi hermano, pero era evidente que Hoyt sí.

Quinn me cogió de la mano y, con Amelia detrás, nos abrimos paso entre la pequeña multitud hasta que llegamos al centro.

Jason lucía un traje nuevo, de un azul apenas más oscuro que el de sus ojos. Tenía un aspecto estupendo, y su sonrisa le nacía del corazón. Crystal llevaba un vestido de motivos de leopardo cuya brevedad hacía que pudiese definirse como tal por los pelos. No sabía si los motivos de leopardo eran una declaración cargada de ironía por su parte, o una simple expresión de su sentido de la moda. Pensé que era lo segundo.

La feliz pareja estaba de pie en medio de un espacio vacío, acompañada por Calvin Norris, líder de la comunidad de Hotshot. La multitud se mantenía a una respetuosa distancia, formando un círculo irregular.

Calvin, que resultaba ser el tío de Crystal, la cogía del brazo. Me lanzó una sonrisa. Se había recortado la barba y había desenterrado un traje para la ocasión, pero él y Jason eran los únicos hombres con corbata. Quinn se dio cuenta de ello, y rezumó pensamientos de alivio.

Jason me vio justo después que Calvin y me llamó por señas. Di un paso al frente, percatándome de repente de que iba a formar parte de la ceremonia. Abracé a mi hermano, oliendo su colonia almizclada… No había rastro de alcohol. Me relajé un poco. Había sospechado que Jason buscaría fuerzas con un par de copas, pero estaba bastante sobrio.

Solté a Jason y miré hacia atrás para ver qué había sido de mis acompañantes, y así vi el momento en que los hombres pantera se percataron de la presencia de Quinn. Hubo un repentino silencio entre las criaturas de naturaleza dual, y noté que su nombre los recorría como una brisa.

—¿Has traído a Quinn? —susurró Calvin, como si hubiese ido con Papá Noel u otra criatura mítica.

—¿Algún problema? —pregunté, ya que no tenía la menor idea de que causaría tal conmoción.

—Ninguno —dijo—. ¿Sales con él? —El rostro de Calvin mostraba tal mezcla de sobresaltada reevaluación y especulación, que empecé a preguntarme qué era lo que no sabía acerca de mi nuevo amante.

—Bueno, más o menos —respondí, con súbita cautela.

—Nos honra su presencia —me tranquilizó Calvin.

—Quinn —suspiró Crystal, con las pupilas dilatadas, y sentí que su mente se centraba en mi novio con una especie de anhelo grupi. Me entraron ganas de darle una patada. «Estás aquí para casarte con mi hermano, ¿recuerdas?»

Jason parecía tan desconcertado como yo. Como hacía apenas unos meses que era un hombre pantera, había muchas cosas que aún se le escapaban del mundo oculto de las criaturas de naturaleza dual.

Me pasaba lo mismo.

Crystal hizo un esfuerzo por reprimirse y volver al momento. Disfrutaba de ser el centro de atención, pero cedió un instante para reconsiderar a su futura cuñada. Su respeto hacia mí (inexistente hasta ese momento) se había disparado.

—¿Cuál es el procedimiento? —pregunté secamente, para encarrilar de nuevo el tema.

Calvin recuperó su espíritu más práctico.

—Como tenemos invitados humanos, hemos adaptado la ceremonia —explicó en voz muy baja—. Así funciona… Tú respondes de Jason como su familiar más cercana, ya que no tiene a nadie más mayor a quien recurrir. Yo soy el familiar mayor de Crystal, así que respondo por ella. Ofrecemos asumir el castigo si cualquiera de los dos hace algo malo.

Uy, uy. No me gustaba cómo sonaba eso. Lancé una rápida mirada a mi hermano, quien, por supuesto, no parecía albergar segundos pensamientos sobre el compromiso en el que se estaba embarcando. No debió sorprenderme.

—A continuación, el ministro se adelanta y la ceremonia se celebra como cualquier matrimonio —dijo Calvin—. Si no hubiera forasteros, la cosa sería diferente.

Tenía curiosidad al respecto, pero no era el mejor momento para lanzar todas las preguntas que se me estaban ocurriendo. No obstante, unas cuantas necesitaban respuesta.

—¿A qué castigo se supone que me estoy exponiendo? ¿Qué entiendes por «hacer algo malo»?

Jason resopló, exasperado porque quisiera saber qué implicaba mi promesa. Los tranquilos ojos amarillos de Calvin se encontraron con los míos, y la comprensión se hizo patente.

—Eso es lo que prometes —explicó, con una voz tan baja como insistente. Nos apiñamos a su alrededor—. Escucha bien, Jason. Ya hemos pasado por esto, pero no creo que me estuvieras prestando toda tu atención. —Ahora Jason escuchaba, pero podía sentir su impaciencia.

—Casarte aquí —dijo Calvin, extendiendo una mano hacia la pequeña comunidad de Hotshot— significa que serás fiel a tu compañera, a menos que ella tenga que aparearse para mantener el grupo. Como ahora está bastante fuera de ese rollo, Jason, eso quiere decir que tiene que serte fiel, como tú a ella. No tienes obligaciones de apareamiento, como los purasangre. —Jason se sonrojó ante el recuerdo de que era de una categoría inferior por haberse convertido en cambiante a causa del mordisco de otro, y no serlo por nacimiento como ellos—. Así que, si Crystal te pone los cuernos y un miembro de la comunidad puede dar fe de ello, y, además, ella no pudiera pagar el precio por la traición (por estar embarazada, enferma o por tener que criar a un hijo), tendré que hacerlo yo. No estamos hablando de dinero, ¿lo comprendes?

Jason asintió.

—Hablas de un castigo físico —señaló.

—Sí —confirmó Calvin—. No sólo prometes ser fiel, sino también guardar nuestro secreto.

Jason volvió a asentir.

—Y ayudar a otros miembros de la comunidad, si lo necesitan.

Jason frunció el ceño.

—¿Por ejemplo? —intervine yo.

—Si hay que reemplazar el tejado de Maryelizabeth, puede que todos tengamos que poner un dinero para comprar el material, y todos tendremos que buscar tiempo para hacer el trabajo. Si un crío necesita una casa donde quedarse, tus puertas tienen que estar abiertas para él. Cuidamos de los nuestros.

Jason asintió por tercera vez.

—Comprendo —dijo—. Estoy dispuesto. —Tendría que renunciar a parte del tiempo que pasaba con los amigos, y sentí lástima por Hoyt. Y confieso que también la sentí por mí. No ganaba una hermana, sino que perdía a un hermano, al menos hasta cierto punto.

—Dilo de corazón o retíralo ahora —remarqué, manteniendo la voz muy baja—. Con esto, también estás comprometiendo mi vida. ¿Puedes mantener las promesas que estás haciendo a esta mujer y a su comunidad, o no?

Jason miró a Crystal un instante y supe que no tenía derecho a meterme en su mente, así que me reprimí y proyecté la mía hacia los pensamientos aleatorios de quienes nos rodeaban. Era lo típico: un poco de excitación por estar en una boda, un poco de placer al ver al soltero más famoso de la zona enganchado por una joven salvaje, un poco de curiosidad ante el extraño ritual que se iba a celebrar en Hotshot. Lo cierto es que Hotshot era un apodo en el distrito, y el dicho rezaba: «Tan raro como uno de Hotshot». Además, los niños de allí que iban a la escuela en Bon Temps lo pasaban mal hasta que tenían las primeras peleas en el recreo.

—Mantendré mis promesas —confirmó Jason, con voz ronca.

—Yo mantendré las mías —dijo Crystal.

La diferencia entre los dos era que Jason estaba siendo sincero, a pesar de mis dudas sobre su capacidad para mantener su palabra. Crystal sí que podía mantenerla, pero no era sincera.

—No lo dices en serio —le dije.

—Que te den —replicó ella.

—No suelo meterme donde no me llaman —insistí, haciendo un esfuerzo para mantener controlada la voz—, pero esto es demasiado serio como para quedarme callada. Puedo ver lo que tienes en la cabeza, Crystal. Ni se te ocurra olvidarte de que puedo.

—No olvido nada —dijo, asegurándose de enfatizar cada palabra—. Y me caso con Jason esta noche.

Miré a Calvin. Estaba apesadumbrado, pero finalmente se encogió de hombros.

—No podemos pararlo —opinó. Por un momento, me sentí tentada de rebatirle. «¿Por qué no?», pensé. «Si me echara encima de ella y le diese un bofetón, quizá eso bastara para anular todo este rollo.» Pero me lo pensé dos veces. Los dos eran mayorcitos, al menos en teoría. Se casaría si eso quería, ya fuese allí o en cualquier otra parte y noche. Bajé la cabeza y me tragué mis recelos.

—Por supuesto —dije, levantando la cabeza de nuevo, con esa brillante sonrisa que sólo me sale cuando estoy muy nerviosa—. Sigamos con la ceremonia.

Vi de reojo la cara de Quinn entre la gente. Me miraba, preocupado por la discusión en voz baja que acababa de mantener. Por su parte, Amelia charlaba alegremente con Catfish, a quien ya había conocido en el bar. Hoyt estaba solo, justo debajo de una de las luces portátiles instaladas para la ocasión. Tenía las manos hundidas en los bolsillos y el aspecto más serio que jamás le había visto. Había algo extraño en esa escena, y al cabo de un instante supe qué era.

Era una de las pocas veces que había visto solo a Hoyt.

Cogí a mi hermano del brazo mientras Calvin hacía lo mismo con el de Crystal. El sacerdote se puso en el centro del círculo y la ceremonia dio comienzo. A pesar de tratar de parecer todo lo feliz posible por Jason, tuve que hacer verdaderos esfuerzos para contener las lágrimas mientras mi hermano se convertía en el novio de una chica salvaje y nada inocente que había sido peligrosa desde su nacimiento.

Después comenzó el baile, el momento de la tarta y la explosión de alcohol. Había comida para dar y tomar, y pronto se llenaron los enormes cubos de basura con platos de papel, latas y servilletas arrugadas. Algunos de los hombres habían traído cajas de cerveza y vino, y otros aportaron los licores de mayor graduación. Nadie pudo decir que en Hotshot no sabían cómo montar una fiesta. Mientras un grupo musical de zydeco, procedente de Monroe, tocaba, la gente bailaba en la calle. Las notas recorrieron los campos hasta una escalofriante distancia. Me estremecí mientras pensaba qué estaría observándonos desde la oscuridad.

—Son buenos, ¿verdad? —preguntó Jason—. Los músicos, digo.

—Sí —dije. Estaba sonrojado de felicidad. La novia bailaba con uno de sus primos.

—Por eso hemos montado esta boda con tanta prisa —explicó—. Ella descubrió que estaba embarazada y decidimos hacerlo, así, sin más. Y su grupo favorito estaba libre esta noche.

Agité la cabeza como respuesta a la impulsividad de mi hermano. Me acordé de minimizar los signos visibles de mi desaprobación. La familia de la novia podría molestarse.

Quinn era un buen bailarín, aunque tuve que enseñarle alguno de los pasos cajún. Todas las mozas de Hotshot querían bailar con él, así que yo lo hice con Calvin, Hoyt y Catfish. Quinn se lo estaba pasando bien, saltaba a la vista, y en cierto modo yo también. Pero, a eso de las dos de la madrugada, nos hicimos una leve seña con la cabeza. Tenía que marcharse al día siguiente y a mí me apetecía estar a solas con él. Además, ya estaba cansada de sonreír.

Mientras Quinn agradecía a Calvin la maravillosa velada, observé a Jason y Crystal mientras bailaban juntos. Por los pensamientos que se desprendían de la mente de mi hermano, supe que estaba locamente enamorado de la cambiante, de la subcultura que la había formado y con la novedad de ser una criatura sobrenatural. De Crystal supe que estaba exultante. Siempre había querido casarse con alguien que no hubiese nacido en Hotshot, alguien excitante en la cama, capaz de comprometerse no sólo con ella, sino con toda su familia… y ya lo tenía.

Me abrí paso hacia la feliz pareja y les di a ambos un beso en la mejilla. A fin de cuentas, Crystal era ahora de mi familia, y tendría que aceptarla como era y dejar que ambos vivieran su vida. También le di un abrazo a Calvin, quien me mantuvo entre sus brazos un instante antes de soltarme y darme una palmada tranquilizadora en la espalda. Catfish bailaba a mi alrededor, formando círculos, y Hoyt, ya borracho, siguió donde lo había dejado. Me costó convencer a los dos que de verdad tenía que marcharme, pero al fin Quinn y yo conseguimos dirigirnos hacia el coche.

Mientras nos abríamos paso entre la gente, divisé a Amelia bailando con uno de los mozos de Hotshot. Los dos estaban con la euforia subida, literal y ceremonialmente. Le dije a Amelia que nos marchábamos, y ella gritó:

—¡Conseguiré que alguien me lleve más tarde!

A pesar de que me alegraba ver feliz a Amelia, debía de ser la noche de los recelos, porque no pude evitar preocuparme un poco por ella. Con todo, si alguien era capaz de cuidar de sí misma, era Amelia.

Entramos en la casa lentamente. No comprobé la mente de Quinn, pero la mía estaba entumecida debido al ruido y el clamor de todas las mentes que me habían rodeado, por no hablar de los picos emocionales. Había sido un día largo, y parte del mismo excelente. Mientras recordaba las mejores partes, me sorprendí sonriéndole a Bob. El gran gato se frotó contra mis tobillos, maullando inquisitivamente.

Oh, vaya.

Me sentí en la obligación de explicarle al gato la ausencia de Amelia. Me puse de cuclillas y le acaricié la cabeza. Con una inmensa sensación de estupidez, dije:

—Hola, Bob. Esta noche llegará muy tarde; aún está bailando en la fiesta. ¡Pero no te preocupes, volverá! —El gato me dio la espalda y salió de la habitación. No estaba segura de la proporción humana que se agazapaba en el pequeño cerebro felino de Bob, pero esperaba que se quedara dormido y se olvidara de nuestra extraña conversación.

Justo en ese momento, oí que Quinn me llamaba desde mi dormitorio, así que aparté los pensamientos sobre Bob. Después de todo, era nuestra última noche juntos en, quizá, semanas.

Mientras me lavaba los dientes y la cara, sentí un último destello de preocupación por Jason. Mi hermano había hecho su cama. Esperaba que pudiera dormir cómodamente en ella durante un tiempo. «Es mayorcito», me dije a mí misma una y otra vez, mientras me dirigía a mi habitación con mi camisón más bonito.

Quinn tiró de mí hacia él.

—No te preocupes, nena, no te preocupes…

Desterré a mi hermano y a Bob de mis pensamientos y del dormitorio. Alcé una mano para recorrer el cráneo de Quinn, seguí por la columna y me encantó sentir cómo se estremecía.

Capítulo
5

Andaba yo más dormida que despierta. Menos mal que conocía cada rincón del Merlotte's como la palma de mi mano, o me habría dado con cada mesa y cada silla. Bostecé ampliamente mientras tomaba nota a Selah Pumphrey. Normalmente, Selah me ponía de los nervios. Llevaba varias semanas saliendo con mi innombrable ex amante; bueno, ya eran meses. Por muy invisible que mi ex se hubiera hecho, nunca conseguiría tragarla a ella.

—¿No has descansado bien, Sookie? —preguntó, con voz afilada.

—Perdona —me disculpé—. Supongo que no. Anoche estuve en la boda de mi hermano. ¿Qué aliño querías para la ensalada?

—Ranchero. —Los grandes ojos negros de Selah me escrutaban como si estuviera a punto de pintarme un retrato. De veras quería saberlo todo sobre la boda de Jason, pero preguntarme sería como ceder terreno al enemigo. Será tonta.

Bien pensado, ¿qué hacía Selah allí? Nunca iba al bar sin Bill. Vivía en Clarice. No es que Clarice estuviese muy lejos; se podía llegar en un cuarto de hora o veinte minutos, a lo sumo. Pero ¿por qué estaría una promotora inmobiliaria de Clarice...? Oh. Debía de estar enseñando alguna casa por aquí. Sí, el cerebro me iba lento ese día.

—Vale, marchando —dije, y me volví para irme.

—Escucha —pidió Selah—. Quiero ser sincera.

Ay, Dios. En mi experiencia, eso quería decir «deja que sea abiertamente malvada».

Me di la vuelta, resuelta a parecer muy irritada, que era como me sentía realmente. No era el mejor día para joderme. Entre mis muchas preocupaciones, estaba el hecho de que Amelia no había vuelto a casa anoche, y cuando subí para buscar a Bob, descubrí que había vomitado en su cama..., lo cual no me habría importado demasiado, pero resultaba que había puesto la colcha de mi bisabuela. Me había tocado a mí limpiar el desastre y poner en remojo la colcha. Quinn se había marchado temprano, y sencillamente me sentía triste por ello. Y luego estaba lo del matrimonio de Jason, todo un potencial para el desastre.

Se me ocurrieron algunas cosas más que añadir a la lista, pero eran suficientes para saber que no estaba pasando por mi mejor momento.

—Estoy trabajando, Selah, no para tener charlas personales contigo.

Omitió mis palabras.

—Sé que vas a hacer un viaje con Bill —dijo—. Estás intentando quitármelo. ¿Cuánto tiempo llevas planeándolo?

Sé que la mandíbula se me había quedado colgando. Era lo que menos me esperaba de ella. El cansancio solía afectar a mi telepatía, al igual que a mi tiempo de reacción y el proceso de mis ideas. Además, subía mis escudos a tope cuando trabajaba, así que no vi venir a Selah. Un estallido de ira me recorrió de parte a parte, haciendo que levantara la mano para darle un bofetón, pero una dura y cálida mano me la agarró y la devolvió a su sitio. Era Sam, y ni siquiera le había visto llegar. Al parecer, me lo estaba perdiendo todo ese día.

—Señorita Pumphrey, me temo que hoy tendrá que almorzar en otra parte —señaló Sam, tranquilamente. Por supuesto, todo el mundo estaba mirando. Pude sentir como todas las mentes se ponían en alerta ante los potenciales futuros cotilleos mientras las miradas absorbían cada matiz de la escena. Pude sentir cómo se me sonrojaba la cara.

—Tengo derecho a comer aquí —dijo Selah, con voz alta y arrogante. Fue un gran error. En un abrir y cerrar de ojos, las simpatías de los parroquianos se decantaron de mi lado. Pude sentir cómo sus oleadas se me echaban encima. Abrí los ojos de par en par y adopté un aspecto triste, como el de esos críos de ojos anormalmente grandes de las horribles pinturas de gente sin hogar. Parecer patética no era para tanto. Sam puso un brazo sobre mí, como si fuese una niña herida y miró a Selah con una expresión de honda decepción por su comportamiento.

—Y yo tengo derecho a pedirte que te vayas —contestó—. No tolero que insultes a mi personal.

Selah nunca era grosera con Arlene, Holly o Danielle. Apenas sabía de su existencia, ya que era de ese tipo de personas que nunca miran a quienes les sirven. Nunca se había podido quitar de la cabeza que Bill había salido conmigo antes de conocerla a ella, entendiendo «salir» como un eufemismo para «follar frecuente y afanadamente con alguien».

El cuerpo de Selah se estremeció de rabia mientras se levantaba y arrojaba la servilleta al suelo. Lo hizo de forma tan abrupta que habría tirado la silla al suelo si Dawson, un licántropo tan fuerte como una roca que llevaba un negocio de reparación de motocicletas, no la hubiera cogido con una mano. Selah aferró su bolso para dirigirse a la puerta, evitando chocarse por los pelos con mi amiga Tara, que entraba en ese momento.

Dawson estaba de lo más entretenido con la escena.

—Y todo eso por un vampiro —observó—. Esas cosas de sangre fría tienen que tener algo para que dos mujeres bonitas se enfaden así.

—¿Y quién está enfadada? —dije, sonriente y bien erguida para demostrarle a Sam que no estaba para nada desconcertada. No creo que llegara a engañarle, ya que Sam me conoce muy bien, pero cogió la intención y volvió detrás de la barra. Los murmullos de la jugosa conversación a la que había dado lugar el enfrentamiento aumentaron desde los parroquianos que estaban comiendo. Me dirigí hacia la mesa donde había tomado asiento Tara. La acompañaba J.B. du Rone.

—Tienes buen aspecto, J.B. —comenté, alegre, sacando los menús de la caja de servilletas con el salero y el pimentero, y entregándoles uno a cada uno. Me temblaban las manos, pero no creo que se dieran cuenta.

J.B. me sonrió.

—Gracias, Sookie —dijo, con su agradable voz de barítono. Era muy guapo, pero andaba muy corto de inteligencia. Sin embargo, eso le otorgaba una encantadora sencillez. Tara y yo habíamos cuidado de él en la escuela, ya que, una vez que otros compañeros menos guapos observaron y enfilaron esa sencillez, J.B. lo pasó bastante mal... sobre todo en el instituto. Dado que Tara y yo también contábamos con serias manchas en nuestros expedientes de popularidad, tratamos de protegerlo tanto como pudimos. A cambio, J.B. me invitó a un par de bailes a los que me apetecía mucho asistir, y su familia le facilitó a Tara un lugar donde quedarse cuando la mío no pudo.

Tara se había acostado con él en algún punto de aquel doloroso camino. Yo no. Pero no parecía afectar a la relación de ninguno.

—J.B. tiene trabajo nuevo —comentó Tara, sonriente y con un aire de autosatisfacción. Así que ésa era la razón por la que habían venido. Nuestra relación había pasado por algunas tiranteces durante los últimos meses, pero sabía que querría compartir su orgullo después de haber hecho algo bueno por J.B.

Eran muy buenas noticias. Y me ayudó a no pensar en Selah Pumphrey y su momento rabioso.

—¿Dónde? —le pregunté a J.B., que contemplaba el menú como si fuese la primera vez que lo veía.

—En el gimnasio de Clarice —dijo. Levantó la mirada y sonrió—. Dos días a la semana me tengo que sentar en un mostrador con esto puesto. —Hizo un gesto con la mano para resaltar su polo, limpio y ajustado, marrón con rayas borgoña, y sus pantalones igual de ajustados—. Recibo a los miembros, hago saludables estiramientos, limpio el material y dispongo las toallas. Tres días a la semana me pongo el chándal y entreno con las señoras.

—Suena genial —afirmé, fascinada por la perfección del trabajo ante la limitación de las cualificaciones de J.B. Era adorable; impresionantes músculos, cara bonita, dientes blancos y rectos. Sin duda, era un anuncio para cualquier gimnasio. También era un tipo de buen corazón y muy limpio.

Tara se me quedó mirando, aguardando su merecido elogio.

—Buen trabajo —le dije, y chocamos los cinco.

—Bueno, Sookie, lo único que falta para que la vida sea perfecta es que me llames alguna noche —dijo J.B. Nadie era capaz de proyectar una lujuria tan sencilla y absoluta como él.

—Muchas gracias, J.B., pero ahora estoy saliendo con alguien —respondí, sin molestarme en bajar la voz. Tras la pequeña exhibición de Selah, sentía la necesidad de presumir un poco.

—Ohh, ¿ese Quinn? —preguntó Tara. Puede que le hubiese hablado de él un par de veces. Asentí, y volvimos a chocar los cinco—. ¿Está en la ciudad? —interrogó, bajando la voz.

—Se marchó esta mañana —respondí, con el mismo tono de discreción.

—Yo quiero la hamburguesa mexicana con queso —dijo J.B.

—Pues te traeré una —contesté, y cuando Tara pidió lo suyo, me dirigí hacia la cocina. No sólo me alegraba mucho por J.B., sino que parecía que Tara y yo habíamos solucionado nuestras diferencias. Necesitaba un toque positivo en mi día, y lo había recibido.

Cuando llegué a casa con un par de bolsas de la compra, Amelia había vuelto y mi cocina brillaba como si fuese una de exposición. Cuando se aburría o se sentía estresada, a Amelia le daba por limpiar, lo cual era una maravillosa costumbre en una compañera de piso, sobre todo cuando no estás acostumbrada a tener una. Me gusta la limpieza, y de vez en cuando me da por limpiar de arriba abajo, pero en comparación con Amelia no era más que una aficionada.

Miré las ventanas impolutas.

—Te sientes culpable, ¿eh? —dije.

Amelia dejó caer los hombros. Estaba sentada a la mesa de la cocina con una taza humeante de uno de sus extraños tés.

—Sí —respondió, abatidamente—. Vi que la colcha estaba en la lavadora. He limpiado la mancha y la he tendido en la cuerda de atrás.

Como me había dado cuenta de ello al entrar, me limité a asentir.

—La represalia de Bob —dije.

—Ya.

Abrí la boca para preguntarle con quién había pasado la noche, pero me di cuenta de que no era asunto mío. Además, a pesar de encontrarme muy cansada, Amelia emitía pensamientos como nadie, y en segundos supe que había estado con el primero de Calvin, Derrick, y el sexo no había sido nada del otro mundo. Y las sábanas de Derrick estaban muy sucias, lo cual había sacado de quicio a Amelia. Y, por si fuera poco, cuando se despertó, Derrick dejó claro que el pasar una noche juntos los convertía en pareja. A Amelia le costó lo suyo para que Derrick la acercara a casa en su coche. Estaba empecinado en que se quedara con él en Hotshot.

—Flipada, ¿eh? —comenté, metiendo la carne de hamburguesa en la nevera. Esa semana me tocaba cocinar a mí, e iba a hacer filetes de carne picada, patatas asadas y judías verdes.

Amelia asintió, elevando la taza para tomar un sorbo. Se trataba de un remedio casero para la resaca que había pergeñado, y se estremeció al experimentarlo en sí misma.

—Pues sí. Los tíos de Hotshot son un poco raros —afirmó—. Algunos. —Amelia sintonizaba mejor que nadie con mi telepatía. Dada su naturaleza sincera y abierta (a veces demasiado), supongo que nunca sintió la necesidad de ocultar ningún secreto.

—¿Qué vas a hacer? —le pregunté, sentándome frente a ella.

—Verás, no hacía mucho que salía con Bob —dijo, saltando al meollo de la conversación sin molestarse en preliminares. Sabía que la comprendía—. Sólo estuvimos juntos esa noche. Créeme, fue genial. Me caló hondo. Por eso empezamos a… eh, experimentar.

Asentí, tratando de parecer comprensiva. Por mí, los experimentos estaban bien; lamer donde nunca lo habías hecho antes, o probar esa postura que acaba provocándote un calambre en el muslo. Cosas así. Pero nada que implicase convertir a tu amante en un animal. Nunca conseguí aunar los ánimos suficientes para preguntarle a Amelia cuál había sido el objetivo, y era una cosa que su cerebro no proyectaba.

—Supongo que te gustan los gatos —dije, siguiendo mi proceso mental hasta la conclusión más lógica—. Quiero decir, que Bob es un gato. Uno pequeño. Y, luego, de entre todos los tíos disponibles que hubieran alucinado por pasar una noche contigo, escogiste a Derrick.

—¿Oh? —saltó Amelia, poniéndose tiesa. Trató de sonar casual—. ¿Más de uno?

Amelia tenía la tendencia a pensar muy bien de sí misma como bruja, pero no tanto como mujer.

—Uno o dos —dije, esforzándome por no reírme. Bob entró en la cocina y se rozó con mis piernas, ronroneando sonoramente. No pudo haber sido más explícito, pues rodeó a Amelia como si se tratara de un montón de excrementos de perro.

Amelia lanzó un profundo suspiro.

—Escucha, Bob, tienes que perdonarme —le suplicó al gato—. Lo siento. Simplemente me dejé llevar. Una boda, unas cuantas cervezas, bailar en la calle, un tipo exótico… Lo siento. De verdad. Lo siento horrores. ¿Qué tal si te prometo celibato hasta que encontremos una forma de devolverte a tu forma?

Aquello suponía un gran sacrificio por parte de Amelia, como sabría cualquiera que se hubiese pasado un par de semanas (y más) leyéndole la mente. Era una chica muy saludable y una mujer muy directa. También era muy variopinta en cuanto a sus gustos.

—Bueno —dijo, pensándoselo mejor—, ¿qué tal si te prometo no enrollarme con ningún tío?

Bob sentó los cuartos traseros, enrollando su cola en las patas delanteras. Parecía adorable mientras contemplaba a Amelia con esos ojos amarillos que no parpadeaban. Parecía que se lo estaba pensando.

—*Rrrr* —respondió al fin.

Amelia sonrió.

—¿Crees que eso es un sí? —dije—. Si es así, recuerda… que a mí sólo me gustan los chicos, así que no me mires.

—Oh, no creo que tratase de tirarte los tejos de todos modos —contestó Amelia.

¿He dicho que Amelia peca a veces de un poco de falta de tacto?

—¿Y por qué no? —pregunté, sintiéndome insultada.

—No escogí a Bob al azar —dijo ella, todo lo azorada que podía parecer—. Me gustan delgaduchos y oscuros.

—Tendré que vivir con eso —bromeé, procurando parecer profundamente decepcionada. Amelia me arrojó una bola de té y yo la cogí al vuelo.

—Buenos reflejos —dijo, asombrada.

Me encogí de hombros. Si bien hacía una eternidad que había ingerido sangre de vampiro, parecía que algo de ella seguía presente en mi cuerpo. Siempre he sido una persona saludable, pero, de un tiempo a aquella parte, apenas si recordaba lo que era un dolor de cabeza. Y me movía un poco más deprisa que el resto de la gente. No era la única persona que disfrutaba de los efectos secundarios de la ingesta de sangre vampírica. Ahora que los efectos son del dominio público, los propios vampiros se han convertido en presas. El cultivo de su sangre para venderla en el mercado negro se ha convertido en una profesión tan peligrosa como lucrativa. Esa misma mañana, había oído en la radio que un drenador había desaparecido de su apartamento de Texarkana después de que le concedieran la condicional. Si te ganas la enemistad de un vampiro, has de saber que te puede esperar mucho más tiempo que cualquiera.

—Puede que sea la sangre de hada —comentó Amelia, mirándome de forma pensativa.

Volví a encogerme de hombros, esta vez con expresión de «no sigas con el tema». Recientemente, había averiguado que había parte de hada en mi ascendencia, y no era algo que me alegrara precisamente. Ni siquiera sabía de qué parte de mi familia procedía ese legado, mucho menos de quién concretamente. Todo lo que sabía era que, en algún momento del pasado, algún miembro de mi familia tuvo un encuentro íntimo y personal con un ser feérico. Me pasé un par de horas explorando los árboles genealógicos y la historia familiar que mi abuela tanto se había esmerado en recopilar, pero no encontré ninguna pista.

Como si el mero pensamiento la hubiera invocado, Claudine llamó a la puerta trasera. No es que hubiera llegado gracias a unas livianas alas, sino en su coche. Claudine era un hada de pura sangre, y tenía otros medios para desplazarse, aunque sólo los empleaba en casos de emergencia. Es muy alta, con una densa melena negra, y grandes ojos rasgados a juego. Tiene que cubrirse las orejas con el pelo ya que, a diferencia de su hermano mellizo, Claude, no se ha redondeado quirúrgicamente las puntas afiladas.

Claudine me abrazó entusiasmada, relegando a Amelia a un saludo en la distancia. No eran precisamente almas gemelas. Amelia había adquirido la aptitud mágica, mientras que Claudine era mágica hasta el tuétano. Cierta desconfianza era la tónica entre ambas.

Claudine viene a ser la criatura más alegre que he conocido nunca. Es muy amable, dulce y servicial, como una *Girl Scout* sobrenatural, no sólo porque lo lleva en su naturaleza, sino porque trata de ascender en la cadena mágica para convertirse en un ángel. Esa noche, la cara de Claudine estaba inusualmente seria. Mi corazón dio un vuelco. Me apetecía irme a la cama y echar de menos a Quinn en privado. También quería relajarme de lo nerviosa que me había puesto en el Merlotte's. No me apetecía recibir malas noticias.

Claudine se sentó frente a mí y me sostuvo las manos sobre la mesa de la cocina. Sin mirar a Amelia, le dijo:

—Date un paseo, bruja —y me quedé boquiabierta.

—Zorra de orejas puntiagudas —murmuró Amelia, levantándose con su taza de té.

—Asesina de compañeros —repuso Claudine.

—¡No está muerto! —estalló Amelia—. ¡Sólo es… diferente!

Claudine bufó, lo cual no resultó ser una mala respuesta.

Estaba demasiado cansada para reprender a Claudine por su grosería sin precedentes, y me sujetaba las manos con demasiada fuerza como para alegrarme por su reconfortante presencia.

—¿Qué pasa? —pregunté. Amelia salió de la cocina como una exhalación y oí sus fuertes pasos al subir las escaleras.

—¿No hay vampiros por aquí? —preguntó Claudine con voz ansiosa. ¿Sabéis lo que siente un adicto al chocolate ante un helado de chocolate con doble ración de tropezones de chocolate? Pues así es como se sienten los vampiros ante las hadas.

—No. No hay nadie, salvo tú, Amelia, Bob y yo —dije. No iba a negarle la personalidad a Bob, aunque a veces era muy difícil de recordar, sobre todo cuando era necesario limpiarle la caja de los excrementos.

—¿Vas a acudir a esa cumbre?

—Sí.

—¿Por qué?

Buena pregunta.

—La reina me paga por ello —respondí.

—¿Tanto necesitas el dinero?

Empecé a desestimar su preocupación, pero luego me lo pensé en serio. Claudine había hecho mucho por mí, y lo mínimo que podía hacer por ella era sopesar lo que me decía.

—Hombre, puedo pasar sin él —dije. Después de todo, aún conservaba parte del dinero que Eric me había pagado por ocultarlo de un grupo de brujas. Pero ya había gastado una porción, como suele pasar con el dinero; el seguro no había cubierto todo lo que resultó dañado por el incendio que consumió mi cocina el invierno anterior, y había comprado nuevos accesorios, aparte de hacer una donación al departamento de bomberos voluntarios. Acudieron muy deprisa e hicieron grandes esfuerzos por salvar mi cocina y mi coche.

Y Jason había necesitado ayuda para pagar la factura del médico por el aborto de Crystal.

Sentía que echaba de menos esa capa de protección que separa la solvencia de la bancarrota. Me apetecía reforzarla, ensancharla. Mi pequeño barco navegaba por aguas financieras peligrosas, y me apetecía contar con un remolcador cerca para mantenerlo a flote.

—Puedo pasar sin él —expresé, más firmemente—, pero no quiero.

Claudine suspiró. Su expresión estaba llena de preocupación.

—No puedo ir contigo —dijo—. Ya sabes cuántos vampiros nos rodean. Ni siquiera puedo disfrazarme.

—Lo comprendo —contesté, algo sorprendida. Jamás se me pasó por la cabeza que fuese a venir.

—Y creo que habrá problemas —dijo.

—¿De qué tipo? —La última vez que asistí a una reunión social de vampiros hubo muchos problemas, muy graves, de lo más sangrientos.

—No lo sé —dijo Claudine—, pero siento que se aproximan, y creo que deberías quedarte en casa. Claude está de acuerdo.

A Claude le importaba un bledo lo que pudiera pasarme, pero Claudine fue lo bastante generosa para incluir a su hermano en su amable gesto. Hasta donde yo sabía, el mayor beneficio que podía sacar el mundo de Claude era estético. Era profundamente egoísta, carecía de don de gentes y era absolutamente precioso.

—Lo siento, Claudine, y te echaré de menos mientras esté en Rhodes —dije—. Pero me he comprometido a ir.

—Permanecer en la estela de un vampiro —explicó Claudine lúgubremente— te marcará como una de los suyos, sin remedio. No volverás a ser una inocente espectadora. Demasiadas criaturas sabrán quién eres y dónde encontrarte.

No era tanto lo que decía como la forma de hacerlo lo que me provocó escalofríos por todo el cuerpo. Tenía razón. No contaba con defensa alguna, aunque estaba convencida de que ya estaba demasiado hundida en el mundo de los vampiros como para salir de él.

Sentada allí, en mi cocina, con los últimos rayos de sol de la tarde colándose por la ventana, tuve una de esas iluminaciones que te cambian para siempre. Amelia guardaba silencio en el piso de arriba. Bob había regresado para sentarse junto a su cuenco de comida y contemplar a Claudine. Ésta brillaba bajo el torrente de sol que le caía directamente sobre la cara. A la mayoría de nosotros, eso nos revelaría cada mínimo defecto de la piel. Pero Claudine no dejaba de parecer perfecta.

No estaba segura de poder comprender jamás a Claudine y su forma de ver el mundo, y tenía que admitir que sabía aterradoramente poco acerca de su vida; pero estaba bastante segura de que se había entregado genuinamente a mi bienestar, por la razón que fuese, y que de verdad temía por mí. Y aun así, sabía que acudiría a Rhodes con la reina, con Eric, el innombrable y el resto de la comitiva de Luisiana.

¿Tenía curiosidad sobre la agenda de los vampiros en la cumbre? ¿Deseaba la atención de más miembros de la sociedad de los no muertos? ¿Deseaba ser conocida como una fanática de los vampiros, esos humanos que simplemente adoran a los muertos andantes? ¿Anhelaba alguna parte de mí tener la oportunidad de estar cerca de Bill implícitamente, aun en busca de algún sentido emocional a su traición? ¿O era Eric? Sin saberlo, ¿acaso estaba enamorada del extravagante vikingo que era tan guapo, tan bueno haciendo el amor y tan político a la vez?

Se antojaba un prometedor saco de problemas para la nueva temporada de las radionovelas.

—Sintonízame mañana —murmuré. Cuando Claudine me miró de soslayo, continué—: Claudine, me avergüenza hacer algo que no tiene sentido desde muchos puntos de vista, pero quiero el dinero y lo voy a hacer. Volveré para verte. No te preocupes, por favor.

Amelia irrumpió de nuevo en la habitación y empezó a hacerse otro té. No se quedaría mucho tiempo.

Claudine pasó de ella.

—Me voy a preocupar —dijo, sin más—. Se avecinan problemas, mi querida amiga, y caerán directamente sobre tu cabeza.

—Pero ¿acaso sabes cómo o cuándo?

Meneó la cabeza.

—No, sólo sé que se avecinan.

—Mírame a los ojos —susurró Amelia—. Veo un hombre alto y moreno…

—Cállate —le dije.

Nos dio la espalda e hizo un excesivo aspaviento.

Claudine se fue poco después. En lo que quedó de visita, no recuperó en ningún momento su típico aire alegre. Nunca volvió a hablar de mi viaje.

Capítulo
6

A la segunda mañana después de la boda de Jason, ya me sentía mejor. Tener una misión ayudaba. Debía estar en Prendas Tara cuando abriese, a eso de las diez. Necesitaba recoger la ropa que Eric mencionó que necesitaría para la cumbre. No tendría que estar en el Merlotte's hasta las cinco y media de esa tarde, así que gocé de esa agradable sensación de tener todo el día por delante para mí.

—¡Hola, chica! —dijo Tara, saliendo de la trastienda para saludarme. Su ayudante a tiempo parcial, McKenna, me lanzó una mirada y siguió ordenando la ropa. Supuse que estaba reubicando en su sitio las prendas que no lo estaban; al parecer, las empleadas de las tiendas de ropa se pasan mucho tiempo haciendo eso. McKenna no hablaba y, si mucho no me equivocaba, trataba de evitar hacerlo conmigo a toda costa. Eso me dolía, ya que había ido al hospital a visitarla cuando la operaron de apendicitis un par de semanas atrás, y también le había comprado un pequeño regalo.

—El socio comercial de Northman, Bobby Burnham, ha llamado para decir que necesitabas ropa para un viaje —comentó Tara. Asentí, procurando aparentar que era algo dado por hecho—. ¿Te vendría bien ropa informal? ¿O prefieres algo más de negocios? —Me lanzó una mirada decididamente falsa, y supe que estaba enfadada conmigo porque me tenía miedo—. McKenna, puedes llevarte esa carta a la oficina de correos —le dijo Tara, con toda la intención en la voz. McKenna se fue por la puerta trasera, la carta bajo el brazo como si fuese una fusta de caballería.

—Tara —le dije—, no es lo que piensas.

—Sookie, no es asunto mío —respondió, esforzándose por sonar neutral.

—Yo creo que sí —expliqué—. Eres mi amiga, y no quiero que pienses que me voy de viaje con un puñado de vampiros por diversión.

—Entonces, ¿por qué vas? —La expresión de Tara se desprendió de toda falsa alegría. Estaba seria a más no poder.

—Me pagan por asistir a una reunión con unos cuantos vampiros de Luisiana. Haré las funciones de contador Geiger para ellos. Les diré si un humano se la quiere colar, y sabré lo que los humanos de otros vampiros pensarán. Sólo será por esta vez. —No podía darle más explicaciones. Tara había catado el mundo de los vampiros más de lo que hubiese querido, y casi murió en el proceso. No quería saber más de ello, y no podía culparla. Pero eso no le facultaba para decirme lo que tenía que hacer o no. No había dejado de meditar acerca de todo el asunto, incluso antes del sermón de Claudine, y no pensaba dejar que nadie me apeara de mis decisiones una vez las hubiese tomado. Comprar la ropa estaba bien. Trabajar para los vampiros, también… siempre que no hubiese humanos muertos en el menú.

—Hace la tira que somos amigas —dijo Tara en voz baja—. Para lo bueno y para lo mano. Te quiero, Sookie, y siempre te querré; pero está claro que no pasamos por nuestro mejor momento. —Tara había sufrido tantas decepciones y preocupaciones a lo largo de su vida, que ya no quería exponerse a más. Así que estaba cortando amarras conmigo, y pensaba llamar a J.B. esa noche para reanudar su relación carnal, y lo haría prácticamente a mi salud.

Era una extraña forma de escribir mi prematuro epitafio.

—Necesito un vestido de noche, estilo cóctel, y algo bonito para ponerme a diario —señalé, comprobando mi lista de forma bastante innecesaria. No pensaba perder más el tiempo con Tara. Me lo pensaba pasar muy bien, por muy amargada que pareciese. Se había pasado, me dije.

Disfruté comprando ropa. Empecé con un vestido de noche y otro de cóctel. También me llevé dos trajes, como de negocios (aunque no del todo, porque no me veo con telas rayadas). También cayeron dos pares de pantalones, unas medias, unos *leggings*, un par de camisones y algo de lencería.

Me debatía entre el deleite y la culpa. Me gasté más dinero de Eric del que era necesario, y me pregunté qué pasaría si me preguntaba qué había comprado. Entonces sí que me sentiría mal. Pero era como si me hubiese dado un ataque de frenesí comprador, en parte debido a una pura alegría y en parte por mi enfado hacia Tara, por no hablar del temor que me inspiraba la expectativa de acompañar a un grupo de vampiros a cualquier parte.

Con otro suspiro, éste más callado e íntimo, devolví la lencería y los camisones a su sitio. No eran indispensables. Me dio pena desprenderme de ellos, pero en general me ayudó a sentirme mejor. Comprar ropa para satisfacer una necesidad concreta era algo correcto, como un sano almuerzo. Pero la ropa interior era algo muy distinto, como pasarse con el dulce o atiborrarte a golosinas; que sabes que te encantan pero no te convienen.

El sacerdote local, que había empezado a asistir a las reuniones de la Hermandad del Sol, me sugirió que trabar amistad con vampiros, e incluso trabajar para ellos, era pedir a gritos que alguien te matara. Me lo dijo sobre la cesta de su hamburguesa la semana anterior. Me dio por pensar en ello mientras permanecía ante la caja registradora y Tara pasaba mis compras, que iban a ser pagadas con el dinero de un vampiro. ¿Pedía yo a gritos que me mataran? Meneé la cabeza. Ni por asomo. Y pensaba que la Hermandad del Sol, la organización antivampiros ultraderechista que cada vez tenía más adeptos en Estados Unidos, era una mierda. Su condena de todos los humanos que tuviesen trato con los vampiros, incluyendo la visita a un negocio regentado por uno, era ridícula. Pero ¿qué me atraía tanto hacia ellos?

Lo cierto era que había tenido tan pocas oportunidades de obtener la vida que mis compañeros de clase habían conseguido (la vida ideal con la que había crecido), que cualquier otra vida que pudiera forjarme se me hacía interesante. Si no podía tener un marido e hijos, preocuparme por lo que me iba a poner para ir a la comida informal de la iglesia o de si la casa necesitaba otra mano de pintura, entonces lo haría por la incidencia de siete centímetros de tacón en mi sentido del equilibrio mientras luciera varios kilos extra de lentejuelas.

Cuando acabé, McKenna, que había regresado de la oficina de correos, llevó las bolsas hasta mi coche, mientras Tara arreglaba las cuentas con el hombre de Eric, Bobby Burnham. Colgó el teléfono con aspecto satisfecho.

—¿Lo he gastado todo? —pregunté, curiosa por saber cuánto había invertido Eric en mí.

—Ni de lejos —dijo—. ¿Qué más te quieres llevar?

Pero la fiesta se había acabado.

—Nada —añadí—. Ya tengo suficiente. —Sentí el impulso de pedirle a Tara que se lo quedara todo de vuelta. Pero pensé que sería toda una faena para ella—. Gracias por todo, Tara.

—De nada —me dijo. Su sonrisa era un poco más tibia y genuina. A Tara siempre le ha gustado ganar dinero, y nunca ha conseguido estar demasiado tiempo enfadada conmigo—. Deberías pasarte por *World of Shoes*, en Clarice, para comprarte algo que vaya con el vestido de noche. Están de rebajas.

Estaba decidido. Era el día de hacer todas las cosas. Siguiente parada: *World of Shoes*. Aún me quedaba una semana para el viaje, pero el turno de aquella noche se me pasó como un ensueño, a medida que me excitaba más antes la expectativa de la partida. Nunca había estado tan lejos de casa como en Rhodes, que está cerca de Chicago; lo cierto es que nunca había estado al norte de la línea Mason-Dixon. Sólo había volado una vez, un viaje corto entre Shreveport y Dallas. Tendría que comprarme una maleta, una de esas con ruedas. También tendría que comprar... Se me ocurrió una larga lista de pequeñas cosas. Sabía que en algunos hoteles había secadores de pelo. ¿Sería el caso del Pyramid of Gizeh? El Pyramid era uno de los hoteles más famosos para vampiros que habían aflorado en las grandes ciudades.

Como ya había apalabrado los días libres con Sam, esa noche le dije cuándo tenía planeado marcharme. Sam estaba sentado detrás del escritorio de su despacho cuando llamé a la puerta; al marco de ésta, más bien, porque Sam casi nunca la cierra. Levantó la vista de sus facturas. Le alegró la interrupción. Cuando trabajaba en los libros, se pasaba las manos por el pelo rubio rojizo, que ahora parecía un poco electrificado. A Sam le gustaba más atender en el bar que hacer labores de contabilidad, pero esa noche había contratado a un sustituto para poner en orden los libros.

—Adelante, Sook —dijo—. ¿Cómo va todo?

—Hay bastante gente; apenas tengo un momento. Sólo quería decirte que me voy el jueves que viene.

Sam trató de sonreír, pero al final sólo consiguió parecer descontento.

—¿Es necesario que lo hagas? —preguntó.

—Eh, ya hemos hablado de esto —respondí, con un tono que sonaba a clara advertencia.

—Bueno, pues te echaré de menos —explicó—. Y me preocuparé un poco. Tantos vampiros alrededor.

—También habrá humanos, como yo.

—Como tú, no. Habrá humanos con una obsesión enfermiza por la cultura vampírica, o saqueadores de muertos, tratando de sacar provecho de los no muertos. No son gente sana, y su esperanza de vida es corta.

—Sam, hace un par de años no tenía la menor idea de cómo era el mundo que me rodeaba. No sabía lo que tú eras en realidad; no sabía que los vampiros se diferenciaban entre ellos como lo hacemos nosotros. No sabía que las hadas existían de verdad. Jamás me habría podido imaginar nada de eso. —Agité la cabeza—. Qué mundo este, Sam. Es maravilloso y aterrador. Cada día es diferente. Jamás pensé que llegaría a tener mi propia vida, y ahora la tengo.

—Soy la última persona que desearía hacerte sombra, Sookie —dijo Sam, con una sonrisa. Pero no se me escapó el matiz ambiguo de su afirmación.

Pam vino a Bon Temps esa noche. Parecía aburrida y fresca en su mono azul pálido con bordes azul marino. Lucía mocasines con hebilla metálica a juego…, no es broma. Ni siquiera sabía que aún los vendieran. El cuero oscuro estaba pulido hasta el máximo brillo. El metal estaba como nuevo. Recibió muchas miradas de admiración por parte de la parroquia. Se sentó en una de las mesas de mi sección y aguardó pacientemente, con las manos entrelazadas sobre la mesa. Se sumió en el estado de suspensión de los vampiros que ponía de los nervios a cualquiera que no lo hubiese presenciado antes. Sus ojos estaban abiertos, pero no veían, el cuerpo totalmente inmóvil, la expresión vacía.

Como estaba en su estado de letargo, atendí a unas cuantas personas más antes de dirigirme hacia su mesa. Estaba segura de saber por qué estaba allí, y la conversación con ella no era lo que más me apetecía.

—¿Quieres algo de beber, Pam?

—¿Qué ha pasado con el tigre? —dijo, yendo directa a la yugular del tema.

—Estoy saliendo con Quinn —contesté—. No pasamos mucho tiempo juntos por su trabajo, pero nos veremos en la cumbre. —Habían contratado a Quinn para que organizase algunas de las ceremonias y rituales de la cumbre. Estaría ocupado, pero al menos podría verle, y ya estaba emocionada con la perspectiva—. Después de la reunión, pasaremos un mes juntos —le dije.

Vaya, puede que me hubiese pasado de la lengua con eso. La sonrisa de Pam se desvaneció.

—Sookie, no sé qué extraño juego os traéis entre manos Eric y tú, pero no nos viene nada bien.

—¡No tengo ningún juego! ¡Ninguno!

—Puede que tú no, pero él sí. No ha vuelto a ser el mismo desde la vez que estuvisteis juntos.

—No sé qué podría hacer yo al respecto —dije, débilmente.

—Yo tampoco —aseguró Pam—, pero espero que pueda aclarar sus sentimientos hacia ti. No le gusta tener conflictos. No disfruta sintiéndose ligado a alguien. No es el vampiro despreocupado que solía ser.

Me encogí de hombros.

—Pam, he sido todo lo sincera que he podido con él. Supongo que le preocupará otra cosa. Creo que exageras mi importancia en las prioridades de Eric. Si siente algún amor inmortal hacia mí, ten por seguro que no me ha dicho nada. Nunca le veo. Y sabe lo mío con Quinn.

—Hizo que Bill se confesara contigo, ¿verdad?

—Bueno, Eric estaba delante —dije, insegura.

—¿Crees que Bill te lo habría dicho si Eric no se lo hubiera ordenado?

Había hecho todo lo posible para olvidar aquella noche. En el fondo de mi mente, sabía que el extraño momento escogido por Bill para decírmelo era muy significativo, pero me negué a ahondar en ello.

—¿Por qué crees que a Eric le habría importado una mierda lo que le ordenaran a Bill, y mucho menos el revelárselo a una humana, si no fuese porque alberga sentimientos hacia ti?

Jamás lo había visto desde esa perspectiva. Su confesión me había hecho tanto daño (la reina había planeado que me sedujera, llegada la necesidad, para ganarse mi confianza), que nunca me planteé por qué Eric le obligó a revelarme la trama.

—Pam, no lo sé. Escucha, estoy trabajando y tienes que pedir alguna bebida. He de atender a las demás mesas.

—Que sea una TrueBlood, cero negativo.

Me apresuré para sacar la bebida de la nevera y la metí en el microondas. La agité suavemente para asegurarme de que la temperatura era homogénea. Impregnaba los lados de la botella de una forma desagradable, pero lo cierto es que parecía sangre auténtica, y tenía su sabor. Puse algunos vasos en casa de Bill, así que ya tenía experiencia. Hasta donde sabía, beber sangre sintética era como beberse la de verdad. A Bill siempre le había gustado, aunque más de una vez había dicho que el sabor no lo era todo; la sensación de morder la carne, el sentir el latido del corazón, era lo que hacía divertido el ser vampiro. Tragar de una botella no tenía ningún encanto. Llevé la botella y una copa de vino a la mesa de Pam y las deposité ante ella, con una servilleta, por supuesto.

—¿Sookie? —Levanté la mirada y vi que Amelia acababa de entrar.

Mi compañera de piso había venido varias veces al bar, pero esa noche me sorprendió verla.

—¿Qué pasa? —pregunté.

—Eh..., hola —le dijo Amelia a Pam. Reparé en los pantalones de vestir de Amelia, su polo de golf blanco inmaculado y sus deportivas a juego. Miré a Pam y comprobé que sus pálidos ojos estaban abiertos como nunca.

—Te presento a mi compañera de piso, Amelia Broadway —le dije a Pam—. Ésta es la vampira Pam.

—Encantada de conocerte —contestó Pam.

—Bonito conjunto —le respondió Amelia.

Pam parecía satisfecha.

—Tú también tienes buen aspecto —dijo.

—¿Eres una vampira de los alrededores? —preguntó Amelia. Si algo era, es directa y parlanchina.

—Soy la lugarteniente de Eric —explicó—. ¿Sabes quién es Eric Northman?

—Claro —dijo Amelia—. El ardiente rubiales que vive en Shreveport, ¿no?

Pam sonrió, dejando asomar sus colmillos. Paseé la mirada entre las dos. La madre del cordero.

—Quizá te gustaría pasarte por el bar alguna noche —invitó Pam.

—Oh, claro —respondió Amelia, aunque no como si estuviese especialmente emocionada. Se hacía la dura. Si no conocía mal a Amelia, le duraría unos diez minutos.

Acudí a atender a un cliente que me llamaba desde otra mesa. Por el rabillo del ojo vi que Amelia se sentaba con Pam, y hablaron durante unos minutos antes de que Amelia se levantara y se fuese a la barra para esperarme allí.

—¿Qué te trae por aquí esta noche? —pregunté, puede que un poco abruptamente.

Amelia arqueó las cejas, pero no me disculpé.

—Sólo quería decirte que he cogido un recado telefónico en casa.

—¿De quién?

—De Quinn.

Sentí que una sonrisa se encendía en mi cara. Una de verdad.

—¿Qué ha dicho?

—Dijo que te vería en Rhodes. Ya te echa de menos.

—Gracias, Amelia. Pero podrías haberme llamado aquí para decírmelo, o habérmelo contado cuando hubiese vuelto a casa.

—Oh, es que me aburría un poco.

Sabía que eso pasaría, tarde o temprano. Amelia necesitaba un trabajo, uno a jornada completa. Echaba de menos su ciudad y a sus amigos, por supuesto. A pesar de haber dejado Nueva Orleans antes de lo del Katrina, sufrió cada día que pasó desde que el huracán golpeara la ciudad. También echaba de menos la práctica de la brujería. Esperaba que hiciera migas con Holly, otra camarera y una dedicada wiccana. Amelia sentía cierto desprecio por la fe wiccana. Alguna que otra vez, Amelia se había reunido con la asamblea de Holly, en parte por guardar las formas… y en parte porque echaba de menos la compañía de otras practicantes como ella.

Al mismo tiempo, mi huésped se sentía muy nerviosa ante la posibilidad de ser descubierta por las brujas de Nueva Orleans y verse obligada a pagar una multa por su error con Bob. Para añadir otra capa emocional al asunto, desde el Katrina, Amelia temía por el bienestar de sus antiguos compañeros. No había forma de saber si estaban bien sin delatarse.

A pesar de todo eso, sabía que llegaría un día (o noche) en el que Amelia vería desbordarse su inquietud, hasta el punto de querer buscar más allá de mi casa, mi patio y Bob.

Traté de no fruncir el ceño cuando Amelia volvió a la mesa de Pam para seguir charlando. Le recordé a mi guerrera interior que Amelia era muy capaz de cuidar de sí misma. Probablemente estuviera más segura de ello la noche de Hotshot. Cuando volví al trabajo, centré mis pensamientos en la llamada de Quinn. Deseé haber tenido mi móvil nuevo encima (gracias al pequeño alquiler que me pagaba Amelia, me pude permitir uno), pero no pensaba que fuese adecuado llevarlo en horas de trabajo. Y Quinn sabía que no lo tendría conmigo, ni encendido, salvo que tuviese la libertad de responder. Deseé que Quinn me estuviera esperando en casa cuando dejara el bar, dentro de una hora. La fuerza de esa fantasía me intoxicó.

Aunque hubiese estado encantada con revolcarme en esa sensación, dejándome tentar por el rubor que me provocaba mi nueva relación, decidí que era hora de bajar a tierra y enfrentarme a mi pequeña realidad. Me centré en servir mis mesas, sonreír y charlar cuando fuera necesario, y poner una nueva TrueBlood a Pam de vez en cuando. Por lo demás, dejé a Amelia y Pam en su mano a mano.

Al fin terminó mi última hora de trabajo y el bar se despejó. Hice mis tareas de cierre, al igual que mis demás compañeros. Cuando me cercioré de que las cajas de servilletas y los saleros estuvieran llenos y listos para la jornada siguiente, recorrí el corto pasillo hasta el almacén para dejar mi delantal en la gran cesta de lavandería. Tras escuchar nuestras pistas y quejas durante años, Sam finalmente hizo que colgaran un espejo para nuestra alegría. Me sorprendí a mí misma totalmente quieta, contemplándolo. Hice por espabilarme y empecé a deshacer el nudo del delantal. Arlene se estaba atusando la melena roja. Arlene y yo ya no éramos tan buenas amigas. Se había unido a la Hermandad del Sol. Si bien la Hermandad se presentaba al mundo como una organización informativa, dedicada a difundir la «verdad» acerca de los vampiros, sus filas estaban atestadas de quienes pensaban que todo vampiro era maligno y debía ser eliminado con métodos violentos. Lo peor de la Hermandad extendió su rabia sobre los humanos que trataban con los vampiros.

Humanos como yo.

Arlene trató de cruzar su mirada con la mía en el espejo. No lo logró.

—¿Esa vampira del bar es tu colega? —dijo, poniendo un énfasis peyorativo en la última palabra.

—Sí —contesté. Aunque no me caía muy bien, podía decir que era mi colega. Todo lo relacionado con la Hermandad me erizaba el vello de la nuca.

—Tienes que salir más con humanos —dijo Arlene. Su boca formaba una franja rígida, sus ojos pesadamente maquillados entornados con intensidad. Arlene nunca había sido lo que se puede decir una pensadora de hondura, pero me sorprendía y me consternaba lo rápidamente que había sido engullida por la ideología de la Hermandad.

—Paso el noventa y cinco por ciento de mi tiempo con humanos, Arlene.

—Pues tendría que ser el cien por cien.

—No puedo imaginar en qué punto sería eso de tu incumbencia. —Había tirado de mi paciencia hasta su límite.

—Has acumulado todas esas horas porque te vas con un grupo de vampiros a una especie de reunión, ¿no es así?

—Insisto, ¿por qué te metes donde no te llaman?

—Tú y yo hemos sido amigas durante mucho tiempo, Sookie, hasta que ese Bill Compton entró por la puerta del bar. Ahora siempre estás con los vampiros, y llevas a gente rara a tu casa.

—No tengo por qué darte cuentas de cómo vivo —dije, sintiendo cómo saltaba mi espita. Podía ver todo lo que había en su mente, todo ese prejuicio puritano y pagado de sí mismo. Me dolía. Me disgustaba profundamente. Había hecho de canguro para sus hijos, la consolé cuando una serie de hombres que no merecían la pena la dejaron tirada, limpié su caravana y la animé para que saliera con hombres que no la pisotearan. Y ahora ella me miraba, ciertamente sorprendida ante mi estallido de rabia—. Está claro que tienes unos agujeros enormes en tu vida si necesitas llenarlos con toda esa mierda de la Hermandad —añadí—. No hay más que ver a los hombres hechos y derechos con los que sales, deseando casarte con ellos. —Con esa poco cristiana referencia, clavé el tacón y me giré para salir del bar, agradecida por haber cogido antes mi bolso del despacho de Sam. No hay nada peor que tener que hacer una parada en medio de una salida llena de dignidad.

De alguna manera, me di cuenta de que Pam estaba a mi lado. Se me había acercado tan deprisa que ni siquiera la vi moverse. Miré por encima del hombro. Arlene estaba apoyada de espaldas en la pared, con la expresión distorsionada por el dolor y la rabia. Mi tiro de despedida le había dado donde más le dolía. Uno de los novios de Arlene le había robado la cubertería de plata de la familia, y sus maridos…, no sabría por dónde empezar.

Pam y yo ya estábamos fuera antes de poder reaccionar a su presencia.

Aún estaba conmocionada por el ataque verbal de Arlene y mi propia reacción de ira.

—No debí haberle dicho nada sobre él —me lamenté—. Sólo porque uno de los maridos de Arlene fuese un asesino no me da razón para ser así de mala. —Estaba comportándome justo como mi abuela, y no pude reprimir una risa nerviosa.

Pam era un poco más baja que yo, y levantó la vista hacia mi cara con curiosidad mientras yo trataba de recuperar el control.

—Esa tipa es una zorra —dijo Pam.

Saqué un pañuelo de mi bolso para secarme las lágrimas. Suelo llorar cuando me enfado; y lo odio. Las lágrimas te hacen parecer débil, independientemente de qué las haya causado.

Pam me cogió de la mano y me limpió las lágrimas con el pulgar. La ternura del gesto se vio mitigada cuando se metió el dedo en la boca, pero quise creer que su intención era buena.

—Yo no diría tanto, pero no tiene el cuidado que debería con las compañías que frecuenta —admití.

—¿Por qué la defiendes?

—La costumbre —dije—. Hace años que somos amigas.

—¿Y qué has sacado de su amistad? ¿Qué beneficio ha supuesto?

—Ella… —Tuve que interrumpirme para pensarlo—. Supongo que me dio la excusa para decir que tenía una amiga. Cuidé de sus hijos y la ayudé con ellos. Cuando no podía venir a trabajar, me hacía cargo de sus horas, y si ella hacía mi turno, yo le limpiaba la caravana a cambio. Si me ponía enferma, ella venía a verme y me traía comida. Pero, lo más importante, era tolerante con mis diferencias.

—Ella te utilizó y tú te sentiste agradecida —señaló Pam. Su rostro impertérrito no daba pista alguna acerca de sus sentimientos.

—Escucha, Pam, no era así.

—¿Y cómo era, Sookie?

—Yo le caía bien de verdad. Pasamos nuestros buenos ratos.

—Es una vaga. También con sus amistades. Si le resulta fácil ser amable, no hay problema. Pero si el viento cambia, su amistad se esfuma. Y creo que ahora el viento sopla en sentido contrario. Ha encontrado otra forma de sentirse importante por sí misma, odiando a otros.

—¡Pam!

—¿Acaso no es verdad? Llevo años observando a la gente. Conozco a las personas.

—Hay verdad en lo que dices, y otras verdades que es mejor no decir.

—Más bien hay verdades que preferirías que no dijera —me corrigió.

—Sí. Tienes razón…, la verdad.

—En ese caso, te dejaré y volveré a Shreveport. —Pam se dispuso a rodear el edificio, donde tenía aparcado el coche.

—¡Eh!

—¿Sí? —dijo, dándose la vuelta.

—A todo esto, ¿por qué has venido?

Pam sonrió inesperadamente.

—¿Aparte de para hacerte preguntas sobre tu relación con mi creador? ¿Y el incentivo de haber conocido a tu deliciosa compañera de piso?

—Sí, aparte de todo eso.

—Quiero hablarte de Bill —dijo, para mi profunda sorpresa—. De Bill y de Eric.

Capítulo
7

No tengo nada que decir. —Abrí la puerta de mi coche y lancé mi bolso al interior. Luego, me volví hacia Pam, a pesar de las tentaciones que tiraban de mí para meterme en el coche e irme a casa.

—No lo sabíamos —dijo la vampira. Caminó lentamente, para que pudiese ver cómo se aproximaba. Sam había dejado dos tumbonas delante de su caravana, dispuestas en ángulo recto con respecto a la parte de atrás del bar. Las saqué de su patio y las puse junto al coche. Pam cogió la indirecta y se sentó en una mientras yo hacía lo propio con la otra.

Respiré profunda y silenciosamente. Desde que volví de Nueva Orleans me había preguntado si todos los vampiros de Shreveport estaban al tanto de los secretos propósitos de Bill hacia mí.

—No te lo habría dicho —explicó Pam— aun a sabiendas de que habían encomendado a Bill una misión, porque… los vampiros son lo primero. —Se encogió de hombros—. Pero te prometo que no sabía nada.

Moví la cabeza en señal de reconocimiento, y algo de la tensión que acumulaba finalmente se relajó. Pero no tenía la menor idea de qué responder.

—Sookie, he de decir que has causado un montón de problemas en nuestra zona. —A Pam eso no parecía perturbarla; simplemente enunciaba un hecho. Yo no sentía la necesidad de disculparme—. Estos días, Bill está consumido por la rabia, pero no sabe a quién odiar. Se siente culpable, y eso no le gusta a nadie. Eric se siente frustrado porque no es capaz de recordar el tiempo que estuvo ocultándose en tu casa, y no sabe qué te debe. Está enfadado porque la reina se ha apropiado de tus servicios a través de Bill, y ha metido las manos en su territorio, tal como él lo ve. Felicia cree que eres gafe, visto que han muerto tantos bármanes estando tú cerca. Sombra Larga, Chow —sonrió—. Oh, y tu amigo, Charles Twining.

—Nada de eso fue culpa mía —escuché a Pam con creciente agitación. No conviene estar cerca de un vampiro enfadado. Incluso la actual barman del Fangtasia era mucho más fuerte de lo que yo lo sería jamás, y eso que era la última del escalafón.

—No creo que eso cambie nada —dijo Pam, con una voz curiosamente dulce—. Ahora que sabemos que tienes sangre de hada, gracias a Andre, no será difícil hacer borrón y cuenta nueva. Pero no creo que baste, ¿no crees? He conocido a muchos humanos descendientes de hadas, y ninguno era telépata. Creo que eres única, Sookie. Claro que saber que tienes ese matiz de hada en la sangre hace que una se pregunte por su sabor. La verdad es que disfruté del sorbo cuando te atacó la ménade, a pesar de tener el rastro de su veneno. Como bien sabes, nos encantan las hadas.

—Os encantan a muerte —añadí entre dientes, pero Pam me oyó, por supuesto.

—A veces —convino con una pequeña sonrisa. Esta Pam.

—¿Hemos terminado? —Estaba deseando irme a casa y ejercer mi humanidad.

—Cuando dije que no sabíamos, en plural, lo del trato de Bill con la reina, incluía a Eric —contestó Pam, llanamente.

Bajé la mirada, pugnando por mantener mi cara bajo control.

— Eric está especialmente irritado al respecto —señaló. Escogía cuidadosamente sus palabras—. Está enfadado con Bill porque hizo un trato con la reina que rebasaba su autoridad. Está enfadado porque no se dio cuenta del plan de Bill. Está enfadado contigo porque te metiste en su piel. Está enfadado con la reina porque es más retorcida que él. Claro que por eso es la reina. Eric nunca será rey, a menos que aprenda a controlarse mejor.

—¿De verdad te preocupa? —Jamás pensé que hubiera nada que preocupara a Pam seriamente. Cuando asintió, me sorprendí diciendo—: ¿Cuándo lo conociste? —Siempre había albergado la curiosidad, y esa noche Pam parecía estar parlanchina.

—Lo conocí en Londres, la última noche de mi vida —dijo con una voz monótona procedente de sombrías honduras. Podía ver media cara suya bajo la tenue luz de seguridad, y parecía bastante tranquila—. Lo arriesgué todo por amor. Te vas a reír.

No estaba ni remotamente cerca de la sonrisa.

—Yo era una chica un poco salvaje para mi época. Las jóvenes damas no tienen que ir solas con los caballeros, ni cualquier hombre. Eso queda muy lejos. —Los labios de Pam se curvaron hacia arriba, describiendo una leve sonrisa—. Pero yo era una romántica, y muy lanzada. Me escapé de casa una noche para reunirme con el primo de mi mejor amiga, que vivía justo en la puerta de al lado. El primo estaba de visita desde Bristol, y nos gustábamos. Mis padres no lo consideraban digno para mí en cuanto a su clase social, así que no dejaron que me cortejara. Y si me pillaban a solas con él, de noche, me caería una gorda. Nada de matrimonio, a menos que mis padres pudieran obligarle a hacerlo. Así que, nada de futuro tampoco. —Pam meneó la cabeza—. Es extraño pensarlo ahora. Era una época en la que las mujeres no teníamos elección. Lo irónico es que nuestro encuentro fue de lo más inocente. Unos pocos besos y un montón de palabrería romanticona y amor eterno. Bla, bla, bla.

Sonreí, pero ella no me miraba para verlo.

—De vuelta a mi casa, tratando de sortear el jardín en silencio, me topé con Eric. No había forma de ser tan silenciosa como para despistarlo a él. —Guardó un prolongado instante de silencio—. Y ése fue el final para mí.

—¿Por qué te convirtió? —Me hundí en mi tumbona y crucé las piernas. Estaba resultando una conversación tan inesperada como fascinante.

—Creo que se sentía solo —dijo, con una leve nota de sorpresa en la voz—. Su anterior compañera se había independizado. Los vampiros neonatos no pasan mucho tiempo con sus creadores. Al cabo de unos años, tiene que ser así, aunque más tarde puede volver con él, obligatoriamente si el creador lo reclama.

—¿No estabas enfadada con él?

Parecía esforzarse por recordar.

—Al principio me sentía conmocionada —explicó—. Cuando me drenó, me depositó en mi propia cama, y mi familia pensó que había muerto de alguna extraña enfermedad. Así que me enterraron. Eric me desenterró para que no despertara en un ataúd y tuviera que abrirme paso hasta la superficie. Fue de gran ayuda. Me ayudó y me lo explicó todo. Hasta la noche de mi muerte, siempre había sido una mujer muy convencional, oculta bajo mis osadas tendencias. Estaba acostumbrada a llevar capas y capas de ropa. Alucinarías con el vestido que llevaba puesto cuando morí: las mangas, los adornos… ¡Sólo con la tela de la falda te podrías hacer tres vestidos! —Pam rebosaba recuerdos, sin más—. Cuando me desperté, descubrí que ser una vampira había liberado algo salvaje en mí.

—Tras lo que hizo, ¿no quisiste matarlo?

—No —dijo al instante—. Quise hacer el amor con él, y eso hice. Lo hicimos muchas veces —sonrió—. El vínculo entre creador y vampira neonata no tiene por qué ser sexual, pero en nuestro caso sí lo era. Eso cambió bastante pronto, la verdad, a medida que mis gustos se ampliaban. Quería probar todo lo que se me había negado en mi vida humana.

—¿Entonces te gustaba ser vampira? ¿Te alegraste?

Pam se encogió de hombros.

—Sí. Siempre me ha gustado ser lo que soy. Me llevó unos días comprender mi nueva naturaleza. Ni siquiera había oído hablar de los vampiros antes de convertirme en una.

No podía imaginarme el pasmo de su despertar. El rápido reajuste respecto a su nuevo estado me fascinaba.

—¿Alguna vez volviste para ver a tu familia? —le pregunté. Vale, puede que la pregunta fuese un poco desafortunada, y me arrepentí en cuanto salió de mis labios.

—Los vi de lejos, puede que diez años después. Ya sabes, lo primero que tiene que hacer un vampiro es abandonar el lugar donde vivió. De lo contrario, corre el riesgo de ser reconocido y de que le den caza. No como ahora, que te puedes exhibir todo lo que quieras. Pero éramos tan reservados, tan cuidadosos. Eric y yo salimos de Londres tan deprisa como pudimos y, tras pasar un tiempo en el norte de Inglaterra, mientras me acostumbraba a mi nueva naturaleza, partimos hacia el continente.

Era terrible, pero fascinante.

—¿Lo amabas?

Pam parecía un poco desconcertada. Su tersa frente tembló imperceptiblemente.

—¿Amarlo? No. Éramos buenos compañeros y me gustaba el sexo y la caza. Pero ¿amor? No. —Bajo las tenues luces de seguridad que lanzaban extrañas sombras sobre los rincones del recinto, observé que el rostro de Pam se relajaba—. Le debo mi lealtad —dijo—. Tengo que obedecerle, pero lo hago de buen grado. Ahora estaría pudriéndome en mi tumba de no haberme topado con él aquella noche, después de tener una cita con un joven estúpido. Seguí mi propio camino durante muchos, muchos años, pero me alegré de saber de él cuando abrió el bar y me llamó para servirle.

¿Era posible que hubiese alguien tan desapegada como Pam en cuanto al hecho de su propio asesinato? No cabía duda de que se deleitaba en su naturaleza vampírica; de que albergaba cierto desprecio por los humanos. De hecho, parecía encontrarlos divertidos en un sentido peyorativo. Le pareció hilarante que Eric mostrara sentimientos hacia mí. ¿Podía Pam haber cambiado tanto respecto a su propia naturaleza anterior?

—¿Cuántos años tienes, Pam?

—¿Cuándo morí? Diecinueve. —Ni un atisbo de sentimiento cruzó su cara.

—¿Te solías arreglar el pelo todos los días?

Su rostro pareció suavizarse un poco.

—Sí, claro. Lo hacía con estilos muy elaborados. Mi doncella tenía que ayudarme. Me ponía almohadillas por debajo para darle más volumen. ¡Y la ropa interior! Te morirías de risa viendo cómo me tenía que embutir en ella.

Por muy interesante que estuviese siendo la conversación, me di cuenta de que estaba cansada y de que me apetecía volver a casa.

—Así que el meollo de la cuestión es que eres absolutamente leal a Eric, y quieres que sepa que ninguno de vosotros sabía que Bill tenía planes secretos cuando vino a Bon Temps. —Pam asintió—. Entonces, ¿esta noche has venido para…?

—Para pedirte que tengas misericordia con Eric.

La idea de que Eric necesitase misericordia jamás se me había pasado por la cabeza.

—Eso es tan divertido como tu ropa interior de cuando eras humana —dije—. Pam, sé que crees que le debes todo a Eric, a pesar de que te matara… Nena, te mató… Pero yo no le debo nada.

—Te preocupas por él —respondió. Por primera vez parecía un poco enfadada—. Sé que es así. Nunca se había enmarañado tanto con sus emociones. Nunca ha estado en una posición de tanta desventaja. —Parecía que se estaba armando de nuevo. Di por sentado que la conversación se había terminado. Nos levantamos y volví a colocar las tumbonas de Sam.

No sabía qué decir.

Afortunadamente, no tuve que pensar en nada. El propio Eric salió de las sombras que se proyectaban por los bordes del recinto.

—Pam —dijo, cargando la única sílaba de la palabra—. Se hacía tan tarde que he seguido tu rastro para asegurarme de que estabas bien.

—Maestro —contestó ella, algo que nunca había oído de boca de Pam. Hincó una rodilla sobre la grava, gesto que debió de ser de lo más doloroso.

—Vete —ordenó Eric, y ella obedeció sin decir nada.

Permanecí en silencio. Eric me estaba lanzando esa fija mirada vampírica, y yo no podía leer su mente en absoluto. No me cabía duda de que estaba enfadado; pero ¿sobre qué, con quién y con qué intensidad? Eso era lo divertido y lo escalofriante de estar con vampiros, todo en uno.

Eric decidió que las acciones hablarían más claro que las palabras. De repente, estaba justo delante de mí. Puso un dedo sobre mi barbilla y alzó mi cabeza para encontrarme con la suya. Sus ojos, que resultaban simplemente oscuros bajo la tenue luz, se clavaron en los míos con una intensidad excitante a la par que dolorosa. Vampiros; sentimientos encontrados. Todo es lo mismo.

No me sorprendió del todo que me besara. Cuando alguien ha tenido unos mil años de práctica con el beso, puede ser muy, muy bueno, y mentiría si dijese que era inmune contra ese enorme talento. Mi temperatura aumentó notablemente. Era todo lo que podía hacer para no echarme encima de él, rodearle con mis brazos y apretarme contra su cuerpo. Para ser un muerto, tenía la química más viva, y al parecer todas mis hormonas estaban bien despiertas después de la noche con Quinn. Pensar en él fue como recibir un jarro de agua helada.

Con una reticencia casi dolorosa, me aparté de Eric. Su rostro lucía una expresión de concentración, como si estuviese catando algo y tuviera que decidir si le gustaba o no.

—Eric —dije, con voz temblorosa—. No sé por qué estás aquí ni por qué estás montando todo este drama.

—¿Eres de Quinn ahora? —Sus ojos se entornaron.

—No soy de nadie —dije—. Yo elijo.

—¿Y ya has elegido?

—Eric, esto ya se pasa del descaro. Tú y yo nunca hemos estado juntos. Nunca me has dado ninguna señal de que estuviera en tus pensamientos. Nunca me has tratado como si tuviese una importancia en tu vida. No digo que hubiera estado abierta a ello, pero sí que, en su ausencia, soy libre de encontrar a otro…, eh, compañero. Y, hasta el momento, Quinn me encanta.

—No lo conoces más de lo que conocías a Bill.

Aquello dio donde más me dolía.

—¡Al menos estoy segura de que no le ordenaron acostarse conmigo para ganar una baza política!

—Era mejor que supieras lo de Bill —dijo.

—Sí, es mejor —comulgué—. Pero eso no quiere decir que disfrutara en el proceso.

—Sabía que sería duro, pero tuve que obligarle a decírtelo.

—¿Por qué?

Eric pareció no saber qué contestar. No sabría definirlo de otra manera. Apartó la mirada y la dirigió hacia la oscuridad del bosque.

—No estuvo bien —dijo, al fin.

—Cierto. Pero también cabe la posibilidad de que quisieras acabar con mi amor por él.

—Ambas cosas son posibles —afirmó.

Hubo un tenso momento de silencio, como si algo gordo se estuviese preparando.

—Vale —dije lentamente. Era como una sesión de terapia—. Llevo meses viéndote taciturno, Eric. Desde que dejaste,…, ya sabes, de ser tú mismo. ¿Qué te pasa?

—Desde la noche que me maldijeron, me he preguntado por qué acabé corriendo por la carretera que lleva a tu casa.

Retrocedí un par de pasos y traté de discernir alguna prueba, alguna indicación de lo que estaba pasando por su cabeza y determinaba la expresión de su pálido rostro. De nada sirvió.

Nunca se me ocurrió preguntarme qué hacía Eric allí. Tantas cosas me habían asombrado, que el hecho de encontrarme a Eric solo, medio desnudo y totalmente desorientado a primera hora del día de Año Nuevo, había quedado enterrado en las postrimerías de la Guerra de los Brujos.

—¿Alguna vez averiguaste la respuesta? —pregunté, dándome cuenta de lo estúpida que era la pregunta apenas las palabras salieron de mi boca.

—No —dijo, casi como en un susurro—. No. Y la bruja que me maldijo ha muerto, aunque la maldición se haya roto. Ahora ya no me puede decir qué acarreaba. ¿Me impelía a buscar a la persona que odiaba? ¿A la que amaba? ¿Sería cosa del azar que me encontrara corriendo hacia ninguna parte…, salvo que «hacia ninguna parte» era de camino a tu casa?

Hubo un momento de incómodo silencio por mi parte. No sabía qué decir, y Eric aguardaba claramente una respuesta.

—Puede que sea la sangre de hada —respondí débilmente, a pesar de las horas que me había pasado convenciéndome de que la fracción de sangre de hada que llevaba dentro no era lo bastante significativa como para causar algo más que una leve atracción de los vampiros que frecuentaba.

—No —contestó él. Y desapareció.

—Bueno —dije en voz alta e insatisfecha—. Es complicado decir la última palabra con un vampiro.

Capítulo
8

Mi equipaje está hecho —canturreé.

—Bueno, no soy tan solitaria y triste como para ponerme a llorar —dijo Amelia. Había accedido amablemente a llevarme al aeropuerto, pero debí hacerle prometer que sería también más agradable esa mañana. Se había mostrado algo melancólica durante el tiempo que me había estado maquillando—. Ojalá pudiera ir también —comentó, admitiendo lo que le había estado rondando la mente. Claro que ya me había percatado de cuál era su problema antes de que lo verbalizara. Pero yo no podía hacer nada.

—Yo no puedo invitar o dejar de invitar a nadie —dije—. No soy más que una mandada.

—Ya lo sé —farfulló—. Recogeré el correo, regaré las plantas y cepillaré a Bob. Eh, me han dicho que el vendedor de seguros de Bayou State necesita una recepcionista, ya que la madre de la mujer que trabajaba para él fue evacuada de Nueva Orleans y precisa cuidados las veinticuatro horas.

—Anda, pues ve a solicitar el empleo —dije—. Te encantará. —El de mi seguro era un mago que reforzaba sus pólizas con conjuros—. Greg Aubert te caerá bien, y te resultará de lo más interesante. —Quería que la entrevista de Amelia en la aseguradora fuese una alegre sorpresa.

Amelia me miró de soslayo con una leve sonrisa.

—Ah, ¿es mono y soltero?

—No. Pero cuenta con otros atributos interesantes. Y recuerda que le prometiste a Bob que no te liarías con más chicos.

—Oh, sí —dijo Amelia, taciturna—. Oye, veamos cómo es tu hotel.

Amelia me estaba enseñando cómo usar el ordenador de mi prima Hadley. Me lo traje de Nueva Orleans con la idea de venderlo, pero Amelia me convenció para que lo instalara en casa. Resultaba curioso verlo allí, sobre un escritorio en el rincón más antiguo de la casa, la habitación que ahora usaba como salón. Amelia pagó una línea de teléfono extra para la conexión a Internet, ya que la necesitaba para su portátil en el piso de arriba. Yo aún era una novata llena de nervios.

Amelia accedió a Google y tecleó «Hotel Pyramid of Gizeh». Nos quedamos mirando la imagen que apareció en la pantalla. La mayoría de los hoteles para vampiros estaban situados en amplios centros urbanos, como Rhodes, y también eran atracciones turísticas. A menudo referido escuetamente como «el Pyramid», el recinto tenía forma precisamente de pirámide, claro, y estaba recubierto de cristales reflectantes color bronce. Una hilera de cristal más ligero cubría la zona más próxima a la base.

—No es exactamente... hmmm. —Amelia contemplaba la imagen con la cabeza ladeada.

—Necesita más inclinación —dije, y Amelia asintió.

—Tienes razón. Es como si quisieran que pareciese una pirámide, pero no necesitaran tantos pisos para que lo pareciese de verdad. El ángulo no es lo bastante inclinado como para que parezca majestuosa.

—Y la base es un rectángulo grande.

—Eso también. Supongo que será por las salas de convenciones.

—No tiene aparcamiento —observé, escrutando la pantalla.

—Oh, seguro que es subterráneo. Los pueden hacer así por allí.

—Está frente al lago —dije—. Eh, podré ver el lago Michigan. Mira, hay un pequeño parque entre el hotel y el lago.

—Y unos seis carriles para el tráfico —puntualizó Amelia.

—Vale, también.

—Pero está cerca de una gran zona comercial —añadió.

—Tiene un piso exclusivo para humanos —leí—. Apuesto a que es el de la base, el de los cristales más ligeros. Pensé que era cosa del diseño, pero es para que los humanos puedan disfrutar de la luz durante el día. La gente necesita esas cosas para sentirse bien.

—Matizo: es por ley —dijo Amelia—. ¿Qué más hay? Salas de reuniones, bla, bla, bla. Cristal opaco por todas partes, salvo en la planta de los humanos. Suites exquisitamente decoradas en los pisos superiores, bla, bla, bla. Personal con amplia formación en las necesidades de los vampiros. ¿Querrá eso decir que todos están dispuestos a ser donantes de sangre o cuerpos para el folleteo?

Qué cínica Amelia o. Pero ahora que yo sabía quién era su padre, tenía sentido.

—Me encantaría ver la habitación de la planta más alta, la punta de la pirámide —dije.

—No se puede. Aquí dice que no es una planta para huéspedes. En realidad es donde está todo el tema del aire acondicionado.

—Pues vaya. Hora de marcharnos —indiqué, echando un ojo al reloj.

—Pues sí —respondió Amelia, mirando con tristeza a la pantalla.

—Sólo estaré fuera una semana —dije. Sin duda, Amelia era una de esas personas a las que no les gusta estar solas. Bajamos las escaleras y llevamos mis cosas al coche.

—Tengo el número del hotel para llamar en caso de emergencia. También tengo tu móvil. ¿Llevas el cargador?

Maniobró por el largo camino de grava y salió a Hummingbird Road. Rodearíamos Bon Temps para salir a la interestatal.

—Sí. —Y también mi cepillo de dientes y la pasta, mi depiladora, mi desodorante, mi secador (sólo por si acaso), mi maquillaje, toda mi ropa nueva más unos extras, muchos zapatos, camisones, el reloj de viaje con alarma de Amelia, ropa interior, bisutería, un bolso extra y dos libros de bolsillo—. Gracias por prestarme la maleta. —Amelia había contribuido con su llamativa maleta de ruedas roja y una bolsa a juego, además de otra que había llenado con un libro, un crucigrama, un lector de CD portátil con auriculares y un porta CD.

No hablamos mucho durante el viaje. Pensaba en lo extraño que sería dejar a Amelia sola en la casa de mi familia. Hacía más de ciento setenta años que sólo había habido Stackhouses por allí.

Nuestra esporádica conversación se extinguió cuando llegamos a las cercanías del aeropuerto. No parecía que hubiera más que decir. Estábamos justo delante de la terminal principal del aeropuerto de Shreveport, pero nuestro destino era un pequeño hangar privado. Si Eric no hubiese reservado un vuelo chárter de Anubis semanas atrás, se habría quedado con dos palmos de narices, porque la cumbre estaba poniendo a la línea aérea al límite de sus posibilidades. Todos los Estados involucrados enviaban sus delegaciones, y un buen puñado del centro del continente, desde el Golfo de México hasta la frontera canadiense, estaba incluido en la división central de Estados Unidos.

Unos meses atrás, Luisiana habría necesitado dos aviones. Ahora, con uno bastaba, sobre todo porque una parte de la comitiva se había adelantado. Leí la lista de los vampiros que faltaban después de la reunión en el Fangtasia, y, para mi pesar, Melanie y Chester estaban en ella. Los había conocido en la sede de la reina en Nueva Orleans y, aunque no habíamos tenido tiempo de convertirnos en colegas ni nada, me cayeron muy bien.

En la puerta de la cerca que rodeaba el hangar había un guardia que comprobó mi carné de conducir y el de Amelia antes de dejarnos pasar. Era un poli humano fuera de servicio, pero parecía competente y alerta.

—Giren a la derecha y llegarán al aparcamiento que hay junto a la puerta del muro este —dijo.

Amelia se inclinó un poco hacia delante mientras conducía, pero la puerta no resultó difícil de encontrar. Ya había otros coches aparcados. Eran casi las diez de la mañana, y el aire era fresco, justo por debajo de lo que sería calor. Era un temprano aliento otoñal. Después del tórrido verano, era todo un alivio. Pam dijo que haría más frío en Rhodes. Había consultado el pronóstico del tiempo para la siguiente semana en Internet y me había llamado para que me asegurara de incluir un suéter en el equipaje. Sonó casi excitada, lo cual ya era decir demasiado de Pam. Empezaba a darme la impresión de que estaba un poquito inquieta, quizá algo cansada de Shreveport y el bar. Quizá sólo eran ideas mías.

Amelia me ayudó a descargar las maletas. Tuvo que retirar unos cuantos conjuros de la Samsonite roja antes de poder prestármela. No pregunté qué habría pasado si se hubiera olvidado. Saqué el tirador de la maleta con ruedas y me eché la bolsa al hombro. Amelia cogió el resto y abrió la puerta.

Nunca había estado en un hangar, pero era como en las películas: cavernoso. Había unos cuantos aviones pequeños aparcados en el interior, pero nos dirigimos, como Pam nos había indicado, hacia la gran puerta que había en la pared oeste. El reactor de Anubis estaba fuera, y los empleados uniformados de la compañía ya estaban cargando los ataúdes en las cintas transportadoras. Iban todos vestidos de negro, con la única concesión estética de la cabeza de un chacal en el pecho, un remilgo que hallaba irritante. Nos miraron casualmente, pero ninguno de ellos nos exigió ver ninguna identificación hasta que llegamos a la escalerilla que subía al avión.

Bobby Burnham estaba de pie frente a la escalerilla con un portapapeles. Como era de día, estaba claro que Bobby no era un vampiro, pero hacía gala de la palidez y la severidad que le hubieran podido confundir con uno. No lo había visto antes, pero sabía quién era, y él me identificó también, como pude saber directamente desde su mente. Pero eso no le impidió comprobar mi identidad en su maldita lista, mientras no perdía de vista a Amelia, como si fuese a convertirle en un enorme sapo de un momento a otro (eso también lo saqué directamente de la mente... de Amelia).

—Tendría que croar —le murmuré a Amelia, y ella sonrió.

Bobby se presentó, y cuando asentimos dijo:

—Su nombre está en la lista, señorita Stackhouse, pero el de la señorita Broadway no. Me temo que tendrá que llevar su propio equipaje. —A Bobby le encantaba su posición de poder.

Amelia susurraba algo entre dientes, y de repente Bobby farfulló:

—Yo le subiré el equipaje por la escalerilla, señorita Stackhouse. ¿Puede llevar la otra bolsa? Si no desea hacerlo, bajaré enseguida y la subiré yo. —El asombro de su expresión no tenía precio, pero traté de no regodearme demasiado. Amelia había jugado una baza bastante rastrera.

—Gracias, puedo sola —le tranquilicé, y cogí la bolsa que llevaba Amelia mientras él acometía la escalerilla con lo que más pesaba—. Amelia, serás canalla —dije, aunque para nada enfadada.

—¿Quién es este capullo? —inquirió.

—Bobby Burnham. Es la mano diurna de Eric. —Todos los vampiros de cierto rango tienen uno. Bobby era la última adquisición de Eric.

—¿Y qué hace? ¿Desempolvar ataúdes?

—No, hace recados, va al banco, recoge la ropa de la lavandería, trata con las instituciones del Estado que sólo abren de día y cosas así.

—Vamos, el chico de los recados.

—Bueno, sí. Pero es un chico de los recados importante.

Bobby ya bajaba la escalerilla, aún sorprendido de haberse mostrado tan educado y servicial.

—No le hagas nada más —dije, a sabiendas de que se lo estaba pensando.

Los ojos de Amelia brillaron antes de percibir lo que le estaba diciendo.

—Una pena —admitió—. Odio a los capullos con poder.

—¿Y quién no? Escucha, te veré dentro de una semana. Gracias por traerme hasta el aeropuerto.

—Tranqui. —Me dedicó una triste sonrisa—. Pásatelo bien y procura que nada te mate o te muerda.

La abracé impulsivamente y, al cabo de un segundo de sorpresa, me devolvió el abrazo.

—Cuida de Bob —le dije, antes de ascender por la escalerilla.

No podía evitar sentirme un poco nerviosa, ya que estaba cortando amarras con la vida que conocía, al menos temporalmente.

—Escoja asiento, señorita Stackhouse —indicó la empleada de Anubis Air que había en la cabina. Me cogió la bolsa y se la llevó. El interior del aparato no se parecía al de ningún otro avión exclusivo para humanos, o al menos eso era lo que aseguraba la web de Anubis. Su flota había sido modificada y equipada para el transporte de vampiros dormidos, dejando a los acompañantes humanos como segundo plato. Había zonas de carga para ataúdes a lo largo de las paredes, como plataformas de carga, y, en el extremo frontal del avión, tres filas de asientos, tres a la derecha y dos a la izquierda, para gente como yo… o al menos gente que sería de alguna utilidad para los vampiros en la conferencia. En ese momento, sólo había tres personas sentadas. Bueno, una era humana y las otras dos en parte.

—Hola, señor Cataliades —dije, y el hombre orondo se levantó del asiento con una gran sonrisa.

—Mi querida señorita Stackhouse —respondió con calidez, porque así era como hablaba el señor Cataliades—. Me alegro tanto de volver a verla.

—Yo también, señor Cataliades.

Se pronunciaba «Cataliadiz», y si tenía un nombre de pila, lo desconocía. A su lado estaba una mujer muy joven con un llamativo pelo rojo de punta. Era su sobrina, Diantha. Diantha gustaba de lucir los conjuntos más extraños, y esa noche se hizo todo un honor a sí misma. De algo más de metro y medio y complexión delgada, había escogido para la ocasión unos leotardos naranjas que le llegaban hasta las pantorrillas, unas sandalias de goma azules y una falda plisada blanca, junto con una camiseta de tirantes ajustada desteñida. Resultaba deslumbrante.

Diantha no creía en la necesidad de respirar mientras se habla.

—Holabuenas —dijo.

—Volvemos a vernos —señalé, y como ella no hizo más movimientos, me limité a hacer un gesto con la cabeza. Algunos seres sobrenaturales estrechan la mano, otros no, por lo que hay que andarse con cuidado. Me volví hacia el otro pasajero. Estaba convencida de que me sentiría más cómoda con otro humano, así que extendí la mano. Tras una perceptible pausa, el hombre imitó el gesto, como si le hubieran tendido un pescado podrido. Me estrechó la mano con dificultad y enseguida la retiró, apenas capaz de reprimir el impulso de restregarse la suya sobre los pantalones.

—Señorita Stackhouse, le presento a Johan Glassport, especialista en Derecho vampírico.

—Señor Glassport —dije educadamente, pugnando por no sentirme ofendida.

—Johan, ésta es Sookie Stackhouse, la telépata de la reina —explicó el señor Cataliades cortésmente. Su sentido del humor era tan abundante como su vientre. Tuvo un calambre en el ojo. Había que recordar que su parte no humana (la mayoría de él) era un demonio. Diantha era medio demoniaca; su tío bastante más.

Johan me escrutó brevemente de arriba abajo, casi olfateándome, y volvió al libro que tenía en el regazo.

Justo en ese momento, una azafata de Anubis empezó a darnos las típicas instrucciones mientras yo ocupaba mi asiento y me abrochaba el cinturón. Poco después, despegamos. Estaba tan disgustada con el comportamiento de Johan Glassport que no sentí ninguna ansiedad al respecto.

Creo que jamás me había topado con una grosería tan explícita. Puede que la gente del norte de Luisiana no tenga mucho dinero, y que haya una tasa de embarazos adolescentes muy alta, así como todo tipo de problemas, pero por Dios que somos educados.

—Johanesuncaraculo —dijo Diantha.

El aludido no prestó la menor de las atenciones a esa definición tan precisa, sino que se limitó a pasar la página del libro.

—Gracias, querida —contestó el señor Cataliades—. Señorita Stackhouse, póngame al día de su vida.

Me cambié de sitio para sentarme frente al trío.

—No hay mucho que contar, señor Cataliades. Recibí el cheque, como le dije por escrito. Gracias por atar todos los cabos sueltos relacionados con la propiedad de Hadley. Si cambia de opinión y me manda la factura, estaré encantada de pagarla. —Bueno, no exactamente encantada, pero sí aliviada de una obligación pendiente.

—No, querida. Era lo mínimo que podía hacer. La reina ha querido expresar así su agradecimiento, a pesar de que la noche no acabara exactamente como había planeado.

—Claro, nadie imaginó que acabaría así. —Pensé en la cabeza de Wybert volando por los aires en medio de una neblina de sangre y me estremecí.

—Usted es la testigo —dijo Johan inesperadamente. Deslizó un marcapáginas en el libro y lo cerró. Sus pálidos ojos, magnificados tras sus gafas, estaban clavados en mí. De un excremento de perro pegado a la suela de su zapato, había pasado a convertirme en algo llamativo y de su interés.

—Sí, soy la testigo.

—Entonces es el momento de que hable.

—Estoy un poco sorprendida de que, si representa a la reina en un juicio tan importante, no haya intentado hablar conmigo antes —añadí, con una voz tan calmada como pude.

—La reina tuvo problemas para localizarme, y yo tenía que terminar con mi cliente previo —dijo Johan. Su rostro de piel perfecta no mostró la menor emoción, aunque parecía un poco más tenso.

—Johan estaba en la cárcel —dijo Diantha, con voz alta y clara.

—Oh, Dios mío —solté, genuinamente pasmada.

—Por supuesto que los cargos eran del todo infundados —explicó Johan.

—Claro que sí, Johan —afirmó el señor Cataliades sin inflexión alguna en la voz.

—Ohh —dije—. ¿Y en qué consistían esos cargos tan infundados?

Johan volvió a mirarme, esta vez con menos arrogancia.

—Se me acusaba de golpear a una prostituta en México.

No sabía mucho acerca de la policía de México, pero se me hacía de lo más inverosímil que un estadounidense pudiera ser arrestado allí por golpear a una prostituta, si es que ése era el único cargo. A menos que tuviera allí muchos enemigos.

—¿Llevaba algo en la mano cuando la golpeó? —pregunté, con una radiante sonrisa.

—Creo que Johan tenía un cuchillo —ilustró el señor Cataliades, con gravedad.

Fui consciente de que la sonrisa se me borró en el acto.

—Así que ha estado en una cárcel de México por apuñalar a una mujer —dije. ¿Quién era ahora el excremento de perro?

—A una prostituta —corrigió—. Ése era el cargo, pero yo era inocente, por supuesto.

—Por supuesto —repetí.

—Mi caso no es el que está ahora mismo sobre la mesa, señorita Stackhouse. Mi trabajo consiste en defender a la reina contra unos cargos muy graves que se han presentado en su contra, y usted es una testigo de gran importancia.

—Soy la única testigo.

—Por supuesto…, de la muerte definitiva.

—Hubo muchas muertes definitivas.

—La única que importa en esta cumbre es la de Peter Threadgill.

Suspiré ante el recuerdo de la cabeza de Wybert, y dije:

—Sí, estuve allí.

Puede que Johan fuese una escoria, pero conocía su terreno. Tuvimos una larga sesión de interrogatorio que permitió al abogado conocer lo que había pasado mejor que yo, y eso que estuve presente. El señor Cataliades escuchó con gran interés, lanzando de vez en cuanto una aclaración o una explicación sobre la disposición del monasterio de la reina.

Diantha escuchó un rato, se sentó en el suelo y se puso a jugar un solitario durante una hora. Luego, reclinó su asiento y se quedó dormida.

La azafata de Anubis Air volvió a aparecer unas cuantas veces para ofrecernos algo de beber y unos aperitivos durante el vuelo de tres horas hacia el norte. Cuando terminé la sesión con el abogado, me levanté para acudir al aseo. Más tarde, en vez de volver directamente a mi asiento, me dirigí hacia el fondo del avión para echar un ojo a cada ataúd. Había una etiqueta de equipaje adherida a las agarraderas de cada uno. Nos acompañaban Eric, Bill, la reina, Andre y Sigebert. También encontré el ataúd de Gervaise, que había hospedado a la reina, y el de Cleo Babbitt, sheriff de la Zona Tres. Arla Yvonne, la sheriff de la Zona Dos, había quedado al cargo del Estado durante la ausencia de la reina.

El ataúd de la reina lucía diseños de incrustaciones de nácar, en contraste con los demás, que resultaban mucho más sobrios. Todos eran de madera pulida: nada de metales modernos para estos vampiros. Deslicé la mano sobre el de Eric, pariendo escalofriantes imágenes de mí yaciendo junto a él sin vida.

—La mujer de Gervaise se adelantó anoche por carretera con Rasul para asegurarse de que todo estaba listo para recibir a la reina —dijo la voz del señor Cataliades sobre mi hombro derecho. Di un respingo, que hizo gracia al abogado de la reina. No paró de reír ahogadamente.

—Qué silencioso —señalé, con una voz tan amarga como un limón espachurrado.

—Se preguntaba dónde andaría el quinto sheriff.

—Sí, pero puede que usted estuviera a un par de pensamientos de los míos.

—No soy telépata como usted, querida. Me limité a leer su lenguaje corporal y la expresión de su cara. Contó los ataúdes y empezó a leer las etiquetas del equipaje.

—Así que la reina no sólo es reina, sino sheriff de su propia Zona.

—Sí, así nos ahorramos confusiones. No todos los gobernantes siguen ese mismo patrón, pero a la reina le pareció de lo más fastidioso tener que consultar constantemente con otros vampiros cada vez que quería hacer algo.

—Parece lo propio para una reina. —Eché una mirada a nuestros compañeros. Diantha y Johan estaban ocupados: ella durmiendo y él con su libro. Me pregunté si sería un libro sobre disecciones, con diagramas y puede que un relato de los crímenes de Jack el Destripador, fotografías de los escenarios de los crímenes incluidas. Aquello parecía ir con Johan.

—¿Cómo es que la reina tiene un abogado como ése? —pregunté con voz tan baja como me fue posible—. Parece muy… repugnante.

—Johan Glassport es un gran abogado, uno que acepta casos que otros rechazan —dijo el señor Cataliades—. También es un asesino. Pero bueno, todos lo somos, ¿no es así? —Sus ojos, negros como abalorios, se clavaron en los míos.

Aparté la mirada durante un buen rato.

—En defensa propia o de alguien a quien quería, mataría a cualquier atacante —contesté, meditando cada palabra que salía de mi boca.

—Qué perspectiva más diplomática, señorita Stackhouse. No puedo decir lo mismo de mí. Algunas de las cosas que he matado, las destrocé por pura diversión.

Ay, Dios, era más de lo que quería saber.

—A Diantha le encanta cazar ciervos, y ha matado a gente en mi defensa. Ella y su hermana incluso han acabado con algún que otro vampiro descarriado.

Hice un apunte mental para tratar a Diantha con más respeto. Matar a un vampiro era una empresa muy difícil. Y jugaba al solitario como una diablilla.

—¿Y Johan? —pregunté.

—Quizá sea mejor que deje de lado por el momento las pequeñas predilecciones de Johan. Al fin y al cabo, no se pasará de la raya un solo milímetro mientras esté con nosotros. ¿Está satisfecha con el trabajo de Johan informándola?

—¿Eso es lo que está haciendo? Bueno, supongo que sí. Ha sido muy minucioso, que es lo que quiere usted.

—Ciertamente.

—¿Puede decirme qué esperar de esa cumbre? ¿Cuáles serán los deseos de la reina?

—Sentémonos y trataré de explicárselo —dijo el señor Cataliades.

Durante la hora que siguió, él habló y yo lo interrumpí esporádicamente con mis preguntas.

Cuando Diantha se levantó bostezando, me sentía más preparada para los nuevos retos que tendría que afrontar en Rhodes. Johan Glassport cerró su libro y se nos quedó mirando, como si estuviese dispuesto a hablar.

—Señor Glassport, ¿había estado antes en la ciudad de Rhodes? —preguntó el señor Cataliades.

—Sí —repuso el abogado—. Hice mis prácticas en Rhodes. De hecho, solía estar a caballo entre Rhodes y Chicago.

—¿Cuándo estuvo en México? —pregunté yo.

—Oh, hace un par de años —respondió—. Tuve ciertos desacuerdos con mis socios comerciales de aquí, y me pareció un buen momento para…

—¿Salir echando leches de la ciudad? —completé su frase encantada.

—¿Poner pies en polvorosa? —sugirió Diantha.

—¿Coger el dinero y desaparecer? —añadió el señor Cataliades.

—Todas las respuestas valen —dijo Johan Glassport con una finísima sonrisa.

Capítulo
9

Llegamos a Rhodes a media tarde. Había un camión de Anubis esperándonos para cargar los ataúdes y llevarlos al Pyramid of Gizeh. No despegué la mirada de las ventanas de la limusina en todo el trayecto por la ciudad, y a pesar de la abrumadora presencia de cadenas de tiendas que también podían verse en Shreveport, no cabía duda de que estaba en un sitio completamente distinto. Mucho ladrillo rojo, tráfico, hileras de casas, un atisbo del lago… Trataba de mirar en todas las direcciones a la vez. Luego pudimos ver el hotel. Era asombroso. El día no era lo suficientemente soleado como para arrancar destellos a los cristales, pero eso no restaba majestuosidad a la pirámide. Había un parque al otro lado de la calle de seis carriles, que a esa hora rebosaba de tráfico. Más allá, estaba el gran lago.

Mientras el camión de Anubis rodeaba el hotel para acceder por la entrada trasera y descargar vampiros y equipajes, la limusina se deslizó rápidamente hacia la entrada principal del hotel. Cuando nosotras, criaturas diurnas, salimos del coche, no supe adónde mirar primero: las amplias aguas o los adornos de la propia estructura.

Las puertas del Pyramid estaban atendidas por numerosos hombres enfundados en uniformes marrones y beige, aunque también había silenciosos guardias. Había dos elaboradas reproduc-

117

ciones de sarcófagos dispuestas en vertical a ambos lados de la puerta. Eran fascinantes, y me habría encantado tener la oportunidad de examinarlos, pero el personal nos condujo como una exhalación al interior del edificio. Un hombre abrió la puerta del coche, otro comprobó nuestras identificaciones para ratificar que éramos huéspedes del hotel, y no periodistas, curiosos o fanáticos, y un tercero abrió la puerta del hotel de un empujón para indicarnos que debíamos entrar.

Ya había estado en un hotel para vampiros antes, así que no me sorprendió la presencia de guardias armados y la ausencia de ventanas en el piso bajo. El Pyramid of Gizeh se esforzaba por parecer un poco más humano que el Silent Shore, su homólogo de Dallas; a pesar de que las paredes lucían murales que reproducían arte egipcio antiguo, el vestíbulo era luminoso gracias a la luz artificial y resultaba horriblemente alegre debido al insistente hilo musical… «La chica de Ipanema» en un hotel para vampiros.

También había que decir que el vestíbulo estaba más concurrido que el del Silent Shore.

Había un montón de humanos y otras criaturas deambulando en sus quehaceres, mucha acción en el mostrador de recepción y cierta concurrencia en la caseta de bienvenida que había instalado el redil de vampiros de la ciudad anfitriona. Yo había estado con Sam en una convención de proveedores de bares en Shreveport una vez, cuando fuimos para que comprase un nuevo sistema para las cañas de cerveza, y reconocí el mismo ambiente. Estaba segura de que, en alguna parte, había una sala de convenciones con casetas, programas adheridos a paneles o demostraciones del algún tipo.

Ojalá hubiese un mapa del hotel, con todos los eventos y ubicaciones anotados, incluido en nuestro paquete de recepción. ¿O eran los vampiros demasiado esnobs como para necesitar ese tipo de ayudas? No, había un diagrama del hotel enmarcado e iluminado para la consulta de los huéspedes y los tours programados. El hotel estaba numerado al revés. El piso superior, el ático, estaba numerado con el uno. El bajo, el piso más amplio (el destinado para los humanos), tenía el número quince. Había un entrepiso que separaba el piso para humanos y recepción, y amplias salas de convenciones en el anexo norte del hotel, la proyección rectangular sin ventanas que tan rara nos había parecido en la imagen de Internet.

Observé a la gente que correteaba por el vestíbulo; camareras, guardaespaldas, mayordomos, mozos… Allí estábamos, todos esos castorcillos humanos yendo de acá para allá para que todo estuviese listo y dispuesto para los asistentes no muertos a la convención (¿se podía llamar así a una cumbre? ¿Cuál era la diferencia?). Me agrié un poco al preguntarme por qué era ése el orden de las cosas, cuando hacía unos años eran los vampiros los que corrían a esconderse a un rincón oscuro. Quizá aquello hubiera sido lo más natural. Me di un bofetón mental. Sólo me faltaba unirme a la Hermandad, si de verdad era lo que sentía. Recordé al pequeño grupo de manifestantes que se había congregado en el parque frente al Pyramid of Gizeh, con pancartas que ponían «Pirámide de rancios».

—¿Dónde están los ataúdes? —le pregunté al señor Cataliades.

—Llegarán por la entrada del sótano —explicó.

Había un detector de metales en la entrada. Me esforcé por no mirar mientras Johan Glassport se vaciaba los bolsillos. El detector saltó como una sirena cuando intentó atravesarlo.

—¿Los ataúdes también tienen que pasar por el detector de metales? —quise saber.

—No. Nuestros vampiros van en ataúdes de madera, pero con componentes de metal, y no se puede sacar a los vampiros para registrarles los bolsillos en busca de objetos metálicos, así que no tendría sentido —repuso el señor Cataliades, sonando impaciente por primera vez—. Además, algunos vampiros han escogido esas modernas cajas mortuorias de metal.

—Los manifestantes de enfrente —dije—. Me dan escalofríos. Les encantaría meterse aquí dentro.

El señor Cataliades sonrió, lo cual constituyó un panorama aterrador.

—Nadie va a entrar aquí, señorita Sookie. Hay otros guardias que usted no puede ver.

Mientras el señor Cataliades se encargaba de tramitar la recepción, me mantuve a su lado y me dediqué a mirar a la gente que nos rodeaba. Todos vestían muy bien y estaban hablando. Sobre nosotros. Enseguida me puse nerviosa ante las miradas que estábamos recibiendo, y el murmullo de los pensamientos de los pocos huéspedes vivos y el personal del hotel no hizo sino aumentar esa sensación. Éramos el séquito humano de la reina, que había sido la gobernante más poderosa de Estados Unidos. Ahora, no sólo se encontraba debilitada económicamente, sino que iba a ser juzgada por el asesinato de su marido. Podía entender por qué los demás lacayos nos encontraban interesantes (yo misma lo habría pensado), pero no podía evitar sentirme incómoda. En lo único que podía pensar era en lo brillante que debía de tener la nariz y las ganas que tenía de pasar un rato sola.

El empleado consultó el libro de reservas con deliberada lentitud, como si desease mantener la exhibición en el vestíbulo el mayor tiempo posible. El señor Cataliades trató con él con su habitual y elaborada cortesía, aunque eso también empezaba a agotarse al cabo de diez minutos.

Me mantuve a una discreta distancia durante el proceso, pero cuando me quedó claro que el empleado (cuarentón, consumidor de drogas ocasional, padre de tres) nos mantenía allí simple y llanamente para divertirse, me acerqué un paso. Puse la mano levemente sobre la manga del señor Cataliades para indicarle que quería unirme a la conversación. Se interrumpió para volver una cara interesada hacia mí.

—Danos las llaves y dinos dónde están nuestros vampiros o le diré a tu jefe que eres el que vende los objetos del Pyramid en eBay. Y si se te ocurre sobornar a una señora de la limpieza para que ponga una sola mano sobre la ropa interior de la reina, ya no digamos robarla, te echaré a Diantha encima. —Diantha acababa de volver de hacerse con una botella de agua. No dudó en mostrar sus mortales dientes afilados en una letal sonrisa.

El empleado se puso blanco y luego rojo, en un interesante patrón de circulación de la sangre.

—Sí, señorita —tartamudeó, y me pregunté si se mearía encima. Después de hurgar en su cabeza, dejó de importarme.

Al poco tiempo, todos teníamos nuestras llaves, una lista de las habitaciones de descanso de «nuestros» vampiros, y el botones estaba llevando nuestros bultos a uno de los carros de equipaje. Aquello me recordó algo.

«Barry», dije mentalmente. «¿Estás por aquí?»

«Sí», dijo una voz que no tenía nada que ver con la titubeante de la primera vez. «¿Sookie Stackhouse?»

«Soy yo. Estamos en recepción. Estoy en la 1538, ¿y tú?»

«En la 1576. ¿Qué tal estás?»

«Yo bien, pero Luisiana… Hemos pasado un huracán y ahora tenemos un juicio. Supongo que ya sabes de lo que te hablo.»

«Sí. Has tenido mucho movimiento.»

«Y que lo digas», le dije, preguntándome si mi mente proyectaría la sonrisa que describían mis labios.

«Te he recibido alto y claro.»

En ese momento percibí cómo debía de sentirse la gente en mi presencia.

«Te veo luego», le dije a Barry. «Oye, ¿cómo te apellidas?»

«Empezaste algo cuando sacaste mi don a relucir», me dijo. «Me llamo Barry Horowitz. Ahora sólo me hago llamar Barry el botones. Así es como me he registrado, por si te olvidas de mi número de habitación.»

«Vale. Estoy deseando hacerte una visita.»

«Lo mismo te digo.»

Y entonces, Barry y yo volvimos nuestras atenciones a otras cosas, y la extraña sensación de cosquilleo que producía la comunicación mental desapareció.

Barry es el único telépata al que he conocido, aparte de mí misma.

El señor Cataliades averiguó que todos los integrantes humanos (bueno, no vampiros) del grupo habían sido dispuestos en habitaciones por parejas. Algunos de los vampiros también. No le alegró mucho saber que compartiría habitación con Diantha, pero el hotel estaba hasta la bandera, según dijo el empleado. Quizá nos estuviera mintiendo con respecto a muchas otras cosas, pero ésa, en concreta, era una verdad como un templo.

A mí me había tocado compartir habitación con el juguete sexual de Gervaise y, mientras deslizaba la tarjeta por el lector de la puerta, me pregunté si ya estaría dentro. Sí que estaba. Me había esperado la típica fanática de los vampiros, una de esas que no dejan de revolotear a su alrededor en el Fangtasia, pero Carla Danvers era harina de otro costal.

—¡Hola, chica! —me recibió—. Me dije que no tardarías en llegar cuando trajeron tus maletas. Soy Carla, la novia de Gerry.

—Encantada de conocerte —saludé, estrechándole la mano. Carla era la reina de su promoción. Bueno, puede que no lo fuera literalmente, ni tampoco la más popular de su clase, pero seguro que había andado cerca. Tenía el pelo castaño oscuro y le llegaba hasta la barbilla, a juego con unos grandes ojos, con unos dientes tan rectos y blancos que habrían podido ser el anuncio de su odontólogo. Sus pechos habían pasado por una operación, y tenía las orejas llenas de pendientes, igual que el ombligo. Pude verlo todo porque Carla estaba desnuda, y no parecía entender que su desnudez se me antojaba excesivamente explícita para mi gusto—. ¿Lleváis mucho tiempo juntos, Gervaise y tú? —pregunté, para disimular mi incomodidad.

—Conocí a Gerry hace, veamos, siete meses. Dijo que sería mejor que me agenciase una habitación por separado porque era probable que tuviera que mantener reuniones de negocios en la suya, ya sabes. Además, pienso irme de compras mientras esté por aquí; ¡terapia de rebajas! ¡La gran ciudad y sus grandes almacenes! Y quería un lugar donde almacenar todas mis bolsas sin que tuviera que estar él para preguntarme cuánto me ha costado todo. —Me hizo un guiño que sólo podría definir como granuja.

—Vale —comenté—. Suena bien. —Lo cierto era que no sonaba tan bien, pero el programa de Carla no era asunto mío. Mi maleta me estaba esperando, así que la abrí y empecé a vaciarla, notando que mi bolsa con el bonito vestido dentro ya estaba en el armario. Carla me había dejado exactamente la mitad del espacio del armario y los cajones, lo cual estaba muy bien por su parte. Ella había llevado unas veinte veces más de ropa que yo, lo cual resaltaba más si cabe su carácter salomónico.

—¿Y tú de quién eres novia? —preguntó Carla. Se estaba haciendo la pedicura. Cuando estiró una pierna hacia arriba, la lámpara del techo delató algo metálico entre sus piernas. Absolutamente abochornada, me volví para estirar mi vestido en su percha.

—Salgo con Quinn —contesté.

Miré por encima del hombro, esforzándome por no bajar la mirada.

Carla parecía perdida.

—El hombre tigre —dije—. El que se encarga de la organización de las ceremonias.

Parecía que empezaba a reaccionar un poco.

—Grande, la cabeza afeitada —insistí.

El rostro se le iluminó.

—Oh, sí. ¡Lo vi esta mañana! Estaba desayunando en el restaurante mientras me registraba.

—¿Hay un restaurante?

—Claro. Aunque, claro, es diminuto. También hay servicio de habitaciones.

—Ya sabes, no es habitual que haya restaurantes en los hoteles para vampiros —dije, simplemente para dar conversación. Había leído un artículo al respecto en el *American Vampire*.

—Oh, vaya, eso no tiene ningún sentido. —Carla terminó con uno de los dedos del pie y empezó con el siguiente.

—No, desde el punto de vista de un vampiro.

Carla frunció el ceño.

—Sé que no comen. Pero la gente normal sí. Y éste es un mundo de gente normal, ¿no? Es como no aprender inglés cuando emigras a Estados Unidos.

Me volví para ver la cara de Carla y asegurarme de que hablaba en serio. Así era.

—Carla —dije, y me callé. No sabía qué decir, cómo decirle a Carla que a un vampiro de cuatrocientos años le traían sin cuidado los hábitos culinarios de un humano de veinte. Pero la chica estaba esperando que terminase mi frase—. Bueno, me alegro de que haya un restaurante —concluí con voz débil.

Ella asintió.

—Sí, porque no puedo pasar sin mi café de la mañana —añadió—. Sencillamente no puedo arrancar sin tomármelo. Claro que, cuando sales con un vampiro, tu mañana empieza a las tres o las cuatro de la tarde —rió.

—Es verdad —dije. Terminé de deshacer el equipaje, así que me dirigí hacia la ventana de la habitación para mirar. El cristal estaba tan ahumado que era difícil ver el paisaje, pero aun así era visible. Nuestro lado no daba al lago Michigan. Era una pena, pero me dediqué a contemplar los edificios del lado oeste con curiosidad. No tenía la oportunidad de ver muchas ciudades, y nunca había estado en una del norte. El cielo se oscurecía rápidamente, así que, entre eso y los cristales tintados, no pude ver gran cosa al cabo de diez minutos. Los vampiros no tardarían en despertarse, momento en el que daría comienzo mi jornada laboral.

A pesar de mantener una conversación sólo esporádica, Carla no me preguntó por mi papel en esta cumbre. Dio por sentado que iba de complemento. Por el momento, eso no me importaba. Tarde o temprano, descubriría cuál era mi particular talento, y entonces se pondría nerviosa cada vez que estuviera cerca. Por otra parte, ahora estaba demasiado relajada.

Carla empezó a vestirse (gracias a Dios) con un conjunto que definiría como de «prostituta con clase». Se había puesto un vestido de cóctel de lentejuelas verdes que apenas le cubría la parte superior, unos zapatos que llevaban escrita la palabra «fóllame» y un tanga que se notaba a poco que se mirara. Bueno, ella se había puesto su ropa de trabajo, y yo la mía. No estaba muy orgullosa de mí misma por emitir tanto juicio ajeno, y puede que sintiera algo de envidia porque mi ropa de trabajo pareciese tan conservadora.

Para esa noche, había escogido un vestido de gasa marrón chocolate anudado. Me había puesto mis grandes pendientes dorados y mis zapatos bajos marrones, algo de pintura de labios y un buen cepillado del pelo. Puse la tarjeta de la habitación en mi pequeño bolso de noche y me dirigí hacia el mostrador de recepción para averiguar cuál era la suite de la reina, ya que el señor Cataliades me dijo que me presentara allí.

Albergué la esperanza de toparme con Quinn de camino, pero no le vi el pelo. Con la compañera de habitación que me había tocado y el hecho de que Quinn estuviese tan atareado, quizá la cumbre no acabara siendo tan divertida como me habría gustado.

El empleado del mostrador palideció al verme acercarme, y miró alrededor para ver si Diantha me acompañaba. Mientras garabateaba el número de la habitación de la reina con mano temblorosa, miré a mi alrededor con más atención.

Había cámaras de seguridad en los lugares obvios, dirigidas hacia el acceso principal y el mostrador de recepción. También creí ver una en los ascensores. Estaban los típicos guardias armados, típicos en un hotel para vampiros, quiero decir. El mayor atractivo de una de estas instalaciones es la seguridad y la garantía de privacidad para sus huéspedes. De no ser por eso, los vampiros podrían pasar el tiempo en las habitaciones especiales para vampiros de los hoteles generales, más baratas y céntricas (incluso Motel 6 tenía habitaciones para vampiros en la mayoría de sus sucursales). Cuando pensaba en los manifestantes de fuera, esperaba que la seguridad del Pyramid estuviese atenta.

Saludé con la cabeza a otra humana mientras cruzaba el vestíbulo hacia los ascensores. Las habitaciones eran más lujosas cuanto más ascendías, deduje, ya que había cada vez menos por planta. La reina tenía una de las suites de la cuarta, ya que había reservado con mucha antelación, antes del Katrina, y probablemente cuando su marido aún estaba vivo. En la planta sólo había ocho puertas, y no me hizo falta ver el número para saber cuál era la de Sophie-Anne. Sigebert estaba de pie justo delante. Sigebert era una mole. Al igual que Andre, llevaba siglos protegiendo a la reina. El antiguo vampiro parecía muy solitario sin su hermano Wybert. Por lo demás, era el mismo guerrero anglosajón de la primera vez que nos vimos: barba desgreñada, el físico de un jabalí y un par de dientes ausentes en puntos críticos.

Me sonrió, lo cual no dejaba de ser un panorama aterrador.

—Señorita Sookie —me saludó.

—Sigebert —dije, pronunciando con cuidado su nombre como era debido: «Si-ya-bairt»—. ¿Cómo estás? —Quería transmitir simpatía sin caer en sentimentalismos.

—Mi hermano ha muerto como héroe —contestó, orgulloso—. En combate.

Pensé en comentar su añoranza después de tantos siglos juntos, pero pensé que tenía el mismo mal gusto que los periodistas cuando preguntan a los padres de un niño desaparecido.

—¿Cómo te sientes?

—Era un gran luchador —respondió, siguiendo su línea de conversación, que era exactamente lo que quería escuchar. Me dio unas palmadas en el hombro, con las que casi me tira al suelo. Luego, su mirada se antojó algo ausente, como si estuviera escuchando un anuncio.

Yo sospechaba que la reina podía hablar con sus «vampiros convertidos» telepáticamente, y cuando Sigebert me abrió la puerta sin mediar palabra, supe que era verdad. Me alegraba de que la reina no pudiera comunicarse así conmigo. Hacerlo con Barry era más o menos divertido, pero si estuviésemos todo el tiempo juntos, estaba segura de que acabaría hecha polvo. Además, Sophie-Anne daba infinitamente más miedo.

La suite de la reina era de lo más ostentosa. Nunca había visto nada parecido. La moqueta era densa como el pelaje de un borrego. El mobiliario estaba tapizado con motivos dorados y azul oscuro. El bloque de cristal inclinado que daba al exterior era opaco. He de admitir que el enorme muro de oscuridad me puso un poco nerviosa.

En medio de todo ese esplendor, Sophie-Anne estaba acurrucada en un sofá. Pequeña y terriblemente pálida, con el pelo negro brillante recogido en un moño, la reina lucía un vestido de seda color frambuesa con ribetes negros y unos zapatos de tacón negros de piel de cocodrilo. Sus alhajas eran sencillas piezas de oro macizo.

Una ropa más apropiada para su edad aparente habría sido cualquier modelo L.A.M.B., de Gwen Stephani. Murió como humana a la edad de quince, o puede que dieciséis años. En su época, a esa edad se la habría considerado una mujer madura y madre. En la nuestra, con esos años no eres más que una insignificancia. A ojos modernos, su ropa parecía demasiado sobria, pero habría que estar loco de remate para decírselo. Sophie-Anne era la adolescente más peligrosa del mundo, y al segundo más peligroso lo tenía detrás de ella. Andre estaba de pie, tras ella, como siempre. Tras dedicarme una exhaustiva mirada y que la puerta se cerrara detrás de mí, decidió sentarse junto a Sophie-Anne, lo que venía a indicar que me consideraba miembro del club, supongo. Ambos estaban bebiendo TrueBlood, y su tez estaba sonrosada, casi como la de un humano vivo.

—¿Qué tal tus alojamientos? —preguntó Sophie-Anne, atentamente.

—Bien. Comparto habitación con… la novia de Gervaise —dije.

—¿Con Carla? ¿Por qué? —Sus cejas se arquearon como aves negras en un cielo pálido.

—El hotel está hasta arriba. No es para tanto. Supongo que, de todos modos, pasará la mayor parte del tiempo con Gervaise —expliqué.

—¿Qué te ha parecido Johan? —preguntó la reina.

Pude sentir cómo se me endurecía la expresión.

—Creo que debería estar en la cárcel.

—Pero será él quien me mantenga fuera de ella.

Traté de imaginar cómo sería una cárcel para vampiros. Desistí. No me sentía capaz de dar ninguna opinión positiva sobre Johan, así que me limité a asentir.

—Sigues sin decirme qué percibiste en él.

—Está muy tenso y tiene un conflicto.

—Explícate.

—Está nervioso. Asustado. Se debate entre lealtades diferentes. Sólo quiere salir bien parado. Sólo se preocupa por sí mismo.

—¿Y eso en qué lo diferencia de cualquier humano? —comentó Andre.

Sophie-Anne respondió con una mueca de los labios. Ese Andre, menudo comediante.

—La mayoría de los humanos no suele apuñalar a las mujeres —dije con toda la tranquilidad que pude—. A la mayoría de los humanos eso no les aporta placer.

Sophie-Anne no era completamente inmune a la violencia que había ejercido Johan Glassport, pero, como era natural, le preocupaba más su propia defensa legal. Al menos eso era lo que yo interpretaba, a pesar de que con los vampiros tenía que limitarme al lenguaje corporal, al no poder leer sus pensamientos.

—Él me defenderá, le pagaré y podrá hacer lo que quiera —afirmó—. A partir de entonces, cualquier cosa podría pasarle. —Me clavó una mirada muy intencionada.

Vale, Sophie-Anne, pillo la indirecta.

—¿Te interrogó exhaustivamente? ¿Tuviste la sensación de que sabía lo que se hacía? —preguntó, volviendo al tema importante.

—Sí, señora —dije de inmediato—. Parecía muy competente.

—Entonces, merecerá la pena.

Ni siquiera me permití un parpadeo.

—¿Te comentó Cataliades qué debes esperar de esto?

—Sí, señora, lo hizo.

—Bien. Aparte de tu testimonio en el juicio, necesito que acudas conmigo a todas las reuniones de la cumbre que admitan humanos.

Por eso me pagaba tanto dinero.

—Eh, ¿hay alguna agenda de las reuniones? —pregunté—. Lo digo porque sería más fácil para mí estar preparada si tuviese una idea de cuándo va a necesitarme.

Antes de que pudiera responder, alguien llamó a la puerta. Andre se levantó y fue a abrir con tanta agilidad y fluidez que habría podido pasar por un gato. Llevaba su espada en la mano, a pesar de que no la había visto un instante antes. La puerta se abrió un poco justo cuando Andre llegó a su altura, y oí la grave voz de Sigebert.

Tras intercambiar unas cuantas palabras, la puerta se abrió del todo y Andre dijo:

—El rey de Texas, mi señora. —Apenas había un eco de agradable sorpresa en su voz, aunque eso fuera el equivalente de que Andre se pusiera a hacer volteretas por la moqueta. Esa visita era una demostración de apoyo a Sophie-Anne, y los demás vampiros así lo percibirían.

Stan Davis entró en la habitación, seguido de un séquito de vampiros y humanos.

Stan era el friqui por excelencia. Era de esos que se ponen protectores en los bolsillos. Las marcas del peinado eran evidentes en su pelo arenoso, y sus gafas eran densas y pesadas. También eran bastante innecesarias. Nunca había conocido a un vampiro que no tuviese una vista y un oído excelentes. Stan llevaba puesta una camisa blanca que no requería planchado con el logotipo de Sears, junto con unos Dockers y unos mocasines de cuero marrón. La madre del cordero. Era sheriff cuando lo conocí, y ahora que era rey mantenía su bajo perfil estético.

Detrás del rey entró Joseph Velasquez, su jefe de seguridad. Joseph era un hispano bajo y corpulento con el pelo de punta y una tendencia a no sonreír nunca. Al lado tenía a una vampira pelirroja que se llamaba Rachel; a ella también la recordaba de mi viaje a Dallas. Rachel era salvaje, y no le gustaba lo más mínimo colaborar con humanos. Cerraba el séquito Barry el botones, luciendo un buen aspecto con unos vaqueros de diseño, una camiseta de seda gris y una discreta cadena de oro alrededor del cuello. Barry había madurado de una forma casi escalofriante desde la última vez que lo vi. Era un muchacho de unos diecinueve años, guapo pero desgarbado cuando lo conocí trabajando como botones del hotel Silent Shore, en Dallas. Ahora, Barry se había hecho la manicura, un buen corte de pelo y los ojos de preocupación de alguien que hubiera estado nadando en una piscina llena de tiburones.

Intercambiamos sonrisas, y Barry dijo:

«Me alegro de verte. Estás muy guapa, Sookie.»

«Gracias. Lo mismo digo, Barry.»

Andre estaba realizando los correspondientes saludos vampíricos, lo que no incluía estrechamientos de mano.

—Nos alegra verte, Stan. ¿A quién has traído contigo?

Stan se inclinó galantemente para besar la mano de Sophie-Anne.

—La reina más bella —dijo—. Éste es mi segundo, Joseph Velasquez. Y esta vampira es mi hermana de redil, Rachel. Este humano es el telépata Barry el botones. He de darte las gracias por tenerlo, indirectamente.

Sophie-Anne sonrió.

—Ya sabes que siempre estoy encantada de poder hacerte cualquier favor que obre en mi poder, Stan. —Le indicó con un gesto que se sentara frente a ella. Joseph y Rachel se situaron a los flancos—. Me encanta verte en mi suite. Me preocupaba no tener ninguna visita. —«Ya que se me acusa del asesinato de mi marido y mi situación económica ha sufrido un fuerte revés», podría haberse subtitulado.

—Tienes todas mis simpatías —contestó Stan con voz totalmente desafectada—. Las pérdidas de tu dominio han sido extremas. Si podemos ayudar… Sé que los humanos de mi Estado han ayudado a los tuyos. Lo mínimo es que los vampiros hagamos lo mismo.

—Agradezco tu amabilidad —dijo Sophie-Anne. El orgullo le escocía como nunca. Tuvo que esforzarse por devolver la sonrisa a su cara—. Supongo que conoces a Andre —prosiguió—. Andre, ahora conoces a Joseph. Doy por sentado que todos los presentes conocéis a Sookie.

Sonó el teléfono. Como yo era la que estaba más cerca, lo cogí.

—¿Hablo con un miembro de la comitiva de la reina de Luisiana? —preguntó una voz áspera.

—Así es.

—Uno de ustedes tiene que bajar a la zona de carga para recoger una maleta que pertenece a su comitiva. No podemos leer la etiqueta.

—Oh…, vale.

—Cuanto antes, mejor.

—Está bien.

Colgó. Vale, había sido un poco brusco.

Como la reina parecía esperar que le dijera quién había llamado, se lo conté y, durante una milésima de segundo, pareció tan extrañada como yo.

—Más tarde —dijo, despectivamente.

Los ojos del rey de Texas habían estado enfocados hacia mí todo ese momento como dos rayos láser. Le hice un gesto con la cabeza, esperando que fuese la respuesta adecuada. Me hubiera gustado tener tiempo para que Andre me pusiera al tanto del protocolo antes de que la reina empezara a recibir invitados, aunque lo cierto era que no esperaba que hubiese ninguno, y mucho menos alguien tan poderoso como Stan Davis. Aquello debía de suponer una buena señal para la reina, o puede que fuese un sutil insulto vampírico. Estaba segura de que acabaría descubriéndolo.

Sentí el cosquilleo de Barry en mi mente.

«¿Se trabaja bien para ella?», preguntó.

«Sólo le echo una mano de vez en cuando», dije. «Sigo con mi trabajo cotidiano.»

Barry me miró con sorpresa.

«¿Bromeas? Deberías estar forrándote, sobre todo si vas a un Estado como Ohio o Illinois, donde está el dinero.»

Me encogí de hombros.

«Me gusta donde vivo», dije.

Entonces nos dimos cuenta de que nuestros patrones vampíricos estaban observando nuestra silenciosa conversación. Supongo que la expresión de la cara nos había cambiado, como suele pasar cuando tienes una conversación… Salvo que la nuestra había sido muda.

—Disculpen —me justifiqué—. No quise ser grosera. No veo a menudo a gente como yo, y es muy agradable poder hablar con otro telépata. Ruego su perdón, mi señora, mi señor.

—Casi pude escucharlo —dijo Sophie-Anne, maravillada—. Stan, ¿te ha sido de utilidad? —Sophie-Anne podía hablar mentalmente con los vampiros a los que había convertido, pero debía de ser una habilidad tan rara entre los vampiros como entre los humanos.

—Mucho —confirmó Stan—. El día que tu Sookie me llamó la atención sobre él fue uno de los mejores que recuerdo. Sabe cuándo mienten los humanos, conoce sus auténticas motivaciones. Es una maravillosa baza.

Miré a Barry, preguntándome si alguna vez se habría considerado un traidor hacia la humanidad o sencillamente el vendedor de un servicio necesario. Cruzó su mirada con la mía, el gesto duro. Estaba claro que sentía el conflicto de servir a un vampiro, revelando secretos humanos a su patrón. Yo misma me enfrentaba a esa idea alguna vez que otra.

—Hmmm. Sookie sólo trabaja para mí de vez en cuando. —Sophie-Anne me estaba mirando, y si su terso rostro pudiera definirse con una sensación, diría que estaba pensativa. Andre se traía algo entre manos tras esa fachada sonrosada de adolescente. No sólo estaba pensativo, sino también interesado; pendiente, para ser más precisos.

—Bill la trajo a Dallas —observó Stan, no tanto como una pregunta.

—Era su protector por aquel entonces —dijo Sophie-Anne.

Un breve silencio. Barry me miró de soslayo con optimismo, y yo le devolví un gesto con el mensaje explícito: «Ni lo sueñes». Lo cierto es que me apetecía abrazarlo, ya que ese silencio había devenido en algo que podía manejar.

—¿De verdad necesitan mi presencia y la de Barry aquí? Somos los únicos humanos y quizá no sería productivo que permaneciéramos aquí leyéndonos la mente mutuamente.

Joseph Velasquez esbozó una sonrisa antes de poder controlarse.

Tras un instante de silencio, Sophie-Anne asintió, seguida de Stan. La reina Sophie y el rey Stan, me recordé a mí misma. Barry ejecutó una reverencia que ya tenía ensayada y me entraron ganas de sacarle la lengua. Yo hice algo parecido y salí de la suite. Sigebert nos miró con expresión interrogativa.

—La reina, ¿ya no os necesita? —preguntó.

—Ahora mismo no —dije. Di unos golpecitos al busca que Andre me había entregado tan sólo unos momentos antes—. Esto vibrará si me necesitan —añadí.

Sigebert contempló el artilugio con desconfianza.

—Creo que sería mejor que os quedarais aquí —insinuó.

—La reina dice que puedo irme —repliqué.

Y me marché, con Barry siguiendo mis pasos de cerca. Cogimos el ascensor para bajar hasta el vestíbulo, donde encontramos un rincón aislado al que nadie podría asomarse a curiosear.

Nunca había mantenido una conversación completamente mental con nadie, y Barry tampoco, así que nos entretuvimos con ese ejercicio durante un tiempo. Barry me contó la historia de su vida mientras yo trataba de bloquear las demás mentes que nos rodeaban; luego traté de compaginar a todos con Barry.

Fue muy divertido.

Barry resultó ser mejor que yo a la hora de entresacar pensamientos del gentío, y a mí se me daba mejor detectar el matiz y el detalle, cosa no siempre sencilla de recabar en los pensamientos. Pero teníamos algo en común.

Estábamos de acuerdo en quiénes eran los mejores emisores de la sala, o sea que nuestra capacidad de «escuchar» era la misma. Señalábamos a alguien (en este caso a mi compañera de habitación, Carla) y escuchábamos sus pensamientos, puntuándolos en una escala del uno al cinco, siendo el cinco un pensamiento muy alto y claro. Carla sacó un tres. Tras acordar ese juicio, puntuamos a más gente, reaccionando prácticamente al unísono en cuanto a los resultados.

Vale, era muy interesante.

«Probemos con el tacto», sugerí.

Barry ni siquiera me miró de reojo. Estaba animado. Sin decir nada más, me cogió de la mano y nos orientamos en direcciones casi opuestas.

Las voces nos llegaban con tanta claridad que era como tener una conversación completa de viva voz con todos los ocupantes del recinto, todos a la vez. Era como subir el volumen de un DVD, con los agudos y los bajos perfectamente equilibrados. Era tan excitante como aterrador. A pesar de estar orientada en dirección contraria al mostrador de recepción, pude oír con claridad a una mujer que preguntaba sobre la llegada de los vampiros de

Luisiana. Percibí mi propia imagen en la mente del empleado, encantado con la idea de poder jugarme una mala pasada.

«Tenemos problemas», me dijo Barry.

Me volví para ver cómo se acercaba una vampira con expresión de pocos amigos. Sus ojos eran de color avellana y tenía el pelo castaño liso. Parecía tan delgada como malévola.

—Al fin, alguien del grupo de Luisiana. ¿El resto de los tuyos están escondidos o qué? ¡Dile a la zorra de tu ama que pienso clavar su pellejo en la pared! ¡La veré con una estaca y expuesta al sol en la azotea de este mismo hotel!

Por desgracia, dije lo primero que me vino a la cabeza:

—Paso de ti —contesté, como si fuese una cría de once años—. Y, por cierto, ¿quién demonios eres tú?

No cabía duda de que tenía que ser Jennifer Cater. Estuve a punto de decirle que el carácter de su rey había dejado mucho que desear, pero me gustaba conservar la cabeza sobre los hombros, y no creo que hiciera falta mucho para que esa tipa perdiera los papeles.

Me taladró con la mirada, eso se lo concedo.

—Te dejaré seca —dijo ásperamente. Para entonces, estábamos atrayendo bastante la atención.

—Uuuuuh —respondí, exasperada más allá de todo buen juicio—. Qué miedo me das. Me pregunto si al tribunal le gustará escuchar eso de tu boca. Corrígeme si me equivoco, pero ¿no tienen los vampiros prohibido por ley amenazar de muerte a los humanos, o es que lo he leído mal?

—Como si me importase una mierda la ley humana —dijo Jennifer Cater, pero el fuego de su mirada fue menguando cuando se percató de que nuestra conversación había atraído a todo el vestíbulo, incluidos muchos humanos y algún vampiro que estaría encantado de quitársela de en medio—. Sophie-Anne Leclerq será juzgada conforme a las leyes de mi pueblo —añadió Jennifer como un tiro—. Y será hallada culpable. Yo gobernaré Arkansas y la haré grande.

—Pues sería toda una novedad —dije, con cierta justificación. Arkansas, Luisiana y Misisipi eran los tres Estados pobres arracimados para nuestra mutua mortificación. Nos sentíamos agradecidos los unos a los otros porque nos turnábamos en la cola de cada lista federal de los Estados Unidos: nivel de pobreza, embarazos adolescentes, muertes por cáncer, analfabetismo… Nos repartíamos los honores por temporadas.

Jennifer se largó, poco interesada en otro embate. Era muy decidida y maligna, pero estaba segura de que Sophie-Anne le podía dar lo suyo en cualquier momento. Si fuese una mujer de apuestas, pondría todo mi dinero en la jaca francesa.

Barry y yo nos dedicamos un encogimiento de hombros. El incidente se había acabado. Volvimos a cogernos de las manos.

«Más problemas», dijo Barry, con tono resignado.

Enfoqué mi mente hacia donde estaba la suya. Oí a un hombre tigre que se dirigía hacia donde estábamos a mucha velocidad.

Solté la mano de Barry y me volví, los brazos ya extendidos y mi cara rebosante de una sonrisa.

—¡Quinn! —exclamé, y tras un momento en el que parecía algo desconcertado, me rodeó con sus brazos.

Lo abracé con todas mis fuerzas, y él me devolvió el gesto con tanto entusiasmo que casi me rompe las costillas. Luego me besó, y tuve que echar mano de toda mi fuerza de carácter para mantener el beso dentro de lo socialmente aceptable.

Cuando nos separamos para respirar, me di cuenta de que Barry estaba torpemente de pie, a unos metros, inseguro de qué hacer.

—Quinn, te presento a Barry el botones —dije, tratando de parecer azorada—. Es el único telépata que conozco, aparte de mí misma. Trabaja para Stan Davis, el rey de Texas.

Quinn extendió una mano a Barry, cuando supe por qué permanecía con aire tan torpe. Habíamos transmitido nuestros pensamientos de forma algo excesivamente gráfica. Sentí cómo una oleada de calor enrojecía mis mejillas. Lo mejor que podía hacer era fingir que no me había dado cuenta, por supuesto, y eso es lo que hice. Pero también podía sentir la leve sonrisa que tiraba de las comisuras de mis labios, y Barry parecía más entretenido que molesto.

—Un placer conocerte, Barry —saludó Quinn con su voz grave.

—¿Estás a cargo de la organización de la ceremonia? —preguntó Barry.

—Sí, así es.

—He oído hablar de ti —comentó Barry—. El gran luchador. Cuentas con una gran reputación entre los vampiros, colega.

Volví la cabeza de golpe. Algo se me escapaba.

—¿Gran luchador? —dije.

—Te lo contaré más tarde —respondió Quinn, antes de tensar la boca.

Barry paseó la mirada entre Quinn y yo. Su cara también se puso algo rígida, y me sorprendió ver que era capaz de transmitir tanta dureza.

—¿No te lo ha dicho? —preguntó, y entonces leyó la respuesta directamente de mi cabeza—. Eh, colega, eso no está bien. Ella debería saberlo.

—Se lo diré pronto —casi gruñó Quinn.

—¿Pronto? —Los pensamientos de Quinn estaban sumidos en un torbellino—. ¿Qué tal ahora?

Pero en ese momento, una mujer recorrió el vestíbulo hacia nosotros con grandes zancadas. Era una de las mujeres más escalofriantes que había visto, y eso que había conocido muchas mujeres aterradoras. Mediría 1,75, con unos rizos negros que le enmarcaban la cara, y llevaba un casco debajo del brazo. Iba a juego con su armadura corporal. La propia armadura, negra y mate, parecía una versión elaborada del uniforme de un receptor de béisbol: una guarda para el pecho, protectores ajustados y espinilleras, con el añadido de densas muñequeras de cuero que le rodeaban los antebrazos. También calzaba unas pesadas botas, con una espada, una pistola y una pequeña ballesta cruzada a la espalda en su respectiva funda.

Sólo pude quedarme boquiabierta.

—¿Eres al que llaman Quinn? —preguntó, deteniéndose de golpe. Tenía un fuerte acento, aunque fui incapaz de determinar su procedencia.

—Lo soy —dijo Quinn. Me di cuenta de que él no parecía tan sorprendido como yo ante la presencia de ese ser letal.

—Soy Batanya. Eres el encargado de Special Events. ¿Eso incluye la seguridad? Quisiera discutir las necesidades especiales de mi cliente.

—Pensaba que la seguridad era trabajo tuyo —contestó Quinn.

Batanya sonrió, lo cual se bastaba por sí solo para helarle la sangre a cualquiera.

—Sí, claro, es mi trabajo, pero protegerlo sería más fácil si…

—No me encargo de la seguridad —aclaró él—. Sólo manejo los rituales y el protocolo.

—Está bien —dijo ella, dejando que su acento convirtiera una frase casual en una declaración cargada de seriedad—. Entonces, ¿a quién debo dirigirme?

—A un hombre llamado Todd Donati. Su despacho está en la zona de personal, detrás del mostrador de recepción. Uno de los empleados te dará las indicaciones.

—Disculpe —intervine.

—¿Sí? —dijo ella, apuntando directamente hacia mí su nariz, recta como una flecha. No parecía hostil o esnob, sino más bien preocupada.

—Me llamo Sookie Stackhouse —aclaré—. ¿Para quién trabaja, señorita Batanya?

—Para el rey de Kentucky —respondió—. No ha reparado en gastos para traernos aquí. Así que es una pena que no haya nada que yo pueda hacer para evitar que lo maten, tal como están ahora las cosas.

—¿Qué quiere decir? —me sentía tan desconcertada como alarmada.

Parecía que la guardaespaldas estaba a punto de hacerme un reproche, pero nos interrumpieron.

—¡Batanya! —Un joven vampiro atravesaba el vestíbulo a la carrera. Su pelo rapado y su aspecto gótico resultaban aún más frívolos cuando se puso al lado de esa formidable mujer.

—Mi señor dice que te necesita a su lado.

—Voy para allá —dijo Batanya—. Sé cuál es mi lugar. Pero he de protestar porque el hotel está haciendo mi trabajo más difícil de lo que debería ser.

—Quéjate en tu tiempo libre — ordenó el joven secamente.

Batanya le lanzó una mirada que no me habría gustado ganarme. Luego nos saludó con una inclinación dedicada a cada uno.

—Señorita Stackhouse —dijo, extendiéndome la mano. Hasta ese momento, nunca había pensado que las manos podían ser tan musculosas—. Señor Quinn. —También le estrechó la mano, mientras que Barry se tuvo que conformar con un gesto de la cabeza, al no haberse presentado—. Me pondré en contacto con Todd Donati. Lamento haberos molestado con algo que no es responsabilidad vuestra.

—Caramba —exclamé, observando mientras Batanya se marchaba. Sus pantalones eran como cuero líquido, y delataban la mínima flexión muscular de sus nalgas. Era como una lección de anatomía. Su trasero era puro músculo.

—¿De qué galaxia se ha caído? —preguntó Barry, alucinado.

—Galaxia no —explicó Quinn—. Dimensión. Es una Britlingen.

Aguardamos a que nos ilustrara un poco más al respecto.

—Es una guardaespaldas, una superguardaespaldas —indicó—. Las Britlingens son las mejores. Hay que ser muy rico para contratar a una bruja capaz de traer una hasta aquí, y dicha bruja tiene que negociar las condiciones con su cofradía. Una vez cumplido el trabajo, la bruja tiene que devolverla al lugar de su procedencia. No se pueden quedar aquí. Sus leyes son diferentes. Muy diferentes.

—¿Estás diciendo que el rey de Kentucky ha pagado un pastón para traer a esa mujer hasta... esta dimensión? —Había oído un montón de cosas increíbles a lo largo de los últimos dos años, pero ésa se llevaba la palma.

—Es un acto extremo. Me pregunto qué le dará tanto miedo. Kentucky no rebosa precisamente de dinero.

—A lo mejor apostó a caballo ganador —insinué, ya que tenía asuntos financieros propios de los que preocuparme—. Y tengo que hablar contigo.

—Nena, tengo que volver al trabajo —dijo Quinn, excusándose. Lanzó una mirada de pocos amigos a Barry—. Sé que tenemos que hablar, pero tengo que disponer al jurado para el juicio y preparar una boda. Las negociaciones entre los reyes de Indiana y Misisipi han concluido, y quieren zanjar los flecos mientras todo el mundo siga aquí.

—¿Russell se casa? —sonreí. Me pregunté si sería el marido o la novia, o quizá un poco de ambas cosas.

—Sí, pero no se lo digas a nadie todavía. Lo anunciarán esta noche.

—Entonces, ¿cuándo hablaremos?

—Iré a tu habitación cuando los vampiros se duerman. ¿Dónde estás?

—Tengo una compañera de cuarto. —Pero le di el número de todos modos.

—Si está allí, encontraremos un sitio al que ir —dijo, echando una mirada a su reloj—. Escucha, no te preocupes, todo está bien.

Me pregunté si eso debería preocuparme. Me pregunté dónde estaba la otra dimensión y lo difícil que sería traer guardaespaldas desde allí. Me pregunté por qué nadie querría gastarse esa suma. No es que Batanya no diera la impresión de ser condenadamente eficaz en su labor; pero el tremendo esfuerzo al que se había sometido Kentucky parecía delatar un miedo extremo. ¿Quién iba a por su rey?

El busca me zumbó en la cintura y supe que me volvían a convocar en la suite de la reina. El busca de Barry también saltó. Nos miramos mutuamente.

«De vuelta al trabajo», dijo, mientras nos dirigíamos hacia el ascensor. «Lamento haber causado problemas entre Quinn y tú.»

«No te lo crees ni tú.»

Se me quedó mirando. Tuvo la gracia de parecer azorado.

«Supongo que no», dijo. «Me había hecho una idea de cómo podríamos estar tú y yo juntos, y Quinn se interpuso en mi fantasía.»

«A… já.»

«No te preocupes; no tienes que decir nada. Era una de esas fantasías. Ahora que estoy contigo literalmente, he de ajustarme.»

«Ah.»

«Pero no debería dejar que mi decepción me convierta en un capullo.»

«Ah, vale. Estoy segura de que Quinn y yo podremos resolverlo.»

«Así que he conseguido ocultarte la fantasía, ¿eh?»

Asentí vigorosamente.

«Bueno, algo es algo.»

Le sonreí.

«Todos tenemos derecho a las fantasías», le dije. «La mía es averiguar de dónde han sacado tanto dinero en Kentucky y a quién han contratado para traer a Batanya. ¿No es lo más aterrador que has visto nunca?»

«No», repuso Barry, para sorpresa mía. «Lo más aterrador que he visto…, bueno, no es Batanya», y entonces cerró la puerta de comunicación entre nuestras mentes y tiró la llave. Sigebert nos abrió la puerta de la suite de la reina y nos pusimos de nuevo manos a la obra.

Cuando Barry y su grupo se marcharon, hice un ademán de levantar la mano para que la reina supiese que tenía algo que decir que quizá pudiera interesarle. Andre y ella estaban discutiendo las motivaciones de la significativa visita de Stan, y adoptaron una actitud de pausa mimética. Era extraño. Sus cabezas apuntaban hacia mí en ángulo, y, dada su quietud y palidez extremas, era como ser contemplada por obras de arte esculpidas en mármol: ninfa y sátiro en reposo, o algo así.

—¿Saben lo que son las Britlingens? —pregunté, peleándome con esa palabra que no me era nada familiar.

La reina asintió. Andre se limitó a aguardar.

—He visto una —dije, y la cabeza de la reina sufrió una sacudida.

—¿Quién ha incurrido en el gasto de traer una Britlingen? —inquirió Andre.

Les conté toda la historia.

La reina parecía…, bueno, es difícil precisar lo que parecía. Puede que algo preocupada, puede que intrigada, ante la cantidad de información que había podido reunir en el vestíbulo.

—Jamás pensé lo útil que sería tener una sierva humana —le comentó la reina a Andre—. Los humanos serán como un libro abierto ante ella, e incluso las Britlingen le hablan libremente.

A tenor de su expresión, puede que Andre se sintiera un poco celoso.

—Por otro lado, esto no me sirve de nada —dije—. Sólo puedo decir lo que he oído, y tampoco es que sea información secreta.

—¿De dónde ha sacado el dinero Kentucky? —preguntó Andre.

La reina meneó la cabeza, como si quisiera expresar que no tenía la menor idea y que en realidad no le importaba demasiado.

—¿Has visto a Jennifer Cater? —me dijo.

—Sí, señora.

—¿Qué te ha dicho? —preguntó Andre.

—Dijo que se bebería mi sangre y que deseaba verla con una estaca y expuesta al sol en la azotea del hotel.

Hubo un momento de profundo silencio, al cabo del cual Sophie-Anne habló:

—Jennifer es una estúpida. ¿Qué era eso que solía decir Chester? Le sobran aires. ¿Qué hacer…? Me pregunto si aceptaría recibir un mensajero mío.

Ella y Andre intercambiaron estáticas miradas, y pensé que estarían comunicándose telepáticamente.

—Supongo que está en la suite que ha reservado Arkansas —le dijo la reina a Andre, quien cogió el teléfono y llamó a recepción. No era la primera vez que oía referirse al rey o la reina de un Estado con el nombre del propio Estado, pero no dejaba de ser una forma profundamente impersonal de mencionar al ex marido de una, por muy violento que hubiese sido el final de la relación.

—Sí —respondió, al colgar.

—Quizá deberíamos hacerle una visita —dijo la reina. Ella y Andre volvieron a sumirse en ese silencio que empleaban para conversar. Supuse que era como mirarnos a Barry y a mí—. Nos recibirá, estoy segura. Habrá algo que quiera decirme en persona. —La reina cogió el teléfono; no era algo que hiciera todos los días. También pulsó el número de la habitación con sus propios dedos—. Jennifer —nombró, encantadora. Permaneció a la escucha de un torrente de palabras que sólo pude percibir marginalmente. Jennifer no parecía más contenta de lo que había estado en el vestíbulo—. Jennifer, tenemos que hablar —dijo la reina, sonando mucho más encantadora y dura. Se produjo un silencio al otro lado de la línea—. Las puertas no están cerradas para el debate o la negociación, Jennifer —añadió Sophie-Anne—. Al menos, las mías no. ¿Qué me dices de las tuyas? —Creo que Jennifer volvió a hablar—. Está bien, maravilloso, Jennifer. Estaremos abajo dentro de un par de minutos. —La reina colgó y guardó un largo instante de silencio.

A mí me parecía que visitar a Jennifer Cater, que había denunciado a la reina por el asesinato de Peter Threadgill, era una mala idea. Pero Andre mostró su aprobación con un gesto de la cabeza.

Tras la conversación de Sophie-Anne con su acérrima enemiga, pensé que iríamos directamente a la habitación donde se alojaba la comitiva de Arkansas. Pero puede que la reina no sintiera tanta confianza como pudiera deducirse de sus palabras. En vez de emprender la marcha hacia el encuentro con Jennifer, la reina pareció querer arañar segundos al tiempo. Se acicaló un poco, se cambió de zapatos y buscó la llave de su habitación, entre otras cosas. Luego recibió una llamada sobre qué servicios a humanos podían cargarse a la cuenta de su habitación. Así, pasaron quince minutos antes de que nos dispusiéramos a salir de la habitación. Sigebert salía de la puerta que daba a las escaleras, y se unió a Andre a la espera del ascensor.

Jennifer Cater y su comitiva estaban en la séptima planta. No había nadie apostado ante su puerta: supongo que no tenía la importancia para contar con su propio guardaespaldas. Andre hizo los honores llamando a la puerta, y Sophie-Anne se irguió, expectante. Sigebert se echó hacia atrás, esbozando una inesperada sonrisa. Procuró no sobresaltarse.

La puerta se abrió. El interior de la suite estaba a oscuras.

El olor que salía de la habitación era inconfundible.

—Bien —dijo la reina de Luisiana secamente—. Jennifer está muerta.

Capítulo
10

V e a ver —me dijo la reina.

—¿Qué? ¡Pero si todos sois más fuertes que yo! ¡Y estáis menos asustados!

—Y somos también el objeto de su denuncia —señaló Andre—. No podemos impregnar ese sitio con nuestro olor. Sigebert, entra tú.

Sigebert se deslizó por la oscuridad. Otra de las puertas del pasillo se abrió, y de ella emergió Batanya.

—Huele a muerte —dijo—. ¿Qué ha pasado?

—Hemos llamado —respondí—, pero la puerta ya estaba abierta. Ha pasado algo ahí dentro.

—¿No sabéis el qué?

—No. Sigebert está explorando —expliqué—. Estamos esperándole.

—Dejad que llame a mi segunda. No puedo dejar la puerta de Kentucky desprotegida. —Se volvió para llamar a su suite—. ¡Clovache! —Al menos así creo que se escribe. Y se pronuncia «Kloh-VOSH».

Una especie de hermana pequeña de Batanya salió por la puerta. Llevaba la misma armadura, pero a menor escala; era más joven, de pelo castaño y menos aterradora... aunque no dejaba de ser formidable.

—Inspecciona el lugar —le ordenó Batanya, y sin pronunciar la mínima palabra, Clovache desenvainó su espada y se adentró en la habitación como un sueño cargado de peligro.

Todos aguardamos conteniendo el aliento. Bueno, yo, al menos, sí. Los vampiros no tenían aliento que contener, y Batanya no parecía nerviosa en absoluto. Se colocó en una posición desde la que pudiera ver la puerta abierta de Jennifer Cater y la cerrada del rey de Kentucky. Su espada también estaba desenvainada.

La expresión de la reina casi parecía tensa, puede que incluso excitada; a saber, algo menos pálida que de costumbre. Sigebert salió, meneando la cabeza sin decir nada.

Clovache apareció al poco.

—Todos muertos —le dijo a Batanya.

Ésta aguardó.

—Por decapitación —detalló Clovache—. La mujer estaba, eh… —Parecía estar contando mentalmente— repartida en seis trozos.

—Esto tiene muy mala pinta —dijo la reina, al mismo tiempo que Andre habló:

—Ésta sí que es buena.

—¿Algún humano? —pregunté, minimizando la voz, porque no quería atraer demasiado su atención a pesar de morirme de ganas por saberlo.

—No, todos vampiros —contestó Clovache, tras recibir un gesto de aprobación de Batanya—. He visto tres. Se desintegran con bastante rapidez.

—Clovache, llama a Todd Donati. —Y ésta se dirigió en silencio a la suite de Kentucky para hacer la llamada, lo cual tuvo un efecto electrizante. Al cabo de cinco minutos, la zona frente al ascensor estaba llena de gente de todo tipo, aspecto y grado de vida.

Un hombre con una chaqueta marrón que lucía la palabra «Seguridad» sobre el bolsillo del pecho parecía estar al mando, así que debía de ser Todd Donati. Era un policía que se había jubilado antes de tiempo dada la rentabilidad que suponía la seguridad de los no muertos. Pero eso no quería decir que le gustaran. Ahora estaba furioso por que hubiese saltado una incidencia apenas iniciada la cumbre, un hecho que le daría más trabajo del que era capaz de manejar. Tenía cáncer, pude oírlo con claridad, aunque no supe de qué tipo. Donati quería trabajar tanto como le fuera posible para dejar bien surtida a su familia cuando ya no estuviese, y ya se resentía del estrés y la tensión que acarrearía esa investigación, la energía que se cobraría. Pero estaba tercamente decidido a cumplir con su deber.

Cuando el jefe vampiro de Donati, el director del hotel, apareció, lo reconocí. Christian Baruch había aparecido en la portada de *Fang* (la versión vampírica de *People*), unos meses atrás. Baruch había nacido en Suiza. En su época humana, había diseñado y dirigido una serie de hoteles de lujo en Europa Occidental. Cuando le comentó a un vampiro que se dedicaba a su mismo negocio, que, si lo «traían» (no sólo a la vida de los no muertos, sino a Estados Unidos), sería capaz de dirigir hoteles excepcionales y rentables para un sindicato de vampiros, se comprometió en ambos sentidos.

Ahora, Christian Baruch disfrutaba de la vida eterna (si era capaz de evitar objetos afilados de madera), y el consorcio de los hoteles de vampiros era una máquina de hacer dinero. Pero lo suyo no era la seguridad, ni era experto en su aplicación, ni mucho menos era un poli. Podía decorar el hotel como nadie, y decirle al encargado cuántas suites necesitaban un surtido de bebidas alcohólicas, pero ¿cómo se las arreglaría en esa situación? Su empleado humano lo miró con amargura. Baruch lucía un traje impecable, incluso a ojos tan inexpertos como los míos. Estaba convencida de que se lo habían hecho a medida, y que había costado un ojo de la cara.

La muchedumbre me había empujado hacia atrás, hasta quedar apretada contra la pared, junto a una puerta; la de Kentucky, me di cuenta. Aún no se había abierto. Las dos Britlingen tendrían que afinar la vigilancia con tanto trasiego en los aledaños de su puerta. El jaleo era tremendo. Estaba junto a una mujer con uniforme del personal de seguridad, prácticamente como el del ex policía, pero ella no tenía que llevar corbata.

—¿Cree que es buena idea dejar que haya tanta gente en esta zona? —pregunté. No quería decirle a esa mujer cómo hacer su trabajo, pero vaya. ¿Acaso nunca había visto ningún capítulo de *CSI*?

La mujer me lanzó una mirada sombría.

—¿Y qué está usted haciendo aquí? —atacó, como si estuviese descubriendo algo.

—Estoy aquí porque acompañaba al grupo que ha descubierto los cuerpos.

—Pues manténgase en silencio y déjenos hacer nuestro trabajo —dijo, con el tono más duro posible.

—¿Y qué trabajo sería ése? No parece que esté haciendo nada en absoluto —repliqué.

Vale, puede que no debiera decir eso, pero es que no estaba haciendo nada. A mí me parecía que debería…

Y en ese momento se me echó encima, me puso contra la pared y me esposó.

Lancé un grito ahogado de sorpresa.

—La verdad es que esto no es lo que pretendía que hiciera —dije con dificultad, ya que tenía la cara apretada contra la puerta de la suite.

Se produjo un gran silencio en el gentío que teníamos detrás.

—Jefe, esta mujer estaba causando problemas —explicó la vigilante.

El de marrón le dedicó una mirada terrible.

—Landry, pero ¿qué estás haciendo? —preguntó una voz de hombre más que razonable. El tipo de voz que se emplea con un crío irracional.

—Me estaba diciendo lo que tenía que hacer —repuso la vigilante, pero su voz se desinflaba con cada palabra que pronunciaba.

—¿Qué te estaba diciendo que hicieras, Landry?

—Se preguntaba qué hacía toda esta gente aquí, señor.

—¿Y no es una pregunta válida, Landry?

—¿Señor?

—¿No crees que deberíamos desalojar a alguna de estas personas?

—Sí, señor, pero dijo que estaba aquí porque acompañaba al grupo que descubrió los cuerpos.

—Entonces, ella no debería marcharse.

—Cierto, señor.

—¿Estaba intentando marcharse?

—No, señor.

—Pero las has esposado.

—Eh...

—Quítale las putas esposas, Landry.

—Sí, señor. —Landry se había reducido a la nada para entonces. No tenía dónde agarrarse.

Sentí con alivio cómo me quitaba las esposas y pude darme la vuelta. Estaba tan enfadada que podría haberla golpeado, pero como eso habría implicado volver a esposarme, me contuve. Sophie-Anne y Andre se abrieron paso entre el gentío a empujones; lo cierto es que la gente parecía salir repelida a su alrededor. Vampiros y humanos por igual parecían muy dispuestos a quitarse de en medio al paso de la reina de Luisiana y su guardaespaldas.

Sophie-Anne contempló mis muñecas y comprobó que no estaban dañadas, asumiendo que la peor herida la había recibido en el orgullo.

—Ella es mi empleada —dijo Sophie-Anne con tranquilidad, dirigiéndose supuestamente a Landry, pero asegurándose de que todo el mundo la oía—. Un insulto o herida hacia ella es un insulto o herida hacia mi persona.

Landry no sabía quién demonios era Sophie-Anne, pero era capaz de reconocer el poder cuando lo tenía delante, y Andre ayudaba con el efecto aterrador. Creo que eran los dos adolescentes más aterradores del mundo.

—Sí, señora. Landry se disculpará por escrito. Ahora, ¿me puede decir qué ha pasado aquí? —preguntó Todd Donati con voz más que razonable.

La gente aguardaba en silencio. Busqué a Batanya y a Clovache y vi que no estaban. De repente, Andre dijo en voz bastante alta:

—¿Es usted el jefe de seguridad? —Sophie-Anne aprovechó el momento para acercarse a mí y decirme en un susurro:

—No menciones a las Britlingen.

—Sí, señor. —El ex policía se atusó el bigote con una mano—. Me llamo Todd Donati, y éste es mi jefe, el señor Christian Baruch.

—Yo soy Andre Paul, y ésta es mi reina, Sophie-Anne Leclerq. Esta joven humana es Sookie Stackhouse, y trabaja para nosotros. —Andre aguardó para dar el siguiente paso.

Christian Baruch me ignoró, pero le dedicó a Sophie-Anne la misma mirada que le daría yo a un asado que pensara comerme cualquier domingo.

—Su presencia supone un gran honor para mi hotel —murmuró, con un inglés de fuerte acento, y pude ver las puntas de sus colmillos. Era bastante alto, con una amplia mandíbula y pelo moreno. Pero sus pequeños ojos eran de un gris ártico.

Sophie-Anne asumió el cumplido con prisas, aunque frunció el ceño durante un segundo. Exponer los colmillos no era precisamente una forma sutil de decir «me encantas». Nadie dijo nada. Al menos no durante un largo y extraño instante. Entonces decidí romper el silencio:

—¿Alguien va a llamar a la policía, o qué?

—Creo que deberíamos pensar qué les vamos a decir —dijo Baruch, con una voz tan suave y sofisticada que parecía burlarse de mi sureña tosquedad—. Señor Donati, ¿le importaría entrar en la suite a ver qué hay?

Todd Donati se abrió paso entre la multitud sin miramiento alguno. Sigebert, que había estado custodiando la puerta abierta (a falta de algo mejor que hacer), se apartó a un lado para dejar pasar al humano. El enorme guardaespaldas se acercó como pudo a la reina, al parecer más feliz en proximidad de su señora.

Mientras Donati examinaba lo que quiera que quedara en la suite de Arkansas, Christian Baruch se volvió para dirigirse hacia la gente.

—¿Cuántos de ustedes bajaron aquí tras oír que había pasado algo?

Puede que unas quince personas alzaran la mano o asintieran con la cabeza.

—Por favor, bajen al bar de la planta baja, donde nuestros camareros les dispondrán algo especial. —Los quince se marcharon bastante deprisa ante esa promesa. Vampiros...—. ¿Cuántos de ustedes no estaban aquí cuando se hallaron los cadáveres? —siguió Baruch cuando se marchó el primer grupo. Todo el mundo alzó la mano, salvo nosotros cuatro: La reina, Andre, Sigebert y yo—. Todos ustedes son libres de marcharse —dijo Baruch, tan cívicamente que parecía que estaba extendiendo una invitación. Y todos se fueron. Landry dudó, pero recibió una mirada que la impulsó a correr escaleras abajo.

La zona que rodeaba al ascensor central ahora parecía espaciosa, de lo desierta que se encontraba.

Donati volvió a salir. No parecía especialmente perturbado o asqueado, pero sí algo menos sereno.

—Sólo quedan trozos de ellos. El suelo está lleno de desperdicios; supongo que podría llamárselos residuos. Creo que había tres, pero uno está tan troceado que podrían haber sido dos.

—¿Quién figuraba registrado?

Donati consultó su agenda electrónica.

—Jennifer Cater, de Arkansas. La habitación estaba a nombre de la delegación vampírica de Arkansas. Los vampiros de Arkansas que quedaban.

El término «que quedaban» quizá hubiera sido pronunciado con excesivo énfasis. Estaba claro que Donati conocía la historia de la reina.

Christian Baruch arqueó una densa ceja negra.

—Conozco a mi propia gente, Donati.

—Sí, señor.

Puede que la nariz de Sophie-Anne se arrugara levemente de asco. «Su propia gente, y una mierda», parecía decir esa nariz. Baruch apenas había cumplido cuatro años como vampiro.

—¿Quién vio los cuerpos? —preguntó.

—Ninguno de nosotros —se apresuró a decir Andre—. No hemos puesto el pie en la suite.

—¿Quién, entonces?

—La puerta estaba abierta, y olimos a muerte. Dada la situación entre mi reina y los vampiros de Arkansas, pensamos que no sería muy juicioso entrar —explicó Andre—. Enviamos a Sigebert, el guardaespaldas de la reina.

Andre omitió directamente el registro de Clovache. Así que Andre y yo teníamos algo en común: podíamos retorcer la verdad con algo que no fuese precisamente una mentira. Había hecho un trabajo magistral.

Mientras las preguntas seguían (la mayoría sin contestación o imposibles de contestar), me sorprendí interrogándome si la reina aún tendría que someterse a un juicio, ahora que su principal acusadora había muerto. Me preguntaba a quién pertenecería el Estado de Arkansas; era razonable asumir que el contrato de boda le había otorgado a Sophie-Anne algunos derechos sobre el patrimonio de Peter Threadgill, y yo sabía que Sophie-Anne necesitaba cada pizca de dinero que pudiese reclamar desde lo del Katrina. ¿Gozaría aún de esos derechos, después de que Andre liquidara a Peter? Hasta ese momento, no me había parado a pensar en la cantidad de problemas que rondaban la cabeza de la reina en esa cumbre.

Pero, tras hacerme todas esas preguntas, me di cuenta de que había un tema inmediato que resolver. ¿Quién había matado a Jennifer Cater y sus compañeros? ¿Cuántos vampiros de Arkansas quedarían después de la batalla de Nueva Orleans y la matanza de esa noche? Arkansas no era un Estado tan grande, y contaba con muy pocos centros de población.

Volví a la realidad cuando crucé la mirada con Christian Baruch.

—Usted es la humana que puede leer las mentes —espetó tan de repente que di un respingo.

—Sí —dije, ya harta de que todo el mundo me señalara con el dedo.

—¿Mató usted a Jennifer Cater?

No tuve que fingir asombro alguno.

—Creo que me sobrevalora —respondí— si cree que he podido acabar con tres vampiros. No, no la he matado. Se dirigió a mí en el vestíbulo esta noche, lanzándome improperios, pero es la única vez que la he visto.

Pareció achicarse un poco, como si hubiera esperado otra respuesta y una actitud más humilde.

La reina dio un paso para ponerse a mi lado, y Andre la imitó, de forma que los dos antiguos vampiros me flanquearon. Qué sensación más cálida y acogedora. Pero sabía que le estaban recordando al hostelero que yo era su humana especial y que no podía molestarme.

En ese oportuno momento, un vampiro apareció por la puerta de las escaleras y se dirigió rápidamente hacia la suite de la muerte. Sin embargo, con la misma rapidez, Baruch corrió para bloquearle el paso, de modo que el nuevo vampiro chocó contra él y cayó al suelo. El pequeño vampiro se incorporó inmediatamente, tan deprisa que mis ojos apenas pudieron registrarlo. Se esforzaba sobremanera para apartar a Baruch del umbral.

Pero fue inútil. Finalmente, dio un paso atrás. Si el pequeño vampiro hubiese sido un humano, ahora estaría jadeando, pero tal como estaba la situación, su cuerpo se agitaba con temblores de acción retardada. Tenía el pelo castaño y una barba recortada, y lucía un traje de JCPenney. Parecía un tipo normal, hasta que le veías los ojos y te dabas cuenta de que era un lunático.

—¿Es eso cierto? —preguntó, con voz baja e intencionada.

—Jennifer Cater y sus compañeros están muertos —dijo Christian Baruch, no sin cierta compasión.

El pequeño hombre aulló, aulló literalmente, y se me erizó el vello de los brazos. Cayó de rodillas, agitando el cuerpo hacia delante y hacia atrás en un trance de sufrimiento.

—¿He de deducir que formabas parte de su comitiva? —interrogó la reina.

—¡Sí, sí!

—Entonces, ahora yo soy tu reina, y te ofrezco un sitio a mi lado.

Los aullidos cesaron, como si los hubiesen extirpado con un par de tijeras.

—Pero tú mataste a nuestro rey —dijo el vampiro.

—Era la esposa del rey, y como tal, tengo el derecho de heredar su Estado en el caso de su muerte —afirmó Sophie-Anne, mostrando sus ojos negros casi benevolentes, casi luminosos—. Y sin duda está muerto.

—Eso pone sobre el papel —me murmuró el señor Cataliades al oído, por lo que tuve que reprimir un respingo de sorpresa. Siempre había pensado que eso que se dice del movimiento ligero de los hombres orondos era pura estupidez. La gente oronda se mueve pesadamente. Pero el señor Cataliades era tan ligero como una mariposa, y no tuve la menor idea de que andaba cerca hasta que me habló.

—¿En el contrato de matrimonio de la reina? —logré decir.

—Sí —contestó—. Y sin duda fue repasado exhaustivamente por el abogado de Peter. Lo mismo podía aplicarse en el caso de la muerte de Sophie-Anne.

—Supongo que habría un buen número de cláusulas, ¿no?

—Oh, unas cuantas. La muerte tenía que contar con testigos.

—Oh, Dios, ésa era yo.

—Sin duda. La reina la quiere cerca por una buena razón.

—¿Y otras condiciones?

—No podía haber un segundo al mando vivo para quedarse con el Estado. En otras palabras, tenía que producirse una gran catástrofe.

—Y ahora ha ocurrido.

—Sí, eso parece. —El señor Cataliades parecía bastante satisfecho con eso.

Mi mente vibraba en todas direcciones, como uno de esos alambres en los que van ensartando los números del bingo.

—Me llamo Henrik Feith —dijo el pequeño vampiro—, y sólo quedan cinco vampiros en Arkansas. Soy el único que hay en Rhodes, y sólo estoy vivo porque bajé a quejarme por las toallas del baño.

Tuve que echarme una mano a la boca para no reírme, lo que habría sido inapropiado, por así llamarlo. La mirada de Andre permaneció fija sobre el hombre que estaba arrodillado ante nosotros, pero, de alguna manera, su mano se movió para darme un pellizco. Después de aquello, me resultó muy fácil no caer en la carcajada. De hecho, me costó no gritar.

—¿Qué problema había con las toallas? —quiso saber Baruch, desviando el tema por completo ante una queja hacia su hotel.

—Jennifer sola llegaba a usar tres —empezó a explicar Henrik, pero el fascinante tema por el que nos había desviado quedó cortado cuando intervino Sophie-Anne.

—Es suficiente. Henrik, te vienes con nosotros a mi suite. Señor Baruch, espero que nos mantenga informados sobre la evolución del caso. Señor Donati, ¿tiene intención de llamar a la policía de Rhodes?

Era muy atento por parte de ella dirigirse a Donati como si tuviese poder de decisión al respecto.

—No, señora —respondió éste—. A mí me parece que es un asunto de vampiros. Ya no hay cuerpos que examinar; no hay imágenes porque no hay cámaras de seguridad en la suite, y si mira hacia arriba —todos lo hicimos, por supuesto, hacia el rincón del pasillo—, se dará cuenta de que alguien ha lanzado con precisión un trozo de chicle en la lente de la cámara del pasillo. O, si era un vampiro, puede que saltara para pegarlo. Por supuesto, revisaré las cintas, pero dada la velocidad a la que pueden saltar los vampiros, puede que sea imposible identificar al autor. En este momento, no hay vampiros en el departamento de homicidios de la policía de Rhodes, así que no sé si hay alguien a quien podamos llamar. La mayoría de los policías humanos no estarán dispuestos a investigar un crimen vampírico, a menos que cuenten con un compañero vampiro para cubrirles las espaldas.

—No se me ocurre nada más que podamos hacer aquí —dijo Sophie-Anne, exactamente como si no pudiera importarle menos—. Si no nos necesitan más, acudiremos a la ceremonia de inauguración. —Había mirado su reloj unas cuantas veces durante la conversación—. Maese Henrik, si te apetece, puede acompañarnos. Si no, lo cual es muy comprensible, Sigebert te guiará a nuestra suite, donde puedes quedarte.

—Me gustaría quedarme en un lugar tranquilo —pidió Henrik Feith. Parecía un cachorro maltratado.

Sophie-Anne le hizo un gesto a Sigebert, quien no parecía muy contento con la orden recibida. Pero tenía que obedecerla, claro estaba, así que emprendió marcha con el pequeño vampiro, que suponía una quinta parte de todos los que quedaban en Arkansas.

Tenía tantas cosas en las que pensar, que mi cerebro se embotó. Justo cuando pensaba que no podía pasar nada más, el ascensor sonó y sus puertas se abrieron para dar paso a Bill. Su llegada no fue tan espectacular como la de Henrik, pero sin duda fue efectista. Se paró en seco y analizó la situación. Al ver que todos estábamos allí de pie, tranquilos, recuperó la compostura y dijo:

—He oído que ha habido problemas. —Se dirigió al aire, así que cualquiera de nosotros podía responder.

Estaba cansada de considerarlo el innombrable. Demonios, era Bill. Odio cada molécula de su cuerpo, pero lo tenía innegablemente delante. Me preguntaba si los licántropos podían mantener verdaderamente a raya a sus desterrados, y cómo se las arreglarían para ello. Yo no lo llevaba muy bien.

—Hay problemas —le informó la reina—, aunque no alcanzo a comprender qué puede resolver tu presencia.

Nunca había visto a Bill avergonzado, y ésa fue la primera vez.

—Pido disculpas, mi reina —dijo—. Si me necesitaras para cualquier cosa, estaré de vuelta en mi caseta de la sala de convenciones.

En un gélido silencio, las puertas del ascensor se deslizaron para cerrarse, borrando la forma y el rostro de mi primer amante. Quizá era su forma de demostrar que se preocupaba por mí al presentarse tan rápidamente, cuando debía estar tratando los asuntos de la reina en otra parte. Si su demostración estaba destinada a ablandarme el corazón, había fracasado.

—¿Hay algo que esté en mi mano para ayudarle en su investigación? —se ofreció Andre a Donati, si bien sus palabras estaban dirigidas a Christian Baruch—. Dado que la reina es la heredera de Arkansas, estamos dispuestos a colaborar.

—No hubiese esperado menos de una reina tan preciosa, también conocida por su perspicacia y tenacidad en los negocios.

Baruch le dedicó una reverencia.

Incluso Andre parpadeó ante el engañoso cumplido, y la reina le lanzo una mirada entrecerrada. Yo clavé la mirada en la maceta, borrando toda expresión de mi rostro. Corría peligro de soltar alguna carcajada. Aquél era un grado de lameculismo con el que nunca me había topado antes.

La verdad es que no parecía que hubiera nada más que decir, y sumida en el silencio, me dirigí hacia el ascensor con los demás vampiros y el señor Cataliades, que había guardado un notable silencio.

—Mi reina, tienes que volver a casarte de inmediato —dijo, cuando las puertas del ascensor se cerraron.

Dejad que os diga que Sophie-Anne y Andre tuvieron una notable reacción ante esa bomba verbal. Sus ojos se abrieron como platos durante un instante.

—Cásate con cualquiera: Kentucky, Florida, incluso añadiría que Misisipi, si no estuviera negociando con Indiana. Pero necesitas una alianza, alguien letal que te cubra la espalda. De lo contrario, chacales como Baruch te rondarán, ladrando para ganarse tu atención.

—Misisipi está fuera de concurso, menos mal. No creo que pudiera soportar a sus hombres. De vez en cuando sí, pero sistemáticamente no —dijo Sophie-Anne.

Era la cosa más natural y despreocupada que le había oído decir. Casi sonó humana. Andre pulsó el botón para detener el ascensor entre dos pisos.

—No recomendaría a Kentucky —aconsejó—. Cualquiera que necesite Britlingens tiene suficientes problemas para sí.

—Alabama es adorable —reflexionó Sophie-Anne—, pero tiene ciertos gustos para la cama que no comparto.

Yo estaba harta de permanecer en el ascensor y de ser considerada como parte del mobiliario.

—¿Puedo hacer una pregunta? —dije.

Al cabo de un instante de silencio, Sophie-Anne asintió.

—¿Cómo es posible que mantenga con usted a sus vampiros convertidos y se haya acostado con ellos, mientras que los demás vampiros no pueden hacer eso? ¿No se supone que la relación entre creador y vampiro neonato es a corto plazo?

—La mayoría de los vampiros neonatos no permanecen con sus creadores durante mucho tiempo —convino Sophie-Anne—. Y son muy pocos los casos de vampiros convertidos que hayan permanecido tanto tiempo con su creador como Andre y Sigebert lo han hecho conmigo. Esa cercanía es mi don, mi talento. Cada vampiro tiene un don: algunos pueden volar, otros tienen habilidades especiales con la espada. Yo puedo mantener cerca a mis convertidos. Podemos hablar entre nosotros como lo hacéis Barry y tú. Podemos amarnos físicamente.

—Si es así, ¿por qué no se limita a nombrar a Andre rey de Arkansas y casarse con él?

Se produjo un prolongado y absoluto silencio. Los labios de Sophie-Anne se separaron un par de veces, como si quisiera explicarme el porqué de tal imposibilidad, pero en ambas ocasiones los volvió a cerrar. Andre me miró con tal intensidad que imaginé dos puntos en mi cara a punto de echar humo. El señor Cataliades parecía conmocionado, como si un mono le hubiese empezado a hablar en pentámetro yámbico.

—Sí —dijo Sophie-Anne finalmente—. ¿Por qué no lo hago? ¿Por qué no contar como rey y esposo a mi más estimado amigo y amante? —Se puso radiante en un abrir y cerrar de ojos—. Andre, la única desventaja es que tendrás que pasar algún tiempo apartado de mí cuando vayas a Arkansas para hacerte cargo de los asuntos del Estado. Mi convertido mayor, ¿estás dispuesto?

El rostro de Andre se transformó con amor.

—Por ti, cualquier cosa —contestó.

Estábamos viviendo todo un momento Kodak. Lo cierto es que me sentí un poco emocionada.

Andre volvió a pulsar el botón y seguimos bajando.

A pesar de no ser inmune al romance (ni de lejos), en mi opinión, la reina tenía que centrarse en descubrir quién había matado a Jennifer Cater y los restantes vampiros de Arkansas. Tenía que dar la vara al de las toallas, Henrik no sé qué. No necesitaba andar por ahí socializando. Pero Sophie-Anne no me había preguntado por mi opinión, y ya había expuesto bastantes ideas propias por un día.

El vestíbulo estaba atestado. Con tanta gente, lo normal es que la mente se me sobrecargara, a menos que tuviese mucho cuidado. Pero, al ser la mayoría de los allí presentes vampiros, me encontré con un vestíbulo lleno de silencio, apenas rasgado por los pensamientos de los escasos empleados y lacayos humanos. Ver todo el movimiento sin percibir pensamientos era de lo más extraño, como ver el batir de alas de muchos pájaros sin oír el movimiento. Estaba en plena faena, así que agudicé los sentidos y escruté a todos los individuos por los que aún circulaba la sangre y latía un corazón.

Un brujo, una bruja. Un amante/donante de sangre; en otras palabras, un fanático de los vampiros, pero de alta clase. Cuando lo busqué visualmente, me encontré con un joven muy atractivo, vestido de diseño de arriba abajo, que estaba orgulloso de ello. Junto al rey de Texas estaba Barry el botones: estaba cumpliendo con su trabajo, igual que yo con el mío. Rastreé a un par de empleados del hotel en sus quehaceres. La gente no siempre piensa en cosas interesantes como «Esta noche participaré en una conspiración para asesinar al gerente del hotel», o nada parecido, aunque sea cierto. Más bien ocupan sus mentes con cosas como: «La habitación de la once necesita jabón, la de la ocho tiene un radiador que no funciona y hay que apartar el carro de servicio de la cuatro…».

Luego di con una prostituta. Ésa sí que era interesante. La mayoría de las que conocía eran más bien aficionadas, pero esa mujer era toda una profesional. Sentí la curiosidad suficiente como para entablar contacto ocular. Su cara era bastante atractiva, pero nunca habría optado al premio de Miss América, o siquiera a un título más local; definitivamente no era la típica vecinita, a menos que viviera en un barrio rojo. Su pelo de color platino estaba desgreñado, como si acabara de levantarse. Sus ojos marrones eran estrechos y lucía un bronceado uniforme, pechos operados, grandes pendientes, tacones afilados, pintalabios brillante y un vestido compuesto prácticamente de lentejuelas rojas. Imposible que pasase desapercibida. Acompañaba a un hombre que había sido convertido en vampiro cuando rondaba los cuarenta.

Iba cogida de su brazo como si no pudiese caminar sin ayuda, y me pregunté qué parte de culpa tendrían en ello los tacones afilados, o si se agarraba porque le gustaba.

Estaba tan interesada en ella (proyectaba su sexualidad con tanta intensidad, que declaraba a los cuatro vientos que era una prostituta), que me deslicé entre la gente para seguirla más de cerca. Absorta en mi objetivo, no pensé en que pudiera darse cuenta de mi presencia, pero pareció sentir mis ojos en su nuca y se volvió para mirar por encima del hombro. El hombre que la acompañaba estaba hablando con otro vampiro, y por un momento no tuvo que atenderle, tiempo que invirtió en escrutarme con mirada suspicaz. Me quedé a unos metros de ella para escuchar sus pensamientos por pura curiosidad.

«Tía rara, no es una de las nuestras, ¿acaso lo querrá para ella? Puede tenerlo; no soporto eso que hace con la lengua, y cuando termine de hacérmelo, querrá que se lo haga yo a él y al otro tipo... agh, ojalá tuviera pilas de repuesto. ¿Y si se marchara y dejara de mirarme?»

—Claro, lo siento —dije, avergonzada de mí misma, y volví a zambullirme en el gentío. Me acerqué a los camareros que había contratado el hotel, ocupados paseando entre la gente con bandejas y vasos de sangre y algunas bebidas para humanos. Estaban centrados en esquivar a la cambiante masa de huéspedes sin derramar nada, con las espaldas y pies doloridos, y cosas por el estilo. Barry y yo intercambiamos gestos de la cabeza y capté un rastro de pensamiento que incluía el nombre de Quinn, así que le seguí el rastro hasta dar con una empleada de E(E)E. Lo supe porque llevaba una camiseta de la empresa. Era una joven de pelo muy corto y piernas muy largas. Estaba hablando con uno de los camareros, y no cabía duda de que era una conversación unidireccional. En medio de un gentío notablemente elegante, los vaqueros y las zapatillas de la mujer destacaban sobremanera.

—… y una caja de refrescos helados —estaba diciendo—. Una bandeja de sándwiches y unas patatas, ¿vale? En la sala de baile, dentro de una hora. —Se volvió abruptamente y me la encontré cara a cara. Me escrutó de arriba abajo y quedó algo impresionada.

—¿Sales con uno de los vampiros, rubita? —preguntó. Su voz se me antojó grosera, con un acento del noreste.

—No, salgo con Quinn —dije—. Rubita, tú. —Aunque lo cierto era que soy rubia natural. Bueno, natural con ayuda. El pelo de esa chica parecería paja…, si la paja tuviera raíces negras.

No le gustó nada lo que le respondí, aunque no estaba del todo segura de qué parte en concreto se trataba.

—No me había dicho que tuviera chica nueva —dijo, y por supuesto que lo hizo del modo más insultante posible.

Me sentí libre de ahondar en su cráneo, y allí encontré un profundo afecto hacia Quinn. Estaba convencida de que ninguna otra mujer era merecedora de él. Pensaba que yo no era más que una paleta sureña que gustaba de esconderse detrás de los hombres.

Dado que todas esas ideas se basaban en una conversación que apenas había durado treinta segundos, pude perdonar su error. Pude perdonarla por querer a Quinn. Incluso podía perdonarla por su abrumador desprecio.

—Quinn no tiene por qué compartir contigo lo que hace en su vida privada —dije. Lo que de verdad quería preguntarle era dónde estaba Quinn en ese momento, pero eso le daría la ventaja, así que me guardaría la pregunta—. Si me disculpas, tengo que volver al trabajo, e intuyo que tú también.

Me agujereó con sus ojos negros y se marchó. Mediría unos diez centímetros más que yo, y era muy delgada. No se había molestado en ponerse sujetador, y sus pechos con aspecto de ciruela se contoneaban llamativamente con cada paso. Esa chica era de las que siempre quieren estar por encima. No fui la única que la observó atravesar la estancia. Barry había mudado sus fantasías conmigo por ella.

Volví junto a la reina, porque ella y Andre se dirigían ya hacia la sala de conferencias desde el vestíbulo. Las anchas puertas dobles estaban abiertas del todo, trabadas con sendos jarrones preciosos cargados de adornos y hierbas secas.

—¿Alguna vez has estado en una convención de verdad, una normal? —preguntó Barry.

—No —dije, tratando de mantener la mente abierta y orientada hacia el gentío que nos rodeaba. Me pregunté cómo lo soportaban los agentes del servicio secreto—. Bueno, acudí a una con Sam, una convención de proveedores de bares, pero sólo estuvimos un par de horas.

—Todo el mundo llevaba distintivo, ¿verdad?

—Si se puede llamar distintivo a un cartel atado al cuello, sí.

—Eso es para que los de la entrada sepan que has pagado tu entrada y para que no entre nadie sin autorización.

—Ya, ¿y?

Barry guardó silencio.

«¿Tú ves a alguien con distintivo? ¿Ves que alguien compruebe a los presentes?»

«Nadie, salvo nosotros. ¿Y qué sabemos? Puede que la prostituta sea una espía que trabaja para los vampiros del noreste, o algo peor», añadí más sobriamente.

«Están acostumbrados a ser los más fuertes y aterradores», dijo Barry. «Puede que se teman los unos a los otros, pero no a los humanos, no cuando están juntos.»

Pillé el mensaje. Las Britlingen ya habían suscitado mis preocupaciones, y ahora lo estaba incluso más.

Entonces volví la mirada hacia las puertas del hotel. Ahora que había oscurecido, estaban custodiadas por vampiros armados en vez de humanos. El mostrador de recepción también estaba ocupado por vampiros con el uniforme del hotel, y no perdían de vista a cada uno de los que pasaban por las puertas. El edificio no estaba tan desprotegido como pudiera parecer. Me relajé y decidí comprobar las casetas de la sala de convenciones.

En una te podían colocar colmillos protésicos; eran de marfil natural, plata u oro, y los más caros se retraían mediante un motor que se activaba pulsando un botón con la lengua. «Imposible diferenciarlos de los auténticos», estaba asegurándole un hombre mayor a un vampiro con barba y el pelo entrelazado. «¡Y vaya si son afilados!» No podía imaginar quién querría un par de ésos. ¿Un vampiro con un colmillo roto? ¿Un aspirante a vampiro que quisiera hacerse pasar por uno? ¿Un humano con ganas de jugar a rol?

La siguiente caseta vendía CD de música de diversas épocas históricas, como «Canciones folk rusas del siglo XVIII» o «Música de cámara italiana, los primeros años». Era una buena forma de hacer dinero. A la gente siempre le gusta la música de su época, aunque hayan pasado siglos.

La siguiente caseta era la de Bill, y había un gran cartel sobre los «muros» temporales del cercado. «IDENTIFICACIÓN DE VAMPIROS», ponía el cartel. «SIGA EL RASTRO DE CUALQUIER VAMPIRO, EN CUALQUIER MOMENTO, EN CUALQUIER ÉPOCA. LO ÚNICO QUE NECESITA ES ALGUIEN QUE ENTIENDA DE ORDENADORES», reflejaba un cartel más pequeño. Bill estaba hablando con una vampira que le estaba dando su tarjeta de crédito, mientras Pam metía un CD en una pequeña bolsa. Cruzamos nuestras miradas y ella me guiñó un ojo. Llevaba una ropa de lo más excéntrico que no creo que hubiese sido su primera elección voluntaria. Pero Pam sonreía, quizá disfrutando de un cambio en la rutina.

«HAPPY BIRTHDAY PRESS PRESENTA: SOPA DE SANGRE PARA EL ALMA», lucía el cartel de la siguiente caseta, donde se sentaba una vampira solitaria y aburrida con una pila de libros frente a ella.

El siguiente puesto ocupaba varios espacios y no requería de explicación alguna.

—Debería pasar al siguiente nivel, sin duda —le estaba diciendo un fervoroso vendedor a una vampira negra que llevaba el pelo ensortijado con mil gomas de colores. Ella escuchaba atentamente mientras contemplaba uno de los miniataúdes de muestra que había abiertos—. Claro que la madera es biodegradable y tradicional, pero ¿quién necesita eso? Su ataúd es su casa, es lo que mi padre siempre me decía.

Había más, incluida una de Extreme(ly Elegant) Events, que consistía en una gran mesa con carteles de precios y álbumes de fotos para tentar a los que pasaran por allí. Estuve a punto de acercarme cuando me di cuenta de que la caseta la llevaba Miss Altanera Pataslargas. No me apetecía volver a hablar con ella, así que seguí adelante, sin perder de vista en ningún momento a la reina. Uno de los camareros humanos estaba admirando el trasero de Sophie-Anne, pero pensé que aquello no era punible con la muerte, por lo que lo dejé pasar.

Para entonces, la reina y Andre se habían reunido con los sheriffs Gervaise y Cleo Babbitt. Gervaise, de cara ancha, era un hombre pequeño, puede que midiera 1,68. Aparentaba unos treinta y cinco años, aunque se podía añadir un siglo sin miedo para acercarse a su edad real. Gervaise había soportado el peso de mantener y entretener a Sophie-Anne durante las últimas semanas, y el desgaste empezaba a notarse. Había oído que era conocido por su ropa sofisticada y estilo alegre. La última vez que lo vi, tenía el pelo muy liso sobre su lustrosa cara redonda. Ahora estaba desgreñado. Su traje necesitaba una visita a la lavandería, y sus zapatos un buen pulido. Cleo era una mujer fornida, de amplios hombros y el pelo negro como el carbón, con una amplia cara gobernada por sus labios. Era lo suficientemente moderna como para querer emplear su apellido; sólo hacía cincuenta años que era vampira.

—¿Dónde está Eric? —les preguntó Andre a los otros sheriffs.

Cleo se rió, sotó una carcajada grave que hizo que los hombres se volvieran para mirar.

—Lo han reclutado —dijo—. El sacerdote no ha aparecido, ha tomado un cursillo y será él quien oficie.

Andre sonrió.

—No nos lo podemos perder. ¿Qué se celebra?

—Se anunciará dentro de nada —respondió Gervaise.

Me pregunté qué Iglesia querría a Eric como su sacerdote. ¿La Iglesia de los Pingües Beneficios? Volví a la caseta de Bill y llamé la atención de Pam.

—¿Eric es un sacerdote? —murmuré.

—De la Iglesia del Espíritu del Buen Amor —me dijo, embolsando tres CD y entregándoselos a un loco de los vampiros enviado por su señor—. Obtuvo su diploma gracias a un curso por Internet, con la ayuda de Bobby Burnham. Ahora puede oficiar matrimonios.

Un camarero se las arregló para sortear a todos los huéspedes que rodeaban a la reina para llevarle una bandeja llena de copas de vino rebosantes de sangre. En un abrir y cerrar de ojos, Andre se había colocado entre el camarero y la reina, y en el mismo tiempo, el camarero se dio la vuelta y partió en otra dirección.

Traté de escrutar la mente del camarero, pero estaba completamente en blanco. Andre se había hecho con el control del tipo y lo había mandado a otra parte. Ojalá estuviese bien. Seguí su progreso hasta una humilde puerta que había en un rincón, hasta quedar segura de que volvía a la cocina. Bien, incidente resuelto.

Sentí una oleada procedente de la sala de exposiciones y me volví para ver qué pasaba. Los reyes de Misisipi e Indiana habían aparecido juntos de la mano, lo cual parecía un aviso público de que habían concluido sus negociaciones de matrimonio. Russell Edgington era un vampiro delgado y atractivo que gustaba de otros hombres (exclusiva y extensamente). Podía ser un buen compañero y también era bueno peleando. Me caía bien. Estaba un poco nerviosa ante la expectativa de verle, ya que hacía unos meses había dejado un cadáver en su piscina. Traté de verlo por el lado bueno. El cadáver era de una vampira, así que cabía la posibilidad de que se hubiese desintegrado antes de que retiraran la cubierta en primavera.

Russell e Indiana se detuvieron delante de la caseta de Bill. Daba la casualidad de que Indiana era un tipo enorme, con el pelo ondulado y castaño con una cara que no estaba mal.

Me acerqué un poco, presintiendo problemas.

—Tienes buen aspecto, Bill —dijo Russell—. Mi gente me ha dicho que lo pasaste mal en mi casa. Veo que te has recuperado bien. No sé muy bien cómo saliste, pero me alegro. —Si la pausa de Russell pretendía aguardar alguna reacción, se quedó con las ganas. La expresión de Bill era tan impasible como si Russell le hubiese estado hablando del tiempo, en vez de su tortura—. Lorena era tu creadora y no podía interferir —añadió Russell, con una voz tan tranquila como su expresión—. Y aquí te encuentro, vendiendo tu pequeño invento informático que Lorena quería quitarte por las malas. Como dice el bardo: «Bien está lo que bien acaba».

Russell había sido demasiado prolijo, lo cual indicaba que ansiaba una reacción por parte de Bill. Pero la voz de Bill era como la fría seda deslizándose sobre un cristal. Y todo lo que dijo fue:

—Descuida, Russell. Supongo que debo darte la enhorabuena.

Russell dedicó una sonrisa a su novio.

—Sí, Misisipi y yo lo vamos a intentar —dijo el rey de Indiana. Su voz era profunda. Pasaría desapercibido tanto apaleando a un estafador en un callejón, como sentado en un bar con serrín en el suelo. Pero Russell no hizo sino ruborizarse.

Quizá sí que había un genuino amor.

Entonces, Russell reparó en mí.

—Bart, tienes que conocer a esta joven —manifestó inmediatamente. Casi me entró un ataque de pánico. Pero no me quedaba más forma de salir de la situación que volverme y salir corriendo. Russell llevó a su prometido junto a mí de la mano—. Esta joven recibió un estacazo durante su estancia en Jackson. Había algunos matones de la Hermandad en el bar, y uno de ellos le clavó una estaca.

Bart parecía casi desconcertado.

—Es obvio que sobreviviste —dijo—. Pero ¿cómo?

—El señor Edgington me ayudó —contesté—. De hecho, me salvó la vida.

Russell trató de adoptar un aire de modestia, y casi lo consiguió. El vampiro trataba de sacar su mejor cara ante su prometido, una reacción tan humana que me costó creerla.

—No obstante, creo que te llevaste algo contigo al marcharte —dijo Russell con severidad, agitando un dedo hacia mí.

Traté de deducir algo de su expresión para saber por dónde tirar con una respuesta. La verdad era que me había llevado una manta y algo de ropa que los jovencitos del harén de Russell habían dejado por ahí. Y me llevé a Bill, a quien habían mantenido preso en uno de los edificios secundarios. Supuse que se refería a eso.

—Sí, señor, pero dejé algo a cambio —respondí, ya que no podía soportar ese juego verbal del gato y el ratón. ¡Está bien! Había rescatado a Bill y asesinado a la vampira Lorena, aunque eso había sido más bien un accidente. Y había tirado su maligno trasero a la piscina.

—Ya decía yo que había algo de cieno en el fondo de la piscina cuando la abrimos en verano —dijo Russell, examinándome intensamente con sus ojos de chocolate amargo—. Eres toda una mujer emprendedora, señorita…

—Stackhouse, Sookie Stackhouse.

—Sí, te recuerdo. ¿No estabas en el Club de los Muertos con Alcide Herveaux? Es un licántropo, cielo —le explicó a Bart.

—Sí, señor —le dije, deseando que no me hubiera recordado ese pequeño detalle.

—Su padre estaba compitiendo por el puesto de líder de manada de Shreveport, ¿me equivoco?

—No se equivoca. Pero él…, eh…, no lo consiguió.

—Entonces ¿fue cuando murió Herveaux padre?

—Así es —contesté. Bart escuchaba con gran atención, sin dejar de acariciar la manga del abrigo de Russell. Era una especie de pequeño gesto lujurioso.

Quinn apareció a mi lado justo en ese momento y me rodeó con un brazo, lo que provocó que Russell abriera mucho los ojos.

—Señores —les dijo Quinn a Indiana y Misisipi—. Su boda les espera.

Los dos reyes se regalaron una sonrisa.

—¿No estás asustado? —le preguntó Bart a Russell.

—No si tú estás a mi lado —dijo Russell, con una sonrisa que hubiera derretido un iceberg—. Además, nuestros abogados nos matarían si renegociáramos esos contratos.

Ambos hicieron un gesto a Quinn con la cabeza, quien avanzó a grandes zancadas hacia la tarima situada en el extremo de la sala de exposiciones. Se colocó en lo más alto y estiró los brazos. Había un micrófono, y su poderosa voz inundó la sala.

—¡Atención, damas y caballeros, reyes y plebeyos, vampiros y humanos! Todos están invitados a presenciar la unión entre Russell Edgington, rey de Misisipi, y Bartlett Crowe, rey de Indiana, en la sala de rituales. La ceremonia dará comienzo dentro de diez minutos. La sala de rituales se encuentra pasando las puertas dobles del muro este del vestíbulo —dijo, indicando regiamente las puertas dobles.

Mientras hablaba, tuve tiempo de apreciar su indumentaria. Llevaba unos pantalones que se ceñían a la altura de la cintura y la cadera. Eran de un intenso escarlata. Se había decidido por un cinturón dorado, como los de los campeonatos de lucha, con unas botas de cuero negras que se tragaban el dobladillo del pantalón. No llevaba camisa. Parecía un genio que acabara de salir de una botella.

—¿Ése es tu nuevo hombre? —preguntó Russell—. ¿Quinn?

Asentí. Parecía impresionado.

—Sé que se le están pasando cosas por la cabeza ahora mismo —dije, impulsivamente—. Sé que está a punto de casarse. Pero sólo espero que estemos en paz, ¿vale? ¿No está enfadado o con sensación de tener cuentas pendientes conmigo?

Bart estaba aceptando los cumplidos de otros vampiros y Russell miró en su dirección. Luego me dedicó la cortesía de centrarse en mí, aunque sabía que no tardaría en tener que darse la vuelta para disfrutar de la velada, y así tenía que ser.

—No tengo ninguna cuenta pendiente contigo —dijo—. Afortunadamente, tengo un gran sentido del humor y Lorena me importaba un pimiento. Le alquilé la sala del establo porque hacía un par de siglos que la conocía, pero siempre fue una zorra.

—Entonces, ya que no está enfadado conmigo, deje que le pregunte, ¿por qué parece que todo el mundo tiene miedo de Quinn? —pregunté.

—¿De veras no lo sabes, siendo quien tiene al tigre cogido por la cola? —Russell parecía felizmente intrigado—. No tengo tiempo para contarte toda la historia, ya que me apetece estar con mi futuro marido, pero te diré algo, señorita Sookie: tu hombre ha hecho ganar mucha a para mucha gente.

—Gracias —le dije, algo confundida—. Y mis mejores deseos para usted y... eh, el señor Crowe. Espero que sean felices juntos. —Dado que estrechar la mano no era una costumbre vampírica, le hice una leve reverencia y me estiré rápidamente mientras aún gozábamos de una relación tan cordial.

Rasul apareció a mi lado. Sonrió cuando di el respingo. Estos vampiros... Tienen un sentido del humor adorable.

Hasta entonces sólo había visto a Rasul con su indumentaria de SWAT, y no tenía mal aspecto en absoluto. Esa noche, llevaba otro uniforme, pero también con cierto aire militar, al estilo cosaco. Lucía una túnica de mangas largas y unos pantalones hechos a medida de un intenso tono ciruela, con una banda negra y brillantes botones de latón. Rasul era muy moreno, sin trampa ni cartón, y tenía unos ojos grandes, oscuros y líquidos, a juego con el pelo negro, típico de alguien oriundo de Oriente Medio.

—Sabía que no debías de andar muy lejos. Me alegro de verte —saludé.

—Nos ha enviado a Carla y a mí como avanzadilla —dijo, aligerando las palabras con su exótico acento—. Estás más guapa que nunca, Sookie. ¿Te estás divirtiendo?

Pasé por alto sus bromas.

—¿Y ese uniforme?

—Por si crees que se lo he robado a alguien, te diré que es el nuevo uniforme de la casa de la reina —dijo—. Nos ponemos esto, en vez de la armadura habitual, cuando no estamos en la calle. Bonito, ¿eh?

—Estás divino —declaré, y se rió.

—¿Acudirás a la ceremonia? —preguntó.

—Sí, claro. Nunca he asistido a una boda entre vampiros. Oye, Rasul, lamento lo de Chester y Melanie. —Habían estado en el mismo turno de guardia que Rasul en Nueva Orleans.

Por un instante, todo rastro de humor se desvaneció del rostro del vampiro.

—Sí —dijo, al cabo de un momento de tenso silencio—. En vez de a mis camaradas, ahora tengo al ex felpudo.

Jake Purifoy se acercaba a nosotros, embutido en el mismo uniforme que Rasul. Parecía muy solitario. No llevaba tanto tiempo de vampiro como para mantener esa expresión calmada que parecía tan típica de los no muertos.

—Hola, Jake —lo saludé.

—Hola, Sookie —dijo, con tono desesperado y suplicante.

Rasul nos saludó con un gesto de la cabeza y se marchó. Me había quedado varada con Jake. Aquello se parecía demasiado a la escuela primaria para mi gusto. Jake era el típico niño que había ido al cole con la ropa equivocada y un extraño almuerzo. Ser una combinación entre vampiro y licántropo lo había segregado de ambas naturalezas. Era como pretender ser un gótico popular.

—¿Has podido hablar con Quinn? —pregunté, a falta de nada mejor que decir. Jake había trabajado para Quinn antes de que el cambio acabara con su empleo.

—Lo he saludado de paso —contestó Jake—. No es justo.

—¿El qué?

—Que a él lo acepten al margen de lo que haya hecho y que a mí me destierren.

Conocía el significado de la palabra «destierro», porque la había visto una vez en mi calendario de la palabra diaria. Pero mi mente se quedó colgada de ella porque el comentario de Jake casi me hace perder el equilibrio.

—¿Al margen de lo que haya hecho? —pregunté—. ¿Qué quieres decir?

—Bueno, tú ya conoces a Quinn —respondió Jake, y me dieron ganas de saltarle encima y golpearle en la cabeza con algo pesado.

—¡Comienza la boda! —bramó la voz amplificada de Quinn, y la gente empezó a encauzarse hacia las puertas dobles que había indicado antes. Jake y yo nos dejamos llevar por la corriente. La ayudante de Quinn de las tetas saltarinas estaba justo en la puerta, distribuyendo pequeñas bolsas de red con una mezcla de flores secas. Algunas estaban atadas con cinta dorada y azul, otras con azul y roja.

—¿Por qué hay colores diferentes? —preguntó la prostituta a la ayudante de Quinn.

Menos mal que lo hizo, porque eso significaba que me podía ahorrar la pregunta.

—Rojo y azul por la bandera de Misisipi, azul y dorado por la de Indiana —dijo la mujer, con una sonrisa automática. Aún la tenía adherida a la cara cuando me dio una bolsa atada con cinta roja y azul, aunque se desvaneció de un modo casi cómico cuando se percató de quién era yo.

Jake y yo avanzamos hasta una buena posición, algo escorada hacia la derecha. El lugar estaba vacío, salvo por unos cuantos accesorios, y no había sillas. Al parecer, no esperaban que la ceremonia se prolongara demasiado.

—Respóndeme —susurré—. Lo de Quinn.

—Después de la boda —dijo, procurando no sonreír. Hacía muchos meses desde que Jake disfrutaba de cierta ventaja sobre alguien, y era incapaz de ocultar el hecho de que estaba disfrutando de ello. Miró hacia atrás, y sus ojos se ensancharon. Imité su gesto para ver que en el extremo opuesto de la sala había un bufé, aunque su plato fuerte no era la comida, sino la sangre. Para mi asqueo, había unas veinte personas, entre hombres y mujeres, formando una fila delante de una fuente de sangre sintética, y todos llevaban un identificador que ponía simplemente «donante voluntario». Casi suelto una carcajada. ¿Podía ser eso legal? Pero eran libres, no estaban presos, y podían salir cuando quisieran. La mayoría parecían ansiosos por iniciar su donación. Escruté rápidamente sus mentes. Sí, lo estaban deseando.

Me volví hacia la plataforma, de apenas cuarenta y cinco centímetros de altura, sobre la que acababan de subirse los reyes de Misisipi e Indiana. Se habían puesto unos trajes muy elaborados, que me sonaba haber visto en uno de los álbumes de aquel fotógrafo que se especializaba en rituales sobrenaturales. Al menos, ésos eran fáciles de ponerse. Russell llevaba una túnica abierta de profuso brocado que encajaba perfectamente sobre su ropa normal. Era una espléndida prenda de brillante paño dorado con un patrón azul y escarlata. Bart, rey de Indiana, lucía una túnica similar de marrón cobre, con bordado verde y dorado.

—Sus túnicas formales —susurró Rasul. Una vez más, se había puesto a mi lado sin que me diera cuenta. Di un respingo y vi cómo una pequeña sonrisa estiraba su generosa boca. A mi izquierda, Jake se había arrimado más a mí, como si quisiera esconderse de Rasul.

Pero estaba más interesada en la ceremonia que en los piques entre machos vampiros. Un *ankh* gigante decoraba el centro del escenario. A un lado, había una mesa sobre la que habían depositado dos pesadas pilas de papel y sendas plumas entre ellas. Había una vampira de pie, tras la mesa, ataviada con un traje de negocios, con falda que le llegaba hasta las rodillas. El señor Cataliades estaba detrás de ella, con aire benevolente, y las manos entrelazadas ante su barriga.

En la mesa del lado contrario, Quinn, mi chico (cuyo trasfondo estaba decidida a descubrir más pronto que tarde), aún tenía puesto el traje de genio de Aladino. Aguardó a que los murmullos del gentío se hubieran extinguido para hacer un exagerado gesto hacia la derecha. Una figura ascendió las escaleras de camino a la plataforma. Llevaba una capa y capucha de terciopelo negro. El símbolo del *ankh* estaba bordado en oro sobre los hombros. La figura tomó posición entre Misisipi e Indiana, dando la espalda al gran *ankh*, y alzó los brazos.

—La ceremonia da comienzo —dijo Quinn—. Seamos testigos de esta unión en silencio.

Si alguien le pide a un vampiro que guarde silencio, puede estar seguro de que éste será absoluto. Los vampiros no necesitan hacer movimientos inquietos, suspirar, estornudar, toser o sonarse la nariz como la gente normal. Me sentí estruendosa por tan sólo respirar.

La capucha de la figura cayó hacia atrás. Suspiré, sorprendida. Era Eric. Su pelo de color pajizo destacaba precioso en contraste con el fondo negro de la capa. Su rostro estaba lleno de solemne autoridad, que es lo que una espera de cualquier oficiante que se precie.

—Estamos aquí para ser testigos de la unión entre dos reyes —empezó, y cada una de sus palabras llegó hasta las cuatro esquinas de la sala—. Russell y Bart han accedido, verbalmente y por escrito, a formar una alianza con sus Estados que durará cien años. Durante este tiempo, no podrán contraer matrimonio con nadie más, a menos que dicha alianza sea de mutuo acuerdo y pública. Cada uno deberá hacer al otro una visita conyugal al menos una vez al año. El bienestar del reino de Russell será prioritario, sólo después del propio, a ojos de Bart, y el bienestar del reino de Bart será prioritario sólo después del propio, a ojos de Russell. Russell Edgington, rey de Misisipi, ¿estás de acuerdo con este pacto?

—Sí, lo estoy —contestó Russell claramente. Extendió la mano hacia Bart.

—Bartlett Crowe, rey de Indiana, ¿estás de acuerdo con este pacto?

—Lo estoy —dijo Bart, y tomó la mano de Russell. Ayyyy.

Entonces, Quinn dio un paso al frente y se arrodilló, sosteniendo un cáliz entre ambas manos. Eric sacó un cuchillo y cortó las muñecas de ambos con dos rápidos movimientos.

Oh, qué repelús. Me reproché en silencio mientras ambos reyes sangraban sobre el cáliz.

Debería haber intuido que una ceremonia implicaría el intercambio de sangre.

Cuando las heridas cicatrizaron, Russell tomó un sorbo del cáliz y se lo pasó a Bart, que lo apuró. Luego se besaron, mientras Bart agarraba a Russell, de menor tamaño, con ternura. Y siguieron besándose. Estaba claro que la sangre mezclada había hecho su efecto.

Crucé la mirada con la de Jake. «Coge una habitación», gesticuló con la boca, y tuve que bajar la mirada para disimular mi sonrisa.

Finalmente, los dos reyes dieron el siguiente paso: la ceremoniosa firma del contrato que habían acordado. La mujer del traje de negocios resultó ser una abogada vampira de Illinois, ya que le correspondía a un abogado de un tercer Estado elaborar el contrato. El señor Cataliades era un abogado neutral también, y firmó los documentos después de que los reyes y la vampira lo hicieran.

Eric permaneció envuelto en su gloria negra y dorada durante todo el proceso, y una vez las plumas regresaron a sus elaborados plumeros, anunció:

—¡El matrimonio es sagrado por cien años! —y estalló el júbilo. Los vampiros tampoco son muy dados a las demostraciones de alegría, así que fueron mayoritariamente humanos y otros seres sobrenaturales los que animaron el momento, si bien los vampiros se dignaron a lanzar murmullos de aprobación. No era igual, pero sí lo mejor de lo que eran capaces, supongo.

Tenía muchas ganas de saber cómo había conseguido Eric el oficio de sacerdote, o comoquiera que llamasen a los oficiantes, pero primero obligaría a Jake que me contase lo de Quinn. Trató de perderse entre la multitud, pero no tardé mucho en alcanzarlo. Aún no era un vampiro tan avezado como para darme esquinazo.

—Escúpelo —dije, y fingió que no sabía de lo que le estaba hablando, pero supo por mi expresión que no me lo tragaba.

Así, mientras la multitud pasaba alrededor de nosotros, tratando de no precipitarse con demasiada obviedad hacia el bar abierto, aguardé a que me contara la historia de Quinn.

—No puedo creer que no te lo haya contado él —dijo Jake, y estuve tentada de cruzarle la cara.

Lo agujereé con la mirada para que supiera que ya me estaba hartando de esperar.

—Está bien, está bien —explicó—. Supe de esto cuando aún era licántropo. Quinn es como una estrella del rock en el mundo de los cambiantes, ya sabes. Es uno de los últimos hombres tigre, y sin duda uno de los más feroces.

Asentí. Hasta ahí, eran cosas que sabía acerca de Quinn.

—La madre de Quinn fue capturada una noche de luna llena mientras cambiaba. Unos cazadores estaban de acampada, pusieron una trampa porque querían un oso para sus peleas ilegales de perros. Emociones nuevas, ¿sabes? Una manada de perros contra un oso. Fue en alguna parte de Colorado, y el terreno estaba nevado. Su madre andaba sola, y de alguna manera cayó en la trampa. No la percibió.

—¿Dónde estaba su padre?

—Murió cuando Quinn era un crío. Tendría unos quince años cuando esto pasó.

Presentía que lo peor estaba por venir. No me equivocaba.

—Él se transformó, por supuesto, la misma noche, poco después de darse cuenta de la desaparición de su madre. Rastreó a los cazadores hasta su campamento. Su madre había vuelto a la forma humana debido a la angustia de la captura, y uno de ellos la estaba violando. —Jake suspiró profundamente—. Quinn los mató a todos.

Clavé la mirada en el suelo. No se me ocurría nada que decir.

—Había que limpiar el campamento. No había manada a la que recurrir (los tigres no van en manada, claro), y su madre estaba herida y conmocionada, así que acudió al redil de vampiros locales. Accedieron a hacer el trabajo si admitía estar en deuda con ellos durante tres años. —Jake se encogió de hombros—. Aceptó.

—¿Qué aceptó hacer exactamente? —pregunté.

—Luchar en las exhibiciones para ellos, durante tres años o hasta que muriera, lo que llegara antes.

Sentí cómo unos dedos helados me recorrían la espalda, y en esta ocasión no era el escalofriante Andre... Era el miedo.

—¿Exhibiciones? —susurré, y de no haber tenido el oído de un vampiro no me habría escuchado.

—Corren muchas apuestas en las luchas de exhibición —dijo Jake—. Son como las peleas de perros de los cazadores. Los humanos no son los únicos que disfrutan viendo como otros animales se matan entre ellos. A algunos vampiros les priva. Bueno, y a otros seres sobrenaturales también.

Mi boca se estremeció de asco. Casi sentí náuseas.

Jake me miraba, preocupado por mi reacción, pero también para darme tiempo para comprender que la historia no había terminado.

—Es evidente que Quinn sobrevivió los tres años —prosiguió—. Es uno de los pocos que ha conseguido sobrevivir tanto tiempo. —Me miró de soslayo—. No paraba de ganar peleas. Era uno de los luchadores más salvajes que nadie ha visto nunca. Luchó contra osos, leones y cualquier cosa que puedas imaginarte.

—¿No son muy raros?

—Sí, lo son, pero supongo que hasta los seres sobrenaturales raros necesitan dinero —dijo, con un meneo de la cabeza—. Y se puede ganar una pasta en las luchas de exhibición cuando dispones de lo suficiente para apostar por ti mismo.

—¿Por qué lo dejó? —quise saber. Lamenté más de lo que imaginaba haber sentido curiosidad por el pasado de Quinn. Debí haber esperado a que me contara todo eso voluntariamente. Esperaba que algún día así hubiera sido. Jake interceptó a un camarero humano que pasaba por su lado y se hizo con una de las copas de sangre sintética que llevaba en la bandeja. Se la bebió de un trago.

—Sus tres años terminaron, y tuvo que cuidar de su hermana.

—¿Hermana?

—Sí, su madre quedó embarazada esa noche, y el resultado fue esa rubia de bote que nos ha repartido las flores secas en la puerta. Frannie suele meterse en problemas de vez en cuando, y la madre de Quinn no puede encargarse de ella, así que la manda con él alguna que otra vez. Frannie apareció aquí anoche.

Tuve más de lo que podía digerir. Me volví de un rápido movimiento y me alejé de Jake. Menos mal que no hizo nada por detenerme.

E staba tan ansiosa por salir de la aglomeración del salón que me di de bruces con un vampiro, que siseó y me agarró de los hombros con sombría velocidad. Tenía un largo bigote al estilo Fu Manchú y una melena digna de un par de crines de caballo. Vestía un traje negro. En otras circunstancias, quizá habría apreciado el conjunto, pero en ese momento sólo quería irme.

—¿Por qué tantas prisas, jovencita? —inquirió.

—Señor —dije educadamente, ya que era mayor que yo—. Tengo mucha prisa. Perdone que haya chocado con usted, pero tengo que irme.

—¿No serás donante, por casualidad?

—No, lo siento.

De repente, me soltó de los hombros y volvió a la conversación que había interrumpido. Con enorme alivio, seguí mi camino, aunque con más cuidado, ya que con un momento tenso me sobraba.

—¡Ahí estás! —dijo Andre, y casi parecía molesto—. La reina te necesita.

Tuve que recordarme que estaba trabajando, por grande que fuese el drama interior que estaba experimentando. Seguí a Andre hacia la reina, que estaba enzarzada en una conversación con un grupo de vampiros y humanos.

—Claro que estoy de tu parte, Sophie —afirmó una vampira. Vestía un vestido de noche de paño rosa que se sujetaba a uno de los hombros con un gran broche de brillantes diamantes. Puede que fuesen cristales de Swarovsky, pero a mí me parecían auténticos. ¿Qué sé yo? El pálido rosa lucía precioso en contraste con su piel de chocolate—. Arkansas era un imbécil de todos modos. Lo que me sorprende es que decidieras casarte con él.

—Entonces, si voy a juicio, ¿serás benévola, Alabama? —preguntó, y si la hubieseis visto, habríais jurado que no tenía más de dieciséis años. Su alto rostro era suave y firme, sus grandes ojos brillaban enmarcados en la sutileza de su maquillaje. Llevaba suelto su pelo castaño, lo cual era poco habitual en Sophie-Anne.

La vampira pareció ablandarse visiblemente.

—Por supuesto —dijo.

Su compañero humano, el que iba vestido de diseño y con el que me había topado un momento antes, pensaba: «Durará diez minutos, hasta que le dé la espalda a Sophie-Anne. Entonces volverán con sus maquinaciones. Claro, todos dicen que les gustan las hogueras chisporroteantes y los largos paseos por la playa a la luz de la luna, pero siempre que vas a una fiesta, es una maniobra tras otra y una mentira tras otra».

La cara de Sophie-Anne apenas se giró hacia mí, a lo que respondí con una leve sacudida de la cabeza. Alabama se excusó para ir a felicitar a los recién casados, y su humano se fue con ella. Preocupada por los oídos que orbitaban a nuestro alrededor, la mayoría de los cuales eran capaces de escuchar mucho mejor que yo, dije:

—Más tarde. —Y obtuve un gesto afirmativo de Andre.

El siguiente en cortejar a Sophie-Anne fue el rey de Kentucky, el que había recurrido a las Britlingen para su protección. Resultaba que Kentucky se parecía mucho a Davy Crockett. Sólo le faltaba el fusil y el sombrero de castor. De hecho, llevaba pantalones de cuero, una camisa de ante con chaqueta a juego, botas con flecos del mismo material y un gran pañuelo de seda atado alrededor del cuello. Puede que necesitara a las guardaespaldas para protegerle de la policía del buen gusto.

No vi a Batanya ni a Clovache por ninguna parte, así que di por sentado que se habían quedado en la habitación. No le vi la utilidad a contratar un par de caras guardaespaldas de otro mundo si no estaban cerca de la espalda que guardar. Entonces, como no tenía otro humano con el que distraerme, me di cuenta de algo extraño: detrás del rey de Kentucky había un espacio que siempre permanecía vacío, por mucha gente que pasara por allí. Por muy natural que fuese ocupar el espacio que había tras él, nadie lo hacía. Pensé que, después de todo, las Britlingen sí que estaban de servicio.

—Sophie-Anne, alegras estos ojos agotados —dijo Kentucky. Arrastraba las palabras con la misma densidad que la miel, y resultó de lo más explícito al dejar que Sophie-Anne se percatara de que tenía los colmillos medio extendidos. Agh.

—Isaiah, siempre es una alegría verte —repuso Sophie-Anne, con la voz y la expresión tan tranquilas como de costumbre. Era imposible saber si la reina estaba al corriente de que las dos guardaespaldas estaban justo detrás de él. Al acercarme un poco más, me di cuenta de que, pese a no ver a Clovache y a Batanya, sí que podía percibir sus firmas mentales. La misma magia que ocultaba su presencia física amordazaba sus ondas mentales, pero alcanzaba a sentir un tenue eco. Les sonreí, lo cual era una tontería por mi parte, porque en ese momento Isaiah, rey de Kentucky, miró en mi dirección. Debía de pensar que era más listo de lo que parecía.

—Sophie-Anne, me gustaría charlar contigo, pero esa rubia tuya tendrá que quedarse apartada mientras tanto —dijo Kentucky con una amplia sonrisa—. Su pureza me enciende como pocas cosas. —Hizo un gesto hacia mí, como si Sophie-Anne tuviese un montón de rubias siguiéndole los pasos.

—Por supuesto, Isaiah —contestó Sophie-Anne, lanzándome una mirada ecuánime—. Sookie, hazme el favor de bajar al sótano y traer la maleta por la que nos llamaron antes.

—Claro —respondí. No me importaba llevar a cabo un humilde recado. Casi me había olvidado de la arisca voz del teléfono de hacía unas horas. Me parecía estúpido que el procedimiento requiriera que tuviésemos que bajar hasta las entrañas del hotel, en vez de permitir que algún trabajador nos trajera la maleta, pero así son las cosas, ¿no?

Al volverme para marcharme, me di cuenta de que la expresión de Andre era bastante plana, como de costumbre, pero cuando casi estuve fuera del alcance de su voz dijo:

—Disculpa, majestad, no hemos hablado a la chica sobre tu agenda para la noche. —En uno de esos desconcertantes relámpagos de movimiento, se puso justo a mi lado, apoyando una mano sobre mi hombro. Me pregunté si habría recibido una de las comunicaciones telepáticas de Sophie-Anne. Sin decir una palabra, Sigebert se puso en el lugar que Andre había dejado vacío junto a la reina, medio paso a su espalda.

—Hablemos —dijo Andre, y me llevó rápidamente hacia una puerta con el cartel de «salida». Salimos a un pasillo de servicio beige que se extendía a lo largo de unos diez metros y giró a la derecha. Dos camareros doblaban la esquina y pasaron de largo mientras nos echaban miradas curiosas, aunque al encontrarse con la de Andre volvieron rápidamente a sus quehaceres.

—Las Britlingen están ahí —expliqué, dando por sentado que ésa era la razón por la que Andre me había acompañado—. Van detrás de Kentucky. ¿Se pueden hacer todas invisibles?

Andre realizó otro movimiento a tal rapidez que apenas percibí un borrón en el aire, y de repente su muñeca estaba frente a mí. La sangre manaba de un corte.

—Bebe —ordenó, y sentí que empujaba mi mente.

—No —dije, tan indignada como asombrada ante el repentino movimiento, la exigencia y la propia sangre—. ¿Por qué? —Traté de retroceder, pero no había sitio al que ir ni ayuda a la vista.

—Necesitas un vínculo más poderoso con Sophie-Anne o conmigo. Necesitamos unirnos por algo más que un cheque. Ya has demostrado ser más valiosa de lo que nos imaginábamos. Esta cumbre es crítica para nuestra supervivencia, y necesitamos cada ventaja a la que podamos recurrir.

Hablando de honestidad brutal.

—No quiero que me controles —le repliqué, y resultó terrible escuchar cómo se me modulaba la voz con el miedo—. No quiero que sepas lo que siento. Me habéis contratado para hacer un trabajo. Cuando acabe, volveré a mi vida normal.

—Ya no tienes una vida normal —aseguró Andre. No estaba siendo grosero. Eso era lo más extraño y aterrador. Parecía como si hablase de un hecho consumado.

—¡Claro que la tengo! ¡Vosotros sois los que estáis en los radares de todo el mundo, no yo! —No estaba del todo segura de lo que quería decir con eso, pero creo que Andre cogió el mensaje.

—No me importan los planes que tengas para el resto de tu existencia humana —dijo, encogiéndose de hombros. «Me importa un comino tu vida»—. Nuestra posición se verá reforzada si bebes, así que debes hacerlo. Te lo he explicado, cosa que no me hubiese molestado en hacer si no respetase tu habilidad.

Le di un empujón, pero fue como darse contra un elefante. Sólo funcionaría si el elefante accedía a moverse. Andre no estaba por la labor. Acercó su muñeca a mi boca y yo cerré los labios con fuerza, aunque estaba segura de que Andre me rompería los dientes si fuera necesario. Y si abría la boca para gritar, me echaría su sangre dentro antes de que pudiera decir esta boca es mía.

De repente, noté una tercera presencia en el pasillo. Eric, aún ataviado con la capa de terciopelo negro, y la capucha bajada, estaba justo delante de nosotros, con la expresión inusualmente desconcertada.

—Andre —dijo, con una voz más grave de lo habitual—. ¿Por qué haces esto?

—¿Cuestionas la voluntad de la reina?

La posición de Eric no era la mejor, ya que estaba interfiriendo en la ejecución de las órdenes de la reina (al menos daba por sentado que estaba al corriente de lo que estaba pasado), pero no pude evitar rezar por que se quedara para ayudarme. Se lo rogué con la mirada.

Se me ocurrían varios vampiros con los que preferiría tener un vínculo antes que con Andre. Por tonto que fuese, no podía evitar sentirme dolida. Les había dado una idea estupenda proponiendo que él fuera rey de Arkansas, y así me lo pagaban. Eso me enseñaría a mantener la boca cerrada. Eso me enseñaría a tratar a los vampiros como si fuesen personas.

—Andre, deja que te sugiera algo —contestó Eric, con voz mucho más fría y tranquila. Bien, no se había arrugado. Uno de los dos tenía que hacerlo—. Hay que mantenerla contenta, o no seguirá cooperando.

Mierda. De alguna manera sabía que su sugerencia no iba a ir en la onda de «deja que se marche o te romperé el cuello», ya que Eric era demasiado cauto para eso. ¿Dónde está John Wayne cuando lo necesitas? O Bruce Willis. O incluso Matt Damon. No me habría importado ver a Jason Bourne justo en ese momento.

—Sookie y yo hemos intercambiado sangre varias veces —comentó Eric—. De hecho, hemos sido amantes. —Se acercó un paso—. Creo que no pondría tantos reparos si el donante fuese yo. ¿Satisfaría eso tus necesidades? Te debo lealtad. —Inclinó la cabeza respetuosamente. Estaba teniendo cuidado, mucho cuidado. Aquello no hizo sino acrecentar el temor que me inspiraba Andre.

Andre me soltó mientras se lo pensaba. Podía ver cierta desconfianza en su mirada. Entonces me miró.

—Pareces un conejo escondido bajo un arbusto mientras un zorro te rastrea —dijo. Hizo una larga pausa—. Sin duda nos has hecho un gran favor a mi reina y a mí —prosiguió—. Más de una vez. Si el resultado final es el mismo, ¿por qué no?

Abrí la boca para añadir que, además, yo era la única testigo de la muerte de Peter Threadgill, pero mi ángel de la guarda me cerró la boca. Bueno, puede que no fuese mi verdadero ángel de la guarda, sino mi subconsciente, quien me animó a callarme. Fuese como fuese, lo agradecí.

—Bien, Eric —se conformó Andre—. Mientras esté vinculada a alguien de nuestro reino. Sólo he tomado un poco de su sangre y he descubierto que tiene parte de hada. Si ya has intercambiado sangre con ella más de una vez, entonces el vínculo debe de ser poderoso. ¿Ha respondido bien a tu llamada?

¿Qué? ¿Qué llamada? ¿Cuándo? Eric nunca me había llamado. De hecho, no era la primera vez que me enfrentaba a él.

—Sí, se porta bien —respondió Eric, sin pestañear. Casi me atraganté, pero eso habría arruinado el efecto de sus palabras, así que agaché la mirada, como si estuviese avergonzada por mi condición de sumisión.

—Bien, pues —dijo Andre con un gesto de impaciencia—. Adelante.

—¿Aquí mismo? Preferiría un lugar más privado —dijo Eric.

—Aquí y ahora. —Andre no pensaba ceder más.

—Sookie —me nombró Eric, mirándome fijamente.

Le devolví la mirada. Sabía lo que me quería decir. No había salida. Ni los gritos, la lucha o la negación me sacarían de ésa. Puede que Eric evitara que me sometiera al vínculo con Andre, pero eso era todo.

Eric alzó un codo.

Con el codo arqueado, Eric me estaba diciendo que era la mejor apuesta, que trataría de no hacerme daño, que estar vinculada a él era infinitamente mejor que estarlo a Andre.

Ya lo sabía, no porque no fuese tan tonta, sino porque ya estábamos vinculados. Tanto Eric como Bill habían tomado mi sangre, y yo la de ellos. Por primera vez, comprendí que existía un verdadero vínculo. ¿Acaso no los veía a ambos más como humanos que como vampiros? ¿Acaso no tenían el poder de herirme más que nadie? No se limitaba a mis pasadas relaciones con aquellos a los que estaba vinculada. Era el intercambio de sangre. Quizá debido a mi peculiar trasfondo, no me podían dar órdenes así como así. No gozaban de control mental sobre mí, y no podían leer mis pensamientos y viceversa. Pero compartíamos un vínculo. ¿Cuántas veces habría escuchado el zumbido de sus vidas a mi alrededor sin saber lo que en realidad estaba escuchando?

Llevaría mucho más tiempo decir esto de lo que me llevó pensarlo.

—Eric —dije, inclinando la cabeza a un lado. Dedujo tanto de mi palabra y gesto como yo de los suyos. Avanzó y extendió los brazos para extender la capa mientras se inclinaba sobre mí y que ésta nos diese algo de intimidad. El gesto era artificial, pero la idea no era mala.

—Eric, nada de sexo —exigí, con la voz más dura que pude aunar. Podría tolerar mejor el proceso si no era en plan intercambio de sangre entre amantes. No tenía la menor intención de tener sexo delante de un extraño. La boca de Eric se encontraba en el pliegue de mi cuello y hombro, su cuerpo apretado contra el mío. Mis brazos se deslizaron alrededor de él, ya que era la forma más fácil de estar. Entonces me mordió, y no pude reprimir un grito ahogado de dolor.

Afortunadamente, no paró. Yo quería terminar con eso lo antes posible. Una de sus manos me acariciaba la espalda, como si tratara de apaciguarme.

Al cabo de un instante eterno, Eric me lamió el cuello para asegurarse de que su saliva coagulante cerraba bien las heridas.

—Ahora, Sookie —me dijo al oído. Era incapaz de alcanzarle el cuello a menos que estuviésemos tumbados, no sin encaramarme en él torpemente. Empezó a subir la muñeca hasta mi boca, pero tendríamos que cambiar de posición para que eso funcionara. Le desabroché la camisa y la abrí. Titubeé. Siempre odié esa parte, ya que los dientes humanos no son tan afilados como los de los vampiros, y sabía que sería un desastre cuando mordiera. Eric hizo algo que me sorprendió: extrajo el mismo cuchillo ceremonial que empleó en la boda de Misisipi e Indiana. Con el mismo movimiento acelerado que usó con sus muñecas, se rajó el pecho justo debajo del pezón. La sangre manó perezosamente y yo succioné. Se trataba de algo embarazosamente íntimo, pero al menos no tendría que mirar a Andre y él no podría verme.

Eric se removió, inquieto, y me di cuenta de que se estaba excitando. No había nada que pudiera hacer al respecto, así que procuré mantener nuestros cuerpos separados unos cruciales centímetros. Succioné con fuerza y Eric lanzó un leve sonido. Yo sólo quería acabar cuanto antes. La sangre de vampiro es muy densa y casi dulce, pero cuando piensas en lo que estás haciendo y no estás en absoluto excitada, no es nada agradable. Cuando consideré que ya había ingerido suficiente, solté y volví a abrochar la camisa de Eric con manos nerviosas, convenciéndome de que el incidente había terminado y que ya podía esconderme en alguna parte hasta que el corazón dejara de martillear.

En ese momento, Quinn abrió la puerta y apareció en el pasillo.

—¿Qué demonios estás haciendo? —rugió, y no estaba segura de si se dirigía a Eric, Andre o a mí.

—Están obedeciendo órdenes —dijo Andre fríamente.

—Mi chica no tiene que recibir órdenes tuyas —declaró Quinn.

Abrí la boca para protestar, pero dadas las circunstancias, no sería fácil convencer a Quinn de que era capaz de cuidar de mí misma.

No había fórmula social que copara con una calamidad como ésa; y la norma general de etiqueta de mi abuela («Haz lo que haga que todo el mundo se sienta cómodo») ni de lejos podía aplicarse a la situación. Me pregunté qué diría *Dear Abby* al respecto.

—Andre —dije, tratando de disfrazar el miedo con firmeza—, terminaré el trabajo que accedí a hacer por la reina porque a ello me he comprometido. Pero no volveré a trabajar para vosotros. Eric, gracias por hacérmelo todo lo menos desagradable posible. —Me parecía más acertado que decir «lo más agradable».

Eric había retrocedido un paso para apoyarse en la pared. La capa caía abierta, y las manchas en sus pantalones eran flagrantes.

—Oh, no ha sido nada —dijo Eric, ausente.

Aquello sí que no ayudó. Sospeché que lo hacía aposta. Noté cómo se me encendían las mejillas.

—Quinn, hablaremos más tarde, como acordamos —le solté, y dudé. «Si aún quieres hablar conmigo», pensé, pero no podía decirlo porque habría sido de lo más injusto. Ojalá se hubiese presentado diez minutos antes… o no hubiese aparecido en absoluto.

Sin mirar a derecha o izquierda, eché a andar pasillo abajo, giré a la derecha y atravesé la puerta abatible directamente hacia la cocina.

Estaba claro que no quería estar allí, pero al menos estaba apartada de los tres hombres del pasillo.

—¿Dónde está la zona de equipajes? —le pregunté a la primera empleada uniformada que vi. Era una camarera que estaba cargando copas de sangre sintética sobre una gran bandeja redonda. Sin hacer una pausa en su labor, hizo un gesto con la cabeza para indicarme una puerta en la pared sur, donde ponía «salida». Yo sí que me estaba saliendo esa noche.

La puerta era más pesada y daba a unas escaleras que descendían a un nivel inferior, que suponía que estaba por debajo del nivel del suelo. No hay sótanos allí de donde vengo (el nivel subterráneo del agua está demasiado cerca), así que no pude evitar un leve escalofrío al adentrarme en la profundidad.

Caminaba como si algo me persiguiera, lo cual era cierto desde un punto de vista figurado, y me centré en la maldita maleta para no tener que pensar en otra cosa. Al llegar a un descansillo, me detuve en seco.

Ahora que estaba fuera de la vista de nadie, completamente sola, me tomé un momento de tranquilidad mientras apoyaba una mano en la pared. Me permití reaccionar ante lo que acababa de pasar. Empecé a temblar, y cuando me toqué el cuello lo sentí extraño. Tiré de él y forcé el cuello para mirarlo. Estaba manchado con mi sangre. Las lágrimas comenzaron a inundar mis ojos, y me dejé caer sobre el suelo de ese sótano en una ciudad lejos de casa.

Capítulo
12

Era sencillamente incapaz de procesar lo que me acababa de ocurrir; no me entusiasmaba la imagen ni el comportamiento que había exhibido. Sólo podía pensar: «Tenías que estar allí», y aun así no me sonaba convincente.

«Vale, Sookie», me dije. «¿Qué alternativa tenías?» No era el mejor momento para entrar en demasiados detalles, pero un rápido análisis de mis opciones dio un resultado de cero. No hubiera podido quitarme a Andre de encima, ni haberle persuadido de que me dejara en paz. Eric podría haberse enfrentado a él, pero escogió no hacerlo porque quería conservar su posición en la jerarquía de Luisiana, y también porque podría haber perdido. Y, a pesar de haber podido ganar, el castigo habría sido terrible. Los vampiros no se pelean por los humanos.

Asimismo, yo podría haber elegido morir en vez de aceptar el intercambio de sangre, pero no estaba muy segura de cómo lo habría conseguido, y sí de que no era lo que quería.

Así que no habría podido hacer nada, al menos nada que se me ocurriera en la penumbra de las escaleras.

Traté de espabilarme, me enjugué la cara con un pañuelo que llevaba en el bolsillo y me arreglé el pelo. Erguí la espalda. Iba por el buen camino para recuperar la buena imagen de mí misma. Tendría que dejar el resto para más tarde.

Empujé la puerta metálica y accedí a una zona cavernosa con el suelo de cemento. A medida que me adentraba en la zona de servicio del hotel (que empezó con el monótono pasillo de color beige), la decoración había ido reduciéndose al mínimo. Esa zona era absolutamente funcional.

Nadie me prestó la menor atención, así que pude echar una buena ojeada alrededor. No me moría por volver con la reina, ¿vale? Al otro lado de la estancia, había un enorme ascensor industrial. El hotel había sido diseñado con el menor número posible de accesos al mundo exterior para minimizar las intrusiones, tanto de humanos como del mortífero sol. Pero necesitaba al menos un gran muelle de carga para el trasiego de ataúdes y suministros. Y ése era el ascensor que daba servicio al muelle. Los ataúdes entraban por ahí antes de ser llevados a sus respectivas habitaciones. Dos hombres uniformados, armados con escopetas, permanecían frente al ascensor, aunque he de admitir que parecían profundamente aburridos, no como los perros de presa alertas que había en el vestíbulo.

A la izquierda del enorme ascensor, cerca de la pared opuesta, había numerosas maletas amontonadas de forma desordenada en una zona delimitada por esos postes con cintas extensibles que se emplean en los aeropuertos para dirigir a la gente. No parecía haber nadie a su cargo, así que me dirigí hacia allí (un largo paseo, por cierto) y empecé a comprobar las etiquetas. Había otro lacayo como yo buscando entre el equipaje, un joven con gafas y traje de negocios.

—¿Qué estás buscando? —le pregunté—. Si la veo mientras busco la mía, te la puedo dar.

—Buena idea. Llamaron de recepción para decirnos que una de las maletas no había sido llevada a la habitación, así que aquí me tienes. En la etiqueta debería poner «Phoebe Golden, reina de Iowa», o algo parecido. ¿Y tú?

—Sophie-Anne Leclerq, Luisiana.

—Caramba, ¿trabajas para ella? ¿Es verdad que lo hizo?

—No, y lo sé porque estuve allí —dije, y la curiosidad de su expresión se redobló. Pero estaba claro que no pensaba decir nada más al respecto, así que reanudó su búsqueda.

Me sorprendió el número de maletas que había en ese corral improvisado.

—¿Cómo es que no pueden subir las maletas y dejarlas en las habitaciones, como el resto del equipaje? —pregunté.

Se encogió de hombros.

—Me han dicho que es una especie de cuestión de responsabilidades. Tenemos que identificar nuestras maletas personalmente para que puedan certificar su propiedad. Eh, ésta es la que busco —dijo, al cabo de un momento—. No puedo leer el nombre del propietario, pero sí que pone Iowa, así que debe de pertenecer a alguien de nuestro grupo. Bueno, nos vemos. Encantado —añadió, extrayendo bruscamente una maleta negra con ruedas.

Inmediatamente después, di con la que parecía la mía. Era de cuero azul y llevaba una etiqueta que ponía «Sheriff, Zona…». Bueno, estaba demasiado emborronada. Los vampiros suelen emplear todo tipo de caracteres, dependiendo de la educación que recibieran en su época de nacimiento. «Luisiana», eso sí que lo ponía la etiqueta. Agarré la vieja maleta y la levanté por encima de la barrera. La letra no me resultó mucho más clara cuando me acerqué para leerla. Al igual que mi homólogo de Iowa, pensé que lo mejor sería llevármela arriba y enseñarla a ver si alguien la reclamaba.

Uno de los guardias armados se volvió de su puesto para ver lo que me llevaba entre manos.

—¿Adónde vas con eso, bonita? —dijo.

—Trabajo para la reina de Luisiana. Me ha mandado aquí para que la recoja —expliqué.

—¿Y te llamas…?

—Sookie Stackhouse.

—¡Eh, Joe! —llamó a un compañero, un tipo grande que estaba sentado detrás de un mostrador verdaderamente horrible, donde había un viejo ordenador—. Comprueba el nombre Stack-house, ¿quieres?

—Claro —respondió Joe, apartando la mirada del joven de Iowa, que apenas era visible al otro lado del cavernoso espacio. Joe me miró con la misma curiosidad. Al ver que me había dado cuenta, se sintió culpable y se centró en el teclado del ordenador. Contempló el monitor, como si pudiera decirle todo lo que necesitaba saber, y, a efectos de ese trabajo, puede que tuviera razón.

—Vale —le dijo al guardia—. Está en la lista. —La suya era la voz gruñona que oí en la conversación telefónica. Volvió a quedarse mirándome. Si bien los demás presentes en la sala emitían pensamientos neutros, los de Joe no lo eran. Se agazapaban tras un escudo. Nunca había visto nada parecido. Alguien le había colocado un casco metafísico. Traté de atravesarlo, pasar de lado, por debajo, pero no había forma. Mientras me demoraba, tratando de meterme en sus pensamientos, Joe me miraba, molesto. No creo que supiera lo que estaba haciendo. Creo que simplemente estaba de mal humor.

—Disculpa —consulté, contando con que la pregunta llegase a oídos de Joe—. ¿Sale una foto mía junto al nombre de la lista?

—No —rezongó, como si fuese la pregunta más rara del mundo—. Tenemos una lista de todos los huéspedes y sus acompañantes.

—Entonces ¿cómo sabéis que soy quien digo ser?

—¿Eh?

—¿Cómo sabéis que soy Sookie Stackhouse?

—¿Es que no lo eres?

—Sí.

—Entonces ¿de qué te quejas tanto? Sal de aquí con la maldita maleta. —Joe volvió al ordenador y el guardia se orientó de nuevo hacia el ascensor. «Ésta debe de ser la legendaria grosería yanqui», pensé.

La maleta no tenía ruedas, y a saber cuánto hacía que la tenía su dueño. Me hice con ella y la llevé hasta la puerta que daba a las escaleras. Me di cuenta de que había otro ascensor cerca de allí, pero no era ni la mitad de grande que el que daba acceso al exterior. Podía transportar ataúdes, sin duda, pero probablemente sólo uno a la vez.

Ya había abierto la puerta de las escaleras cuando fui consciente de que así tendría que volver a atravesar el pasillo del servicio. ¿Qué pasaría si Andre, Eric y Quinn seguían allí? Si bien tal perspectiva no me emocionaba, decidí anular toda probabilidad de la misma. Cogí el ascensor. Vale, soy una cobarde, pero una mujer sólo puede tragar hasta cierto punto durante una noche.

Sin duda, era un ascensor de servicio. Estaba acolchado por el interior para evitar dañar el cargamento. Sólo daba servicio al bajo y las primeras tres plantas: recepción, entresuelo y planta de humanos. Después, la forma de la pirámide obligaba a coger otro de los ascensores que subían del todo. Aquélla era una forma lenta de subir ataúdes, pensé. El personal del Pyramid trabajaba duro para ganarse el sueldo.

Decidí llevar la maleta directamente a la suite de la reina. No sabía qué otra cosa hacer con ella.

Cuando salí al piso de Sophie-Anne, el vestíbulo que rodeaba el ascensor estaba en silencio y vacío. Probablemente, todos los vampiros y sus acompañantes aún estuvieran abajo, disfrutando de la velada. Alguien se había dejado una lata de refresco sobre un enorme jarrón densamente decorado que sostenía una especie de árbol pequeño. El jarrón estaba apoyado en la pared, entre dos ascensores. Intuí que el árbol debía de ser algún tipo de palmera enana para mantener la estética egipcia. La estúpida lata de refresco me fastidiaba el panorama. Claro que había personal de limpieza en el hotel encargado de que todo estuviese impecable, pero yo tenía muy asentada la costumbre de quitar las cosas de en medio. No soy una obsesa del orden, pero casi. Era un sitio muy bonito, y algún imbécil se había dejado su basura. Me incliné para coger la lata con la mano libre, con la intención de tirarla en la primera papelera que me encontrase.

Pero era mucho más pesada de lo que debía.

Dejé la maleta en el suelo y escruté la lata, enmarcándola con mis dos manos. Los colores y el propio cilindro le daban la apariencia de una lata de Dr Pepper en casi todos sus aspectos, pero no lo era. Las puertas del ascensor se volvieron a abrir para dar paso a Batanya, que llevaba una extraña pistola en una mano y una espada en la otra. Ojeando por encima del hombro de la guardaespaldas, vi que en el ascensor también iba el rey de Kentucky, que me devolvía la mirada con la misma curiosidad.

Batanya pareció sorprenderse de encontrarme allí, justo delante de la puerta. Escrutó la zona, y luego apuntó hacia el suelo con su extraña pistola. La espada permaneció quieta en su zurda.

—¿Te importaría apartarte a mi izquierda? —preguntó muy educadamente—. El rey desea entrar en esa habitación. —Su cabeza apuntó hacia las habitaciones de la derecha.

No me moví, no sabía qué decir.

Se dio cuenta de mi posición y la expresión de mi cara.

—No entiendo por qué la gente bebe esas cosas carbonatadas —dijo con simpatía—. A mí también me dan gases.

—No es eso.

—¿Algo va mal?

—Esto no es una lata vacía —respondí.

La expresión de Batanya se congeló.

—¿Qué crees que es? —me interrogó con mucha calma. Su voz delataba problemas.

—Puede que sea una cámara espía —contesté con optimismo—. Oh, veamos, creo que puede ser una bomba. Porque no es una lata de verdad. Está llena de algo pesado, y a juzgar por el peso diría que no es líquido. —La lata no sólo no encajaba por fuera, sino que sus entrañas no eran tampoco lo que aparentaban.

—Comprendo —dijo Batanya, sin perder la calma. Pulsó un pequeño botón en el recubrimiento acorazado de su pecho, una zona azul oscuro del tamaño de una tarjeta de crédito—. Clovache —añadió—. Dispositivo sospechoso en la cuarta. Vuelvo a bajar con el rey.

—¿Cómo es de grande? —sonó la voz de Clovache. Tenía acento ruso, al menos para mis poco viajados oídos («¿Cuomo de griande…?»).

—Del tamaño de una de esas latas de bebida edulcorada —repuso Batanya.

—Ah, bebidas gaseosas —intuyó Clovache. «Buena memoria, Clovache», pensé.

—Sí. La ha detectado Stackhouse, no yo —afirmó Batanya sombríamente—. Y ahora la tiene en la mano.

—Dile que la deje donde estaba —aconsejó la invisible Clovache con la sencillez de quien afirma una obviedad como una casa.

Detrás de Batanya, el rey de Kentucky empezaba a ponerse nervioso. La guardaespaldas lo miró por encima del hombro.

—Que venga un equipo de artificieros de la policía local —le dijo Batanya a Clovache—. Vuelvo abajo con el rey.

—El tigre está aquí —indicó Clovache—. Es su chica.

Antes de que pudiera decir «por el amor de Dios, no le hagáis subir», Batanya volvió a pulsar el rectángulo, y se puso oscuro.

—Tengo que proteger al rey —explicó Batanya, con una sombra de disculpa en la voz. Dio un paso atrás para meterse de nuevo en el ascensor, pulsó el botón y me saludó con un gesto de la cabeza.

Nada me había aterrado tanto como ese gesto. Era una mirada de despedida. Y la puerta se deslizó hasta cerrarse.

Allí me quedé, sola, en la silenciosa planta de hotel, sosteniendo un instrumento de muerte. Quizá.

Ninguno de los ascensores daba señales de vida. Nadie salió por las puertas que daban a la cuarta planta. Hubo un largo instante en el que no hice nada, excepto sostener una lata falsa de Dr Pepper. También respiré un poco, aunque sin emocionarme.

Con una explosión de sonido que me sobresaltó tanto que casi tiro la lata al suelo, Quinn apareció en la planta. A tenor de su ritmo respiratorio, había subido las escaleras a toda prisa. No podía echar mano de mi poder para escrutar lo que pasaba por su cabeza, pero su rostro presentaba la misma máscara de tranquilidad que se había puesto antes Batanya. Todd Donati, el encargado de seguridad, venía justo detrás. Frenaron en seco a un metro de mí.

—Los artificieros están de camino —dijo Donati, empezando con buenas noticias.

—Déjala donde estaba, cielo —me instó Quinn.

—Oh, claro, eso es lo que quiero —continué—, pero me da mucho miedo. —No había movido un músculo en lo que se me había antojado un millón de años y ya me estaba cansando.

Pero permanecí como estaba, mirando la lata que sostenía con las dos manos. Me prometí que no volvería a beber una Dr Pepper en lo que me quedara de vida, y eso que siempre había sido una de mis bebidas favoritas hasta esa noche.

—Vale —dijo Quinn, extendiendo una mano—. Dámela a mí.

Nunca me había apetecido hacer tanto una cosa en mi vida.

—No, hasta que sepamos lo que es —me negué—. Quizá sea una cámara. Puede que un periódico quiera meterse en la gran cumbre de los peces gordos vampíricos. —Traté de sonreír—. Puede que sea un miniordenador que cuenta vampiros y humanos según pasan. A lo mejor es una bomba que planeó poner Jennifer Cater antes de que le dieran el billete. Puede que quisiera liquidar a la reina. —Había tenido un buen rato para pensar en todo eso.

—Y también puede que te arranque la mano —insistió—. Dámela, nena.

—¿Seguro que quieres hacerlo, después de lo de esta noche? —pregunté, miserablemente.

—Podemos hablar de eso más tarde. No te preocupes. Tú dame la maldita lata.

Me di cuenta de que Todd Donati no se estaba ofreciendo, y ya habíamos tenido un episodio letal en el hotel. ¿No quería ser el héroe? ¿Qué le pasaba? Enseguida me sentí avergonzada por haber tenido siquiera la idea. Tenía una familia, y querría pasar con ellos cada minuto que le fuera posible.

Donati sudaba visiblemente, y estaba pálido como un vampiro. Hablaba por el pequeño intercomunicador que llevaba sujeto a la cabeza, relatando lo que estaba presenciando a… alguien.

—No, Quinn, tiene que cogerlo alguien con un traje especial de ésos —insistí—. No me moveré. La lata no se moverá. Estaremos bien hasta que llegue uno de esos artificieros. O una —añadí, en interés de la equidad. Comenzaba a sentirme algo mareada. Los múltiples sobresaltos de la noche empezaban a cobrarse su peaje y ya temblaba. Además, pensé, era una idiota por empecinarme en hacer eso, pero allí estaba, haciéndolo—. ¿Alguien tiene visión de rayos X? —pregunté, tratando de sonreír—. ¿Dónde está Supermán cuando se le necesita.

—¿Tratas de convertirte en una mártir por esos idiotas? —dijo Quinn, y supuse que por «esos idiotas» se refería a los vampiros.

—Ja —salté—. Oh, qué bien. Sí, porque me adoran. ¿Has visto cuántos vampiros han subido hasta aquí? Cero, ¿verdad?

—Uno —contestó Eric, apareciendo por la puerta de la escalera—. Estamos un poco demasiado vinculados para mi gusto, Sookie. —Se encontraba visiblemente tenso; no era capaz de recordar a Eric tan ansioso—. Al parecer, he venido aquí para morir contigo.

—Bien. Aquí está Eric para acabar de arreglar el día —dije, y si sonó un poco sarcástico, bueno, tenía derecho—. ¿Es que estáis todos locos? ¡Largaos de aquí!

—Bueno, yo lo haré —anunció Donati de repente—. No quieres darle la lata a nadie, no la quieres dejar donde estaba, no has explotado todavía, así que creo que bajaré para esperar a los artificieros.

No podía culpar su lógica.

—Gracias por llamar a la caballería —dije, y Donati cogió las escaleras porque el ascensor estaba demasiado cerca de mí. Leí su mente y supe que sentía una profunda vergüenza por no haberse ofrecido a ayudarme de una forma más concreta. Planeaba bajar un piso donde nadie pudiera verle y, desde allí, coger el ascensor para ahorrarse esfuerzos. La puerta de la escalera se cerró tras él, y los tres nos quedamos en silencio, dentro del pequeño espacio cuadrado. ¿Una perversidad del destino?

La cabeza se me aligeraba por momentos.

Eric empezó a moverse muy lenta y cuidadosamente (creo que para que no me sobresaltara). Con un movimiento, se puso a mi lado. La mente de Quinn borboteaba y emitía destellos como una bola de discoteca, más allá a mi derecha. No sabía cómo ayudarme y, por supuesto, temía lo que pudiese pasar.

Con Eric, ¿quién sabe? Aparte de saber dónde se encontraba y cómo se había orientado hacia mí, poco más podía decir.

—Me la darás a mí y te largarás —ordenó Eric. Estaba ejerciendo su influencia vampírica sobre mi mente con todas sus fuerzas.

—No funcionará. Nunca ha funcionado —murmuré.

—Eres una mujer tozuda —dijo.

—No lo soy —expresé, al borde de las lágrimas por haberme visto acusada de noble, primero, y de tozuda, después—. ¡Es que no quiero moverla! ¡Así es más seguro!

—Alguien podría creer que eres una suicida.

—Bueno, pues ese alguien se puede meter las ideas por el culo.

—Nena, déjala en el jarrón. Déjala muy, muy lentamente —me indicó Quinn, con una voz muy dulce—. Luego, te invitaré a una gran copa cargadísima de alcohol. Eres una chica muy fuerte, ¿lo sabías? Estoy orgulloso de ti, Sookie, pero si no dejas eso ahora mismo y sales de aquí, me voy a cabrear, ¿me oyes? No quiero que te pase nada. Sería una idiotez, ¿vale?

La llegada de otra entidad a la escena me ahorró seguir con el debate. La policía había mandado un robot por el ascensor.

Cuando la puerta se abrió, todos dimos un respingo, demasiado envueltos en el drama de la situación para darnos cuenta de que estaba subiendo. Lo cierto es que no pude evitar unas risitas al ver rodar el rechoncho robot fuera del cubículo. Hice el ademán de apartar de él la bomba, pero luego supuse que no estaba allí para cogerla. Parecía que lo manejaban por control remoto, y se giró para enfilarme. Se quedó tiempo durante un par de minutos largos, observándome a mí y lo que llevaba en la mano. Tras el escrutinio, el robot se retiró de nuevo al ascensor y su brazo mecánico se extendió para pulsar torpemente el botón correspondiente. Las puertas se cerraron y desapareció.

—Odio la tecnología moderna —dijo Eric, en voz baja.

—No es verdad —discrepé—. Te encanta lo que los ordenadores pueden hacer por ti. ¿Recuerdas lo contento que te pusiste cuando viste la lista de empleados del Fangtasia con todos los horarios cuadrados?

—No me gusta su impersonalidad. Me gusta el conocimiento que pueden almacenar.

Era una conversación demasiado surrealista como para seguir dándole coba en esas circunstancias.

—Alguien sube por las escaleras —interrumpió Quinn y abrió la puerta de las escaleras.

Se unió a nuestro pequeño grupo un artificiero. Puede que el departamento de homicidios no hubiese recurrido a personal vampiro, pero el de explosivos sí. Llevaba puesto uno de esos uniformes que recuerdan a un astronauta (aunque por mucho que te protejan, supongo que una explosión no deja de ser una mala experiencia). Alguien había escrito «Bum» en el pecho, donde debería estar la etiqueta con el nombre. Oh, qué gran sentido del humor.

—Ustedes dos, tendrán que dejarnos solos a la señorita y a mí —dijo Bum, acercándose a mí lentamente—. He dicho que os larguéis —insistió, al ver que ninguno de los dos se movía.

—No —respondió Eric.

—Y tanto que no —ratificó Quinn.

No debe de ser fácil encogerse de hombros dentro de uno de esos uniformes, pero Bum se las arregló. Llevaba consigo un contenedor cuadrado. La verdad es que no estaba de humor para saber lo que contenía. Sólo me fijé en que lo abrió y lo extendió, colocándolo con mucho cuidado bajo mis manos.

Con muchísimo esmero, bajó la lata en el interior acolchado del contenedor. La solté, saqué las manos con un alivio que sería incapaz de describir y Bum cerró la tapa, sonriendo abiertamente a través de la guarda transparente de la cara. Me estremecí de la cabeza a los pies. Me temblaban las manos con violencia, después de relajar la postura.

Bum se volvió, ralentizado por el traje, e hizo un gesto para que Quinn le abriera la puerta de las escaleras. Quinn acató y el vampiro se marchó escalera abajo, lenta, cuidadosa y sostenidamente. Puede que sonriera durante todo el camino, pero no explotó, ya que no se oyó nada. Y he de admitir que todos nos quedamos petrificados en nuestros sitios durante una eternidad.

—Oh —exclamé—. Oh. —No era lo más brillante, pero estaba cerca de desatarme en un torrente de emociones. Mis rodillas cedieron.

Quinn se apresuró y me sostuvo entre sus brazos.

—Serás tonta —dijo—. Muy tonta. —Era como si dijera «Gracias a Dios». Me dejé envolver por el hombre tigre y escondí la cara contra su camisa de E(E)E para secarme las lágrimas que se me escapaban de los ojos.

Cuando oteé por debajo de su brazo, ya no había nadie allí. Eric se había desvanecido. Así que tuve un instante para disfrutar de un abrazo, para saber que aún le gustaba a Quinn, que lo que había pasado con Andre y Eric no había acabado con los sentimientos que había empezado a tener hacia mí. Tuve un instante para disfrutar del alivio por haber escapado de la muerte.

Entonces el ascensor y la puerta de la escalera se abrieron a la vez y el lugar se inundó de toda suerte de gente cuyo centro de atención era yo.

Era una bomba —confirmó Todd Donati—. Una bomba rápida y tosca. Espero que la policía me diga más cosas cuando haya terminado su análisis.

El jefe de seguridad estaba sentado en la suite de la reina. Por fin pude dejar la maleta azul junto a uno de los sofás, y vaya si me alegré de librarme de ella. Sophie-Anne no se había molestado siquiera en agradecerme su devolución, pero supongo que tampoco me esperaba ese gesto por su parte. Cuando se tienen secuaces, se les manda a hacer los recados y no se les da las gracias. No estaba siquiera segura de culparla por esa estupidez.

—Supongo que me despedirán por ello, especialmente después de los asesinatos —prosiguió el jefe de seguridad. Su voz era tranquila, pero sus pensamientos destilaban amargura. Necesitaba el seguro.

Andre propinó al jefe una de sus prolongadas miradas azules.

—¿Y cómo llegó esa lata a la planta de la reina, en esa zona? —A Andre no le podría haber importado menos la situación laboral de Todd Donati. Éste le devolvió la mirada, pero con un matiz cansado.

—¿Por qué demonios iban a echarte, sólo porque alguien ha conseguido subir y plantar una bomba? ¿A lo mejor porque

eres el encargado de la seguridad de todo el mundo en este hotel?
—preguntó Gervaise, cediendo al aspecto más cruel de todo el asunto. No lo conocía muy bien, pero empezaba a pensar que las cosas estaban estupendamente como estaban. Cleo le dio un golpe en el brazo lo suficientemente fuerte como para provocar su quejido.

—Eso lo resume perfectamente —dijo Donati—. Es evidente que alguien subió la bomba hasta aquí y la dejó en la planta, junto a la puerta del ascensor. También podría haber estado destinada a cualquier otro que pasara por allí, o incluso al azar. Por eso creo que la bomba y el asesinato de los vampiros de Arkansas son dos casos independientes. En nuestros interrogatorios, estamos descubriendo que Jennifer Cater no tenía muchos amigos. Vuestra reina no es la única que tenía cuentas pendientes con ella, aunque sí las más graves. Es probable que Jennifer pusiera la bomba, o se lo encargara a otro, antes de ser asesinada.

Vi a Henrik Feith sentado en un rincón de la suite; se le movía la barba con el temblor de la cabeza. Traté de visualizar al último miembro del contingente de Arkansas poniendo la bomba, pero me fue imposible. El pequeño vampiro parecía convencido de encontrarse en un nido de víboras. Estaba segura de que se arrepentía de haber aceptado la oferta de protección de la reina, ya que en ese preciso momento no parecía una perspectiva muy fiable.

—Hay mucho que hacer —ordenó Andre. Apenas parecía preocupado, y llevaba su propio hilo de conversación—. La amenaza de Christian Baruch de despedirte ha sido una grosería, cuando lo que más necesita es tu lealtad.

—Es una persona temperamental —contestó Todd Donati, y supe, sin lugar a dudas, que no era nativo de Rhodes. Cuanto más se estresaba, más me recordaba a casa. Puede que no de Luisiana, pero puede que de alguna parte del norte de Tennessee—. Aún no me han decapitado. Si conseguimos llegar al fondo de lo que está ocurriendo, puede que sea rehabilitado. No hay muchos que quieran lidiar con este trabajo. A mucha gente del mundo de la seguridad no le gusta...

«Trabajar con malditos vampiros», completó Donati su frase en la intimidad. Se obligó duramente a no salirse del presente inmediato.

—... invertir las horas que requiere llevar la seguridad de un sitio como éste —terminó, en consideración a los vampiros—. Pero yo disfruto del trabajo. —«Mis hijos necesitarán las primas cuando me haya muerto, sólo dos meses y estarán totalmente cubiertos cuando no esté yo.»

Había acudido a la suite de la reina para hablar conmigo acerca del incidente con la lata de Dr Pepper (como ya había hecho la policía y el omnipresente Christian Baruch), pero se había quedado para charlar. Si bien los vampiros no parecían haberse dado cuenta, Donati estaba así de parlanchín porque se había tomado un fuerte analgésico. Sentí lástima por él, al tiempo que pensé que alguien con tantas distracciones no era el más adecuado para ese trabajo. ¿Qué le había pasado a Donati en los dos últimos meses, desde que la enfermedad había empezado a afectar su vida diaria?

Quizá había contratado al personal equivocado. Quizá había omitido algún paso de vital importancia en la protección de los huéspedes del hotel. Puede que... Una oleada de calor me distrajo.

Eric estaba cerca.

Jamás había tenido un sentido tan claro de su presencia, y el corazón se me encogió al comprobar el calado del intercambio de sangre. Si la memoria no me fallaba, era la tercera vez que tomaba sangre de Eric, y tres siempre es un número significativo. Notaba su presencia siempre que estaba cerca, y di por hecho que a él le pasaba lo mismo. Puede que ahora el vínculo fuese más poderoso, que implicase cosas que aún no había experimentado. Cerré los ojos y me incliné hacia delante, posando la frente sobre las rodillas.

Alguien llamó a la puerta y Sigebert la abrió tras mirar con atención por la mirilla. Dejó pasar a Eric. Me costaba un mundo mirarlo o siquiera saludarle superficialmente. Tenía que estarle agradecida, lo sabía, y en cierto modo lo estaba. Tomar la sangre de Andre habría sido insoportable. Tachad eso: hubiera tenido que soportarlo. Hubiera sido repugnante. Pero no intercambiar sangre en absoluto no formaba parte de las opciones disponibles, y no iba a olvidarlo.

Eric se sentó en el sofá, a mi lado. Yo salté como un resorte y crucé la habitación para servirme un vaso de agua. Adondequiera que fuera, podía sentir la presencia de Eric, y para más desconcierto, estar cerca de él me resultaba de alguna manera reconfortante, como si me sintiese más segura.

Oh, genial.

No había más sitio donde sentarse. Volví miserablemente junto al vikingo, que ahora era propietario de una parte de mí. Antes de esa noche, cuando veía a Eric, no sentía más que un placer casual, aunque puede que pensara en él más veces de lo que una mujer debería pensar en alguien que le podía sobrevivir varios siglos.

Me recordé que no era culpa suya. Eric era un político, y puede que tuviera las miras puestas en ascender hasta lo más alto, pero, por mucho que pensara en ello, no se me ocurría ninguna forma de que hubiera podido esquivar las intenciones de Andre. Así que le debía todo mi agradecimiento a Eric, se mirase por donde se mirase, pero ésa no era una conversación que fuésemos a tener ni remotamente cerca de la reina o el propio Andre.

—Bill sigue vendiendo su pequeño disco informático abajo —me comentó Eric.

—¿Y?

—Pensé que igual te preguntabas por qué fui yo quien se presentó cuando estabas en apuros, en vez de él.

—Ni lo había pensado —dije, preguntándome, ahora sí, por qué sacaba Eric el tema a colación.

—Le ordené que se quedara abajo —explicó—. Al fin y al cabo, soy el sheriff de su zona.

Me encogí de hombros.

—Quiso pegarme —aseguró, con la sombra de una sonrisa prendida a los labios—. Quería salvarte de la bomba y convertirse en tu héroe. Quinn lo habría hecho también.

—Recuerdo cómo se ofreció —afirmé.

—Yo también me ofrecí —dijo él. Parecía incluso un poco sorprendido ante tal hecho.

—No me apetece hablar de ello —atajé, esperando que mi tono dejara claro que iba en serio. Estaba a punto de amanecer, y mi noche había sido de todo menos reconfortante (que era la forma menos extrema de definirla). Crucé la mirada con Andre e hice un leve gesto de la cabeza en relación a Todd Donati. Trataba de indicarle que no estaba del todo bien. De hecho, era tan gris como un cielo a punto de nevar.

—Si nos disculpa, señor Donati… Hemos disfrutado de su compañía, pero tenemos mucho que discutir acerca de nuestros planes de mañana —ordenó Andre con mucha suavidad, y Donati se puso tenso, consciente de que le estaban echando.

—Por supuesto, señor Andre —dijo el jefe de seguridad—. Espero que todos ustedes duerman bien. Les veré mañana por la noche. —Se incorporó con muchos más esfuerzos de los que me habría llevado a mí y reprimió un respingo de dolor—. Señorita Stackhouse, espero que se recupere pronto de su mala experiencia.

—Gracias —le respondí, y Sigebert le abrió la puerta para que se marchara—. Si me disculpan —continué, al minuto de marcharse él—, creo que me retiraré a mi habitación.

La reina me propinó una mirada afilada.

—¿Hay algo que te disguste, Sookie? —preguntó, aunque no sonaba como si de verdad quisiera escuchar la respuesta.

—Oh, ¿por qué iba a estar disgustada? Adoro que me hagan cosas en contra de mi voluntad —contesté. La presión había ido creciendo sin parar en mi interior, y las palabras surgieron como expulsadas de un volcán, a pesar de que mi parte más racional no paraba de decir que le pusiera un tapón—. Y también —añadí en voz muy alta, pero sin escucharme lo más mínimo— me encanta pasar un rato junto a los responsables. ¡Eso es incluso mejor! —Empezaba a perder coherencia y a ganar inercia.

No había forma de saber qué habría dicho a continuación si Sophie-Anne no hubiese levantado una pequeña y pálida mano. Parecía un poquitito perturbada, como habría dicho mi abuela.

—Das por sentado que sé de lo que me estás hablando y que quiero escuchar que una humana me grite —dijo Sophie-Anne.

Los ojos de Eric brillaban, como si tuviesen velas encendidas en su interior, y estaba tan encantador que me habría ahogado en él. Que Dios me ayude. Me obligué a mirar a Andre, que me estaba examinando como si pretendiese determinar de dónde sacar el mejor tajo de carne. Gervaise y Cleo simplemente parecían interesados.

—Discúlpeme —respondí, regresando de golpe al mundo de la realidad. Era tan tarde, estaba tan cansada y la noche había sido tan accidentada, que por unos segundos pensé que estaba al borde del desvanecimiento. Pero los Stackhouse no crían enclenques, supongo. Iba siendo hora de que hiciese honor a ese pequeño porcentaje de mi herencia—. Estoy muy cansada. —De repente, no me quedaban fuerzas para luchar. Me moría por meterme en una cama. No se dijo una sola palabra mientras me dirigía hacia la puerta, lo cual resultó prácticamente un milagro. Aun así, cuando la cerré tras de mí, oí que la reina decía: «Explícate, Andre».

Quinn me esperaba en la puerta de mi habitación. No sabía si tendría fuerzas para tan siquiera alegrarme o entristecerme por su presencia. Saqué la tarjeta de plástico y abrí la puerta. Tras escrutar la habitación y comprobar que mi compañera estaba fuera (aunque me preguntaba dónde, ya que Gervaise estaba solo), agité la cabeza para indicarle que podía pasar.

—Tengo una idea —recomendó suavemente.

Arqueé las cejas, demasiado cansada para hablar.

—Metámonos a la cama para dormir.

Al fin conseguí sonreírle.

—Es la mejor oferta que me han hecho hoy —dije. En ese instante supe por qué amaba a Quinn. Mientras estaba en el cuarto de baño, me quité la ropa, la doblé y me enfundé el pijama, corto, rosa y sedoso al tacto.

Quinn salió del cuarto de baño en ropa interior, pero estaba demasiado agotada como para apreciar el panorama. Se metió en la cama mientras me cepillaba los dientes y me lavaba la cara. Me deslicé a su lado. Se puso de costado y abrió los brazos. Me acerqué para dejarme abrazar. No se había duchado, pero olía bien para mi gusto: olía a vida.

—Buena ceremonia la de esta noche —me acordé de decir cuando apagué la lámpara de la mesilla.

—Gracias.

—¿Hay más a la vista?

—Sí, si acaban juzgando a tu reina. Ahora que ha muerto Cater, a saber si seguirán con el proceso. Y mañana, después del juicio, es el baile.

—Oh, podré ponerme mi vestido bonito. —Sentí un leve placer ante la perspectiva—. ¿Tienes que trabajar?

—No, del baile se encarga el hotel —me dijo—. ¿Bailarás conmigo o con el vampiro rubio?

—Oh, demonios —protesté, deseando que Quinn no me lo recordara. Y, justo entonces, dijo:

—Olvídalo ya, nena. Ahora estamos aquí, en la cama, como debemos estar.

Como si fuese una obligación. Eso sonaba muy bien.

—Te han contado cosas de mí esta noche, ¿verdad? —preguntó.

La noche había sido tan generosa en incidentes que me costó recordar que me habían sido reveladas las cosas que debió hacer para sobrevivir.

Y que tenía una medio hermana. Una medio hermana problemática, chiflada y dependiente que me odió nada más verme.

Estaba un poco tenso mientras aguardaba mi reacción. Podía sentirlo en su mente, en su cuerpo. Traté de dar con una forma agradable y maravillosa de definir cómo me sentía. Estaba demasiado cansada.

—Quinn, no tengo ningún problema contigo —dije. Le besé en la mejilla y en la boca—. Ninguno en absoluto. Y trataré de que Frannie me caiga bien.

—Oh —exclamó, sonando francamente aliviado—. Entonces bien —continuó, me besó en la frente y nos quedamos dormidos.

Dormí como una vampira. No me desperté para ir al baño, ni siquiera para darme la vuelta. Casi rocé la consciencia para escuchar los ronquidos de Quinn, apenas un hilo de ruido, y me apretujé más contra él. Paró, murmuró algo y se quedó callado.

Cuando al fin me desperté del todo, miré el reloj de la mesilla. Eran las cuatro de la tarde. Había dormido doce horas. Quinn ya no estaba, pero había dibujado un gran par de labios (con mi carmín) en una servilleta del hotel y la había dejado sobre su almohada. Sonreí. Mi compañera de habitación no había aparecido. Quizá estuviera pasando el día en el ataúd de Gervaise. Me estremecí.

—Me deja helada —dije, deseando que estuviese allí Amelia para responderme. Y, hablando de Amelia... Saqué mi móvil del bolso y la llamé.

—Hola —respondió—. ¿Cómo va todo?

—¿Qué estás haciendo? —pregunté, tratando de desterrar la morriña.

—Estoy cepillando a Bob —explicó—. Tenía una bola de pelo.

—¿Y aparte de eso?

—Oh, trabajé un poco en el bar —dijo, tratando de que sonara como si tal cosa.

Me quedé atónita.

—¿Haciendo qué?

—Bueno, sirviendo bebidas. ¿Qué otra cosa se puede hacer?

—¿Cómo es que Sam ha necesitado que trabajes para él?

—La Hermandad está celebrando una gran reunión en Dallas y Arlene le pidió tiempo libre para asistir con ese capullo con el que está saliendo. Luego, al hijo de Danielle le dio neumonía. Sam parecía muy preocupado, y como resultaba que estaba en el bar, me preguntó si conocía el oficio. Así que yo le dije: «Eh, no puede ser tan difícil».

—Gracias, Amelia.

—Oh, no es nada. Supongo que lo sentirás como una falta de respeto —se rió—. Bueno, es un poco coñazo. Todo el mundo te quiere entretener con su conversación, pero te tienes que dar prisa, no puedes derramarles la bebida encima y tienes que recordar lo que todo el mundo estaba tomando, quién paga la ronda y quién tiene cuenta. Y hay que estar de pie horas y horas.

—Bienvenida a mi mundo.

—Bueno, ¿y qué tal está el señor franjas?

Me di cuenta de que estaba preguntando por Quinn.

—Estamos bien —dije, bastante segura de que era verdad—. Organizó una gran ceremonia anoche; estuvo muy bien. Una boda de vampiros. Te habría encantado.

—¿Qué planes hay para esta noche?

—Bueno, puede que un juicio —no me apetecía entrar en detalles, y menos por teléfono— y un baile.

—Vaya, como en Cenicienta.

—Eso está por ver.

—¿Cómo va la parte laboral?

—Tendré que contártelo cuando vuelva —respondí, de repente no tan alegre—. Me alegro de que tengas algo que hacer y de que todo el mundo esté bien.

—Oh, Terry Bellefleur llamó para saber si querías un cachorro. ¿Te acuerdas de cuando *Annie* se escapó?

Annie era la muy cara y amada catahoula de Terry. Vino a mi casa buscándola cuando se le escapó, y cuando la encontró, había tenido algún que otro encuentro íntimo.

—¿Qué pinta tienen los cachorros?

—Dijo que tendrías que verlos para creértelo. Dije que quizá volverías la semana que viene. No te he comprometido a nada.

—Vale, bien.

Seguimos hablando un rato más, pero como apenas llevaba cuarenta y ocho horas fuera de Bon Temps, tampoco había mucho que contar.

—Bueno —dijo, terminando—, te echo de menos, Stackhouse.

—¿Sí? Yo a ti también, Broadway.

—Hasta luego. Y no dejes que nadie te ponga los colmillos encima.

Demasiado tarde para eso.

—Adiós. Y no le eches la cerveza encima al sheriff.

—Si lo hago, será adrede.

Me reí, porque a mí también me habían dado ganas de echarle encima la cerveza a Bud Dearborn. Colgué sintiéndome mucho mejor. Algo indecisa, hice un pedido al servicio de habitaciones. No es algo que una haga cada día, ni mucho menos cada año. O nunca. Me ponía un poco nerviosa dejar que un camarero entrara en mi habitación, pero Carla llegó justo en ese momento. Tenía la cara llena de granitos y llevaba el mismo vestido que la noche anterior.

—Eso huele muy bien —dijo, y le di un cruasán. Se tomó mi zumo de naranja mientras yo apuraba el café. No estuvo mal. Carla habló por las dos, relatando sus experiencias. No parecía haberse dado cuenta de que yo estuve con la reina cuando se descubrió la matanza del grupo de Jennifer Cater, y aunque había oído decir que descubrí la bomba en la lata de Dr Pepper, me lo contó de todos modos, como si yo no supiese nada. Puede que

Gervaise le hiciera cerrar la boca, y las palabras le salieron en un torrente.

—¿Qué te vas a poner para el baile de esta noche? —pregunté, sintiéndome enormemente falsa al sacar el tema. Me enseñó su vestido, que era negro, adornado con lentejuelas y casi inexistente por encima de la cintura, como el resto de sus prendas de noche. Estaba definitivamente claro que Carla creía en el énfasis de sus encantos.

Me pidió que le enseñara el mío, y ambas emitimos falsas exclamaciones acerca del gusto ajeno.

Tuvimos que turnarnos para usar el baño, por supuesto, algo a lo que yo no estaba acostumbrada. Ya estaba bastante exasperada cuando dio señales de vida. Crucé los dedos por que la ciudad entera no se hubiese quedado sin agua caliente. Claro que había suficiente, y a pesar del hecho de que todos sus cosméticos estuviesen esparcidos por el tocador del baño, logré estar limpia y maquillada a tiempo. En honor a mi precioso vestido, traté de arreglarme el pelo, pero cualquier cosa más compleja que una coleta se me escapa. Llevaría el pelo suelto. Me esmeré un poco más con el maquillaje de lo que lo suelo hacer a diario, y tenía un par de grandes pendientes que Tara me recomendó especialmente. Moví la cabeza para comprobar el efecto y vi cómo brillaban mientras se mecían. Eran blancos y plateados, a juego con el adorno del corpiño de mi vestido de noche. «Que ya es hora que me ponga», me dije, con una pequeña sacudida de anticipación.

Oh, vaya. Mi vestido era azul y tenía cuentas plateadas y blancas, con el escote y la espalda justos. Tenía sujetador incorporado, así que me pude ahorrar uno. Me puse unas braguitas azules que no me dejarían ni una marca. Finalmente, unas medias hasta el muslo y mis zapatos, que eran plateados y de tacón alto.

Me arreglé las uñas mientras la mujer acuática estaba en el baño, me puse lápiz de labios y eché una última mirada al espejo.

—Estás muy guapa, Sookie —aseguró Carla.

—Gracias. —Era consciente de mi gran sonrisa. No hay nada como arreglarse de vez en cuando. Me sentía como si mi pareja fuese a presentarse con un ramillete que prenderme al vestido. J.B. me llevó a mi baile de promoción, a pesar de que fueron muchas las chicas que se lo pidieron ante lo bien que salía en las fotos. Mi tía Linda me hizo el vestido.

Se acabaron los vestidos caseros para mí.

Una llamada a la puerta hizo que me mirara ansiosamente en el espejo. Pero era Gervaise, para ver si Carla estaba lista. Sonrió y giró sobre sí misma para acaparar su admiración, a lo que Gervaise le dio un beso en la mejilla. El carácter de Gervaise no me impresionaba, y su cuerpo tampoco era mi tipo, con su cara ancha y blanda y su leve bigote, pero tenía que reconocer su generosidad: le abrochó un brazalete de diamantes en la muñeca allí mismo, sin más aspavientos que si le estuviese dando una chuchería. Carla trató de contener su emoción, pero fue incapaz y se lanzó con los brazos abiertos al cuello de Gervaise. Me abochornaba estar en la misma habitación, ya que algunos de los apodos de mascota que estaba empleando mientras expresaba su agradecimiento eran anatómicamente correctos.

Cuando se marcharon, bien contentos el uno con la otra, me quedé plantada en el centro del dormitorio. No me apetecía sentarme con mi vestido hasta que fuese necesario porque sabía que se arrugaría y perdería ese tacto perfecto. Eso me dejó con muy pocas cosas que hacer, aparte de no molestarme por el caos que Carla había dejado atrás en su parte de la habitación y sentirme algo perdida. ¿Seguro que Quinn había dicho que se pasaría por la habitación para recogerme? No habríamos quedado abajo, ¿verdad?

Mi bolso emitió un sonido, y recordé que había metido ahí el busca de la reina. ¡Oh, ni hablar!

—Baja ahora mismo —decía el mensaje—. Juicio ya.

En ese mismo momento sonó el teléfono de la habitación. Lo cogí, tratando de recuperar el aliento.

—Nena —explicó Quinn—. Lo siento. Por si no lo sabes aún, el consejo ha decidido que la reina tendrá que someterse a juicio ahora mismo. Tienes que bajar ya mismo. Lo siento —repitió—. Estoy al cargo de la organización. Tengo trabajo. Puede que esto no nos lleve demasiado.

—Vale —contesté débilmente, y colgué.

Hasta ahí llegaba mi glamurosa noche con mi nuevo novio.

Pero, maldita sea, no pensaba ponerme ropa menos elegante. Todo el mundo iría arreglado, e incluso si mi papel en la velada se había visto alterado, también merecía sentirme guapa. Bajé por el ascensor en compañía de uno de los empleados del hotel que no sabía si era una vampira o no. Lo puse muy nervioso. Siempre me hace cosquillas la incertidumbre ajena. Para mí, los vampiros brillan, aunque sea sólo un poco.

Andre me estaba esperando cuando salí del ascensor. Estaba más ansioso de lo que jamás lo había visto. No paraba de entrelazar y separar los dedos, y su labio sangraba donde lo había mordido, aunque se curó a velocidad de vértigo. Antes de esa noche, Andre no había hecho más que ponerme nerviosa. Ahora simplemente lo odiaba. Pero estaba claro que había dejado los asuntos personales al margen, hasta mejor momento.

—¿Cómo ha podido pasar? —preguntó—. Sookie, tienes que averiguar todo lo que puedas al respecto. Tenemos más enemigos de los que creíamos.

—Pensé que no habría juicio después de la muerte de Jennifer. Dado que era la cabeza visible de la acusación contra la reina...

—Eso es lo que todos pensábamos. O que, si había un juicio, no sería más que una formalidad hueca, escenificada para enterrar los cargos. Pero cuando bajamos aquí nos estaban esperando. Han pospuesto el inicio del baile por este motivo. Cógeme del brazo —mandó, y me cogió tan a contrapié que no pude evitar enlazar mi brazo con el suyo—. Sonríe —añadió—. Aparenta confianza.

Y nos adentramos en el salón de convenciones con expresión audaz; yo y mi coleguita Andre.

Menos mal que era toda una veterana en sonrisas hipócritas, porque aquello parecía una maratón para ver quién salvaba antes la cara. Todos los vampiros y su séquito de humanos nos abrieron paso. Algunos de ellos sonreían también, aunque no con amabilidad, algunos parecían preocupados y otros ligeramente a la expectativa, como si estuvieran a punto de ver una película que hubiera recibido buenas críticas.

Y una oleada de pensamientos inundó mi mente. Mantuve la sonrisa mientras caminaba y escuchaba: «Guapa… Sophie-Anne se llevará lo que se merece…, quizá pueda llamar a su abogado, comprobar si está abierta a un acercamiento hacia nuestro rey…, buenas tetas…, mi hombre necesita un telépata…, dicen que se está tirando a Quinn…, dicen que se está follando a la reina y al crío de Andre…, me la encontré en el bar…, Sophie-Anne se estrella, no le está mal empleado…, dicen que se está tirando a Cataliades…, maldito juicio, ¿dónde está la orquesta?…, espero que haya comida durante el baile, comida para personas…».

Y así sucesivamente. Algunos pensamientos estaban relacionados conmigo, la reina o Andre, otros eran simples ideas de la gente que estaba harta de esperar y quería que la fiesta diera comienzo.

Avanzamos hasta llegar a la sala donde habían celebrado la boda. Allí, casi todos eran vampiros. Una ausencia notable: camareros humanos y cualquier otro trabajador del hotel. Los únicos que circulaban con bandejas de bebidas eran vampiros. Lo que iba a ocurrir en esa sala no era para consumo humano. Si aún cabía la posibilidad de que me sintiera más nerviosa, se estaba cumpliendo.

Pude comprobar que Quinn había estado ocupado. La plataforma baja había sido retocada. Habían quitado el *ankh* gigante y habían incluido dos atriles. Allí donde Misisipi y su amado habían jurado sus votos, a medio camino entre los dos atriles, había una silla parecida a un trono. Sentada, había una anciana con el pelo blanco y revuelto. Jamás había visto una vampira convertida a esa edad y, aunque me había jurado que nunca volvería a hablar con Andre, no pude evitar comentárselo:

—Es la Antigua Pitonisa —explicó, ausente. Escrutaba la muchedumbre en busca de Sophie-Anne, supuse. Divisé a Johan Glassport. Después de todo, el abogado asesino sí que tendría su momento de gloria. El resto del contingente de Luisiana lo acompañaba, todos a excepción de Eric y Pam, a quienes vi cerca del escenario.

Andre y yo tomamos asiento en la banda derecha. En la izquierda había un grupo de vampiros que no eran fans nuestros. Destacaba entre ellos Henrik Feith. Henrik había pasado de ser un cachorro asustadizo a una bola de ira. Nos clavó una mirada incendiaria. Hizo de todo, menos lanzar bolas de fuego.

—¿Y a ése que le pasa? —preguntó Cleo Babbitt, sentándose a mi derecha—. ¿La reina le ofrece acogerlo bajo su protección porque está solo e indefenso, y así se lo agradece? —Cleo llevaba un esmoquin tradicional y no le quedaba nada mal. Su marcialidad le sentaba a la perfección. Su chico llavero parecía mucho más femenino que ella. Me pregunté acerca de su inclusión en el grupo, que estaba compuesto mayoritariamente por vampiros y otros seres sobrenaturales. Diantha se inclinó hacia delante desde la fila de atrás para darme un golpecito en el hombro. Vestía un corpiño rojo con volantes negros y una falda de tafetán a juego. No había mucho busto con que rellenar el corpiño. En la otra mano llevaba una consola de videojuegos portátil.

—Mealegrodeverte —dijo, sin apenas separar cada palabra. Me esforcé por sonreírle y volvió su atención a la consola.

—¿Qué nos pasará a nosotros si Sophie-Anne es hallada culpable? —preguntó Cleo, y todos nos quedamos mudos.

Eso, ¿qué nos iba a pasar si condenaban a Sophie-Anne? Con Luisiana en una posición debilitada, con el escándalo que rodeaba la muerte de Peter Threadgill, todos corríamos peligro.

La verdad es que no sé por qué no lo había pensado antes, pero el caso es que así era.

En un instante, comprendí que no me lo había planteado porque había crecido como una ciudadana humana libre de los Estados Unidos; no estaba acostumbrada a ver mi destino en peligro. Bill se había unido al pequeño grupo que rodeaba a la reina y, mientras lo miraba, se arrodilló junto a Eric y Pam. Andre se levantó de su silla a mi izquierda y, con uno de sus acelerados movimientos, cruzó la sala para arrodillarse junto a ellos. La reina permanecía ante ellos, como una diosa romana aceptando un tributo. Cleo siguió mi mirada y sus hombros se crisparon. No tenía intención de arrodillarse ante nadie.

—¿Quién compone el consejo? —pregunté a la vampira morena, quien indicó con la cabeza a un grupo de cinco vampiros que se sentaban justo delante del escenario bajo, encarando a la Antigua Pitonisa.

—El rey de Kentucky, la reina de Iowa, el rey de Wisconsin, el rey de Missouri y la reina de Alabama —dijo, identificándolos en orden. Yo sólo había conocido a Kentucky, aunque reconocí a la agobiante Alabama de su conversación con Sophie-Anne.

El abogado de la otra parte se unió a Johan Glassport en el escenario. Algo en el abogado de Arkansas me recordó al señor Cataliades, y cuando hizo un gesto de la cabeza hacia nosotros, vi que Cataliades se lo devolvía.

—¿Se conocen? —le consulté a Cleo.

—Son cuñados —repuso ella, dejando a mi imaginación cuál podría ser el aspecto de una demonio. Seguro que no todas se parecerían a Diantha.

Quinn saltó del escenario. Lucía un traje gris, con camisa blanca y corbata, y portaba una larga vara cubierta de grabados. Hizo una seña a Isaiah, rey de de Kentucky, que se deslizó sobre el escenario. Con gran ceremonia, Quinn le entregó la vara a Kentucky, que iba mucho más elegante que en la anterior ocasión que lo vi. El vampiro golpeó la vara en el suelo y se hizo un profundo silencio. Quinn se retiró al fondo del escenario.

—Soy el maestro disciplinario electo de esta sesión judicial —anunció Kentucky, con una voz que llegó con facilidad a los cuatro rincones de la estancia. Alzó la vara para que no pasara desapercibida—. Siguiendo las tradiciones de la raza vampírica, os conmino a presenciar el juicio a Sophie-Anne Leclerq, reina de Luisiana, por el cargo de asesinato de su esposo, Peter Threadgill, rey de Arkansas.

Sonó de lo más solemne con la profunda y arrastrada voz de Kentucky.

—Llamo a los abogados de las dos partes para que se dispongan a presentar sus casos.

—Estoy listo —dijo el semidemonio—. Soy Simon Maimonides, y represento al afligido Estado de Arkansas.

—Estoy listo —contestó nuestro abogado asesino, leyendo el panfleto—. Soy Johan Glassport, abogado de Sophie-Anne Leclerq, acusada falsamente del asesinato de su esposo.

—Antigua Pitonisa, ¿estás preparada para oír la causa? —preguntó Kentucky, y la arpía volvió la cabeza hacia él.

—¿Es que es ciega? —susurré.

—De nacimiento —asintió Cleo.

—¿Cómo es que se encarga de juzgar? —pregunté, pero las miradas severas de los vampiros que nos rodeaban me recordaron que de nada servía susurrar ante su agudo oído, y que lo más educado sería callarme.

—Sí —dijo la Antigua Pitonisa—. Estoy lista para oír la causa. —Tenía un acento muy marcado que no alcancé a definir. Hubo una oleada de expectación entre los asistentes.

Bien, que empiece el juego.

Bill, Eric y Pam se apoyaron en la pared mientras Andre volvía conmigo.

El rey Isaiah volvió a hacer ostentación de la vara.

—Que la acusada se adelante —ordenó, no sin una buena dosis de dramatismo.

Sophie-Anne, envuelta en su aspecto delicado, avanzó hasta el escenario, escoltada por dos guardias. Al igual que el resto de nosotros, se había preparado para el baile. Vestía de púrpura. Me pregunté si el color real había sido una coincidencia. Probablemente no. Tenía la impresión de que Sophie-Anne preparaba sus propias coincidencias.

El vestido era de cuello y mangas largas, con cola.

—Está preciosa —murmuró Andre, con la voz llena de reverencia.

Sí, sí, sí. Tenía cosas más importantes en mente que admirar a la reina. Las guardias eran las Britlingen, probablemente instadas a desempeñar esa función por el propio Isaiah, y al parecer habían incluido unas armaduras de etiqueta en sus maletas interdimensionales. Iban de un negro ligeramente brillante, como una lenta corriente de agua oscura. Clovache y Batanya acompañaron a Sophie-Anne hasta la plataforma baja y dieron un paso atrás. De ese modo, estaban cerca de la prisionera y de su patrón; la situación ideal, supuse, desde su punto de vista.

—Henrik Feith, expón tus argumentos —dijo Isaiah, sin más ceremonia.

La exposición de Henrik fue prolongada, ardiente y repleta de acusaciones. Más tranquilo, testificó que Sophie-Anne se casó con su rey, firmó los contratos de rigor y empezó a maquinar inmediatamente para conducir a Peter hasta un enfrentamiento fatal, a pesar de su temperamento angelical y su adoración hacia su nueva reina. Era como si Henrik hablara de Kevin y Britney, en vez de dos antiguos y astutos vampiros.

Bla, bla, bla. El abogado de Henrik lo instó a seguir y seguir, y Johan no puso objeción a ninguna de las altisonantes declaraciones del interpelado. Comprobé que Johan pensaba que Henrik perdería simpatías dada su efervescencia y falta de moderación (por no hablar del aburrimiento), y no le faltaba razón si había que hacer caso de los leves gestos y el lenguaje corporal de los asistentes.

—¿Puedes leer las mentes? ¿Las mentes de los vampiros?

—No, señora. Ésas son las únicas que no puedo leer —dije con mucha firmeza—. Esto lo he extraído de la mente de su abogado.

El señor Maimonides no parecía muy contento con eso.

—¿Sabías todo esto? —le preguntó la Antigua Pitonisa al abogado.

—Sí —admitió—. Sabía que el señor Feith se sentía amenazado de muerte.

—¿Y sabías que la reina le había ofrecido un puesto a su servicio?

—Sí, eso me dijo —declaró, con un tono tan dubitativo que no hacía falta ser ninguna pitonisa para leer entre líneas.

—¿Y no creíste en la palabra de una reina vampírica?

Ahí iba una pregunta con trampa para Maimonides.

—Pensé que mi deber era proteger a mi cliente, Antigua Pitonisa —expresó, con la justa nota de humilde dignidad en la voz.

—Hmmm —dijo la Antigua Pitonisa, sonando tan escéptica como yo me sentía—. Sophie-Anne Leclerq, es tu turno para presentar tu versión de los hechos. Adelante.

—Lo que ha dicho Sookie es cierto —argumentó la reina—. [Y]e ofrecí a Henrik un puesto y mi protección. Cuando llegue el [tu]rno de llamar a los testigos, venerable, verás que Sookie es la [verdader]a y que estuvo presente durante la pelea final entre la gente [de] Peter y los míos. A pesar de saber que Peter se casó conmigo [fr]agando unos planes secretos, no le levanté una mano hasta que [la ge]nte atacó durante nuestro festín de celebración. Dadas las [peligr]osas circunstancias, no escogió el mejor momento para ata[car] y como resultado, casi todos los suyos murieron y los míos [sobrev]ivieron. De hecho, comenzó su ataque cuando había pre[sent]es que no eran de nuestra sangre. —Sophie-Anne se las [arregló p]ara parecer pasmada y consternada—. Me ha llevado to[dos los] meses acallar las habladurías.

—Y ahora —concluyó Henrik con lágrimas rojizas recorriendo sus mejillas—, sólo quedamos un puñado en todo el Estado. Ella, la asesina de mi rey y su lugarteniente Jennifer, me ha ofrecido un lugar a su lado. Y casi fui lo bastante débil como para aceptar, por temor a convertirme en un descastado. Pero es una mentirosa y no dudará en matarme también.

—Eso se lo ha dicho alguien —murmuré.

—¿Qué? —La boca de Andre estaba justo a la altura de mi oído. Mantener una conversación privada rodeada de vampiros no es una empresa fácil.

Alcé una mano para pedirle silencio. No, no estaba escuchando la mente de Henrik, sino la de su abogado, quien no contaba con tanta sangre demoníaca como Cataliades. Sin darme cuenta, me incliné hacia delante sobre mi asiento, estirando el cuello hacia el escenario para escuchar mejor. Escuchar con mi mente, quiero decir.

Alguien le había dicho a Henrik Feith que la reina planeaba matarlo. Había estado dispuesto a dejar pasar la demanda, ya que la muerte de Jennifer Cater había acabado con su principal promotora. Nunca había ocupado un puesto de suficiente entidad en el escalafón como para hacerse con el mando; no tenía ni la astucia ni el deseo para ello. Prefería pasar a servir a la reina. Pero si de verdad pretendía matarlo… él lo haría antes por el único medio que asegurara su posterior supervivencia: la ley.

—No quiere matarte —dije, sin saber muy bien lo que estaba haciendo.

Ni siquiera fui consciente de que me había puesto de pie hasta que noté que las miradas de todos los asistentes convergían en mí. Henrik Feith me miraba asombrado y boquiabierto.

—Dinos quién te ha dicho eso y sabremos quién mató a Jennifer Cater, porque…

—Mujer —mandó una voz poderosa que consiguió callarme en el acto—. Guarda silencio. ¿Quién eres y qué derecho tienes a interponerte en este solemne proceso? —La Pitonisa parecía muy decidida para alguien con un aspecto tan frágil como el suyo. Estaba inclinada hacia delante en su trono, taladrando el aire en mi dirección con sus ojos ciegos.

Vale, levantarme en una sala llena de vampiros e interrumpir su ritual es la mejor forma de acabar con una mancha de sangre en mi precioso vestido.

—No tengo ningún derecho en el mundo, majestad —continué, y oí cómo Pam reía a varios metros a mi izquierda—. Pero conozco la verdad.

—Oh, entonces mi papel sobra en este proceso, ¿no es así? —croó la Antigua Pitonisa con su pesado acento—. ¿Por qué habré salido de mi cueva para impartir una sentencia?

Eso, por qué.

—Puedo conocer la verdad, pero me falta la capacidad de hacer que se cumpla la justicia —añadí, con toda honestidad.

Pam volvió a reír. Estaba segura de que era ella.

Eric había estado apoyado en la pared con Pam y Bill, pero en ese momento dio un paso al frente. Podía sentir su presencia, fría y firme, muy cerca de mí. Me infundió cierto coraje. No sabía cómo, pero lo sentía, como una fuerza creciente donde antes sólo habían estado mis rodillas temblorosas. Una estremecedora sospecha me golpeó como un tren de mercancías. Eric me había transmitido la sangre suficiente para asemejarme lo más posible, desde el punto de vista sanguíneo, a un vampiro; y mi extraño don había dado el salto hacia un terreno letal. No estaba leyendo la mente del abogado de Henrik, sino la del propio Henrik.

—Entonces ven aquí y dime qué debo hacer —ordenó la Antigua Pitonisa, con un sarcasmo tan afilado que podría haber cortado un rollo de carne.

Necesitaría un par de semanas para recuperarme de la impresión que me había producido mi terrible sospecha, y sentí una convicción renovada por la cual definitivamente debería matar a Andre, y puede que a Eric también, por mucho que una parte de mi corazón llorara su pérdida.

Pero sólo tuve veinte segundos para procesarlo todo.

Cleo me propinó un severo pellizco.

—Capulla —dijo, furiosa—. Lo echarás todo a perder.

Me desplacé por mi fila hacia la izquierda, pisando a Gervaise en el proceso. No hice caso de su acerada mirada ni del pellizco de Cleo. Los dos no eran más que insectos en comparación con los poderes que podrían querer una parte de mí primero. Y Eric se puso detrás de mí. Tenía la espalda cubierta.

A medida que me acercaba a la plataforma, resultaba difícil establecer qué pensaba Sophie-Anne sobre el nuevo giro que estaba adoptando su inesperado juicio. Me concentré en Henrik y en su abogado.

—Henrik piensa que la reina ha ordenado su asesinato. Se lo ha dicho alguien para que testifique contra ella en su propia defensa —expliqué.

Ahora me encontraba detrás de los jueces, con Eric siem a mi lado.

—¿La reina no ordenó mi muerte? —preguntó Henri un hilo de esperanza dibujado en la cara, confuso y traici la vez. Aquello era mucho decir en un vampiro, ya que siones faciales no son su mejor forma de comunicació

—No, no lo hizo. Su oferta de asilo era sincera mis ojos clavados en los suyos, tratando de transmi dad a su mente. Para entonces, estaba prácticamen

—Lo más probable es que también estés mi de todo, formas parte de su gente.

—¿Se me permite una palabra? —inte tonisa, con ácido sarcasmo.

Ay, el silencio era escalofriante.

—¿Eres una vidente? —preguntó, titud para que pudiera comprenderla.

—No, señora, soy telépata. —
Pitonisa parecía incluso más ancia
imposible a primera vista.

Pensé que había conseguido sacar a todos los humanos y licántropos de allí antes de que se desatara la carnicería, pero al parecer me equivocaba.

Probablemente ya no podían decir esta boca es mía.

—En el tiempo que ha pasado desde esa noche, has sufrido muchas otras pérdidas —observó la Antigua Pitonisa. Parecía simpatizar con la reina.

Empecé a sentir que la balanza se decantaba hacia el lado de Sophie-Anne. ¿Habría influido el hecho de que Kentucky, que había cortejado a la reina, fuese el miembro del consejo que dirigía el proceso?

—Como dices, he soportado cuantiosas pérdidas, tanto personales como pecuniarias —convino Sophie-Anne—. Es la razón por la que necesito la herencia de mi marido, a la que tengo derecho por contrato matrimonial. Él pensó que sería él quien heredaría el rico reino de Luisiana. Ahora, seré yo quien se alegre si puedo contar con el pobre reino de Arkansas.

Se produjo un prolongado silencio.

—¿Puedo llamar a nuestra testigo? —pidió Johan Glassport. Parecía muy dubitativo e inseguro para ser un abogado. Pero en ese tribunal, no resultaba difícil entender el porqué—. Ya está aquí, y presenció la muerte de Peter. —Me extendió la mano y tuve que subir a la plataforma. Sophie-Anne parecía relajada, pero Henrik Feith, a unos centímetros a mi izquierda, aferraba los brazos de la silla.

Otro silencio. El níveo pelo de la antigua vampira colgó hacia delante mientras ella bajaba la cabeza para contemplar su regazo. Luego levantó la cabeza y sus ojos ciegos se clavaron en Sophie-Anne.

—Arkansas es tuyo por ley, y ahora lo es por derecho. Te declaro inocente por la conspiración de asesinato de tu marido —dijo la Antigua Pitonisa, casi como si tal cosa.

Bueno... yupi. Estaba lo bastante cerca como para ver que los ojos de la reina se ensancharon de alivio y sorpresa y que Johan Glassport regalaba una disimulada sonrisa a su atril. Simon Maimonides miró a los cinco jueces para ver cómo se tomaban el pronunciamiento de la Antigua Pitonisa, y cuando ninguno de ellos elevó una palabra de protesta, se limitó a encogerse de hombros.

—Bien, Henrik —croó la anciana—. Tu bienestar está asegurado. ¿Quién te ha dicho esas mentiras?

Henrik no parecía muy tranquilo. Estaba aterrado. Se levantó y permaneció a mi lado.

Era más listo que nosotros. Un destello atravesó el aire.

La siguiente expresión que se cruzó en su cara era de profundo horror. Miró abajo y todos seguimos su mirada. Una pequeña vara de madera sobresalía de su pecho, y en cuanto sus ojos la identificaron, sus manos trataron de aferrarla mientras empezaba a tambalearse. Un público humano habría estallado en un caos, pero los vampiros se echaron al suelo en un escrupuloso silencio. La única persona que se estremeció fue la Antigua Pitonisa, que empezó a preguntar qué había pasado y por qué todo el mundo estaba tan tenso. Las dos Britlingen cruzaron el escenario a la carrera para unirse a Kentucky y permanecieron delante de él, con las armas y las manos listas. Andre voló literalmente de su asiento para aterrizar delante de Sophie-Anne. Y Quinn hizo lo mismo para echarme al suelo, llevándose la segunda flecha, la que estaba destinada a asegurar el silencio de Henrik. Fue innecesaria. Henrik estaba muerto cuando tocó el suelo.

Capítulo
14

ℬatanya mató al asesino con una estrella arrojadiza. Estaba encarada hacia los asistentes cuando lo vio, después de que todos los demás se echaran prudentemente al suelo. El vampiro no lanzaba las flechas desde un arco, sino a mano, razón por la cual había pasado desapercibido desde el principio. Incluso con tanta gente alrededor, cualquiera que llevara un arco encima habría llamado algo la atención.

Sólo un vampiro podía lanzar una flecha con la mano y matar a alguien. Y puede que sólo una Britlingen fuera capaz de lanzar una estrella afilada y decapitar a un vampiro.

No era la primera vez que veía un vampiro decapitado, y no es tan aparatoso como pudiera pensarse; no tanto como con un humano. Pero tampoco es agradable. Al ver la cabeza desgajarse de los hombros, sentí unas náuseas y se me aflojaron las rodillas. Me arrodillé para comprobar cómo se sentía Quinn.

—Podría ser peor —dijo al instante—. No es para tanto. Me ha dado en el hombro, no en el corazón. —Le di la vuelta para tumbarlo de espaldas. Todos los vampiros de Luisiana habían saltado para formar un círculo alrededor de su reina, apenas un segundo después que Andre.

Una vez seguros de que se había suprimido la amenaza, se agruparon cerca de nosotros.

Cleo se deshizo de su chaqueta de esmoquin y se arrancó un trozo de la manga de la camisa plisada. Lo dobló varias veces a tal velocidad que no pude ver cómo lo hacía.

—Toma esto —me exigió, poniéndome el tejido en la mano y colocándomela cerca de la herida—. Prepárate para apretar con fuerza. —No esperó a que asintiera—. Aguanta —le dijo a Quinn. Y puso sus fuertes manos sobre sus hombros para inmovilizarlo mientras Gervaise sacaba la flecha.

Quinn emitió un alarido, lo cual no era sorprendente. Los siguientes minutos fueron bastante angustiosos. Apreté el parche improvisado contra la herida, y mientras Cleo se ponía la chaqueta sobre el sujetador de encaje negro, le ordenó a Herve, su lacayo humano, que donara también su camisa. He de decir que se la arrancó en el acto. Resultaba bastante extraño ver un pecho desnudo y peludo entre tanta prenda refinada. Y lo que más me sorprendía era reparar en ese detalle, justo después de ver cómo decapitaban a un tipo.

Supe que Eric estaba a mi lado antes de que dijera nada, ya que me sentí menos aterrada. Se arrodilló a mi lado. Quinn se concentraba para no gritar, así que mantenía los ojos cerrados, como si estuviese inconsciente, mientras se producía una algarabía a mi alrededor. Pero Eric estaba cerca de mí, y me sentí… no tranquila del todo, pero tampoco nerviosa. Porque estaba allí.

Cómo odiaba eso.

—Se curará —dijo Eric. No parecía especialmente feliz ante tal expectativa, pero tampoco triste.

—Sí —respondí yo.

—Sí, ya lo sé. No lo vi venir.

—Oh, ¿te habrías lanzado tú delante de mí?

—No —dijo Eric llanamente—, porque habría podido darme en el corazón y me habría matado. Pero me habría lanzado para quitarte de la trayectoria de la flecha si hubiera habido tiempo.

No se me ocurrió nada que objetar.

—Sé que puedes llegar a odiarme por ahorrarte un mordisco de Andre —aseguró con tranquilidad—, pero te aseguro que soy el mal menor.

—Lo sé —contesté, mirándolo de soslayo, sintiendo las manos manchadas por la sangre de Quinn que se filtraba a través del parche—. No habría preferido morir antes que dejarme morder por Andre, pero por ahí andaba la cosa.

Se rió y los ojos de Quinn parpadearon.

—El hombre tigre está recuperando la consciencia —dijo Eric—. ¿Lo amas?

—Aún no lo sé.

—¿Me amabas?

Un equipo de camilleros hizo acto de presencia. Evidentemente, no eran técnicos sanitarios comunes. No habrían sido bienvenidos en el Pyramid of Gizeh. Se trataba de licántropos y cambiantes que trabajaban para los vampiros, y su líder, una joven que parecía un oso de la miel, prometió:

—Nos aseguraremos de que se recupere en un abrir y cerrar de ojos, señorita.

—Iré a verle más tarde.

—Cuidaremos de él —dijo—. Estará mejor entre nosotros. Es un privilegio atender a Quinn.

Quinn asintió.

—Estoy listo —indicó, apretando las palabras entre los dientes.

—Hasta luego —le dije, cogiéndole de la mano—. No hay nadie tan valiente como tú.

—Nena —me aconsejó, mordiéndose el labio por el dolor—, ten cuidado.

—No te preocupes por ella —terció un tipo negro con el pelo cortado a lo afro—. Tiene quien la cuide —dedicó a Eric una fría mirada. Éste me extendió una mano y la así para levantarme. Me dolían un poco las rodillas después de conocer el duro suelo del hotel.

Mientras lo metían en la camilla y lo levantaban, Quinn pareció perder la consciencia. Me dispuse a avanzar para acompañarle, pero el negro extendió el brazo. Los músculos estaban tan definidos que parecía ébano tallado.

—Hermana, tú te quedas aquí —dijo—. Nos encargamos nosotros.

Observé cómo se lo llevaban. Cuando lo perdí de vista, me miré el vestido. Sorprendentemente, estaba en perfecto estado. No estaba sucio ni ensangrentado, y las arrugas eran mínimas.

Eric esperaba.

—¿Que si te quise? —Sabía que no se rendiría, y no tenía problemas en esbozar una respuesta—. Es posible, de alguna manera. Pero en todo momento supe que aquel que estaba conmigo, quienquiera que fuese, no eras exactamente tú. Y supe que, tarde o temprano, recordarías quién eras y lo que eras.

—No pareces tener respuestas de sí o no acerca de los hombres —dijo.

—Tú tampoco pareces tener muy claro lo que sientes hacia mí —repliqué.

—Eres todo un misterio —observó—. ¿Quiénes eran tus padres? Oh, sí, ya sé, vas a contarme que murieron cuando aún eras una niña. Recuerdo esa historia. Pero no sé si es del todo cierta. Si lo es, ¿cuándo entró en la familia la sangre de hada? ¿Fue por parte de alguno de tus abuelos? Eso es lo que creo.

—¿Y a ti qué te importa?

—Sabes que me importa. Ahora estamos vinculados.

—¿Esto acabará desvaneciéndose? Lo hará, ¿verdad? No vamos a estar siempre así, ¿no?

—A mí me gusta estar así. Te acabará gustando a ti también —dijo, y parecía estar condenadamente seguro de ello.

—¿Quién era el vampiro que intentó matarnos? —pregunté, para cambiar de tema. Albergaba la esperanza de que se equivocara y, de todos modos, ya habíamos dicho todo lo que había que decir al respecto, hasta donde me incumbía a mí, al menos.

—Descubrámoslo —contestó, y me cogió de la mano. Lo seguí a rastras simplemente porque tenía curiosidad.

Batanya estaba de pie, junto al cuerpo del vampiro, que había empezado a sufrir la rápida desintegración de los de su especie. Había retirado su estrella arrojadiza y la estaba frotando contra su pantalón.

—Buen lanzamiento —dijo Eric—. ¿Quién era?

Se encogió de hombros.

—Ni idea. El tipo de las flechas, es todo lo que sé y todo lo que me importa.

—¿Estaba solo?

—Sí.

—¿Puedes decirme qué aspecto tenía?

—Estaba sentado cerca de él —comentó un vampiro muy bajo. Puede que midiera metro y medio, y estaba delgado. El pelo se le derramaba por la espalda. Si fuera a la cárcel, ese tipo tendría gente llamando a su celda cada media hora. Lo lamentarían, claro, pero para el ojo más inexperto parecía un objetivo fácil—. Era un poco tosco, y no estaba vestido para la ocasión. Pantalones holgados y una camisa a rayas… Bueno, ya se ve.

A pesar de que el cuerpo empezaba a ennegrecerse y a consumirse como suelen hacer los vampiros, la ropa permaneció intacta.

—¿Tendrá carné de conducir? —sugerí. Era algo normal entre humanos, aunque no con vampiros. Aun así, merecía la pena probar.

Eric palpó y rebuscó en los bolsillos exteriores de cadáver. No había nada en ninguno de ellos, así que, sin la menor ceremonia, lo volteó. Retrocedí un par de pasos para que no me llegara el estallido de cenizas. Había algo en el bolsillo trasero: una billetera. Y, dentro de ella, un carné de conducir.

Había sido expedido en Illinois. En el apartado del tipo de sangre figuraban las letras «ND». Sí, era un vampiro, estaba claro. Leyendo por encima del hombro de Eric, pude ver que su nombre era Kyle Perkins. En el apartado de la edad había puesto «3V», lo que quería decir que apenas hacía tres años que era vampiro.

—Debía de ser arquero antes de morir —dije—. Porque no es una habilidad que se adquiera de la noche a la mañana, especialmente para alguien tan joven.

—Estoy de acuerdo —afirmó Eric—. Cuando amanezca, quiero que compruebes todos los lugares en la ciudad donde se pueda practicar tiro con arco. Lanzar flechas no es algo que se improvise. Estaba entrenado. La flecha es artesanal. Tenemos que averiguar qué le pasó a Kyle Perkins y por qué aceptó el trabajo de asistir a la cumbre y matar a quien fuera necesario.

—Entonces era… ¿un asesino a sueldo vampiro?

—Eso creo —convino Eric—. Alguien está maquinando en contra de nosotros con mucho cuidado. Está claro que este Perkins no era más que el plan B si el juicio salía mal. Y, de no ser por ti, bien podría haber salido mal. Alguien se tomó muchas molestias para abonar los miedos de Henrik Feith, y ese pobre estúpido estuvo a punto de delatarlo. Kyle estaba aquí para evitarlo.

En ese momento llegó el equipo de limpieza: un grupo de vampiros con una bolsa para cadáveres y material de limpieza. No iban a pedir a las mujeres de la limpieza humanas que barrieran a Kyle. Afortunadamente, todas estaban aseando los cuartos de los vampiros, que les solían estar vedados durante el día.

En muy poco tiempo metieron en la bolsa los restos de Kyle Perkins y se los llevaron. Atrás quedó uno de los vampiros con una aspiradora portátil. Si el *CSI* de Rhodes lo viera.

Percibí mucho movimiento y alcé la mirada para ver que las puertas de servicio estaban abiertas y que el personal del hotel invadía la amplia sala para sacar las sillas. En menos de quince minutos, habían quitado la parafernalia judicial que Quinn había dispuesto bajo la dirección de su hermana. A continuación, una banda musical tomó posición en la plataforma y la sala quedó despejada para el baile. Jamás había visto nada parecido. Primero, un juicio, luego, un par de asesinatos y finalmente un baile. La vida sigue. O, en este caso, la muerte continúa.

—Será mejor que vayas a ver a la reina —propuso Eric.

—Oh, sí, seguro que tiene algo que decirme. —Miré en derredor y divisé a Sophie-Anne con facilidad. Se encontraba rodeada de un gentío que le estaba dando la enhorabuena por el veredicto favorable. Claro que habrían estado igual de satisfechos si la hubiesen ejecutado, o lo que quiera que le hubiese ocurrido si la Pitonisa hubiese mostrado los pulgares hacia abajo. Y hablando de la Antigua Pitonisa...

—Eric, ¿adónde ha ido la anciana? —pregunté.

—La Antigua Pitonisa es el oráculo original que consultó Alejandro Magno —dijo, con voz bastante neutral—. Era tan reverenciada que, incluso a su edad, fue convertida por los vampiros más antiguos de su tiempo. Y ahora los ha sobrevivido a todos.

No quería imaginar cómo se había alimentado antes del descubrimiento de la sangre sintética que tanto había cambiado el mundo de los vampiros. ¿Cómo se las habría arreglado para dar caza a sus presas humanas? A lo mejor le llevaban seres vivos, como los dueños de serpientes que alimentan a sus mascotas con ratones aún coleando.

—Para responder a tu pregunta, supongo que sus criadas se la han llevado a su habitación. Sólo sale en ocasiones especiales.

—Como la plata de ley —añadí seriamente, y estallé en risitas. Para mi sorpresa, Eric sonrió también, esa gran sonrisa que le formaba numerosos pequeños arcos en las comisuras de la boca.

Ocupamos nuestros puestos detrás de la reina. No estaba segura de que siquiera se hubiese dado cuenta de mi presencia, tan ocupada que estaba interpretando el papel de estrella del baile. Pero, en una fugaz pausa en la charla, extendió el brazo tras de sí y me cogió de la mano, apretándola con fuerza.

—Hablaremos más tarde —dijo, justo antes de saludar a una corpulenta vampira ataviada con un traje de pantalones con lentejuelas—. Maude —saludó Sophie-Anne—, cómo me alegra verte. ¿Cómo van las cosas en Minnesota?

Justo entonces, un acorde llamó la atención de los presentes hacia la banda. Eran todos vampiros, me di cuenta con un sobresalto. El tipo del pelo lacio del podio anunció:

—Bien, vampiros y vampiras, ¡si estáis listos para la marcha, nosotros lo estamos para tocar! Soy Rick Clark, y ésta es... ¡La banda del Hombre Muerto!

Se produjo un cortés murmullo de aplausos.

—Aquí, para abrir la velada, hay dos de los mejores bailarines de Rhodes, cortesía de Blue Moon Productions. Por favor, dad la bienvenida a... ¡Sean y Layla!

La pareja que se abrió paso hasta el centro de la pista de baile era imponente, tanto para los cánones vampíricos como para los humanos. Eran de los primeros, aunque él era muy antiguo y a ella acababan de convertirla, pensé. Era una de las mujeres más preciosas que había visto, y lucía un vestido de encaje beige que bailaba alrededor de sus impresionantes piernas como nieve alrededor de los árboles. Su compañero era probablemente el único vampiro con pecas al que había visto, y su pelo rojo era tan largo como el de ella.

Sólo tenían ojos el uno para el otro, y bailaban juntos como si patinasen sobre un ensueño.

Nunca había visto nada parecido, y a tenor del silencio reinante ninguno de los presentes tampoco. Cuando la música llegó a su fin (y, hasta la fecha, sigo sin recordar qué bailaban), Sean lanzó a Layla por encima de su brazo, se inclinó sobre ella y la mordió. Me sobresaltó, pero los demás parecían esperarlo, y los excitó notablemente. Sophie-Anne empezó a entonarse con Andre (aunque no había mucho con lo que entonarse, ya que Andre no era mucho más alto que ella), y Eric me miró con esa cálida luz en los ojos que me ponía en guardia.

Volví mi atención a la pista de baile con determinación y empecé a aplaudir como loca cuando la pareja saludó al público y más parejas fueron uniéndose a ellos envueltas en la música. La costumbre hizo que buscara a Bill, pero no estaba por ninguna parte.

Entonces Eric dijo:

—Bailemos. —Y descubrí que no podía negarme.

Nos dirigimos a la pista junto a la reina y su potencial marido. Vi también a Russell Edgington y a su marido, Bart, lanzarse al baile igualmente. Parecían tan encantados el uno con el otro como la primera pareja de baile.

No sabré cantar, pero Dios sabe que bailar es lo mío. Eric también había recibido alguna que otra lección de baile, hace algún siglo que otro. Mi mano se posó en su hombro, la suya sobre mi espalda, unimos la mano libre que nos quedaba y nos lanzamos a bailar. No estaba muy segura de qué estábamos bailando, pero me supo llevar bien y no me costó seguir el ritmo. Era más parecido a un vals que a cualquier otra cosa, decidí.

—Bonito vestido —señaló Layla, cuando pasamos junto a ella.

—Gracias —contesté, y observé el que llevaba ella. Viniendo de alguien tan bello, era un gran cumplido. Entonces su compañero se adelantó para darle un beso, y giraron perdiéndose entre el gentío.

—Sí que es bonito —dijo Eric—. Y tú eres una mujer preciosa.

Me sentí extrañamente azorada. No era la primera vez que recibía un cumplido (no se puede ser camarera sin que a una le echen piropos), pero la mayoría de ellos consistían (según grados variables de borrachera) en tíos gritándote que estás muy buena o, en el caso de los más maduritos, comentarios sobre lo impresionante que era mi delantera (curiosamente, J.B. du Rone y Hoyt Fortenberry se las arreglaron para tropezar con ese tío y verterle toda una bebida encima de la forma más accidental).

—Eric —susurré, pero no pude terminar la frase porque no se me ocurría qué decir. Tenía que concentrarme en la velocidad a la que se movían mis pies. Bailábamos tan deprisa que tenía la sensación de volar. De repente, Eric me soltó la mano para agarrarme de la cintura, giramos, me meció y acabé volando literalmente con una pequeña ayuda del vikingo. Reí como una cría, el pelo revoloteando alrededor de mi cabeza, me lanzó y me volvió a coger, apenas a unos centímetros del suelo. Lo hizo una vez más, y otra, y otra, hasta que al final me vi de pie en el suelo, concluido el corte musical—. Gracias —dije, consciente de que debía de tener el aspecto de haber pasado por una atracción de feria—. Disculpa, tengo que ir al aseo.

Me abrí paso entre la gente, procurando no sonreír como una tonta. Debería estar con… o, sí, con mi novio, en vez de estar bailando con otro tipo hasta sentirme diminutamente dichosa. Excusarme a cuenta de mi vínculo de sangre no ayudaba en nada.

Sophie-Anne y Andre habían dejado de bailar, y estaban de pie junto a otros vampiros. Ella no podía necesitarme, ya que no había otros humanos a los que «escuchar». Vi a Carla bailando con Gervaise, y los dos parecían muy felices. Carla estaba recibiendo no pocas miradas de admiración por parte de los demás vampiros, y eso no hacía más que henchir a Gervaise de orgullo. Que sus congéneres anhelasen lo que él ya tenía era un bocado de lo más dulce.

Sabía cómo se sentía Gervaise.

Me paré en seco.

¿Estaba…? No estaba leyendo su mente de verdad, ¿o sí? No, no era posible. La única vez que había atisbado un fragmento de pensamiento en un vampiro antes de aquella noche, había sido frío y rastrero.

Pero estaba segura de saber cómo se sentía Gervaise, del mismo modo que había leído los pensamientos de Henrik. ¿Se trataba simplemente de mi conocimiento de los hombres y sus reacciones, de mi conocimiento de los vampiros, o de verdad podía sentir las emociones de éstos mejor desde mi tercera toma de su sangre? ¿O acaso mi habilidad, talento o maldición, llámese como se quiera, había mejorado para incluir a los vampiros desde que pasaba tanto tiempo junto a ellos?

No. No, no, no. Me sentía como yo misma. Me sentía humana. Me sentía cálida. Respiraba. Tenía que ir al aseo. También tenía hambre. Pensé en el famoso pastel de chocolate de la anciana señora Bellefleur y se me hizo la boca agua. Sí, seguía siendo humana.

Bien, entonces esta nueva afinidad hacia los vampiros se desvanecería con el tiempo. Había bebido dos veces de Bill, pensé; puede que más. Y tres de Eric. Y cada vez que tomé su sangre, al cabo de dos o tres meses había visto desvanecerse la fuerza y la agudeza que había obtenido por ello. Tenía que pasar lo mismo esta vez, ¿no? Me sacudí bruscamente. Claro que sí.

Jake Purifoy estaba apoyado en la pared, observando a las parejas que bailaban. Antes lo había visto bailando con una joven vampira que no paraba de reírse. Así que Jake no era todo melancolía. Me alegré.

—Hola —saludé.

—Sookie, menudo susto en el juicio.

—Sí, ha sido escalofriante.

—¿De dónde salió el tipo?

—Supongo que era un asesino a sueldo. Eric me ha encargado que compruebe los clubes de tiro con arco mañana para buscar pistas que nos lleven a quien lo contrató.

—Bien. Has estado cerca. Lo lamento —dijo con torpeza—. Sé que debiste de pasar miedo.

Lo cierto es que había estado demasiado preocupada por Quinn para pensar en que me estuviesen apuntando con una flecha.

—Supongo que sí. Pásalo bien.

—Tendré que buscar una compensación por no poder volver a transformarme —respondió Jake.

—No sabía que lo hubieras intentado. —No se me ocurrió qué otra cosa decir.

—Una y otra vez —explicó. Nos quedamos mirándonos durante un largo instante—. Bueno, me voy en busca de otra compañera —me dijo, y se dirigió decididamente hacia una vampira que había venido con el grupo de Stan Davis, de Texas. Ella pareció alegrarse de verlo llegar.

Para entonces ya estaba en el aseo de señoras, que era diminuto, por supuesto. La mayoría de las mujeres que frecuentaban el Pyramid no necesitaban este tipo de instalaciones más que para atusarse el pelo. Había una asistente, exquisito detalle que yo nunca había visto pero del que había leído en algunos libros. Se suponía que tenía que darle una propina. Tenía encima el pequeño bolso en el que guardaba la tarjeta llave de mi habitación, y me alegré al comprobar que había metido unos cuantos dólares, junto con unos pañuelos, unos caramelos de menta y un pequeño cepillo. Hice un gesto con la cabeza a la asistente, una mujer rellenita de tez morena con cara de pocos amigos.

Hice lo que debía en la pequeña e impoluta cabina y salí para lavarme las manos y arreglarme el pelo.

La asistente, que llevaba una etiqueta de identificación que ponía «Lena» abrió el grifo por mí, lo cual me descolocó un poco. Quiero decir que no me cuesta nada girar la llave de un grifo. Pero me lavé las manos y me las sequé con una toalla que me tendió, dando por sentado que ésa era la rutina. No quería parecer una ignorante. Dejé un par de dólares en el cuenco de propinas y ella trató de dedicarme una sonrisa, pero era demasiado infeliz para conseguirlo de forma convincente. Y allí se quedó Lena, practicándome un agujero en la nuca con la mirada. Era así de infeliz porque tenía que reprimir cuánto me odiaba.

Siempre es una sensación desagradable saber que alguien te odia, sobre todo si no hay una buena razón para ello. Pero sus problemas no eran los míos, y si no le gustaba abrir los grifos para las mujeres que salían con vampiros, se podía buscar otro trabajo. De todos modos, no necesitaba su habilidad para abrirme el grifo, por Dios.

Así que volví a adentrarme en el gentío, comprobando que hubiera humanos en las cercanías de la reina que hubiera que escrutar (no) y algún cambiante o licántropo que me pudiera poner al día sobre el estado de Quinn (tampoco).

La suerte quiso que me topara con el brujo del tiempo al que ya había visto antes. Confieso que me sentí algo orgullosa al comprobar que mi conjetura había sido correcta. Su presencia allí esa noche era su recompensa por un buen servicio, aunque no fui capaz de discernir quién era su patrón. El brujo tenía una copa en la mano y una mujer de mediana edad cogida del brazo. Su señora, según pude averiguar gracias a una rápida proyección mental. Él esperaba que ella no se hubiera percatado en su interés en la bella bailarina vampira y la guapa rubia humana que se le acercaba, la misma que se le había quedado mirando como si lo conociese de algo. Oh… Ésa era yo.

No pude discernir su nombre, lo cual hubiese sido ideal para romper el hielo, y no se me ocurrió nada que decirle. Pero era alguien que debía recibir la atención de Sophie-Anne. Alguien lo había usado contra ella.

—Hola —los saludé con una amplia sonrisa. La mujer me devolvió la sonrisa, no sin cierta cautela, ya que la tranquila pareja no solía ser abordada por jóvenes solitarias (miró el hueco de mi izquierda) durante fiestas glamurosas. La sonrisa del brujo del tiempo iba más por el lado del temor.

—¿Estáis disfrutando de la fiesta? —les pregunté.

—Sí, una noche estupenda —contestó la mujer.

—Me llamo Sookie Stackhouse —dije, rezumando encanto.

—Olive Trout —se presentó, y nos estrechamos las manos—. Éste es mi marido, Julian —añadió, sin la menor idea de lo que era su marido.

—¿Sois de por aquí? —escrutaba a la gente de la forma más discreta posible. No tenía la menor idea de qué hacer con ellos, ahora que los había encontrado.

—No has visto nuestros canales locales —dijo Olive, orgullosa—. Julian es el hombre del tiempo del Canal 7.

—Qué interesante —respondí, con toda sinceridad—. Si me acompañarais, hay alguien que estaría encantado de conoceros.

Mientras los arrastraba conmigo entre la gente, empecé a pensármelo dos veces. ¿Qué pasaría si Sophie-Anne exigía retribución? Pero eso no tenía sentido. Lo importante no es que hubiera un brujo del tiempo, sino que alguien lo había contratado para prever el tiempo de Luisiana y, de alguna manera, había pospuesto la cumbre hasta el paso del Katrina.

Julian era lo bastante avispado como para figurarse que algo no encajaba con mi excesivo entusiasmo, y temí que empezaran a ponerme pegas. Me alivié sobremanera al divisar la cabeza rubia de Gervaise. Lo llamé con el entusiasmo de quien no se ve en años. Cuando llegué a su altura, casi no me quedaba aliento por arrastrar conmigo a los Trout con tanta velocidad y ansiedad.

—Gervaise, Carla —dije, poniendo a los Trout ante el sheriff, como si los sacara del agua—. Os presento a Olive Trout y a su marido, Julian. La reina parecía ansiosa por conocer a alguien como Julian. Es buenísimo adivinando qué tiempo va a hacer.
—Vale, admito que faltaba sutileza por todas partes. Julian se quedó pálido. Sí, no cabía duda de que en la conciencia de Julian anidaba el conocimiento de una mala obra.

—¿Te sientes mal, cariño? —preguntó Olive.
—Tenemos que volver a casa —afirmó él.
—No, no, no —intervino Carla—. Gervaise, cariño, ¿recuerdas que Andre dijo que si sabíamos de alguien que fuera una autoridad en el pronóstico del tiempo, la reina estaba especialmente dispuesta a intercambiar unas palabras con él? —Rodeó a los Trout con los brazos y los miró fijamente. Olive parecía desconcertada.

—Por supuesto —confirmó Gervaise, cuando finalmente se le encendió la bombilla—. Gracias, Sookie. Por favor, acompañadnos. —E instaron a los Trout a seguir caminando.

Me sentí algo aturdida con el placer que producía el haber tenido razón.

Mirando a mi alrededor, vi a Barry poniendo un plato sobre una bandeja vacía.

—¿Te apetece bailar? —le pregunté, mientras la banda del Hombre Muerto tocaba una versión de una vieja canción de Jennifer Lopez. Barry parecía reacio, pero le tiré de la mano y pronto estuvimos meneando el cuerpo y pasándolo en grande. No hay nada como bailar para relajar tensiones y dejarse llevar, aunque sea durante un rato. El control muscular no se me daba tan bien como a Shakira, pero quizá si practicase de vez en cuando...

—¿Qué estás haciendo? —inquirió Eric sin la menor sombra de chiste en la voz. Su desaprobación era gélida.

—Estoy bailando, ¿por? —Le hice una señal para que me dejara en paz, pero Barry ya había dejado de moverse, me saludó con la mano y se marchó—. Me lo estaba pasando bien —protesté.

—Estabas exhibiendo tus encantos delante de cada hombre de la habitación —señaló—. Como una...

—¡Quieto parado, amigo! ¡Ni se te ocurra seguir por ahí! —le dije, advirtiéndoselo con un dedo.

—Saca ese dedo de mi cara —espetó.

Inhalé, dispuesta a decir algo imperdonable, recibiendo la oleada de ira con auténtico deleite (no era su perrita faldera), cuando un brazo fuerte y enjuto me rodeó y una voz desconocida con acento irlandés me preguntó:

—¿Bailamos, cariño?

Cuando el bailarín que había abierto la noche me arrebató de la forma más sutil, y a la vez compleja en cuanto a los pasos, pude ver que su compañera hacía lo mismo con Eric.

—Tú sígueme mientras te calmas, nena. Me llamo Sean.

—Sookie.

—Encantado de conocerte, jovencita. No bailas mal.

—Gracias. Es todo un cumplido, viniendo de ti. Me encantó vuestra interpretación de antes. —Pude sentir cómo se desvanecía el acceso de ira.

—Es mi compañera —dijo, sonriente. Sonreír no era algo que pareciera resultarle fácil, pero lo transformó de un pecoso de cara delgada y nariz afilada en un hombre con atractivo en la recámara—. Mi Layla es como bailar con un sueño.

—Es muy guapa.

—Oh, sí, por dentro y por fuera.

—¿Cuánto hace que sois compañeros?

—En el baile, dos años. En la vida, alrededor de uno.

—Por tu acento veo que no eres de aquí. —Miré de reojo a Eric y a la preciosa Layla. Ella hablaba con una serena sonrisa, mientras él aún parecía sombrío, aunque no enfadado.

—Y que lo digas —admitió—. Soy irlandés, por supuesto, pero llevo aquí… —Arrugó la frente mientras pensaba, y fue como ver arrugarse el mármol—. Un siglo, más o menos. A veces me da por pensar en mudarme a Tennessee, de donde es Layla, pero aún no nos hemos decidido.

Era mucha conversación para tratarse de un tipo que aparentaba tanta discreción.

—¿Ya te has aburrido de vivir en la ciudad?

—Hay demasiada actividad antivampírica últimamente. La Hermandad del Sol, el movimiento Arrebatad la noche de los muertos…: parece que aquí no dejan de proliferar.

—La Hermandad está en todas partes —dije. La mera pronunciación de su nombre me dio escalofríos—. ¿Y qué pasará cuando sepan de la existencia de los licántropos?

—Ya. No creo que tarden en descubrirlos. Los licántropos no dejan de decir que ese día está cerca.

Cabría pensar que alguno de los numerosos seres sobrenaturales que conocía acabase diciéndome lo que estaba pasando. Tarde o temprano, los licántropos y demás cambiantes tendrían que abrir su secreta existencia al mundo, o acabarían rebasados por los vampiros, intencionadamente o no.

—Puede que incluso se produjera una guerra civil —aventuró Sean, y me obligué a volver al tema.

—¿Entre la Hermandad y los sobrenaturales?

Asintió.

—Creo que podría pasar.

—¿Y qué harías en ese caso?

—He vivido el conflicto muchos años y no quiero vivirlo uno más —dijo expeditivamente—. Layla no ha visto el viejo continente, y creo que le encantaría, así que nos iríamos a Inglaterra. Podríamos bailar allí, o sencillamente buscar un sitio donde escondernos.

Por muy interesante que fuese la conversación, no resolvería los numerosos problemas a los que me enfrentaba en ese momento, que podía contar claramente con los dedos de las manos. ¿Quién habría pagado a Julian Trout? ¿Quién puso la bomba en la lata de Dr Pepper? ¿Quién mató al resto de los vampiros de Arkansas? ¿Sería el mismo que ordenó la muerte de Henrik Feith?

—¿Cuál fue el resultado? —dije en voz alta, para sorpresa del vampiro pelirrojo.

—¿Disculpa?

—Sólo pensaba en voz alta. Ha sido un placer bailar contigo. Disculpa, pero tengo que encontrar a un amigo.

Sean me llevó bailando hasta el borde de la pista, y allí nos separamos. Ya estaba buscando a su compañera. Por lo general, las parejas de vampiros no duran demasiado. Incluso los matrimonios de siglos de reyes y reinas apenas requerían de una visita nupcial al año. Deseé que Sean y Layla demostraran ser una excepción.

Decidí que quería saber del estado de Quinn. Podía tratarse de un proceso laborioso, ya que no tenía ni idea de adónde lo habían llevado los licántropos. Estaba tan confundida por el efecto que estaba teniendo Eric sobre mí, todo ello mezclado por mi incipiente afecto por Quinn. Pero tenía claro con quién estaba comprometida. Quinn me había salvado la vida esa noche. Empecé mi pesquisa llamando a su habitación, pero no obtuve respuesta.

Si fuese licántropo, ¿adónde llevaría a un tigre herido? Ningún sitio público, porque los licántropos eran un secreto en sí. No querrían que el personal del hotel captara alguna palabra que diese pistas sobre la existencia de otros seres sobrenaturales. Así que llevarían a Quinn a una habitación privada, ¿no? Entonces, ¿quién tenía una habitación privada y simpatizaba con los licántropos?

Jake Purifoy, por supuesto, ex licántropo y actualmente vampiro. Puede que Quinn estuviera allí, en alguna parte del aparcamiento del hotel, en el despacho del jefe de seguridad o en la enfermería, si acaso existía. Tenía que empezar por alguna parte. Me dirigí al mostrador de recepción, donde nadie pareció tener inconveniente en darme el número de habitación de Jake, supongo que porque ambos formábamos parte de la misma comitiva. Era una mujer, no el mismo empleado que se había mostrado tan grosero conmigo cuando llegamos al hotel. Pensó que mi vestido era muy bonito y que quería uno igual.

La habitación de Jake estaba un piso por encima de la mía. Antes de llamar a la puerta, proyecté mi mente para contar el número de cerebros presentes en el interior. Había un agujero en el aire que delataba la presencia de un vampiro (es la mejor forma de describirlo), además de un par de señales humanas. Di con un pensamiento que petrificó mi mano antes de golpear la puerta.

«... todos deberían morir», decía el leve fragmento de pensamiento. No lo siguió ningún otro, nada que ampliara o clarificara tan maligno deseo. Al llamar, el patrón mental de la habitación cambió drásticamente. Jake abrió la puerta. No parecía contento de verme.

—Hola, Jake —saludé, mostrando la sonrisa más amplia e inocente que pude esbozar—. ¿Qué tal estás? Pasaba para ver si Quinn estaba contigo.

—¿Conmigo? —Jake parecía desconcertado—. Desde que me convertí en vampiro, apenas he cruzado palabra con Quinn, Sookie. No tenemos nada de lo que hablar. —Debí de parecer escéptica, porque no tardó en completar la frase—. Oh, no es por

Quinn, es por mí. Sencillamente no soy capaz de salvar la diferencia entre lo que fui y lo que soy. Ni siquiera estoy seguro de quién soy. —Sus hombros se desplomaron.

Sonaba bastante honesto, la verdad. Sentí una gran simpatía hacia él.

—De todos modos —prosiguió—, ayudé a llevarlo a la enfermería, y apuesto a que sigue allí. Están con él una cambiante llamada Bettina y un licántropo de nombre Hondo.

Jake mantenía la puerta entornada. No quería que viese quiénes lo acompañaban. Jake no sabía que estaba al tanto de su compañía.

No era asunto mío, por supuesto. Pero era inquietante. Incluso mientras le daba las gracias y daba media vuelta no dejé de pensar en ello. No quería causarle más problemas al ya atribulado Jake, pero si formaba parte de la trama que recorría los pasillos del Pyramid, tenía que descubrirlo.

Pero lo primero era lo primero. Bajé a mi habitación y llamé a recepción para que me indicaran dónde estaba la enfermería, datos que anoté cuidadosamente. A continuación, volví a hurtadillas hasta la puerta de Jake, pero mientras estuve fuera, el grupo se había dispersado. Vi a dos humanos por detrás. Extraño. No podía poner la mano en el fuego, pero uno de ellos se parecía bastante a Joe, el empleado que estaba en el ordenador de la zona de equipajes. Jake se había reunido con gente del hotel en su habitación. Quizá aún se sintiera más cómodo entre humanos que entre vampiros. Pero lo más lógico es que hubiese preferido licántropos…

Mientras permanecía en el pasillo, sintiendo lástima por él, la puerta se abrió y apareció Jake. No había comprobado vacíos, sólo lecturas vivas. Fallo mío. Jake parecía algo suspicaz cuando me vio, y no podía culparlo.

—¿Quieres venir conmigo? —le pregunté.

—¿Cómo? —No salía de su desconcierto. No era lo bastante veterano en el vampirismo como para saber adoptar esa inexpresividad tan típica de los de su raza.

—A ver a Quinn —dije—. Me han indicado dónde está la enfermería. Y comentaste que hacía tiempo que no hablabas con él, así que pensé que quizá querrías acompañarme si yo servía de excusa para acercarte.

—Es una buena idea, Sookie —respondió—. Pero creo que lo dejaré para otra ocasión. El caso es que la mayoría de los cambiantes ya no me quieren cerca. Quinn es mejor que la mayoría, estoy seguro, pero sé que lo incomodo. Conoce a mis padres, a mi ex novia; a toda la gente de mi vida anterior, los mismos que ya no quieren estar cerca de mí.

—Jake, lo siento mucho —dije impulsivamente—. Lamento que Hadley te convirtiera cuando quizá habrías preferido morir. Te apreciaba y no quería que murieras.

—Pero morí, Sookie —afirmó Jake—. Ya no soy el mismo que antes, como bien sabes. —Me levantó el brazo y contempló la cicatriz, la que me había provocado con sus dientes—. Tú tampoco volverás a ser la misma —dijo, se alejó. No estoy segura de que supiera adónde iba, pero estaba claro que quería alejarse de mí.

Me quedé mirándolo hasta perderlo de vista. En ningún momento se volvió hacia mí.

Tenía los ánimos frágiles de todos modos, y el encuentro no hizo sino ahondar en esa sensación. Me arrastré hacia los ascensores, decidida a encontrar la maldita enfermería. La reina no me había reclamado desde el busca, así que era lógico pensar que estuviera codeándose con otros vampiros, tratando de descubrir quién contrató al brujo del tiempo y deleitándose en el alivio. Se acabó la sombra del juicio, la herencia estaba asegurada y se le presentaba la oportunidad de elevar a su amado Andre al poder. La fortuna empezaba a sonreír a la reina de Luisiana, así que procuré no ser yo quien aportara el ingrediente amargo. ¿O puede que sí tuviera derecho a hacerlo? Hmmm, veamos. Ayudé a detener el juicio, aunque no había contado con finiquitarlo tan drásticamente como le había pasado, digamos, al pobre Henrik. Dado que la habían hallado inocente, recibiría la herencia prometida en

246

su contrato de matrimonio. ¿Y quién tuvo la idea de lo de Andre? Y, además, había tenido razón acerca de lo del brujo. Bueno, tal vez pudiera sentir un poco de amargura ante mi propia mala suerte. Además, tarde o temprano tendría que escoger entre Quinn y Eric sin sentirme culpable. Había sostenido en la mano una bomba durante mucho tiempo. La Antigua Pitonisa no era precisamente miembro de mi club de fans, y era objeto de reverencia para casi todos los vampiros. Casi me habían matado con una flecha.

Bueno, había tenido noches peores.

Hallé la enfermería, que resultó más fácil de localizar de lo que pensaba, ya que la puerta estaba abierta y pude oír una risa familiar que provenía de ella. Entré y vi que Quinn estaba hablando con la mujer con aspecto de oso de la miel, que debía de ser Bettina, y el negro, que debía de ser Hondo. Para mi asombro, Clovache también estaba allí. No se había quitado la armadura, pero daba la sensación de que alguien se la había aflojado.

—Sookie —dijo Quinn. A diferencia de los otros dos cambiantes, me sonrió. No cabía duda de que no era bienvenida.

Pero no era a ellos a quienes había ido a ver. Quería ver al hombre que me había salvado la vida. Me acerqué a él, dejando que me contemplara, dedicándole una pequeña sonrisa. Me senté en una silla de plástico junto a su cama y le cogí la mano.

—Dime, ¿cómo te sientes? —pregunté.

—Como si hubiese apurado demasiado el afeitado —contestó—. Pero me pondré bien.

—¿Podríais disculparnos un momento? —Eché mano de toda mi cortesía cuando miré a los demás ocupantes de la sala.

—Vuelvo a vigilar a Kentucky —dijo Clovache, y se marchó. Puede que me guiñara un ojo antes de irse. Bettina parecía algo desconcertada, como si la maestra hubiese vuelto después de una larga ausencia y le hubiese reprimido la vena autodidacta.

Hondo me lanzó una oscura mirada que era mucho más que una amenaza velada.

—Trátalo bien —espetó—. No le des más problemas de los que tiene.

—Eso nunca —señalé. No se le ocurrió forma alguna de quedarse, ya que, al parecer, Quinn también quería hablar conmigo a solas. Así que se marchó.

—Mi club de fans no para de crecer —bromeé, observando cómo se iban. Me levanté y cerré la puerta tras ellos. A menos que hubiera un vampiro o Barry estuviera al otro lado de la puerta, gozaríamos de una privacidad razonable.

—¿Vienes a decirme que me dejas por un vampiro? —preguntó Quinn. Todo rastro de buen humor se había desvanecido de su rostro, y estaba muy quieto.

—No, ahora es cuando te digo lo que ha pasado, tú me escuchas y después hablamos —lo dije como si no cupiese ninguna duda de que me seguiría, que no era el caso ni por asomo, y mi corazón se me revolvió en la garganta mientras esperaba su respuesta. Finalmente asintió, y yo cerré los ojos, aliviada, aferrando su mano izquierda entre las mías—. Vale —continué, recomponiéndome, y empecé a hablar, esperando que comprendiese que Eric era el menor de los males.

Quinn no apartó su mano.

—Estás vinculada a Eric —dijo.

—Sí.

—Has intercambiado sangre con él al menos tres veces.

—Sí.

—¿Sabes que te puede convertir cuando le venga en gana?

—Cualquiera de nosotros podría ser convertido cuando a un vampiro le viniese en gana, Quinn. Incluso tú. Puede que hicieran falta dos para inmovilizarte y un tercero para drenar tu sangre y darte la suya, pero no deja de ser posible.

—No llevaría tanto tiempo si se decidiera, ahora que habéis intercambiado tantas veces. Y todo por culpa de Andre.

—Ahora no hay nada que pueda hacer al respecto. Ojalá no fuese así. Ojalá pudiese erradicar a Eric de mi vida, pero no puedo.

—A menos que le claven una estaca —insinuó Quinn.

Sentí una sacudida en el corazón que por poco no me obligó a echarme la mano al pecho.

—No quieres que eso ocurra. —La boca de Quinn estaba apretada en una fina línea.

—¡No, claro que no!

—Te importa.

Oh, mierda.

—Quinn, sabes que Eric y yo estuvimos juntos durante un tiempo, pero tiene amnesia y no lo recuerda. O sea, sabe que ocurrió, pero no recuerda nada.

—Si alguien que no fueras tú me contara esa historia, sabrías lo que pensaría.

—Quinn, no soy otra persona.

—Nena, no sé qué decir. Me importas mucho y me encanta pasar el tiempo contigo. Me encanta acostarme contigo. Me gusta que comamos juntos, que cocinemos juntos. Me gusta prácticamente todo lo que está relacionado contigo, incluido tu don. Pero no se me da bien compartir.

—No estoy con dos tíos a la vez.

—¿Qué quieres decir?

—Digo que estoy contigo, a menos que prefieras lo contrario.

—¿Qué harás cuando el señor grande y rubio te diga que saltes a la cama con él?

—Diré que me debo a alguien… si eso crees tú también.

Quinn se removió incómodo sobre la estrecha cama.

—Me estoy curando, pero me duele —admitió. Parecía muy cansado.

—No te molestaría con todo esto si no pensara que es algo importante —dije—. Estoy intentando ser sincera contigo. Del todo. Recibiste una flecha por mí, y es lo mínimo que puedo hacer a cambio.

—Lo sé. Sookie, soy un hombre que casi siempre tiene las cosas claras, pero he de decirte que… no sé qué decir. Pensaba que estábamos hechos el uno para el otro hasta que ha pasado esto. —Los ojos de Quinn centellearon de repente—. Si él muriera, no tendríamos problemas.

—Si lo mataras, yo sí que tendría un problema —dije. No podía ser más clara.

Quinn cerró los ojos.

—Tendremos que volver a hablar de esto cuando me haya curado y tú hayas dormido y te hayas relajado —contestó—. Tienes que ver a Fanny también, estoy demasiado... —pensé, horrorizada, que Quinn iba a sollozar. Si lloraba, se me contagiaría, y lo último que necesitábamos eran unas lágrimas. Me incliné tanto sobre él que estuve a punto de caerme encima, y lo besé, apenas una presión de mis labios sobre los suyos. Pero entonces me agarró de los hombros y me volvió a atraer hacia él. En esa ocasión hubo mucho más que explorar, como su calidez y su intensidad... y un jadeo suyo nos arrancó del momento. Trataba de no quejarse por el dolor.

—¡Oh, lo siento!

—Nunca te disculpes por un beso como ése —dijo, y se alejó de la linde del llanto—. Estoy seguro de que hay algo entre nosotros, Sookie. No quiero que el puto vampiro de Andre lo eche a perder.

—Yo tampoco —respondí. No quería perder a Quinn, y menos ante nuestra chisporroteante química. Andre me aterraba, y a saber cuáles eran sus intenciones. No tenía la menor idea. Sospechaba que Eric tampoco sabía mucho más que yo, pero nunca se enfrentaba al poder.

Me despedí de Quinn, una despedida renuente, y empecé a deshacer camino hacia el baile. Me sentí obligada a comprobar que la reina no me necesitaba, pero estaba agotada, y necesitaba quitarme el vestido y hundirme en mi cama.

Clovache estaba apoyada en la pared del pasillo, y me dio la impresión de que me estaba esperando. La Britlingen más joven era menos escultural que Batanya, y mientras ésta parecía un ave de presa de rizos negros, Clovache daba impresión de mayor ligereza, con una cabellera plumosa marrón ceniza que pedía a gritos un buen estilista y grandes ojos verdes con unas cejas grandes y arqueadas.

—Parece un buen hombre —dijo con su duro acento, y me dio la sensación de que Clovache no era una mujer sutil.

—A mí también me lo parece.

—Mientras que un vampiro es, por definición, retorcido y mentiroso.

—¿Por definición? ¿Quieres decir que no existen las excepciones?

—Así es.

Guardé silencio mientras seguimos caminando. Estaba demasiado cansada como para tratar de imaginar las intenciones de la guerrera al decirme eso. Decidí preguntar.

—¿Qué pasa, Clovache? ¿Qué me quieres decir?

—¿Te has preguntado qué hacemos aquí, cuidando del rey de Kentucky? ¿Por qué ha decidido pagar nuestras astronómicas tarifas?

—Sí, pero supuse que no era asunto mío.

—Pues te concierne sobremanera.

—Entonces dímelo. No estoy para adivinanzas.

—Isaiah capturó a una espía de la Hermandad entre su séquito hace un mes.

Me paré en seco y Clovache me imitó. Procesé sus palabras.

—Qué mal —dije, consciente de que las palabras no eran las más adecuadas.

—Mal para la espía, por supuesto. Pero nos reveló cierta información antes de irse al valle de las sombras.

—Vaya, bonita forma de exponerlo.

—Es un montón de mierda. Murió, y no fue nada bonito. Isaiah es un tipo de la vieja escuela. Moderno por fuera, pero un vampiro tradicional por dentro. Se lo pasó bien con la pobre zorra antes de doblegarla.

—¿Crees que puedes fiarte de lo que dijo?

—Buena observación. Yo confesaría cualquier cosa si pensase que con ello me ahorraría alguna de las cosas que sus compinches le hicieron.

No estaba segura de que eso fuese cierto. Clovache estaba hecha de un material muy duro.

—Pero creo que le dijo la verdad. Según ella, un grupo infiltrado de la Hermandad supo de esta cumbre y decidió que sería su gran oportunidad para darse a conocer por su lucha contra los vampiros. No sólo manifestaciones y sermones, sino una guerra abierta. Ésta no es la doctrina oficial de la Hermandad… Sus líderes siempre se cuidan de decir que no admiten la violencia contra nadie, que sólo advierten a la gente de que tome precauciones si se relaciona con vampiros, porque éstos se relacionan con el diablo.

—Sabes muchas cosas de este mundo —dije.

—Sí —convino—. Investigo mucho antes de aceptar un trabajo.

Tuve ganas de preguntarle cómo era su mundo, cómo viajaba de uno a otro, cómo cambiaba, si todos los guerreros de su mundo eran mujeres o si también los chicos podían dedicarse a patear traseros; y, de ser así, qué aspecto tenían con esos maravillosos pantalones. Pero ése no era ni el sitio ni el momento.

—Bueno, ¿y cuál es el fondo de todo esto? —pregunté.

—Creo que la Hermandad pretende montar una gran ofensiva aquí.

—¿Te refieres a la bomba en la lata de refresco?

—Lo cierto es que eso me desconcierta. Pero estaba cerca de la habitación de Luisiana, y a estas alturas la Hermandad debe de saber que su operativo no funcionó, si es que fue obra suya.

—Y también están los tres vampiros asesinados en la suite de Arkansas —señalé.

—Como ya te he dicho, me desconcierta —dijo Clovache.

—¿Crees que mataron a Jennifer Cater y a los demás?

—Sin duda, si tuvieron la oportunidad. Pero hacer algo tan discreto cuando, según su espía, pretendían montar una gorda, me parece muy improbable. Además, ¿cómo se las iba a arreglar un humano para meterse en una suite y matar a tres vampiros?

—¿Y cuál fue el resultado de la bomba en la lata? —pregunté, tratando de discernir las intenciones que había detrás. Reanudamos la marcha, y nos encontramos justo fuera de la sala de ceremonias. Podía oír a la orquesta.

—Bueno, te añadió unas cuantas canas —bromeó Clovache, sonriendo.

—No alcanzo a imaginar el objetivo —afirmé—. No soy tan egocéntrica.

Clovache cambió su enfoque.

—Tienes razón —explicó—. La Hermandad no puede haber sido. No querrían atraer la atención sobre su plan a mayor escala con esta pequeña bomba.

—Entonces, estaba allí para otra cosa.

—¿Qué otra cosa?

—El resultado final de la bomba, de haber explotado, habría sido dar a la reina un buen susto —insinué lentamente.

Clovache parecía desconcertada.

—¿No querían matarla?

—Ni siquiera estaba en su habitación.

—Tenía que haber explotado antes —dijo Clovache.

—¿Cómo lo sabes?

—El de seguridad. Donati. Es lo que la policía le dijo. Donati nos ve como compañeras de la profesión —sonrió—. Le gustan las mujeres con armadura.

—Eh, ¿y a quién no? —le devolví la sonrisa.

—Y tenía poca potencia, si es que se puede decir eso de una bomba. No quiero decir con eso que no hubiera causado daños. Eso no se duda. Puede que incluso alguien hubiese muerto, como tú. Pero toda esta historia da impresión de incompetencia y mala planificación.

—A menos que sólo haya sido diseñado para asustar. Para llamar la atención y que alguien desarmase la bomba.

Clovache se encogió de hombros.

—No lo comprendo —dije—. Si no ha sido la Hermandad, entonces ¿quién? ¿Cuáles son los planes de la Hermandad? Entrar al asalto en el vestíbulo armados con bates de béisbol?

—La seguridad aquí no es muy buena —afirmó Clovache.

—Ya, lo sé. Cuando estaba en el sótano, buscando una de las maletas de la reina, vi que los guardias eran un poco vagos, y tampoco creo que registren a los empleados cuando entran a trabajar. Tienen un montón de maletas mezcladas.

—Y eso que son los vampiros los que contratan al personal. Increíble. Por una parte, los vampiros se dan cuenta de que no son inmortales. Se les puede matar. Por la otra, han sobrevivido tanto tiempo que se sienten omnipotentes. —Clovache se encogió de hombros—. Bueno, volvamos al trabajo. —Habíamos llegado a la sala de baile. La banda del Hombre Muerto seguía tocando.

La reina estaba muy cerca de Andre, quien ya no permanecía tras ella, sino a su lado. Sabía que era un gesto significativo, pero no lo suficiente como para desanimar a Kentucky. Christian Baruch tampoco andaba lejos. Si tuviese cola, la estaría meneando de lo ansioso que estaba por complacer a Sophie-Anne. Observé a los demás monarcas presentes en la sala, reconocibles por sus séquitos. Nunca antes los había visto a todos juntos en la misma habitación, y los conté. Sólo había cuatro reinas. Los otros doce monarcas eran hombres. De las cuatro reinas, Minnesota parecía estar unida al rey de Wisconsin. Ohio rodeaba con su brazo a Iowa, así que también eran pareja. Aparte de Alabama, la única reina sin pareja era Sophie-Anne.

A pesar de que muchos vampiros suelen ser flexibles en cuanto al género de su compañero sexual, o al menos tolerantes hacia quienes prefieren algo diferente, algunos de ellos son todo lo contrario. No cabía duda de que Sophie-Anne brillaba, independientemente de que el nubarrón de la muerte de Peter Thread-gill se hubiese disipado. Los vampiros no parecían recelar de las viudas felices.

El humano faldero de Alabama pasó sus dedos por la espalda desnuda de ella, quien se estremeció en fingido temor.

—Sabes que odio las arañas —advirtió, divertida, pareciendo casi humana y acercándoselo más. A pesar de su juego para asustarla, ella lo aferró con más fuerza.

«Un momento», pensé. «Espera un momento.» Pero la idea no acababa de formarse.

Sophie-Anne me vio espiando y me llamó por señas.

—Creo que la mayoría de los humanos se han ido ya —señaló.

Una mirada en derredor me hizo coincidir.

—¿Qué le ha inspirado Julian Trout? —pregunté, para desterrar mis temores de que le hubiera hecho algo horrible.

—Creo que no comprende lo que hizo —explicó Sophie-Anne—. Al menos hasta cierto punto. Pero llegaremos a un entendimiento —sonrió—. Él y su mujer están bien. Ya no te necesitaré esta noche. Ve a divertirte —añadió, y no sonó condescendiente. Sophie-Anne quería de verdad que me lo pasara bien, aunque poco le importaba cómo fuese a conseguirlo.

—Gracias —dije, y pensé que sería mejor que no fuese tan escueta—. Gracias, señora. Que se lo pase bien igualmente. Nos veremos mañana.

Me alegré de poder salir de allí. Con la habitación llena de vampiros, empezaba a recibir miradas que delataban colmillos extendidos. Los vampiros lo tenían más fácil con la sangre sintética a título individual que cuando iban en grupo. Algún recuerdo de los buenos viejos tiempos les hacía ansiar un rico y cálido sorbo directamente de la fuente, en vez de un fluido creado en un laboratorio y recalentado en un microondas. Justo a tiempo, el grupo de donantes voluntarios reapareció por la puerta trasera y formó una fila más o menos homogénea en la pared del fondo. Al poco tiempo, todos estaban ocupados, y supongo que felices.

Después de que Bill tomara mi sangre durante el acto sexual, me dijo que la sangre directa del cuello de un ser humano (después de una dieta a base de TrueBlood, por ejemplo) era como meterse una buena parrillada de carne después de llevar un tiempo comiendo en el McDonald's. Vi a Gervaise llevándose a Carla hasta un rincón y me pregunté si necesitaría ayuda; pero al verle la cara di por hecho que no.

Carla no subió a la habitación esa noche, y sin la distracción de Quinn, me sentí un poco apesadumbrada. Tenía muchas cosas en las que pensar. Parecía que los problemas me buscaban por los pasillos del Pyramid of Gizeh y que, por muchas vueltas que diera, me encontrarían siempre.

F inalmente me acosté a las cuatro de la mañana y me desperté al mediodía. No fueron ocho horas demasiado re-
confortantes, que digamos. Las pasé medio despierta, incapaz de
entrar en calor, algo que quizá tenía que ver con el intercambio
de sangre... o no. También soñé, y creí oír que Carla entraba en
la habitación un par de veces, sólo para abrir los ojos y descubrir
que no había nadie. La extraña luz que se colaba por el cristal
densamente tintado de la planta exclusiva para humanos no se
parecía a la del día, ni por asomo. Se me hizo increíblemente pesado.

Me sentí algo mejor después de una larga ducha, y cogí el
teléfono para llamar al servicio de habitaciones y que me subieran
algo de comer. Después, decidí bajar al pequeño restaurante. Me
apetecía ver a otros humanos.

Había allí unos cuantos. Ninguno de ellos era mi compañera de habitación, pero sí un par de compañeros de juego y Barry.
Me hizo un gesto para que me sentara en una de las sillas vacías
de su mesa y me dejé caer en ella, mirando alrededor en busca del
camarero para encargarle un café. No tardó en traérmelo, y me
estremecí de placer con el primer sorbo. Cuando apuré la primera taza, le dije (a mi manera):

«¿Cómo estás hoy? ¿Has estado despierto toda la noche?»

«No. Stan se fue a dormir pronto con su nueva novia, así que no me necesitó. Aún están en la fase de luna de miel. Me fui a bailar un poco y estuve un rato con la maquilladora que la reina de Iowa se trajo consigo.»

Meneó las cejas para darme a entender que la maquilladora estaba buena.

«¿Qué planes tienes para hoy?»

«¿A ti también te han deslizado algo como esto por debajo de la puerta?»

Barry empujó varias hojas de papel grapadas sobre la mesa, justo cuando el camarero me traía mi sándwich con huevo.

«Sí. Lo metí en el bolso.»

Caramba, podía hablar con Barry mientras comía, la forma más elegante de hablar con la boca llena que era capaz de idear.

«Echa un vistazo.»

Mientras Barry desempaquetaba una galleta para untarle mantequilla, hojeé los papeles. Una agenda para la noche, lo cual resultaba de gran ayuda. El juicio de Sophie-Anne era el caso más serio, el único que implicaba a la realeza. Pero había otros dos. La primera sesión estaba dispuesta para las ocho, y se trataba de una disputa sobre una herida personal. Una vampira de Wisconsin llamada Jodi (insólita en sí misma) había sido denunciada por un vampiro de Illinois llamado Michael. Michael afirmaba que Jodi esperó hasta que él entrara en el letargo diurno para romperle uno de los caninos con unos alicates.

«Vaya. Eso suena… interesante.» Arqueé las cejas. «¿Cómo es que los sheriffs no se están encargando de esto?» A los vampiros no les gustaba nada airear sus trapos sucios.

—Interestatal —dijo Barry sucintamente. El camarero acababa de traer toda una cafetera. Barry llenó mi taza y después la suya.

Pasé la página. El siguiente caso estaba relacionado con una vampira de Kansas City, Missouri, llamada Cindy Lou Suskin, que había convertido a un niño. Cindy Lou argumentaba que el crío se estaba muriendo de una enfermedad de la sangre y que siempre había querido un hijo; por lo que ahora tenía a un perpetuo vampiro preadolescente. Además, el muchacho había sido convertido con el consentimiento de sus padres, por escrito. Kate Book, abogada de Kansas City, señaló que el Estado encargado de la supervisión del bienestar del niño se quejaba de que éste se negaba ahora a ver a sus padres humanos o a tener cualquier relación con ellos, lo que contravenía el acuerdo firmado entre ellos y Cindy Lou.

Sonaba a culebrón de la tele. *Judge Judy*, ¿os suena?

«O sea, que esta noche tocan más juicios», resumí, después de hojear el resto de papeles.

«¿Significa que nos van a necesitar?»

—Eso creo. Habrá testigos humanos para el segundo caso. Stan quiere que esté allí, y apuesto a que tu reina querrá que tú también. Su súbdito, Bill, será uno de los jueces designados. Sólo los reyes y las reinas pueden juzgar a otros reyes, pero en los casos que incumben a vampiros menores, los jueces se escogen al azar. El nombre de Bill surgió del sombrero.

—Oh, qué bien.

«¿Tuviste una historia con él?»

«Sí. Pero creo que será un buen juez.» No estaba segura de por qué, pero lo creía de verdad. Después de todo, Bill había demostrado saber engañar muy bien, pero creía que sabría ser justo y desapasionado.

Caí en que lo del tribunal sería entre las ocho y las once. Después, de media noche a las cuatro de la mañana, el asunto era «Comercio». Barry y yo nos miramos y nos encogimos de hombros.

—¿Un mercadillo? —sugerí—. ¿Una especie de rastro?

Barry no tenía ni idea.

La cuarta noche de la conferencia era la última, y su primera mitad estaba marcada como «Tiempo libre para todo el mundo en Rhodes». Algunas de las actividades sugeridas eran: volver a ver a los bailarines del Blue Moon, o a su división más explícita, los Black Moon. No se especificaba la diferencia, pero estaba convencida de que los empleados del Black Moon realizaban interpretaciones con una orientación mucho más sexual. Los diferentes equipos de baile del estudio figuraban en diferentes lugares de aparición. También se recomendaba a los vampiros visitantes un paseo por el zoo, que permanecería abierto durante la noche de forma extraordinaria, igual que el museo de la ciudad. También podían visitar un club «para el deleite de quienes disfrutan de los placeres de su lado más oscuro». Se llamaba el Beso del dolor. «Recuérdame que cruce a la acera de enfrente cuando pase por delante», le dije a Barry.

«¿Nunca disfrutas de un pequeño mordisco?» Barry se pasó la lengua por sus caninos poco afiliados para que me quedara clara la insinuación.

«Eso da mucho placer», dije, incapaz de negarlo. «Pero creo que en ese sitio van un poco más allá de una marca en el cuello. ¿Estás ocupado ahora mismo? Porque tengo que hacer un recado para Eric, y me vendría bien algo de ayuda.»

—Claro —dijo Barry—. ¿De qué se trata?

—Tenemos que encontrar centros de tiro con arco —expliqué.

—Han dejado esto para usted en recepción —dijo nuestro camarero, depositando un sobre de color vainilla en la mesa y retirándose como si pensara que teníamos la rabia. Evidentemente, nuestros intercambios silenciosos habían puesto el pelo de punta a más de uno.

Abrí el sobre y encontré una foto de Kyle Perkins. Tenía una nota adosada escrita con la familiar caligrafía de Bill. «Sookie: Eric ha dicho que te vendría bien esto para hacer tus investigaciones, y que esta foto es necesaria. Ten cuidado, por favor. William Compton.» Y, justo cuando iba a pedirle al camarero una guía telefónica, vi que había un segundo papel. Bill había buscado en Internet y había elaborado una lista de todos los centros de tiro con arco de la ciudad. Sólo había cuatro. Traté de no dejarme impresionar por la ayuda y la previsión de Bill. Ya había pasado la época de dejarme pasmar por Bill.

Llamé al garaje del hotel para hacerme con uno de los coches de la comitiva de Arkansas. La reina había tomado posesión de ellos, y Eric me había ofrecido uno.

Barry corrió hasta su habitación para coger una chaqueta mientras yo esperaba en la entrada principal a que me trajeran el coche, preguntándome cuánta propina tendría que darle al mozo. Entonces vi a Todd Donati. Se acercó a mí, caminando lenta y pesadamente a pesar de ser un hombre delgado. Tenía mala pinta, se le notaban más las entradas, delimitadas por una línea del pelo gris y húmeda en franco retroceso. Incluso su bigote parecía estar pasando por horas bajas.

Se me quedó mirando durante un instante, sin decir nada. Pensé que estaría aunando valor, o puede que desesperación. Si alguna vez había visto la muerte posada sobre el hombro de una persona, ésa era Todd Donati.

—Mi jefe está intentando convencer a la tuya de unirse —señaló abruptamente. De todos los inicios de conversación posibles, ése no lo tenía previsto.

—Sí. Ahora que es viuda está atrayendo mucho la atención —dije.

—Es un tipo chapado a la antigua en muchos aspectos —explicó Todd Donati—. Proviene de una antigua familia, no le gusta el pensamiento moderno.

—Ajá —afirmé, tratando de sonar neutral y alentadora.

—No cree que las mujeres puedan pensar por sí mismas, que sean capaces de defenderse solas —dijo el jefe de seguridad.

No podía aparentar comprender lo que me quería decir, porque lo cierto es que no comprendía nada.

—Ni siquiera las vampiras —continuó, mirándome sin rodeos.

—Vale —asentí.

—Piensa en ello —aconsejó Donati—. Consigue que la reina le pregunte dónde está la cinta de seguridad que grababa la zona de su habitación.

—Lo haré —dije, sin la menor idea de por qué estaba accediendo. Entonces, el hombre maltrecho giró sobre sus talones y se marchó, dando la sensación de haber cumplido un deber.

Ya había llegado el coche cuando Barry salió del ascensor y se unió a mí a la carrera. Cualquier recuerdo sobre el encuentro que acababa de tener se difuminó ante el temor de conducir por la ciudad. No creo que a Eric se le hubiera pasado por la cabeza lo complicado que sería para mí conducir por Rhodes. Él no pensaba en esas cosas. De no haber contado con Barry, la cosa se habría puesto poco menos que imposible. Podía conducir o consultar el mapa que nos había facilitado el mozo del aparcamiento, pero no ambas cosas.

No se me dio mal del todo, a pesar de que el tráfico era muy denso y el día era frío y lluvioso. No había salido del hotel desde que llegamos, y me resultó estimulante ver el mundo exterior. Además, seguro que sería la única oportunidad que tendría de ver algo de la ciudad. La aproveché todo lo que pude. A saber si alguna vez volvería. Eso estaba muy al norte.

Barry planificó nuestra ruta, y dimos comienzo a nuestra gira de tiro con arco por Rhodes.

Empezamos por el centro más alejado, llamado Straight Arrow. Era un lugar largo y estrecho en una avenida muy concurrida. Estaba radiante, bien iluminado, y, detrás del mostrador, había instructores cualificados bien armados. Lo sabía porque estaba escrito en un gran cartel. Los hombres no se dejaron impresionar por el acento sureño de Barry. Pensaban que lo hacía parecer estúpido. Sin embargo, cuando hablé yo, pensaron que era mona. Vale, ¿cuán insultante puede ser eso? Los subtítulos, que pude leer claramente en sus mentes, rezaban: «Las mujeres suenan estúpidas de todos modos, así que un acento sureño no hace más que aumentar esa adorable tara. Los hombres deberían sonar secos y directos, por lo que los hombres sureños suenan estúpidos y débiles».

En fin, aparte de sus afincados prejuicios, esos hombres no nos fueron de ninguna utilidad. Nunca habían visto a Kyle Perkins en ninguna de sus clases nocturnas, y pensaban que nunca había pagado por practicar en sus instalaciones.

Barry echaba tanto humo ante la falta de respeto que había soportado, que ni siquiera quería ir al segundo punto de la ruta. Entré sola con la foto y el tipo que había tras el mostrador de la tienda, que ni siquiera tenía instalaciones de tiro, me dijo que no inmediatamente. No discutió sobre la foto, ni me preguntó por qué quería saber de Kyle Perkins. Ni siquiera me deseó un buen día. No tenía ningún letrero que dijera lo formidable que era. Supuse que sencillamente era un grosero.

El tercer establecimiento, ubicado en un edificio que se me antojó una antigua bolera, contaba con algunos coches en su aparcamiento y tenía una gran puerta opaca. «DETÉNGASE E IDENTIFÍQUESE», decía el letrero. Barry y yo pudimos leerlo desde el coche. Resultaba un poco ominoso.

—Estoy cansado de quedarme en el coche —dijo galantemente y salió conmigo. Nos mantuvimos donde pudieran vernos y lo alerté cuando divisé una cámara sobre nuestras cabezas. Barry y yo pusimos nuestra mejor cara (en el caso de Barry, muy agradable. Sabía cómo venderse). Al cabo de unos segundos, oímos un fuerte chasquido que desbloqueó la puerta. Miré a Barry, quien tiró de la pesada puerta para que yo entrara y después me hice a un lado para que entrase él también.

Nos encontramos frente a un largo mostrador que abarcaba toda la pared opuesta. Había una mujer de mi edad al otro lado del mostrador, de piel y pelo cobrizo, fruto de una interesante mezcla racial. Se había teñido las cejas de negro, lo que añadía un toque de extravagancia al efecto general del color predominante.

Nos escrutó con el mismo ahínco en persona que mediante la cámara, y supe que se alegraba infinitamente más de ver a Barry que de verme a mí.

«Será mejor que te encargues tú de ésta», le dije.

«Sí, pillo la idea», repuso. Puse la foto de Kyle sobre el mostrador mientras él decía:

—¿Nos podría decir si esta persona ha estado aquí alguna vez para comprar flechas o practicar el tiro?

Ni siquiera nos preguntó por qué queríamos saberlo. Se inclinó para contemplar la foto, puede que más tiempo del estrictamente necesario, para darle a Barry la oportunidad de disfrutar de su escote. Al analizar la foto de Kyle, puso una mueca.

—Sí, se pasó por aquí ayer, justo al anochecer —contestó—. Nunca habíamos tenido un cliente vampiro, y la verdad es que no me apetecía atenderle, pero ¿qué podía hacer? Tenía dinero, y la ley dice que no podemos discriminar a nadie. —Era una mujer más que dispuesta a discriminar, de eso no cabía la menor duda.

—¿Iba acompañado? —preguntó Barry.

—Déjeme pensar. —Posó, echando la cabeza hacia atrás para deleite de Barry. Ella no pensaba que su acento sureño fuese estúpido. Más bien creía que era adorable y sexy—. No puedo recordarlo. Escuchen, les diré lo que voy a hacer. Buscaré la cinta de seguridad de anoche; aún la conservamos. Le echaré un ojo, ¿de acuerdo?

—¿Podemos hacerlo ahora mismo? —pregunté, con una dulce sonrisa.

—Bueno, no puedo abandonar el mostrador ahora mismo. No hay nadie más que pueda vigilar el negocio si me voy a la trastienda. Pero podrían venir esta noche, cuando llegue mi relevo. —Lanzó una mirada muy intencionada a Barry, como para asegurarse de que no era necesario que fuese yo—. Dejaré que le eche un vistazo.

—¿A qué hora? —dijo Barry, algo reacio.

—¿A las siete? Yo salgo poco después.

Barry no pilló la indirecta, pero accedió a estar de vuelta a las siete.

—Gracias, Barry —dije, cuando volvimos a entrar en el coche—. Me estás ayudando mucho.

Llamé al hotel y dejé un mensaje para la reina y Andre, explicando dónde estaba y lo que estaba haciendo, para que no entraran en cólera cuando despertaran y vieran que no estaba a su disposición, lo cual no tardaría en ocurrir. A fin de cuentas, seguía las órdenes de Eric.

—Tienes que venir conmigo —me pidió Barry—. No pienso ver a esa mujer solo. Me comerá vivo. Seguro que rememora la guerra de agresión norteña.

—Vale. Me quedaré junto al coche. Grítame mentalmente si se te echa encima.

—Trato hecho.

Para matar las horas, nos tomamos un café y un bizcocho en una bollería. Estuvo genial. Mi abuela siempre había creído que las mujeres norteñas no eran capaces de cocinar. Resultó maravilloso comprobar lo erróneo de esa convicción. Además, tenía bastante apetito. Fue todo un alivio comprobar que seguía teniendo la misma hambre que de costumbre. Ni rastro de vampirismo en mí, ¡no, señor!

Tras llenar el depósito y comprobar nuestra ruta de vuelta al Pyramid, llegó la hora de regresar al centro de tiro para hablar con Copper. Había anochecido por completo, y la ciudad refulgía. Me sentí urbana y glamurosa mientras conducía en una ciudad tan grande y famosa. Se me había encomendado una tarea y la estaba cumpliendo con éxito. Había dejado de lado al ratoncito de campo asustadizo.

Mi sensación de felicidad y superioridad no duró demasiado.

La primera pista de que algo no marchaba bien en la empresa de tiro con arco Monteagle era que la pesada puerta de metal colgaba desvencijada.

—Mierda —exclamó Barry, que resumió lo que yo sentía en una sola palabra.

Salimos del coche, muy reacios, y, después de mirar concienzudamente a derecha e izquierda, nos acercamos para examinar la puerta.

—¿La han reventado o la han arrancado? —pregunté.

Barry se arrodilló en la grava y echó una ojeada más detenida.

—No soy 007 —aseguró—, pero creo que la han arrancado.

Miré la puerta, dubitativa. Pero cuando me incliné para mirarla más de cerca, pude ver el metal retorcido de los goznes. Un punto para Barry.

—Vale —dije. «Éste es el momento en el que tenemos que entrar.»

La mandíbula de Barry se tensó. «Sí.», dijo, pero no parecía muy seguro. Estaba cada vez más claro que lo suyo no era la violencia ni las confrontaciones. Le iba más el dinero, y tenía el patrón que mejor pagaba. En ese instante, se estaba preguntando si alguna cantidad de dinero sería suficiente para compensar la situación, convencido de que, si no estuviese con una mujer, se montaría directamente en el coche y se largaría.

En ocasiones, el orgullo masculino es una baza. Lo que tenía claro era que no me apetecía pasar por aquello sola.

Empujé la puerta, que respondió de forma espectacular desgajándose de los goznes y estrellándose en la grava.

—Bueno, ya sabe todo el mundo que estamos aquí —susurró Barry en voz muy baja—. Cualquiera que no lo supiera ya, quiero decir…

Tras el estruendo y un tiempo prudencial en el que nada surgió del edificio para devorarnos, Barry y yo nos erguimos desde las posturas recogidas que nos había dictado el instinto. Respiré hondo. Tenía que ir yo delante, ya que era una tarea que me habían encomendado a mí. Me adentré en el flujo de luz que manaba de la entrada y di un gran paso para atravesar el umbral del edificio. Un rápido rastreo no me reveló la presencia de ninguna mente, así que ya me fui imaginando lo que me encontraría.

Oh, sí. Copper había muerto. Estaba sobre el mostrador, hecha un amasijo de miembros, con la cabeza colgada hacia un lado. Un cuchillo sobresalía de su pecho. Alguien había vomitado a un metro a la izquierda (nada de sangre), así que debió de haber al menos un humano en la escena. Oí a Barry entrar en la estancia y quedarse tan quieto como yo.

En nuestra visita anterior, reparé en dos puertas que salían de la estancia. Una de ellas estaba a la derecha, delante del mostrador, que permitía el paso de los clientes a la zona de tiro. Detrás del mostrador había otra que daba a la trastienda, donde los empleados podían tomarse sus descansos y atender a los clientes de la zona de tiro. Estaba segura de que la cinta que habíamos venido a ver tendría que estar allí, era el sitio más natural para disponer el equipo de seguridad. La gran pregunta era si aún seguiría allí.

El cuerpo me pedía darme la vuelta y marcharme sin mirar atrás. Estaba aterrada, pero esa chica había muerto por la cinta, pensé, y reflexioné que omitirla equivaldría a menospreciar su involuntario sacrificio. No tenía mucho sentido que digamos, pero era como me sentía.

«No detecto a nadie más en la zona», me comunicó Barry.

«Yo tampoco», dije, tras analizar el entorno con más detenimiento.

Evidentemente, Barry sabía lo que tenía en mente, así que dijo: «¿Quieres que te acompañe?».

«No, quiero que esperes fuera. Te llamaré si te necesito.» A decir verdad, habría estado bien tenerlo más cerca, pero allí olía demasiado mal como para que nadie estuviera más de un minuto, y nuestro minuto se había cumplido.

Barry volvió al exterior sin protestar y me arrastré junto al mostrador hasta una zona despejada. Sentí unos terribles escalofríos al pasar junto al cuerpo de Copper. Me alegró que sus ojos sin vida no mirasen en mi dirección mientras limpiaba con un pañuelo lo que había tocado con las manos.

En la parte del mostrador reservada para los empleados, vi muestras de una terrible pelea. Luchó con todo lo que tenía. Había manchas de sangre por todas partes y el suelo estaba lleno de papeles. Había un botón de alarma bien visible justo debajo del mostrador, pero supuse que no le dio tiempo a pulsarlo.

En el despacho de la trastienda, las luces estaban encendidas, como pude comprobar a través de la puerta parcialmente abierta. La empujé con el pie y se abrió con un leve chirrido. Seguía librándome de que algo me saltara encima. Respiré hondo y atravesé el umbral.

La estancia era una combinación de sala de seguridad, despacho y sala de descanso. Había mostradores a lo largo de las paredes y sillas con ruedas adosadas a ellos, así como ordenadores, un microondas y una pequeña nevera. Lo típico. También estaban las cintas de seguridad, apiladas en un montón quemado sobre el suelo. El olor era tan malo en la otra estancia que no nos dimos cuenta del de ésta. Otra puerta daba al exterior; no fui a ver a qué parte exactamente, porque un cadáver la bloqueaba. Estaba boca abajo, lo cual agradecí. No hizo falta comprobar que estaba muerto. Saltaba a la vista. Supuse que era el relevo de Copper.

—Mierda —me dije. Y entonces pensé: «Menos mal que puedo salir de aquí». Una ventaja de que todas las cintas de seguridad se hubiesen quemado: cualquier registro de nuestra anterior visita también había desaparecido.

De vuelta a la salida, pulsé el botón del pánico con el codo. Esperaba que sonase en alguna comisaría y en que no tardasen en llegar.

Barry me estaba esperando fuera. Esperaba que así fuera, aunque no me habría sorprendido lo contrario.

—¡Larguémonos! He activado la alarma —avisé, y saltamos al coche y nos fuimos a toda pastilla.

Yo conducía, ya que Barry se había puesto verde. Tuvo que sacar la cabeza por la ventanilla un par de veces (y eso es complicado con el tráfico de Rhodes) para vomitar. No podía culparle lo más mínimo. Habíamos visto cosas horribles. Pero yo he sido bendecida con un estómago resistente, y además he visto cosas peores.

Llegamos al hotel a tiempo para presenciar la sesión judicial. Barry se me quedó mirando asombrado cuando le dije que sería mejor que me preparase para ello. No había recibido el menor indicio de lo que había estado pensando y supe que se sentía verdaderamente mal.

—¿Cómo puedes siquiera pensar en ir? —dijo—. Tenemos que contarle a alguien lo que ha pasado.

—He alertado a la policía, o al menos a la compañía de seguridad —contesté—. ¿Qué otra cosa podemos hacer? —Nos encontrábamos en el ascensor que llevaba desde el garaje del hotel hasta el vestíbulo.

—Tenemos que decírselo.

—¿Por qué? —Las puertas se abrieron y entramos en la planta de recepción.

—Para que lo sepan.

—¿El qué?

—Que alguien trató de asesinarte anoche con… Bueno, tratando de lanzarte una flecha —se quedó callado.

—Ya. ¿Ves? —Empezaba a captar sus pensamientos, y había llegado a la correcta conclusión—. ¿Ayudará eso a resolver su asesinato? Probablemente no, porque el tipo está muerto y las cintas destruidas. Vendrían aquí a interrogar a los vampiros más importantes de un tercio de los Estados Unidos. ¿Crees que me lo agradecerían? Ni en sueños, te lo digo yo.

—No podemos quedarnos sin hacer nada.

—No es lo mejor, soy consciente de ello, pero es lo más realista. Y lo más práctico.

—Oh, vaya, ¿ahora eres práctica? —Barry empezaba a elevar el tono de voz.

—Y tú le estás chillando a mi… A Sookie —dijo Eric, ganándose otro grito (éste sin palabras) por parte de Barry. Para entonces, a Barry ya le daba igual si me volvía a ver o no durante el resto de su vida. A pesar de no sentirme tan drástica como él, tampoco creía que fuésemos a ser grandes amigos.

269

También me dejó pasmada que Eric no supiera escoger un término para referirse a mí.

—¿Necesitas algo? —le pregunté con un tono que le advertía que no estaba de humor para ningún doble sentido.

—¿Qué has descubierto? —dijo con suma seriedad, evaporándome las rigideces de un plumazo.

—Puedes irte —le pedí a Barry, quien no necesitó que se lo repitiera.

Eric buscó un lugar tranquilo para hablar, pero no vio ninguno. El vestíbulo estaba lleno de vampiros que se dirigían a la sesión judicial o que simplemente charlaban o flirteaban.

—Ven —ordenó, no tan rudamente como pueda sonar. Nos dirigimos a los ascensores y fuimos a su habitación. Eric estaba en la novena planta, que cubría una zona mucho más amplia que la de la reina. Había al menos veinte habitaciones. También había mucho más trasiego. Nos cruzamos con varios vampiros de camino a su habitación, que me dijo que compartía con Pam.

Tenía curiosidad por ver la típica habitación de vampiros, ya que sólo había tenido la oportunidad de ver el salón de la suite de la reina. Quedé algo decepcionada al ver que, aparte de los ataúdes de viaje, era del todo normal. Claro que es un gran «aparte». Los ataúdes de Pam y Eric reposaban sobre lujosos caballetes cubiertos con imitaciones de jeroglíficos dorados sobre madera pintada de negro, lo que les otorgaba un estilo de lo más elegante. Había también dos camas dobles, así como un cuarto de baño de lo más compacto. La puerta estaba abierta, y las dos toallas estaban colgadas. Eric nunca había colgado sus toallas mientras vivió conmigo, así que estaba dispuesta a apostar a que era obra de Pam. Parecía algo extrañamente doméstico. Pam llevaba con Eric probablemente más de un siglo. Dios mío. Yo ni siquiera había aguantado dos semanas.

Entre los ataúdes y las camas, la habitación estaba un poco atestada. Me pregunté cómo serían las habitaciones de los vampiros menores, digamos, de la planta doce. ¿Se podrían disponer ataúdes en literas? Pero me estaba yendo por las ramas, tratando de no pensar demasiado en estar a solas con Eric. Nos sentamos, Eric en una cama y yo en la otra. Se inclinó hacia delante.

—Cuéntame —dijo.

—La cosa pinta muy mal —respondí, para resumirle la idea general.

Su expresión se ensombreció, el ceño fruncido y las comisuras de los labios caídas.

—Encontramos el centro de tiro que solía frecuentar Kyle Perkins. Tenías razón al respecto. Barry me acompañó para hacerme el favor, y se lo agradezco en el alma —señalé, plasmando así los grandes titulares—. En resumidas cuentas, encontramos el sitio en nuestra tercera parada, y la chica del mostrador nos dijo que podríamos ver la cinta de seguridad que recogía la visita de Kyle. Pensé que quizá veríamos a alguien conocido acompañándolo. Pero nos dijo que volviésemos al final de su turno, a las siete. —Hice una pausa para recuperar el aliento. La expresión de Eric permanecía inalterable—. Volvimos a esa hora y nos la encontramos muerta, asesinada, en el establecimiento. Fui a la trastienda y descubrí que habían quemado todas las cintas.

—¿Cómo la mataron?

—La apuñalaron. Tenía un cuchillo clavado en el corazón. El asesino, o alguien que lo acompañaba, vomitó. También mataron a otro tipo que trabajaba allí, pero no comprobé cómo.

—Eh —meditó Eric—. ¿Algo más?

—No —contesté, y me incorporé para marcharme.

—Barry estaba enfadado contigo —observó.

—Sí, pero lo superará.

—¿Qué ha pasado?

—No creo que haya… Piensa que no debimos marcharnos. O… No lo sé. Piensa que he sido muy fría.

—Yo creo que lo hiciste excepcionalmente bien.

—Vaya, ¡genial! —Me abracé a mí misma—. Lo siento —añadí—. Sé que pretendías halagarme. La verdad es que no me

271

siento tan bien por su muerte. O por dejarla. Aunque fuese lo más práctico.

—Te estás cuestionando a ti misma.

—Sí.

Alguien llamó a la puerta. Eric ni se inmutó. Me levanté para abrir. No pensé que fuera una actitud sexista, sino más bien de rango. No cabía duda de que era la última mona de la habitación.

No me sorprendió en absoluto que quien llamaba fuera Bill. Aquello simplemente completó mi jornada. Me aparté para dejarle pasar. Al demonio si Eric pensaba que le iba a pedir permiso para hacerlo.

Bill me miró de arriba abajo, supongo que para comprobar que tenía la ropa en orden, y luego pasó de largo sin decir una palabra. Puse los ojos en blanco a su paso. Entonces tuve una brillante idea: en vez de girarme hacia la habitación para seguir con la discusión, atravesé el umbral y cerré la puerta tras de mí. Avancé a grandes zancadas y cogí el ascensor sin la menor pausa. Al cabo de dos minutos, estaba abriendo la puerta de mi habitación.

Fin del problema.

Me sentí bastante orgullosa de mí misma.

Carla estaba en la habitación, desnuda, cómo no.

—Hola —saludé—. ¿Te importaría taparte?

—Bueno, si te molesta —dijo con un tono bastante relajado, y se puso una bata. Caray, fin de otro problema. Acciones directas, frases sin cortapisas; era obvio que ésas eran las claves para mejorar mi vida.

—Gracias —correspondí—. ¿No vas a asistir a las sesiones judiciales?

—Los acompañantes humanos no están invitados —explicó—. Es tiempo libre para nosotros. Gervaise y yo nos iremos de marcha más tarde. Iremos a un sitio de lo más extremo, llamado el Beso del dolor.

—Ten cuidado —le recomendé—. Pueden pasar cosas muy feas donde hay muchos vampiros juntos y un par de humanos sangrando.

—Puedo manejar a Gervaise —dijo Carla.

—No, no puedes.

—Está loquito por mí.

—Hasta que deje de estarlo. O hasta que un vampiro mayor que Gervaise se encapriche de ti y Gervaise tenga un conflicto de intereses.

Por un instante pareció insegura, una expresión que estaba segura que Carla no se calzaba a menudo.

—¿Y qué hay de ti? He oído que ahora estás vinculada a Eric.

—Sólo de momento —respondí, convencida de ello—. Se pasará.

«No volveré a ir a ninguna parte con vampiros», me prometí. «Dejé que el vértigo del dinero y la emoción de los viajes me arrastraran a esto. Pero no volveré a hacerlo. Pongo a Dios por testigo...»

Entonces no pude reprimir una carcajada. No era precisamente Escarlata O'Hara.

—No volveré a tener hambre —le aseguré a Carla.

—¿Por qué? ¿Es que has cenado demasiado? —preguntó, centrada en el espejo y en sus pestañas.

Seguí riendo, y no pude parar.

—¿Qué es lo que te pasa? —Carla se giró para mirarme con cierta preocupación—. No eres tú misma, Sookie.

—He tenido una mala experiencia —dije, boqueando en busca de aliento—. Me pondré bien, dame un minuto.

Pasaron más de diez hasta que recuperé el autocontrol. Se me esperaba en la sesión judicial, y la verdad es que necesitaba algo con lo que ocupar la mente. Me lavé la cara y me maquillé un poco, me puse una blusa de seda color bronce, unos pantalones tabaco con una chaqueta de punto a juego y unos zapatos bajos de cuero marrón. Con la llave de la habitación en el bolsillo y una aliviada despedida de Carla, me dirigí hacia las sesiones judiciales.

Capítulo
16

La vampira Jodi era formidable. Me recordó a la bíblica Jael. Jael, una decidida mujer de Israel, atravesó la cabeza de Sisera, un capitán enemigo, con un clavo de tienda, si mal no recordaba. Sisera estaba dormido cuando Jael lo hizo, igual que Michael cuando Jodi le rompió el colmillo. A pesar de que el nombre de Jodi me hacía gracia, supe ver en ella una acerada fuerza y resolución, y no pude evitar ponerme inmediatamente de su parte. Esperaba que los jueces fueran capaces de ver más allá de los lloriqueos de Michael por un diente roto.

El escenario no había sido dispuesto como la noche anterior, a pesar de que la sesión se celebrara en la misma sala. Los jueces, como supongo que habrá que llamarlos, estaban sobre el escenario, sentados a una mesa que los enfrentaba al público. Eran tres, todos de Estados diferentes: dos hombres y una mujer. Uno de los hombres era Bill, que, como siempre, parecía tranquilo y sereno. No conocía al otro tipo, un rubio. La mujer era una vampira pequeña y atractiva con la melena negra más larga y lisa que había visto jamás. Oí cómo Bill se dirigía a ella como Dahlia. Agitaba su pequeña cara redonda hacia delante y hacia atrás mientras escuchaba el testimonio de Jodi, primero, y luego el de Michael, como si estuviese presenciando un partido de tenis. Centrada sobre el mantel blanco de la mesa había una estaca, que supuse era el símbolo vampírico de la justicia.

Ninguno de los dos vampiros litigantes tenían abogados que los representaran. Debían declarar su versión respectiva de los hechos, antes de que los jueces les hicieran las preguntas que consideraran pertinentes y dictaran sentencia por voto mayoritario. Sobre el papel era algo sencillo, pero en la práctica era harina de otro costal.

—¿Estabas torturando a una mujer humana? —le preguntó Dahlia a Michael.

—Sí —dijo, sin un solo parpadeo. Miré en derredor. Era la única humana de los presentes. Sin duda, se trataba de un proceso muy sencillo. Los vampiros no trataban de dotarlo de colorido para una audiencia de sangre caliente. Se comportaban tal como eran. Yo estaba sentada junto a los de mi comitiva (Rasul, Gervaise, Cleo), y puede que su cercanía disimulase mi olor, o quizá una humana domesticada no contara—. Me ofendió, pero como me gusta practicar el sexo de esa forma, la secuestré y pasé un buen rato —añadió Michael—. Y, de repente, llegó Jodi hecha una furia y me rompió un diente. ¿Veis? —Abrió la boca lo suficiente para mostrar a los jueces el colmillo roto (me pregunté si se habría pasado por el puesto que aún estaba montado en la zona comercial, donde vendían esos alucinantes colmillos artificiales).

Michael tenía una cara angelical, y no alcanzaba a comprender que lo que había hecho estaba mal. Quería hacerlo y lo hizo. Para empezar, la mayoría de los que son convertidos en vampiros no son precisamente gente equilibrada, y algunos de ellos pierden todo asomo de conciencia después de algunos decenios, o incluso siglos, de disponer de los humanos a su condenada voluntad. Y, a pesar de todo, disfrutan de la apertura hacia el nuevo orden, que les da la posibilidad de pasear por el mundo tal como son con el derecho a que no les claven una estaca. Pero no están dispuestos a pagar por ese privilegio sometiéndose a las normas de la decencia común.

Pensé que romperle un colmillo era un castigo muy piadoso. No me podía creer que hubiera tenido los arrestos de imponer una demanda contra nadie. Por lo visto, Jodi tampoco, que se puso en pie y fue hacia él otra vez. Quizá quería partirle el otro colmillo. Aquello era mucho más divertido que *The People's Court* o *Judge Judy*.

El juez rubio la detuvo. Era mucho más grande que Jodi, y pareció aceptar que no podría librarse de él. Me di cuenta de que Bill echó su silla un poco hacia atrás, dispuesto a saltar si la cosa se ponía más complicada.

—¿Por qué tomaste tales medidas ante la acción de Michael, Jodi? —quiso saber la pequeña Dahlia.

—La mujer era la hermana de uno de mis empleados —explicó Jodi, con la voz temblorosa de ira—. Estaba bajo mi protección. Y el imbécil de Michael conseguirá que vuelvan a darnos caza si sigue haciendo lo que hace. Es incorregible. No hay nada que lo detenga, ni siquiera perder un colmillo. Le advertí tres veces que se mantuviera lejos, pero la mujer le contestó cuando le insistió en la calle, y su orgullo ganó la batalla a su inteligencia y discreción.

—¿Es eso cierto? —le preguntó la pequeña vampira a Michael.

—Me insultó, Dahlia —dijo suavemente—. Una humana me insultó en público.

—La solución es fácil —afirmó Dahlia—. ¿Estáis de acuerdo conmigo?

El vampiro rubio que sujetaba a Jodi asintió, al igual que Bill, que aún estaba sentado al borde de la silla, a la derecha de Dahlia.

—Michael, serás castigado por tus actos imprudentes y tu incapacidad por controlar tus impulsos —declaró Dahlia—. Has omitido los avisos y el hecho de que la joven estaba bajo la protección de otro vampiro.

—¡No lo dirás en serio! ¿Dónde está tu orgullo? —gritó Michael, ya de pie.

Dos hombres salieron de las sombras del fondo del escenario. Eran vampiros, por supuesto, y de unas dimensiones muy respetables. Sujetaron a Michael, quien se resistió con todo lo que tenía. Me quedé pasmada ante tanto ruido y tanta violencia, pero en cuanto se llevaran a Michael a alguna prisión para vampiros, volvería la calma al proceso.

Para mi mayor asombro, Dahlia hizo un gesto con la cabeza al vampiro que tenía a Jodi reducida, y éste la ayudó a incorporarse. Jodi, con una amplia sonrisa dibujada en la cara, cruzó el escenario de un salto, como si fuese una pantera. Cogió la estaca que había sobre la mesa de los jueces y, con un poderoso movimiento de su brazo, se la clavó a Michael en el pecho.

Fui la única persona espantada, y tuve que echarme ambas manos a la boca para no gritar.

Michael la miró con profunda rabia y siguió luchando, supongo que para liberar sus brazos y quitarse la estaca, pero, a los pocos segundos, todo acabó. Los dos vampiros que sujetaban el cadáver lo soltaron, mientras Jodi saltaba fuera del escenario, aún pletórica.

—Siguiente caso —anunció Dahlia.

El siguiente era de un niño vampiro, con humanos implicados. Sentí que la atención levantaba su peso de mis hombros cuando los vi entrar: los avergonzados padres con su representante vampiro (¿sería posible que los humanos no pudieran testificar ante ese tribunal?) y la «madre» con su «hijo».

Resultó ser un caso más largo y triste debido al sufrimiento de los padres ante la pérdida de su hijo (que aún caminaba y hablaba, pero no con ellos), que era casi palpable. No era la única que lloraba, ¡qué vergüenza!, cuando Cindy Lou reveló que los padres le estaban dando una asignación mensual para la manutención del niño. La vampira Kate argumentó en nombre de los padres con ferocidad, y quedó claro que pensaba que Cindy Lou era de la peor calaña vampírica y una mala madre, pero los tres jueces (distintos para la ocasión, y ninguno que yo conociera) acataron el contrato escrito que los padres habían firmado y rechazaron que al muchacho se le asignara un nuevo tutor. Sin embargo, según dictaminaron, el contrato debía aplicarse igualmente en beneficio de los padres, obligando al crío a pasar tiempo con sus padres biológicos siempre que éstos estuvieran dispuestos a reclamar su derecho.

El juez principal, un tipo con aspecto de halcón y acuosos ojos negros, llamó al chico para que compareciera ante ellos.

—Debes a estas personas respeto y obediencia, tú también has firmado este contrato —dijo—. Puede que seas un menor según la ley humana, pero a nuestros ojos eres tan responsable como... Cindy Lou. —Vaya... Tener que admitir la existencia de una vampira con ese nombre lo mató—. Si tratas de aterrorizar a tus padres humanos, de coaccionarlos o de beber su sangre, te amputaremos una mano. Y cuando vuelva a crecer, la volveremos a amputar.

El chico no podía estar más pálido, y su madre humana se desmayó. Pero había sido tan arrogante, tan pagado de sí mismo y tan desdeñoso hacia sus padres que pensé que la dureza de la advertencia era necesaria. Me sorprendí asintiendo.

Oh, eso sí que era justicia, amenazar a un niño de trece años con amputarle la mano.

Pero si hubierais visto al niño, habríais estado de acuerdo. Y Cindy Lou no tenía desperdicio; quienquiera que la convirtiera en vampira debió de ser deficiente mental o moral.

Después de todo, no me habían necesitado. Empezaba a preguntarme qué me depararía el resto de la noche cuando la reina apareció por las puertas de doble hoja del fondo de la sala, seguida de cerca por Sigebert y Andre. Vestía un traje de pantalón de seda azul zafiro con un precioso collar de diamantes y pendientes a juego. Tenía mucho estilo, estaba absolutamente elegante, lustrosa y perfecta. Andre se dirigió en línea recta hacia mí.

— Lo sé —dijo—. Quiero decir que Sophie-Anne me ha dicho que lo que te he hecho está muy mal. No lo lamento, porque por ella haría cualquier cosa. Los demás me importan un bledo. Pero lamento no haber podido contenerme de causarte un agravio.

Si eso era una disculpa, era la más sesgada que había recibido en mi vida. Lo dejaba prácticamente todo por desear.

—Ya lo has dicho. —Fue todo lo que le pude decir, y era todo lo que jamás obtendría.

En ese momento me encontré a Sophie-Anne de frente. La saludé con mi habitual inclinación de la cabeza.

—Necesitaré que me acompañes durante las próximas horas —pidió.

—Claro —repuse.

Me miró la ropa de arriba abajo, como si deseara que me hubiese arreglado más, pero nadie me había dicho que esa noche, marcada en la agenda como dedicada al intercambio comercial, fuese apropiada para ponerse algo elegante.

El señor Cataliades se dirigió hacia mí rápidamente, enfundado en un precioso traje con una corbata de seda dorada y roja oscuro.

—Me alegra verla, querida —dijo—. Deje que la ponga al día sobre el siguiente punto de la agenda.

Extendí las manos para indicarle que estaba lista.

—¿Dónde está Diantha? —pregunté.

—Tiene un trabajo entre manos con el hotel —respondió Cataliades y frunció el ceño—. Es de lo más peculiar. Al parecer, abajo había un ataúd de sobra.

—¿Y cómo es eso posible? —Los ataúdes tienen un propietario. Ningún vampiro viajaba con uno de repuesto, como si tuviesen el elegante y el de todos los días—. ¿Por qué lo han llamado a usted?

—Tenía una de nuestras etiquetas —explicó.

—Pero todos nuestros vampiros están contados, ¿no es así? —Sentí un nudo de ansiedad en el pecho. En ese momento, vi a los habituales camareros moviéndose entre la gente. Uno de ellos me vio y se dio media vuelta. Entonces vi a Barry, que llegaba acompañando al rey de Texas. Y el camarero volvió a girarse.

Lo cierto es que empecé a darle indicaciones a un vampiro para que detuviera al tipo y poder echar un ojo en su mente, pero me di cuenta de que estaba actuando con la misma arrogancia que los propios vampiros. El camarero desapareció sin que pudiera verlo de cerca, por lo que no estaba segura de que pudiera identificarlo de entre sus demás compañeros, todos ataviados con la misma ropa. El señor Cataliades estaba hablando, pero levanté una mano.

—Un momento, por favor —murmuré. El repentino giro del camarero me recordó algo, otra cosa que se me había antojado extraña.

—Le ruego que preste atención, señorita Stackhouse —insistió el abogado, y tuve que desestimar el hilo de mis pensamientos—. Esto es lo que tiene que hacer. La reina va a negociar por una serie de pequeños favores que necesita para reconstruir el Estado. Haga lo que mejor sabe para asegurarse de que todo el mundo negocia con honorabilidad.

No eran instrucciones muy específicas que digamos.

—Lo que mejor sé —dije—. Pero creo que debería encontrar a Diantha, señor Cataliades. Creo que hay algo realmente extraño y torcido en relación con ese ataúd de sobra. Recuerde que también había una maleta de sobra —añadí—. La subí a la suite de la reina.

El señor Cataliades se me quedó mirando, en blanco. Pude ver que pensaba que el pequeño problema de unos objetos extraviados era una cuestión menor y por debajo de sus prioridades.

—¿Le ha hablado Eric de la mujer asesinada? —le pregunté, y su atención se redobló.

—No he visto al señor Eric esta noche —dijo—. Me aseguraré de localizarlo.

—Algo está pasando, aunque no sé exactamente el qué —murmuré, más para mí misma, y me giré para alcanzar a Sophie-Anne.

El comercio se llevaba a cabo con un estilo de mercadillo. Sophie-Anne se situó en una mesa donde Bill ya estaba sentado vendiendo su programa informático. Pam le estaba ayudando, pero llevaba su ropa normal. Me alegró que la ropa de harén se tomara un respiro. Me pregunté cómo había que proceder, así que adopté una actitud observadora, y no tardé en descubrirlo. El primero en acercarse a Sophie-Anne fue el tipo grande y rubio que había ejercido como juez.

—Estimada señora —dijo, besándole la mano—, estoy encantado de verte, como siempre, y desolado por la destrucción de tu preciosa ciudad.

—Una pequeña porción de mi preciosa ciudad —matizó Sophie-Anne con la mejor de las sonrisas.

—Me atenaza el pensamiento de los aprietos por los que debes de estar pasando —siguió, tras una leve pausa para interiorizar la corrección—. Tú, gobernante de un reino tan rentable y prestigioso... llevada ante la ley. Espero poder ayudarte desde mis humildes posibilidades.

—¿Y qué forma tendría esa ayuda? —inquirió Sophie-Anne.

Después de mucha palabrería, resultó que el señor Flowery estaba dispuesto a enviar una cantidad inimaginable de madera a Nueva Orleans si la reina accedía a entregarle el dos por ciento de los beneficios de los cinco años siguientes. Lo acompañaba su contable. Le miré a los ojos con enorme curiosidad. Di un paso atrás y Andre se deslizó a mi lado. Me volví para que nadie pudiera leerme los labios.

—Calidad de la madera —dije, haciendo el mismo ruido que las alas de un colibrí.

El proceso fue de lo más trabajoso y aburrido. Algunos de los potenciales proveedores no llevaban humanos con ellos, y en esos casos nada podía hacer yo; pero sólo eran excepciones. Algunas veces, un humano pagaba a un vampiro increíbles sumas para «patrocinarlo», de forma que pudiera estar presente en la sala y susurrar sus ofertas. Para cuando el vendedor número ocho se puso ante la reina, yo ya era incapaz de reprimir mis bostezos. Comprobé que Bill estaba haciendo historia con la venta de su base de datos vampírica. Para ser un tipo tan reservado, no se le daba mal explicar y promocionar su producto, habida cuenta de que muchos vampiros se mostraban muy desconfiados ante los ordenadores. Si oía lo del «Paquete de actualización anual» una sola vez más, vomitaría. Había un montón de humanos alrededor de Bill, más familiarizados con los ordenadores que los propios vampiros. Mientras se dejaban llevar por las explicaciones, me proyecté para mirar acá y allá, pero sólo destilaban ideas de megahercios, RAM, discos duros y cosas así.

No vi a Quinn. Como era un cambiante, supuse que ya estaría recuperado de sus heridas de la noche anterior. Sólo podía tomar su ausencia como una señal. Me sentía muy triste y agotada. La reina invitó a Dahlia, la pequeña y bella vampira que había dirigido el tribunal, a su suite para tomar una copa. Dahlia aceptó encantada, y toda la comitiva se desplazó hasta la habitación. Christian Baruch nos acompañó. No había dejado de revolotear alrededor de la reina en toda la noche.

Su cortejo de Sophie-Anne era de los que se hacen notar, por decirlo de alguna manera. Volví a pensar en el chico faldero al que había visto la noche anterior, el que hacía cosquillas en la espalda de su amada imitando a una araña, consciente de que ella les tenía miedo, y cómo ella lo había apretado más contra sí. Sentí que se me encendía la bombilla sobre la cabeza, y me pregunté si sería visible para los demás.

Mi opinión acerca del hostelero cayó en picado. Si pensaba que esa estrategia funcionaría con Sophie-Anne, aún tenía mucho en lo que seguir pensando.

No vi a Jake Purifoy por ninguna parte, y me pregunté también qué le habría encomendado Andre. Algo inocuo, probablemente, como asegurarse de que todos los coches tenían el depósito lleno. Lo cierto es que nadie confiaba lo suficiente en él como para encomendarle tareas de mayor calado. Al menos, aún no. La juventud de Jake y su pasado como licántropo jugaban en su contra, y tendría que menear mucho la cola para ganar puntos. Pero

Jake no tenía prisa. No dejaba de mirar hacia su pasado, hacia su vida como licántropo. Siempre llevaba encima un saco de amargura.

Habían limpiado la suite de Sophie-Anne; había que limpiar las suites de todos los vampiros de noche, por supuesto, mientras estuvieran fuera. Christian Baruch empezó a contarnos sobre la ayuda extraordinaria que había necesitado para sobrellevar la cumbre, y lo nerviosos que se mostraban algunos de esos empleados al limpiar habitaciones ocupadas por vampiros. Era evidente que Sophie-Anne no se había dejado impresionar por la asunción de superioridad de Baruch. Era muy joven en comparación, y para ella debía de ser como un arrogante adolescente frente a sus siglos de veteranía.

Jake llegó justo en ese momento, y tras mostrar sus respetos a la reina y presentarse a Dahlia, se sentó a mi lado. Yo estaba tirada sobre una incómoda silla de espalda recta, y él trajo una idéntica donde acomodarse.

—¿Qué te cuentas, Jake?

—Poca cosa. He ido a comprar entradas para la reina y Andre, para el espectáculo de mañana. Es un montaje completamente vampírico de *Hello Dolly!*

Traté de imaginármelo. No tardé en comprobar que no podía.

—¿Qué piensas hacer? Está marcado como tiempo libre en la agenda.

—No lo sé —dijo, con un tono curiosamente remoto en la voz—. Me ha cambiado tanto la vida que no puedo predecir lo que va a pasar. ¿Saldrás durante el día, Sookie? No sé, de compras. Hay unas tiendas estupendas en Widewater Drive. Está cerca del lago.

Incluso yo había oído hablar de Widewater Drive.

—Es posible —respondí—. No soy precisamente una loca de las compras.

—Deberías ir. Hay unas zapaterías increíbles, y un gran Macy's; te encantará Macy's. Aprovecha el día. Aléjate de todo esto mientras puedas.

—Me lo pensaré —contesté, algo perpleja—. Eh, ¿has visto a Quinn hoy?

—De pasada. Hablé con Frannie un rato. Han estado ocupados preparando la ceremonia de clausura.

—Oh —dije. Bien. Claro. Eso llevaba un montón de tiempo.

—Llámale y pídele que te lleve por ahí mañana —insistió Jake.

Traté de imaginarme pidiéndole a Quinn que me llevara de compras. Bueno, no era del todo descabellado, pero tampoco entraba dentro de las opciones más probables.

—Sí, puede que salga un poco.

Jake pareció satisfecho.

—Puedes irte, Sookie —ordenó Andre. Estaba tan cansada que ni siquiera me di cuenta de que se deslizaba hacia mí.

—Vale. Buenas noches a los dos —dije, incorporándome. Me di cuenta de que la maleta azul seguía donde la había dejado hacía dos noches—. Ah, Jake, tienes que volver a bajar esa maleta al sótano. Llamaron diciendo que era nuestra, pero nadie la ha reclamado.

—Preguntaré por ahí —comentó vagamente, y se marchó a su habitación. La atención de Andre ya había vuelto a su reina, que reía ante la descripción de una boda a la que Dahlia había acudido.

—Andre —susurré, en voz muy baja—. Creo que el señor Baruch ha tenido algo que ver con la bomba que había en la puerta de la reina.

Andre reaccionó como si alguien le hubiese clavado un clavo en el trasero.

—¿Qué?

—Creo que quería asustar a Sophie-Anne —expliqué—. Creo que pensó que así se sentiría vulnerable y necesitaría un hombre fuerte para protegerla si se sentía amenazada.

Andre no era precisamente el señor expresividad, pero vi incredulidad, asco y convicción pasando rápidamente por su expresión.

—También creo que quizá le dijera a Henrik Feith que Sophie-Anne planeaba matarlo. Porque es el propietario del hotel, ¿no? Henrik daría continuidad al juicio de la reina al ser convencido de que lo mataría. Una vez más, Baruch estaría allí para ser su gran salvador. Quizá él lo mandó matar después de tenderle la trampa, para saltar a la palestra, triunfante, y engatusar a Sophie-Anne por su enorme preocupación por ella.

Andre lucía una expresión extrañísima en la cara, como si le costara seguir mis razonamientos.

—¿Hay pruebas de eso? —inquirió.

—Ni una. Pero cuando hablé con el señor Donati en el vestíbulo esta mañana, me insinuó que había una cinta de seguridad que estaría interesada en ver.

—Ve a verla —mandó Andre.

—Si exijo verla, lo despedirán. Tienes que conseguir que la reina le pida a bocajarro si puede ver las cintas de seguridad del vestíbulo en el momento que dejaron la bomba. Con o sin chicle pegado a la cámara, algo se verá.

—Márchate antes, para que no te relacione con esto. —De hecho, el hostelero estaba absorto en la reina y su conversación, o de lo contrario su oído vampírico habría detectado que estábamos hablando de él.

A pesar de sentirme exhausta, tuve la gratificante sensación de que me estaba ganando el dinero que me pagarían por ese viaje. Y me alegró mucho sentir que lo de la lata de Dr Pepper estaba resuelto. Christian Baruch no jugaría más a las bombas, ahora que la reina estaba con él. La amenaza que suponía el grupo infiltrado de la Hermandad…, bueno, sólo lo había escuchado de oídas, y no tenía prueba alguna de cómo se iba a manifestar. A pesar de la muerte de la mujer del centro de tiro, me sentí más relajada que nunca desde que puse el pie en el Pyramid of Gizeh, ya que estaba dispuesta a atribuirle la muerte del arquero asesino también a Baruch. Puede que, al ver que Henrik le arrebataría Arkansas a la reina, se pusiera ambicioso y decidiera ordenar a alguien que lo eliminara, para que ella se lo quedara todo. Esa hipótesis tenía algo de confuso y erróneo, pero estaba demasiado cansada como para pensarlo con más detenimiento, y preferí dejar la maraña tranquila hasta haber descansado.

Crucé el pequeño vestíbulo hasta el ascensor y pulsé el botón. Cuando se abrieron las puertas, me topé con Bill, que tenía las manos llenas de formularios de encargo.

—Se te ha dado bien la noche —dije, demasiado cansada para odiarlo. Hice un gesto con la cabeza hacia los formularios.

—Sí, todos sacaremos mucho dinero de esto —admitió, aunque no parecía especialmente emocionado.

Esperé a que se apartara, pero no lo hizo.

—Lo dejaría todo si pudiera borrar todo lo que pasó entre los dos —añadió—. El tiempo que nos amamos no, pero…

—¿El tiempo que pasaste mintiéndome? ¿El tiempo que fingiste no poder esperar para verme, cuando la verdad era que tenías órdenes al respecto? ¿Ese tiempo?

—Sí —expresó, pero sus profundos ojos marrones no vacilaron—. Ese tiempo.

—Me hiciste demasiado daño. Eso no ocurrirá jamás.

—¿Amas a alguien? ¿A Quinn? ¿A Eric? ¿Al capullo de J.B.?

—No tienes derecho a preguntarme eso —espeté—. Por lo que a mí respecta, no tienes derecho a nada.

¿J.B.? ¿De dónde se había sacado eso? Siempre me había caído bien, era adorable, pero su conversación era tan estimulante como la de un mueble. No paré de menear la cabeza mientras bajaba con el ascensor hasta el piso de los humanos.

Carla no estaba, como era de esperar, y como eran las cinco de la mañana, había muchas posibilidades de que no volviese. Me puse mi pijama rosa y coloqué las zapatillas junto a la cama, para no tener que buscarlas a tientas en una habitación a oscuras en caso de que regresase antes de que me hubiera despertado.

Capítulo
17

Abrí los ojos de repente, como persianas que hubiesen sido enrolladas con demasiada fuerza.

«¡Despierta, despierta, despierta! Sookie, está pasando algo.»

«Barry, ¿dónde estás?»

«Delante del ascensor de la planta de humanos.»

«Voy para allá.»

Me puse lo mismo que la noche anterior, pero sin los tacones. En lugar de ellos, me enfundé los pies en unas sandalias de suela de goma. Cogí la delgada cartera que contenía la tarjeta llave de la habitación, la metí en un bolsillo, metí el móvil en el otro y corrí para abrir la puerta. Se cerró tras de mí con un ominoso ruido. El hotel se antojaba vacío y silencioso, pero mi reloj marcaba las diez menos diez.

Tuve que atravesar a la carrera un largo pasillo y girar a la derecha para llegar a los ascensores. No me crucé con un alma. Un instante de meditación me indicó que no era extraño. La mayoría de los humanos de la planta aún estarían dormidos, ya que seguían también el ritmo de los vampiros. Pero ni siquiera había empleados del hotel limpiando los pasillos.

Cada pequeño rastro de inquietud que se había arrastrado hasta cobijarse en mi mente, como la huella de una babosa en la entrada trasera, se había ido uniendo hasta convertirse en una palpitante masa de ansiedad.

Me sentí como si estuviera a bordo del *Titanic* y acabase de oír cómo se rasgaba el casco contra el iceberg. Finalmente vi a alguien tendido en el suelo. Me espabilé tan de repente, que todo lo que había hecho hasta el momento se me antojaba una ensoñación, por lo que encontrarme con un cuerpo tirado no supuso tanto un sobresalto.

Solté un grito y Barry apareció por una esquina. Se agachó junto a mí. Di la vuelta al cuerpo. Era Jake Purifoy, y ya nada podía hacerse por él.

«¿Por qué no está en su habitación? ¿Qué hacía fuera tan tarde?» Incluso la voz mental de Barry estaba teñida de pánico.

«Mira, Barry, está tendido apuntando hacia mi habitación. ¿Crees que iba a verme?»

«Sí, y no lo consiguió.»

¿Qué podía haber sido tan importante como para sacar a Jake de sus horas de sueño? Me incorporé, pensando a toda prisa. Jamás había oído hablar de un vampiro que no supiera instintivamente que el amanecer estaba cerca. Pensé en la conversación que tuve con Jake y en los dos hombres que vi que abandonaban su habitación.

—Cabrón —dije, apretando los dientes, y propinándole una patada con todas mis fuerzas.

—¡Por Dios, Sookie! —Barry me cogió del brazo, horrorizado. Pero en ese momento percibió las imágenes de mi mente.

—Tenemos que encontrar al señor Cataliades y a Diantha —aseguré—. Pueden despertarse, no son vampiros.

—Iré a por Cecile. Es mi compañera de habitación y es humana —añadió él, y los dos partimos en direcciones opuestas, dejando a Jake como estaba. Era todo lo que podíamos hacer.

Volvimos a reunirnos a los cinco minutos. Fue sorprendentemente fácil despertar al señor Cataliades, y Diantha compartía la habitación con él. Cecile demostró ser una joven de gran compostura, y cuando Barry me la presentó, no me extrañó que fuese la nueva asistente ejecutiva del rey.

Fui una necia al descartar, aunque sólo fuese por un minuto, las advertencias de Clovache. Estaba tan enfada conmigo misma que me costaba un mundo estar en mi propia piel. Pero eso tenía que esperar. Era momento de actuar.

—Escuchad lo que pienso —dije. Había estado atando cabos mentalmente—. Algunos de los camareros nos han estado evitando a Barry y a mí en los dos últimos días, tan pronto como descubrieron quiénes éramos.

Barry asintió. Él también se había dado cuenta. Parecía extrañamente culpable, pero eso tendría que esperar.

—Saben lo que somos. Creo que no quieren que sepamos lo que están a punto de hacer. También creo que debe de ser algo muy gordo. Y Jake Purifoy estaba envuelto.

El señor Cataliades había parecido levemente aburrido, pero en ese momento una seria sensación de alarma afloró en su expresión. Los grandes ojos de Diantha se pasearon por las caras de todos.

—¿Y qué vamos a hacer? —preguntó Cecile, que ya contaba con muchos puntos en mi lista.

—Son los ataúdes de sobra —expliqué—. Y la maleta azul en la suite de la reina. Barry, a ti también te pidieron que subieras una maleta, ¿no es así? Y no era de nadie, ¿verdad?

—Así es —admitió Barry—. Sigue en el recibidor de la suite del rey, ya que todo el mundo pasa por allí. Pensamos que así sería más fácil que su propietario la reclamara. Pensaba devolverla al departamento de equipajes hoy mismo.

—La que yo fui a recoger está en el salón de la suite de la reina —señalé—. Creo que el responsable era Joe, el gerente de la zona de equipajes y entregas. Es el que llamó para que alguien bajara. Nadie más parecía saber nada al respecto.

—¿Quieres decir que las maletas van a explotar? —dijo Diantha con su voz tranquila—. ¿Y los ataúdes sin dueño del sótano también? ¡Si estallan en el sótano, el edificio se derrumbará!

—Jamás pensé que Diantha pudiera sonar tan humana.

—Tenemos que despertarlos —expresé—. Tenemos que sacarlos de aquí.

—El edificio está a punto de estallar —insinuó Barry, mientras procesaba la idea.

—Los vampiros no se despertarán —avisó la práctica Cecile—. No pueden.

—¡Quinn! —salté. Eran tantas las cosas que se me estaban pasando por la mente que me quedé anclada en el sitio. Saqué el móvil de mi bolsillo, pulsé el número de marcación rápida y oí su murmullo al otro lado de la línea.

—Sal de aquí —le advertí—. Coge a tu hermana y salid de aquí. Va a haber una explosión. —Apenas esperé a notar el aumento de su alerta antes de colgar.

—También tenemos que salvarnos nosotros —estaba diciendo Barry.

Me pareció brillante que Cecile corriera hasta el fondo del pasillo y activara una de las alarmas de incendio. El sonido casi nos dejó sordos, pero el efecto fue perfecto entre los humanos que dormían en esa planta. En apenas segundos, empezaron a salir de sus habitaciones.

—Tomen las escaleras —les dirigió Cecile, y siguieron sus instrucciones de forma obediente. Me alegró ver la negra cabellera de Carla entre ellos. Pero no vi a Quinn, y eso que era difícil que pasara desapercibido.

—La reina está muy arriba —dijo el señor Cataliades.

—¿Se pueden romper esos paneles de cristal desde el interior? —pregunté.

—Lo hicieron en *Fear Factor*[*] —observó Barry.

— Podría intentarse deslizar los ataúdes.

—Se romperían con el impacto —objetó Cecile.

---

[*] Programa de televisión de pruebas extremas. *(N. del T.)*

—Pero los vampiros sobrevivirían a la explosión —indiqué yo.

—Para arder bajo el sol —avisó el señor Cataliades—. Diantha y yo subiremos e intentaremos sacar a la comitiva de la reina, envueltos en sábanas. Nos los llevaremos… —me miró desesperadamente.

—¡Ambulancias! ¡Llamad al 911 ahora mismo! ¡Quizá sepan de un lugar seguro para llevarlos!

Diantha llamó al 911 desde la incoherencia y la desesperación de una explosión que aún no se había producido.

—El edificio está ardiendo —anunció, lo cual era una verdad futurible.

—Adelante —le dije al demonio, que emprendió la carrera hacia la suite de la reina—. Y tú intenta sacar a tu grupo —le pedí a Barry, quien, acompañado de Cecile, enfiló un ascensor que podría dejar de funcionar en cualquier momento.

Hice todo lo que pude por sacar a los humanos. Cataliades y Diantha podrían encargarse de la reina y de Andre. ¡Eric y Pam! Sabía dónde se encontraba la habitación de Eric, a Dios gracias. Fui por las escaleras. Me crucé con un grupo mientras subía: las dos Britlingens, cada una con su propia mochila, y ambas cargando con un gran fardo enrollado. Clovache llevaba los pies y Batanya la cabeza. No cabía duda de que se trataba del rey de Kentucky y que estaban cumpliendo con su deber. Ambas me saludaron con la cabeza mientras me apartaba contra la pared para dejarlas pasar. Quizá no estuvieran tan tranquilas como quien se va de paseo, pero lo parecían.

—¿Fuiste tú quien activó la alarma? —preguntó Batanya—. Sea lo que sea lo que trama la Hermandad, ¿será hoy?

—Sí —dije.

—Gracias. Nos vamos, y tú deberías hacer lo mismo —me aconsejó Clovache.

—Volveremos a nuestro sitio cuando lo dejemos a salvo —dijo Batanya—. Adiós.

—Buena suerte —les deseé estúpidamente, antes de echarme a correr escaleras arriba, como si me hubiera estado entrenando para ello. Como resultado, resoplaba como un fuelle cuando llegué a la novena planta. Vi a una solitaria mujer de la limpieza empujando un carro por un largo pasillo. Corrí hacia ella, asustándola más de lo que ya lo había hecho la alarma de incendios.

—Déme su llave maestra —le supliqué.

—¡No! —se negó. Era una hispana de mediana edad, y no estaba dispuesta a ceder ante tan alocada petición—. Me despedirán si se la doy.

—Entonces, abra esta puerta —indiqué la de Eric— y salga de aquí. —Estaba segura de tener el aspecto de una mujer desesperada, y así me sentía—. Este edificio va a estallar en cualquier momento.

Me cedió la llave y corrió por el pasillo hasta el ascensor. Maldita sea.

Y entonces comenzaron las explosiones. Noté el eco de un temblor lejos, bajo mis pies, seguido de una poderosa explosión, como si alguna gigantesca criatura de los mares pretendiera emerger. Me eché sobre la puerta de Eric, introduje la tarjeta llave de plástico en la ranura y abrí la puerta envuelta en un instante de profundo silencio. La habitación estaba inundada de oscuridad.

—¡Eric, Pam! —aullé. Me precipité en busca de un interruptor de la luz en el manto de negrura mientras sentía que el edificio se tambaleaba. Una de las cargas superiores, al menos, había estallado. ¡Oh, mierda! ¡Oh, mierda! Pero logré encender la luz, para comprobar que Pam y Eric se habían acostado en las camas, no en los ataúdes—. ¡Despertad! —dije, zarandeando a Pam, ya que la tenía más cerca. No se movió lo más mínimo. Era exactamente como zarandear una muñeca rellena de serrín—. ¡Eric! —le grité al oído.

Con eso conseguí una mínima reacción; era mucho más antiguo que Pam. Sus ojos se abrieron un poco y trató de enfocarlos.

—¿Qué? —dijo.

—¡Tenéis que despertaros! ¡Vamos! ¡Tenéis que salir de aquí!

—El sol —susurró, y empezó voltearse.

Lo abofeteé con más fuerza de la que jamás he empleado para pegar a nadie.

—¡Despierta! —grité, hasta que casi perdí la voz. Por fin, Eric se estiró y consiguió sentarse. Llevaba puestos unos pantalones de pijama de seda negra, gracias a Dios. Vi que su capa ceremonial negra reposaba sobre su ataúd. Aún no se la había devuelto a Quinn. Menuda suerte. Lo tapé con ella y se la até al cuello. Le cubrí la cara con la capucha—. ¡Tápate la cabeza! —le ordené, justo cuando sonó otro estallido sobre mi cabeza. Reventaron los cristales, seguidos de numerosos gritos.

Eric se hubiese echado a dormir otra vez de no habérselo impedido. Al menos lo intentaba. Recordé que Bill logró arrastrarse bajo circunstancias igualmente difíciles, al menos durante unos minutos. Pero a Pam, de la misma edad aproximada que Bill, fue imposible despertarla. Incluso le tiré de su larga melena pálida.

—Tienes que ayudarme a sacar a Pam de aquí —dije finalmente, desesperada—. Eric, tienes que hacerlo. —Se produjo otro estruendo y el piso empezó a dar bandazos. Grité, y los ojos de Eric se abrieron de par en par. Como pudo, se puso en pie. Como si compartiésemos pensamientos, igual que Barry y yo solíamos hacer, bajamos su ataúd del caballete y lo pusimos sobre la moqueta. Luego, lo deslizamos por la superficie acristalada, opaca e inclinada que formaba la fachada del edificio.

Todo lo que nos rodeaba se tambaleó y tembló. Los ojos de Eric estaban un poco más abiertos mientras se concentraba tan intensamente en mantenerse en movimiento, que su fuerza redobló la mía.

—Pam —le dije, tratando de mantenerlo despierto. Abrí el ataúd después de palpar a tientas desesperadamente. Eric se dirigió a su durmiente vampira, caminando como si sus pies se pegaran al suelo con cada paso. Cogió a Pam de los hombros y yo lo hice de los pies, y la levantamos, con manta y todo. El suelo volvió a tambalearse, esta vez con más violencia, y enfilamos el ataúd dando bandazos para depositar a Pam en su interior. Cerré la tapa con el pestillo, a pesar de que parte del camisón de Pam se quedó pillado.

Pensé en Bill, y Rasul también se me cruzó por la cabeza, pero no podía hacer nada. Ya no quedaba tiempo.

—¡Tenemos que romper el cristal! —le grité a Eric. Asintió muy lentamente. Nos arrodillamos para apuntalar el extremo del ataúd y lo empujamos con fuerza hasta que chocó contra el cristal, que se rompió en mil pedazos. Pero permanecieron unidos asombrosamente. El milagro de los cristales de seguridad. Podría haber gritado por la frustración. Necesitábamos un agujero, no una cortina de cristal que acababa de partirse en innumerables pedazos. Nos agachamos aún más, hundiendo los pies en la moqueta, y volvimos a empujar con todas nuestras fuerzas.

¡Al fin! Conseguimos que el ataúd lo atravesara. Arrancamos la ventana de su marco y vimos cómo se deslizaba hacia abajo por la fachada inclinada.

Y Eric vio la luz del sol por primera vez en mil años. Emitió un terrible alarido que me provocó un nudo en las entrañas. Pero al momento siguiente, se arrebujó en su capa. Me agarró de la mano, nos subimos en el ataúd y lo empujamos con los pies. Durante apenas una fracción de segundo, permanecimos en equilibrio, pero luego nos balanceamos hacia delante. En el peor momento de mi vida, salimos por la ventana y empezamos a deslizarnos edificio abajo. Corríamos el riesgo de estrellarnos, a menos que…

De repente nos separamos del ataúd, tambaleándonos de alguna manera por el aire mientras Eric me mantenía agarrada con obstinada persistencia.

Exhalé con un profundo alivio. Por supuesto, Eric podía volar.

En medio de ese leve letargo, no es que pudiera volar muy bien. No era el avance suave que había experimentado en otras ocasiones, sino un descenso más en zigzag y a trompicones.

Pero era mucho mejor que una caída libre.

Eric fue capaz de amortiguar lo suficiente la caída para evitar que acabara espachurrada sobre el asfalto. Sin embargo, el ataúd con Pam dentro sufrió un duro aterrizaje, y Pam salió catapultada de los restos de madera para quedar inmóvil, bajo el sol. Sin hacer el menor sonido, empezó a arder. Eric aterrizó sobre ella y utilizó la manta para taparse los dos. Uno de los pies de Pam estaba expuesto y su carne humeaba. Lo tapé.

También oí el ruido de las sirenas. Empecé a hacer señales a la primera ambulancia que vi, y los técnicos sanitarios saltaron fuera enseguida.

Apunté hacia el bulto bajo la manta.

—¡Dos vampiros, sacadlos del sol! —rogué.

Los técnicos sanitarios, dos jóvenes mujeres, intercambiaron miradas de incredulidad.

—¿Y qué hacemos con ellos? —preguntó la de piel negra.

—Llevadlos a algún sótano sin ventanas y decidles a los propietarios que lo mantengan abierto, porque llegarán más.

En lo alto, una explosión más pequeña voló una de las suites. Una de las bombas de las maletas, pensé, preguntándome cuántas nos habría colado Joe. Una cascada de cristales centelleó bajo el sol mientras aún mirábamos hacia arriba, pero unos fragmentos más oscuros seguían a los cristales y las técnicas sanitarias empezaron a moverse como el equipo entrenado que eran. No se dejaron llevar por el pánico, pero no cabía duda de que tenían prisa, y ya estaban debatiendo qué edificio cercano contaba con un sótano adecuado.

—Se lo diremos a todo el mundo —dijo la mujer de piel negra. Pam ya estaba en la ambulancia, y Eric de camino. Su rostro estaba al rojo y el vapor se escapaba de sus labios. Oh, Dios mío.

—¿Qué vas a hacer?

—Tengo que volver ahí dentro —dije.

—Loca —declaró, y se echó en la ambulancia, que no tardó en arrancar.

No paraban de llover cristales, y parte de la planta baja parecía empezar a colapsarse. Quizá se debiera a alguna de las bombas más grandes escondidas en los ataúdes del sótano. Se produjo otra explosión en las inmediaciones de la sexta planta, pero al otro lado de la pirámide.

Tenía los sentidos tan embotados por los ruidos y el panorama, que no me sorprendió ver una maleta azul volando por los aires. El señor Cataliades había conseguido romper la ventana de la reina. De repente me di cuenta de que la maleta estaba intacta, que no había explotado, y que caía directamente hacia mí.

Empecé a correr, recurriendo a mis antiguos días de softball, en los que esprintaba hasta la última base, viéndome obligada a llegar resbalando sobre el terreno. Apunté hacia el parque que había al otro lado de la calle, donde el tráfico se había detenido gracias a los vehículos de emergencia: coches patrulla, ambulancias, bomberos. Había una policía justo frente a mí mirando en otra dirección, indicándole algo a otro compañero.

—¡Al suelo! —grité—. ¡Una bomba! —Y se giró para mirarme al tiempo que la placaba, llevándomela al suelo. Algo me golpeó en el centro de la espalda, y sentí que todo el aire se me escapaba de los pulmones. Nos quedamos allí tendidas durante un largo instante, hasta que me quité de encima y me incorporé con torpeza. Era todo un alivio volver a inhalar, a pesar de que el aire estaba acre por las llamas y el polvo. Puede que la mujer me dijera algo, pero no pude oír nada.

Me volví para mirar el Pyramid of Gizeh.

Partes de la estructura se estaban derrumbando, doblándose sobre sí mismas, proyectando cristales, cemento, acero y madera por todas partes, mientras los muros que habían creado los espacios (las habitaciones, los cuartos de baño y los pasillos) se colapsaban. El derrumbe atrapó a muchos de los cuerpos que ocupaban esos espacios en aquel momento. Ahora todos eran una misma cosa: la estructura, sus partes y sus habitantes.

Aquí y allí aún había partes que se habían mantenido en pie. El piso de los humanos, el entresuelo y el vestíbulo estaban parcialmente intactos, si bien la zona que rodeaba el mostrador de recepción había sido destruida.

Vi una forma que reconocí, un ataúd. La tapa había saltado limpiamente con el impacto de la caída. En cuanto el sol bañó a la criatura que había en su interior, emitió un alarido que se extendió por doquier. Había una placa de yeso cerca, y la empujé sobre el ataúd. Se hizo el silencio en cuanto el sol dejó de quemar a la criatura.

—¡Socorro! —aullé—. ¡Socorro!

Unos cuantos policías se acercaron a mí.

—Aún quedan personas y vampiros vivos —alerté—. Hay que tapar a los vampiros.

—Las personas primero —dijo un fornido veterano.

—Claro —comulgué automáticamente, a pesar de que, mientras lo hacía, no dejaba de pensar que no habían sido los vampiros quienes pusieron las bombas—. Pero si se tapa a los vampiros, podrán aguantar hasta que las ambulancias puedan llevarlos a otra parte.

Aún quedaba una porción de hotel en pie, parte del ala sur. Mirando hacia arriba, vi al señor Cataliades de pie frente a una ventana sin marco ni cristal. De alguna manera, se las había arreglado para llegar a la planta de humanos. Llevaba a cuestas un fardo envuelto en una colcha que se aferraba a su pecho.

—¡Mirad! —grité, para llamar la atención de los bomberos—. ¡Mirad!

Se pusieron inmediatamente en acción al ver a alguien que necesitaba que lo rescatasen. Parecían mucho más animados que ante la idea de rescatar vampiros que probablemente se estuvieran quemando hasta morir bajo el sol, y que fácilmente habrían podido salvarse con tan sólo cubrirlos. Traté de culparles, pero no pude.

Por primera vez, me di cuenta de que varios civiles habían detenido sus coches y se habían apeado para ayudar… o para curiosear. También había gente que gritaba: «¡Dejad que ardan!».

Vi cómo los bomberos subían en una plataforma para rescatar al demonio y su fardo. Entonces me volví para abrirme paso entre los escombros.

Al cabo de un momento, empecé a flaquear. Los gritos de los supervivientes humanos, el humo, el sol enmudecido por una enorme nube de polvo, el ruido de la quejumbrosa estructura, el frenético vocerío de los profesionales del rescate y la maquinaria que empezaba a llegar y funcionar… Me sentía abrumada.

Para entonces, como había robado una de las chaquetas amarillas y uno de los cascos que llevaban todos los del servicio de rescate, pude acercarme lo suficiente para encontrar a dos vampiros entre las ruinas de la zona de recepción, a uno de los cuales conocía. Estaban enterrados entre los desechos de los pisos superiores. Un trozo de madera había sobrevivido para identificar el mostrador. Uno de los vampiros había sufrido graves quemaduras, y no estaba segura de si sobreviviría. El otro vampiro se había ocultado bajo el trozo de madera más grande, y sólo sus pies y manos habían sufrido los efectos del sol. En cuanto grité pidiendo ayuda, ambos fueron cubiertos con mantas.

—Hemos acondicionado un edificio a dos manzanas de aquí; lo estamos usando como depósito para los vampiros —dijo la conductora de ambulancia de piel negra, llevándose al más grave, y deduje que era la misma mujer que se había llevado a Eric y a Pam.

Además de los vampiros, di con Todd Donati aún vivo. Permanecí un rato con él, hasta que llegó un camillero. Cerca de él, encontré a una limpiadora muerta. Había quedado aplastada.

Sentí cómo me inundaba la nariz un olor que no pude desterrar. Era repugnante. Estaba impregnándome los pulmones, y pensé que me pasaría el resto de la vida notándolo. El olor se componía de los materiales del edificio chamuscados, cuerpos abrasados y vampiros en desintegración. Era el olor del odio.

Vi algunas cosas tan horribles que no pude ahondar en ellas en ese momento.

De repente, sentí que no podía seguir buscando a nadie. Necesitaba sentarme. Me dejé caer sobre un montón de tuberías y placas de yeso. Me derrumbé y empecé a llorar. Entonces, todo el montón cayó de lado y aterricé en el suelo, aún llorando.

Miré en el hueco dejado por los escombros caídos.

Bill estaba acurrucado allí, con la mitad del rostro quemado. Aún llevaba la misma ropa que le había visto la noche anterior. Me puse sobre él para taparle del sol, y, con unos labios agrietados y sangrientos, dijo:

—Gracias.

No dejó de sonreír en su estado comatoso.

—¡Dios mío! —chillé—. ¡Ayuda! —grité, y vi que se acercaban dos hombres con una manta.

—Sabía que me encontrarías —dijo Bill, o acaso lo imaginé.

Permanecí arqueada en una extraña posición. No había nada en las cercanías que pudiera cobijarlo como mi cuerpo. El olor me daba ganas de vomitar, pero aguanté. Había aguantado hasta entonces porque había quedado cubierto por accidente.

A pesar de que uno de los bomberos vomitó, lograron cubrirlo y se lo llevaron.

Entonces vi otra figura con chaqueta amarilla recorriendo los escombros que se dirigía a las ambulancias tan deprisa como podía moverse alguien sin romperse una pierna. Sentí un cerebro vivo, y enseguida supe de quién se trataba. Me tambaleé a lo largo de montones de escombros siguiendo la marca mental del hombre al que más deseaba encontrar. Quinn y Frannie yacían medio enterrados bajo un montón de escombros sueltos. Frannie estaba inconsciente y había sangrado por la cabeza, pero ya no lo hacía más. Quinn estaba aturdido, pero recuperaba la consciencia a buen ritmo. Vi que el agua había abierto un camino en la superficie polvorienta de su cara, y supe que el hombre al que había visto corriendo le había dado agua para beber y que volvería con camillas para los dos.

Trató de sonreírme. Caí de rodillas a su lado.

—Puede que tengamos que cambiar nuestros planes, nena —explicó—. Quizá tenga que cuidar de Frannie durante un par de semanas. Nuestra madre no es precisamente Florence Nightingale*.

Intenté no llorar, pero, una vez activados, no era capaz de cerrar mis conductos lacrimales. Ya no sollozaba, pero el torrente era imparable. Qué estupidez.

—Haz lo que tengas que hacer —le dije—. Llámame cuando puedas, ¿vale? —Odio a la gente que dice «¿Vale?» todo el rato, como si necesitasen que les diesen permiso, pero tampoco podía evitar eso—. Estás vivo, es todo lo que importa.

—Gracias a ti —contestó—. Si no hubieras llamado, estaríamos muertos. Puede que ni la alarma de incendios nos hubiese permitido salir de la habitación a tiempo.

Oí un quejido a unos metros, un suspiro en el aire. Quinn lo oyó también. Me arrastré hasta la zona, apartando unos restos de váter y lavabo. Bajo el polvo y los desechos, cubiertos por varias placas de yeso, encontré a Andre, completamente fuera de sí. Una rápida ojeada me reveló que había sufrido varias heridas graves. Pero ninguna de ellas sangraba. Saldría de ésa. Maldita sea.

—Es Andre —le informé a Quinn—. Está herido, pero vivo. —Mi voz sonó torva, y es que así me sentía. Había una buena astilla de madera junto a su pierna, y sentí oscuras tentaciones. Andre suponía una amenaza para mi libre albedrío, para todo aquello que me gustaba de la vida. Pero ese día ya había presenciado demasiada muerte.

---

* Es considerada la madre de la enfermería moderna. (N. del T.)

Me acuclillé junto a él, odiándolo, pero después de todo… Lo conocía. Eso debería haberme facilitado las cosas, pero no fue así.

Salí trastabillando del pequeño refugio donde se encontraba y corrí como pude de vuelta con Quinn.

—Esos hombres volverán a por nosotros —me dijo, en un tono de voz más fuerte por momentos—. Puedes marcharte.

—¿Quieres que me vaya?

Sus ojos me estaban diciendo algo, pero no era capaz de discernirlo.

—Vale —obedecí, vacilante—. Me iré.

—La ayuda viene de camino —señaló dulcemente—. Puede que otros te necesiten.

—Está bien —dije, insegura de cómo tomarme aquello, y me obligué a incorporarme. Había avanzado un par de metros cuando oí que empezaba a moverse. Pero, tras un instante de quietud, seguí adelante.

Me dirigí hacia una gran furgoneta que habían llevado y aparcado junto al centro de rescate. La chaqueta amarilla había sido como un salvoconducto, pero su efecto podría agotarse en cualquier momento. Alguien se daría cuenta de que llevaba unas chanclas y que se estaban rompiendo. No estaban hechas para recorrer escombros. Una mujer me dio una botella de agua de la furgoneta y la abrí con manos temblorosas. Bebí sin parar, y lo que no me bebí me lo eché en la cara y las manos. A pesar del aire frío, la sensación fue maravillosa.

Para entonces, dos (o cuatro, o seis) horas debían de haber transcurrido desde la explosión. Habían llegado nuevos equipos de rescate con equipo, material y mantas. Buscaba en derredor a alguien con aspecto de autoridad con la intención de averiguar adónde habían llevado a los humanos supervivientes, cuando una voz me habló en la cabeza.

«¿Sookie?»

«¡Barry!»

«¿Cómo te encuentras?»

«Magullada, pero nada grave. ¿Y tú?»

«Igual. Cecile ha muerto.»

«Lo siento mucho.» No se me ocurría qué más decir.

«He pensado que sí hay algo que podemos hacer.»

«¿Qué?» Probablemente no sonaba muy interesada.

«Podemos encontrar personas vivas. Lo haremos mejor juntos.»

«Eso he estado haciendo», le expliqué. «Pero tienes razón. Juntos seremos más eficaces.» Al mismo tiempo, estaba tan cansada que algo en mi interior crujió ante la idea de hacer más esfuerzos. «Claro que sí», dije.

Si aquel montón de escombros hubiera sido tan espantosamente grande como el de las Torres Gemelas, no habríamos sido capaces de hacer nada. Pero el escenario era más pequeño y estaba más contenido. Si nos las arreglásemos para que alguien nos creyese, tendríamos alguna oportunidad.

Encontré a Barry cerca del centro de rescate y lo cogí de la mugrienta mano. Era más joven que yo, pero en ese momento no lo parecía, y pensé que no volvería a parecerlo. Cuando recorrí con la mirada la fila de cuerpos dispuesta sobre el césped del parque, vi a Cecile, y a la que podía ser la limpiadora a la que había abordado en el pasillo. Había unos cuantos bultos descascarillados, con aspecto vagamente humano que probablemente fuesen vampiros en descomposición. Era posible que conociese a alguno de ellos, pero resultaba imposible de decir.

Toda humillación era un peaje nimio, si con ella podíamos salvar alguna vida. Así que Barry y yo nos dispusimos a ser humillados y escarnecidos.

Al principio nos costó que alguien nos escuchara. Los profesionales no dejaban de remitirnos al centro de víctimas o a alguna ambulancia que había estacionada en las cercanías para llevar a los supervivientes a los hospitales de Rhodes.

Finalmente, me encontré frente a un hombre delgado, de pelo canoso, que me escuchó sin esbozar expresión alguna.

—Yo tampoco pensé que jamás rescataría vampiros —dijo, como si aquello explicase su decisión, y puede que así fuera—. Llevaos a estos dos hombres y mostradles de lo que sois capaces. Tenéis quince minutos de su valioso tiempo. Si lo malgastáis, es posible que alguien muera.

Barry era quien había tenido la idea, pero ahora parecía querer que yo hablase por los dos. Su rostro estaba ennegrecido por manchas de hollín. Tuvimos una conversación secreta sobre la mejor forma de proceder, al final de la cual me volví hacia los bomberos y les informé:

—Tenemos que subir a una de esas plataformas.

Asombrosamente, nos hicieron caso sin rechistar. Nos elevaron sobre los escombros. Sí, sabíamos que era peligroso. Y sí, estábamos listos para asumir las consecuencias. Aún agarrados de la mano, Barry y yo cerramos los ojos y «buscamos» proyectando nuestras mentes al mundo exterior.

—Movednos hacia la izquierda —pedí, y el bombero que nos acompañaba en la plataforma hizo un gesto al compañero que estaba en la cabina—. Sígueme —dije, y él me miró—. Para —ordené, y la plataforma se detuvo. Volvimos a escrutar—. Justo debajo —indiqué—. Justo aquí debajo. Es una mujer que se llama no sé qué Santiago.

Al cabo de unos minutos, un rugido se hizo sentir. La habían encontrado con vida.

Nos volvimos muy populares después de aquello, y nadie nos preguntó cómo éramos capaces de hacer eso, siempre que siguiésemos con el buen trabajo. La gente dedicada al rescate se centra en eso, rescatar. Estaban trayendo perros e introduciendo micrófonos, pero Barry y yo éramos más rápidos y ágiles que los perros, y más precisos que los micrófonos. Encontramos a otras cuatro personas vivas, y a un hombre que murió antes de que pudieran llegar a él, un camarero llamado Art que amaba a su mujer y sufrió terriblemente hasta el final. El caso de Art fue especialmente desolador, ya que intentaron sacarlo por todos los medios, y tuve que decirles que ya de nada serviría. Por supuesto, no me hicieron caso; siguieron excavando, pero estaba muerto. Para entonces, los equipos de rescate estaban particularmente emocionados con nuestras habilidades, y quisieron que trabajásemos toda la noche, pero Barry estaba que se caía y yo no me sentía mucho mejor. Y lo peor era que ya estaba anocheciendo.

—Los vampiros se despertarán —le recordé al jefe de bomberos. Asintió y se me quedó mirando, a la espera de más explicaciones—. Estarán malheridos —dije. Aún no lo pillaba—. Necesitarán sangre inmediatamente, y estarán descontrolados. Yo no enviaría a los chicos de rescate a los escombros solos —añadí, y su rostro se puso blanco.

—¿No crees que estarán todos muertos? ¿No puedes encontrarlos?

—Pues, a decir verdad, no. No podemos encontrar a los vampiros. A los humanos, sí, pero a los no muertos, no. Sus mentes no emiten ninguna, eh, onda. Ahora tenemos que irnos. ¿Dónde están los supervivientes?

—Están todos en el edificio Throne, justo por allí —dijo, señalando—. En el sótano.

Nos dimos la vuelta para irnos. Barry me había pasado el brazo por el hombro, y no porque se sintiese afectuoso. Necesitaba apoyarse.

—Dadme vuestros nombres y direcciones para que el alcalde os pueda agradecer vuestra ayuda —dijo el del pelo canoso, con un bolígrafo y un bloc listos.

«¡No!», dijo Barry, y sellé la boca.

Meneé la cabeza.

—Creo que pasaremos de eso —expliqué. Miré en su mente de refilón y vi que ansiaba que siguiésemos ayudando. De repente comprendí por qué Barry me había detenido tan abruptamente, a pesar de estar tan cansado de no poder decírmelo él mismo. Mi rechazo no fue a más.

—¿Sois capaces de trabajar para los vampiros, pero no de que se os ensalce como alguien que ayudó en este día terrible?

—Sí —repuse—. Algo así.

No estaba nada contento conmigo, y por un momento pensé que me obligaría a identificarme: me quitaría la cartera de los pantalones y me enviaría a la cárcel o algo parecido. Pero asintió reaciamente e hizo una indicación con la cabeza hacia el edificio Throne.

«Alguien querrá saber más», dijo Barry. «Alguien querrá utilizarnos.»

Suspiré, y eso que apenas me quedaban energías para llenar los pulmones de aire. Asentí. «Sí, es verdad. Si vamos al refugio, alguien nos estará buscando allí, y le pedirán nuestros nombres a alguien que nos reconozca, y después de eso es sólo cuestión de tiempo.»

No se me ocurrió una forma de evitar ir allí. Necesitábamos ayuda. Teníamos que reunirnos con nuestras comitivas y averiguar cuándo y cómo abandonar la ciudad, por no mencionar el saber quién había sobrevivido y quién no.

Me palmeé el bolsillo trasero, sorprendida de conservar aún el móvil y de que tuviera batería. Llamé al señor Cataliades. Si alguien había salido del Pyramid of Gizeh con su móvil, sin duda sería el abogado.

—Diga —repuso con cautela— señorita St…

—Shhh —lo corté—. No diga mi nombre en voz alta —habló por mí la paranoia.

—Muy bien.

—Hemos ayudado a los equipos de rescate por aquí, y ahora están interesados en conocernos mejor —dije, sintiéndome muy lista por hablar tan gradualmente. Estaba muy cansada—. Barry y yo estamos fuera del edificio donde les han llevado. Necesitamos algún lugar donde escondernos. Hay demasiada gente haciendo listas ahí dentro, ¿verdad?

—Es una actividad de lo más popular —afirmó.

—¿Están bien Diantha y usted?

—No la encontraron. Nos separamos.

Me quedé muda durante unos segundos.

—Lo lamento. ¿A quién sostenía cuando vi que lo rescataban?

—A la reina. Está aquí, aunque malherida. No encontramos a Andre.

Hizo una pausa, y no pude evitar decir:

—¿Y quién más?

—Gervaise está muerto. Eric, Pam, Bill… quemados, pero vivos. Cleo Babbitt está aquí también. No he visto a Rasul.

—¿Está Jake Purifoy por ahí?

—Tampoco lo he visto.

—Lo digo porque es posible que quiera saber que es parcialmente responsable, si lo ve. Formaba parte de la conspiración de la Hermandad.

—Ah —asumió el señor Cataliades—. Oh, sí, sin duda me interesa mucho eso que dice. Johan Glassport estará especialmente interesado, ya que tiene unas cuantas costillas rotas y la clavícula fracturada. Está muy, muy enfadado. —El que el señor Cataliades pensara que la maldad de Glassport lo hacía capaz de la misma ansia de venganza que un vampiro ya decía mucho sobre él—. ¿Cómo llegó a la conclusión de que había una conspiración, señorita Sookie?

Le conté al abogado la historia de Clovache; caí entonces en que, ahora que ella y Batanya habrían regresado a su lugar de origen, no pasaba nada si lo decía.

—Su contratación ha demostrado valer el dinero que le costó al rey Isaiah. —Cataliades parecía más pensativo que nervioso—. Él está aquí, sin un solo rasguño.

—Necesitamos encontrar un sitio para dormir. ¿Le puede decir al rey de Barry que está conmigo? —pregunté, a sabiendas de que tenía que colgar cuanto antes e idear un plan.

—Está demasiado herido para que le importe. No está consciente.

—Está bien, cualquiera de la comitiva de Texas valdrá.

—Veo a Joseph Velasquez. Rachel ha muerto. —El señor Cataliades no lo podía evitar; me tenía que dar todas las malas noticias.

—Cecile, la asistente de Stan, también ha muerto —le informé.

—¿Adónde iréis? —preguntó el abogado.

—No sé qué hacer —admití. Me sentía tan agotada como desesperada, y había recibido ya demasiadas malas noticias y golpes como para volver a sacar fuerza de flaqueza.

—Le enviaré un taxi —ofreció el señor Cataliades—. Puedo obtener el número de alguno de nuestros agradables voluntarios. Diga al conductor que son de los equipos de rescate y que necesitan ir al hotel barato más cercano. ¿Tiene tarjeta de crédito?

—Sí, y la de débito —contesté, agradeciendo el impulso que tuve al guardarme la pequeña cartera en el bolsillo.

—No, espere, la rastrearán muy fácilmente si la usa. ¿Tiene metálico?

Lo comprobé. Gracias a Barry en mayor medida, contábamos con ciento noventa dólares entre ambos. Le dije al señor Cataliades que podíamos arreglárnoslas.

—Entonces, pasen la noche en un hotel y llámeme mañana de nuevo —dijo, sonando inenarrablemente cansado.

—Gracias por el plan.

—Gracias a usted por la advertencia —respondió el amable demonio—. Estaríamos todos muertos si usted y el botones no nos hubiesen advertido.

Me deshice de la chaqueta amarilla y el casco. Barry y yo echamos a correr, sosteniéndonos el uno al otro de una u otra forma. Hallamos una barricada de cemento en la que apoyarnos, rodeándonos mutuamente con los brazos. Traté de contarle a Barry por qué hacíamos eso, pero parecía no importarle. Temía que, en cualquier momento, uno de los bomberos o policías que había por allí nos identificara y nos detuviera para saber qué hacíamos, hacia dónde íbamos y quiénes éramos. Me sentí enfermar de alivio cuando divisé un taxi que avanzaba lentamente, con su conductor oteando desde la ventana. Tenía que ser el nuestro. Agité mi brazo libre con frenesí. Nunca antes había parado un taxi. Era como en las películas.

El conductor, un tipo delgado y fibroso de Guayana, no parecía demasiado entusiasmado con dejar subir a su coche a dos asquerosas criaturas como nosotros, pero tampoco podía pasar por alto la lástima que desprendíamos. El hotel «menos caro» más cercano estaba a un kilómetro ciudad adentro, lejos del agua. De haber tenido la energía, podríamos haberlo recorrido a pie. Al menos el viaje en taxi no saldría tan caro.

Incluso para ser un hotel de rango medio, los empleados de recepción se mostraron poco entusiastas ante nuestra aparición; pero era el día de mostrarse caritativos con las víctimas de las bombas. Obtuvimos una habitación a un precio que me hubiese desprendido la mandíbula, de no haber visto antes las tarifas del Pyramid. La propia habitación no era gran cosa, pero tampoco necesitábamos mucho. Una limpiadora llamó a la puerta justo después de que entrásemos diciendo que quería nuestra ropa para lavarla, ya que era la única que teníamos. Miró al suelo cuando lo dijo para no abochornarme. Tratando de no ahogarme ante su amabilidad, me miré mi camiseta y mis pantalones y tuve que estar de acuerdo con ella. Me volví a Barry para descubrir que se había desvanecido por completo. Lo llevé como pude hasta la cama. Me dio la misma extraña sensación que llevar a un vampiro, y apreté los labios en una tensa línea mientras le quitaba la ropa a su laxo cuerpo. Luego me quité mis propias prendas, encontré una bolsa de plástico en un armario donde guardarlas y se las entregué a la empleada. Me hice con un paño y le limpié a Barry la cara, las manos y los pies antes de taparlo.

Tuve que ducharme, y di gracias al cielo por la abundancia de champú, jabón y loción para la piel. También agradecí a Dios la generosidad del agua caliente, y especialmente su calor. La amable empleada me había facilitado dos cepillos de dientes y un pequeño tubo de pasta, con lo que pude quitarme de la boca el sabor a ceniza. Lavé mis bragas y sujetador en el lavabo y los enrollé en una toalla antes de tenderlos. A la mujer le di todas las prendas de Barry.

Finalmente, no quedó más que hacer, y me arrastré a la cama, junto a Barry. Ahora que yo olía tan bien, me di cuenta de que él desprendía un olor desagradable, pero tampoco podía quejarme demasiado, ¿no? No le hubiera despertado por nada del mundo. Me volví hacia el lado opuesto de la cama, pensando en lo terrible que había sido ese largo pasillo vacío. ¿No resulta gracioso que ése fuese el pensamiento más aterrador después de una jornada tan horrible?

La habitación de hotel se antojaba inmensamente silenciosa después del tumulto y las explosiones, la cama era muy cómoda y yo olía de maravilla y no me dolía nada.

Dormí sin saber lo que era soñar.

Capítulo
18

Sé que hay cosas mucho peores que despertarse desnuda en una cama con una persona a la que apenas conoces. Pero cuando abrí los ojos al día siguiente, no se me ocurrió ninguna durante unos buenos cinco minutos. Sabía que Barry estaba despierto. Sé cuando una mente está consciente. Para alivio mío, se deslizó fuera de la cama y se dirigió hacia el cuarto de baño sin decir nada. No tardé en oír el ruido del agua en la ducha.

Nuestra ropa limpia estaba en una bolsa colgada del pomo de nuestra puerta, junto con un ejemplar de *USA Today*. Tras vestirme apresuradamente, abrí el periódico sobre la pequeña mesa mientras me bebía una taza de café gratis. También había metido la bolsa con la ropa de Barry en el baño, agitándola antes para llamar su atención.

Eché un ojo al menú del servicio de habitaciones, pero no teníamos dinero suficiente para pedir nada. Teníamos que reservar lo que nos quedaba para un taxi, ya que no sabía cuál iba a ser nuestro siguiente movimiento. Barry emergió del cuarto de baño con un aspecto tan fresco como el que debí de tener yo la noche anterior. Para sorpresa mía, se dio un beso en la mejilla y se sentó frente a mí, con su taza, que contenía un brebaje que guardaba una remota relación con el café instantáneo.

—No recuerdo gran cosa de anoche —dijo—. Recuérdame qué hacemos aquí.

Lo hice.

—Fue una buena idea por mi parte —comentó—. Alucino conmigo mismo.

Se rió. Quizá su orgullo masculino se hubiera resentido un poco por haberse agotado antes que yo, pero al menos sabía reírse de sí mismo.

—Bueno, intuyo que tenemos que llamar a tu abogado demonio.

Asentí. Ya eran las once, así que hice la llamada.

Respondió inmediatamente.

—Aquí hay muchos oídos —avisó, sin preámbulos—. Y tengo entendido que estos teléfonos móviles no son muy seguros.

—Está bien.

—Iré a verles dentro de poco. Llevaré algunas cosas que necesitan. ¿Dónde están?

Con una punzada de recelo, dado que el demonio era una persona que no pasaba fácilmente desapercibida, le di el nombre del hotel y nuestro número de habitación, y él me pidió que fuese paciente. Me había sentido bien hasta que el señor Cataliades me dijo eso, y, de repente, empecé a notar cómo se me crispaban las entrañas. Tenía la sensación de que nos encontrábamos en la cuerda floja, donde de ninguna manera nos merecíamos estar. Leí el periódico, que decía que la catástrofe se debía a una «serie de explosiones» que Dan Brewer, director de la fuerza antiterrorista estatal, atribuía a varias bombas diferentes. El jefe de bomberos fue menos explícito: «Hay una investigación en curso». Esperaba que así fuese.

—Podríamos hacer el amor mientras esperamos —dijo Barry.

—Me gustabas más cuando estabas inconsciente —repliqué. Sabía que Barry no hacía más que intentar distraer la mente, pero aun así.

—¿Me desnudaste anoche? —dijo, mirándome de soslayo.

—Sí. Afortunada de mí —bromeé, sorprendida por la sonrisa que se dibujó en mi cara.

Cuando llamaron a la puerta, nos la quedamos mirando como un par de ciervos asustados.

—Tu amigo demonio —dijo Barry, tras un instante de comprobación mental.

—Sí —contesté, y me levanté para abrir.

El señor Cataliades no había recibido las amables atenciones de una empleada de la limpieza, por lo que aún llevaba la maltrecha ropa de la jornada anterior. Pero se las arregló para mantener la dignidad intacta, y tenía las manos y la cara limpias.

—Por favor, ¿cómo está todo el mundo? —quise saber.

—Sophie-Anne ha perdido las piernas, y no sé si las recuperará —informó.

—Oh, Dios —dije, sobresaltada.

—Sigebert se libró de los escombros cuando anocheció —prosiguió—. Había permanecido en una bolsa segura en el aparcamiento tras caer por las explosiones. Sospecho que encontró a alguien de quien alimentarse, ya que apareció más saludable de lo que habría cabido imaginar. De ser así, debió de tirar el cuerpo a uno de los incendios. O, de lo contrario, habríamos sabido que se encontró un cuerpo exangüe.

Ojalá el donante hubiese sido uno de los de la Hermandad.

—Su rey —le explicó el señor Cataliades a Barry— está tan malherido que podría llevarle un decenio recuperarse. Hasta que se aclare la situación, Joseph estará al mando, aunque no tardará en ser retado. Rachel, la vampira del cortejo del rey, ha muerto; ¿te lo ha dicho Sookie?

—Lo siento —dije—. Eran demasiadas malas noticias juntas como para lidiar con todas.

—Y Sookie me ha dicho que la humana Cecile ha muerto.

—¿Qué hay de Diantha? —pregunté, dubitativa. Algo tenía que significar que el señor Cataliades no mencionara a su sobrina.

—Ha desaparecido —informó escuetamente—. Y esa escoria de Glassport sólo tiene unos moratones.

—Lamento las dos cosas —dije.

Barry parecía entumecido. Todo rastro de su humor frívolo había desaparecido. Parecía más pequeño, sentado en el borde de la cama. El arrogante y agudo chaval con el que me había encontrado en el vestíbulo del Pyramid se había dejado tragar por la tierra, al menos por un momento.

—Ya le conté lo de Gervaise —siguió el señor Cataliades—. Identifiqué el cuerpo de su chica esta mañana. ¿Cómo se llamaba?

—Carla. No recuerdo su apellido. Ya me vendrá.

—Probablemente su nombre de pila baste para identificarla. Uno de los cadáveres con uniforme del hotel tenía una lista de nombres informática en el bolsillo.

—No estaban todos en ella —dije con vaga certidumbre.

—No, claro que no —confirmó Barry—. Sólo unos pocos.

Nos lo quedamos mirando.

—¿Cómo lo sabes? —inquirí.

—Les oí hablar.

—¿Cuándo?

—La noche anterior.

Me mordí la lengua con fuerza.

—¿Qué fue lo que oyó? —preguntó el señor Cataliades con voz sostenida.

—Estaba con Stan en..., ya sabéis, lo de comprar y vender. Me percaté de que los camareros y algunas otras personas se empeñaban en evitarme, y me fijé a ver si evitaban a Sookie también. Entonces pensé que sabían lo que yo era y no querían que supiese algo. Decidí que sería mejor comprobarlo. Encontré un sitio donde esconderme tras las palmeras artificiales, cerca de la puerta de servicio, para poder leer lo que estaban pensando al otro lado. No hubo nada claro, ¿vale? —Se ve que también percibió una clara lectura de nuestros pensamientos—. Era más bien algo en plan «vamos a acabar con esos vampiros, malditos sean, y si nos llevamos por delante a algunos de sus esclavos humanos, pues mala suerte, tendremos que vivir con ello. Condenados por asociación».

No pude más que permanecer sentada, mirándolo.

—¡No, no sabía qué pensaban hacer ni cuándo! Me fui a la cama preocupado, preguntándome cuál sería su plan, y cuando vi que no podía conciliar el sueño fue cuando te llamé. E intentamos sacar a todo el mundo —explicó, y se puso a llorar.

Me senté a su lado y lo rodeé con un brazo. No sabía qué decir. Por supuesto, él sabía lo que yo pensaba.

—Sí, ojalá hubiera dicho algo antes —continuó con voz ahogada—. Sí, me equivoqué. Pero pensé que si decía algo antes de saberlo con certeza, los vampiros se les echarían encima y los dejarían secos. O quizá querrían que les indicase quién sabía algo y quién no. Yo no podía hacer eso.

Se produjo un largo silencio.

—Señor Cataliades, ¿ha visto a Quinn? —pregunté para romper el silencio.

—Está en un hospital humano. No pudo evitar que se lo llevaran.

—Tengo que verlo.

—¿Hasta qué punto cree que las autoridades querrán coaccionarla para que haga lo que ellos quieren?

Barry levantó la cabeza y me miró.

—Todo lo que puedan —dijimos los dos a la vez.

—Es la primera vez que muestro mis habilidades a gente que no conozco —comenté.

—Lo mismo digo. —Barry se secó los ojos con el reverso de la mano—. Tenías que haberle visto la cara a ese tipo cuando finalmente creyó que podíamos encontrar a la gente. Creyó que éramos psíquicos, o algo parecido, pero no entendía que lo que hacíamos era detectar lecturas de cerebros vivos. Nada místico.

—Abundó en la idea en cuanto nos creyó —añadí—. Pude escuchar en su mente cómo se imaginaba cien formas de emplearnos en las tareas de rescate, en conferencias gubernamentales, interrogatorios policiales…

El señor Cataliades nos miró. No podía captar la totalidad de sus furiosos pensamientos demoníacos, pero no podía decir que tuviera pocos.

—Perderíamos el control sobre nuestras vidas —añadió Barry—, y me gusta controlar la mía.

—Supongo que podría estar salvando a un montón de gente —dije. Nunca lo había visto así. Jamás me había enfrentado a una situación como la de la jornada anterior, y esperaba que no volviese a pasar. ¿Cuántas probabilidades tenía de no volver a estar envuelta en un desastre? ¿Estaba obligada a abandonar un trabajo que me gustaba, entre personas que me importaban, para trabajar para extraños en lugares lejanos? Me estremecí ante tal idea. Sentí que algo se endurecía en mi interior cuando pensé que el aprovechamiento de Andre sobre mí no sería más que el principio, en situaciones similares. Al igual que Andre, todo el mundo querría ser mi dueño—. No —añadí—. No lo haré. Puede que esté siendo egoísta y me esté condenando, pero no lo haré. No creo que exageremos sobre las consecuencias nefastas que tendría para nosotros, ni de lejos.

—En ese caso, ir al hospital no será una buena idea —afirmó Cataliades.

—Lo sé, pero tengo que ir de todos modos.

—Entonces, podrán hacer una parada de camino al aeropuerto.

Nos envaramos.

—Hay un avión de Anubis que saldrá dentro de tres horas. Irá a Dallas primero, y después a Shreveport. La reina y Stan lo pagan a medias. Llevará a los supervivientes de ambas comitivas. Los ciudadanos de Rhodes han donado ataúdes usados para el viaje. —El señor Cataliades puso una mueca, y, honestamente, no pude culparlo—. Aquí está todo el dinero del que podemos disponer —prosiguió, tendiendo un fajo de billetes—. Lleguen a la terminal de Anubis a tiempo y podrán venir con nosotros. Si no aparecen, daré por sentado que les ha ocurrido algo que les ha impedido venir y tendrán que llamar para pensar en un plan alternativo. Somos conscientes de que es mucho lo que les debemos, pero tenemos heridos que llevar a casa, y la reina ha perdido sus tarjetas de crédito en el incendio. Tendré que llamar a su agencia de crédito para un servicio de urgencia, pero no llevará demasiado tiempo.

Sonaba bastante frío, pero, a fin de cuentas, no era nuestro mejor amigo, y como testaferro diurno de la reina, tenía muchas cosas que hacer y muchos más problemas que resolver.

—Está bien —dije—. Escuche, ¿se encuentra Christian Baruch en el refugio?

Se le afilaron los rasgos.

—Sí, aunque un poco quemado. No ha abandonado a la reina desde la ausencia de Andre, como si pudiera ocupar su lugar.

—Es lo que quiere, estoy segura. Quiere ser el siguiente cónyuge de la reina de Luisiana.

—¿Baruch? —Cataliades no podría haber mostrado más desdén si un trasgo se hubiese presentado para ocupar el mismo puesto.

—No, ha recurrido a métodos extremos. —Ya le conté el asunto a Andre. Ahora, tenía que repetirlo—. Por eso planeó lo de la bomba de Dr Pepper —dije, al cabo de unos cinco minutos.

—¿Cómo lo ha averiguado? —preguntó el abogado.

—Fui atando cabos —expliqué modestamente. Suspiré. Allá iba la parte más repelente—. Me lo encontré ayer, escondido bajo el mostrador de recepción. Había otro vampiro con él, con feas quemaduras. Ni siquiera sé de quién se trataba. En la misma zona encontré a Todd Donati, el de seguridad, magullado, pero vivo, junto a una limpiadora muerta. —Volví a saborear el agotamiento, el terrible olor y el aire denso—. Baruch se libró, claro está.

No estaba precisamente orgullosa de ello, y bajé la mirada a mis manos.

—En fin, estaba intentando leer la mente de Donati para comprobar cuál era su estado, y lo que me encontré fue que odiaba y culpaba a Baruch. Esa vez, estaba deseando ser sincero. Ya no había un trabajo del que preocuparse. Me dijo que había visto todas las cintas de seguridad una y otra vez, y que finalmente descubrió lo que tenía delante. Fue su jefe quien pegó el chicle a la cámara para poner la bomba. Sabido eso, concluyó que la intención de Baruch era asustar a la reina, alimentar su inseguridad, para que no tardara en tomar un nuevo esposo. Y eso era lo que Christian Baruch quería: casarse con ella. Pero adivine por qué.

—Soy incapaz —admitió el señor Cataliades, profundamente impactado.

—Porque quiere abrir un nuevo hotel para vampiros en Nueva Orleans. El Blood in the Quarter se inundó y hubo que cerrarlo. Baruch pensó que podría reconstruirlo y abrirlo otra vez.

—¿No tuvo nada que ver con las demás bombas?

—Estoy convencida de que no, señor Cataliades. Creo que ha sido la Hermandad, como dije ayer.

—Entonces ¿quién mató a los vampiros de Arkansas? —intervino Barry—. Habrá sido la Hermandad también, ¿no? No, espera… ¿Por qué lo iban a hacer? No digo que le hicieran ascos a matar algunos vampiros, pero sabrían que morirían con toda probabilidad en las explosiones.

—Tenemos una sobrecarga de malos —añadí—. Señor Cataliades, ¿tiene alguna idea de quién puede haber matado a los vampiros de Arkansas? —pregunté, clavándole la mirada en los ojos.

—No —confesó el abogado—. Y, de saberlo, jamás lo diría en voz alta. Creo que debería centrarse en las heridas de su novio y volver a su pequeña ciudad, y no preocuparse tanto por tres muertes entre tantas otras.

No estaba precisamente alarmada por la muerte de los tres vampiros de Arkansas, y seguir el consejo del señor Cataliades me pareció una idea estupenda. Pasé un extraño momento pensando en los asesinatos, y decidí que la respuesta más sencilla era a menudo la mejor.

¿Quién pensaría que tendría una buena oportunidad de librarse de un juicio si acababa con Jennifer Cater?

¿Quién prepararía el camino para ser admitida en su habitación mediante una sencilla llamada telefónica?

¿Quién había tenido un largo instante de comunicación telepática con sus secuaces antes de dar lugar al artificial alboroto de la visita imprevista?

¿El guardaespaldas de quién salía por la puerta de la escalera, justo cuando salíamos de la suite?

Sabía tan bien como el señor Cataliades que Sophie-Anne se aseguró de que Sigebert fuese admitido en la habitación de Jennifer Cater tras llamarla en persona y decirle que estaba de camino. Jennifer miraría por la mirilla, reconocería a Sigebert y daría por sentado que la reina estaría justo detrás. Una vez dentro, Sigebert desenvainaría su espada y mataría a todos los presentes.

Entonces volvería escaleras arriba a toda prisa para aparecer justo a tiempo para escoltar a la reina hasta la séptima planta. Volvería a entrar en la habitación para que hubiera una explicación a que su olor impregnara el aire.

Y en ese momento no sospeché nada de nada.

Menuda sorpresa debió de llevarse Sophie-Anne al descubrir que Henrik Feith seguía vivo; pero el problema habría quedado resuelto cuando aceptó su protección.

Y volvió a aparecer cuando alguien le convenció de que siguiera con la acusación.

Y entonces, asombrosamente, el problema volvió a solucionarse cuando fue asesinado delante del tribunal.

—Me pregunto cómo contratarían a Kyle Perkins —dije—. Debía de saber que era una misión suicida.

—Es posible —explicó el señor Cataliades cuidadosamente— que hubiera decidido ver amanecer de todos modos. Quizá buscara una forma más espectacular e interesante de irse, obteniendo de paso un legado económico para sus descendientes humanos.

—Resulta extraño que un miembro de nuestro propio grupo me enviara a buscar información sobre él —afirmé, con voz neutra.

—Ah, no todo el mundo tiene por qué saberlo todo —dijo el señor Cataliades, con la misma neutralidad.

Barry podía oír mis pensamientos, por supuesto, pero no pillaba lo que estaba diciendo el abogado, que no tenía desperdicio. Era estúpido que el que Eric y Bill no conocieran las artimañas de la reina me hiciera sentir mejor. No es que ellos no fuesen capaces de jugar a ese nivel, pero no creo que Eric me enviara a la buena de Dios para buscar información sobre Perkins, de saber que había sido contratado por la propia reina.

La pobre mujer del centro de tiro había muerto porque la reina no le había dicho a la mano izquierda lo que estaba haciendo la derecha. Y me pregunté qué habría sido del humano, el que vomitó en la escena del crimen, el que fue contratado para llevar a Sigebert y a Andre al centro de tiro… después de que me esmerara en dejarles un mensaje indicando adónde volveríamos Barry y yo para recuperar las pruebas. Yo misma sellé el destino de esa mujer al dejar ese mensaje telefónico.

El señor Cataliades nos estrechó la mano con una radiante sonrisa, como si tal cosa, antes de partir. Nos volvió a apremiar para que fuésemos al aeropuerto.

—¿Sookie? —dijo Barry.

—¿Sí?

—Me gustaría mucho coger ese avión.

—Lo sé.

—¿Y a ti?

—No creo que sea capaz de sentarme en el mismo avión que ellos.

—Están todos heridos —manifestó Barry.

—Sí, pero eso no salda la cuenta.

—Te encargaste de ello, ¿verdad?

No le pregunté qué insinuaba. Sabía que podía leerlo en mi mente.

—Tanto como he podido —asentí.

—Puede que yo no quiera estar en el mismo avión que tú —declaró Barry.

Por supuesto que dolía, pero supongo que me lo merecía. Me encogí de hombros.

—Tendrás que decidir eso por ti mismo. Cada uno de nosotros tiene un listón de aquello con lo que puede vivir.

Barry se lo pensó.

—Ya —afirmó—. Lo sé. Pero, por ahora, creo que será mejor que separemos nuestros caminos aquí. Iré al aeropuerto para estar por allí hasta que salgamos. ¿Irás al hospital?

Estaba demasiado agotada para responderle.

—No lo sé —dije—. Pero ya encontraré un coche o un autobús que me lleve a casa.

Me abrazó, al margen de lo enfadado que pudiera estar por las decisiones que había tomado. Podía sentir su afecto y su tristeza. Le devolví el abrazo. Él había tomado sus propias decisiones.

Dejé a la limpiadora una propina de diez dólares cuando me marché a pie cinco minutos después de que Barry cogiera un taxi. Esperé a alejarme un par de manzanas del hotel y luego le pregunté a un transeúnte cómo se llegaba a St. Cosmas. Fue un largo paseo de diez manzanas, pero hacía un día precioso, fresco y claro, con un brillante sol. Me sentí bien en mi soledad. Puede que llevara unas chanclas con suela de goma, pero la ropa no estaba del todo mal, y estaba limpia. Me comí un perrito caliente de camino al hospital, perrito que le compré a un vendedor callejero, cosa que no había hecho nunca antes. Compré también un sombrero sin forma definida a otro vendedor ambulante, y metí todo el pelo debajo. El mismo tipo vendía gafas de sol. Con el cielo tan despejado y el aire soplando con fuerza desde el lago, la combinación no parecía demasiado chocante.

St. Cosmas era un edificio antiguo, generoso en adornos arquitectónicos exteriores. También era enorme. Pregunté por el estado de Quinn, y una de las enfermeras apostada en el concurrido mostrador de visitantes dijo que no podía darme esa información. Pero, para saber si estaba ingresado en el hospital, tuvo que consultar los registros, y atisbé el número de su habitación leyéndole el pensamiento. Aguardé a que ella y sus dos compañeras estuvieran ocupadas con otras consultas y me deslicé en el ascensor.

Quinn estaba en la décima planta. Jamás había visto un hospital tan grande ni tan bullicioso. No me costó caminar como si tuviese un propósito y supiese adónde iba.

Nadie vigilaba a la puerta de su habitación.

Llamé suavemente, pero no oí ruidos en el interior. Abrí la puerta con suma cautela y entré. Quinn estaba dormido en la cama, conectado a máquinas y tubos. Era un cambiante de curación muy rápida, por lo que deduje que sus heridas debieron de ser muy graves. Su hermana estaba a su lado. Agitó la cabeza vendada, que reposaba entre sus manos, en cuanto fue consciente de mi presencia. Me quité las gafas de sol y el sombrero.

—Tú —dijo.

—Sí, yo, Sookie. ¿De qué es diminutivo Frannie?

—En realidad me llamo Francine, pero todo el mundo me llama Frannie. —Parecía más joven mientras lo decía.

A pesar de alegrarme por el descenso del nivel de hostilidad, decidí que lo más prudente sería permanecer en mi lado de la habitación.

—¿Cómo se encuentra? —pregunté, apuntando a Quinn con la barbilla.

—Va y viene. —Hubo un momento de silencio, mientras tomaba un sorbo de un vaso de plástico blanco que había sobre la mesilla—. Cuando lo llamaste, me despertó —dijo abruptamente—. Empezamos a bajar las escaleras, pero un buen pedazo de techo se le cayó encima y el suelo se hundió bajo nuestros pies. Lo siguiente que recuerdo es que unos bomberos me decían que una loca nos había encontrado vivos. Nos hicieron todo tipo de pruebas y Quinn me dijo que cuidará de mí hasta que me ponga bien. Entonces me dijeron que tenía rotas las dos piernas.

Había una silla de sobra y me derrumbé sobre ella. Mis piernas ya no podían conmigo.

—¿Qué ha dicho el médico?

—¿Cuál de ellos? —dijo Frannie, triste.

—Cualquiera. Todos. —Cogí una de las manos de Quinn. Frannie se removió, como si fuese a hacerle daño, pero se tranquilizó. Tenía la mano libre de sondas, y la mantuve aferrada un instante.

—No se creen lo que ha progresado a estas alturas —contestó Frannie, cuando di por hecho que no me respondería—. De hecho, creen que es una especie de milagro. Ahora tendremos que pagar a alguien para que saque su ficha del sistema. —Su cabello de raíces negras estaba desgreñado, y aún seguía sucia por las explosiones.

—Ve a comprarte algo de ropa, vuelve y tómate una ducha —le dije—. Me quedaré con él.

—¿De verdad eres su novia?

—Sí.

—Me contó que tenías dudas.

—Y las tengo, pero no respecto a él.

—Está bien. Me iré. ¿Tienes algo de dinero?

—No mucho, pero toma algo.

Le entregué setenta y cinco dólares de los que me había dado el señor Cataliades.

—Vale, me servirá. Gracias —dijo sin entusiasmo, pero lo dijo.

Me quedé sentada en la silenciosa habitación con la mano de Quinn entre las mías durante una hora aproximadamente. En ese tiempo, parpadeó una vez para abrir los ojos, dio cuenta de mi presencia y los volvió a cerrar. Una levísima sonrisa vistió sus labios efímeramente. Sabía que, mientras durmiera, su cuerpo se estaría curando, y cuando despertara quizá podría volver a caminar. Me hubiera sentido muy reconfortada si hubiese podido subirme a esa cama y acurrucarme junto a Quinn, pero probablemente no era lo que más le convenía; podía hacerle daño.

Al cabo de un tiempo, empecé a hablarle. Le dije por qué pensaba que habían dejado la bomba frente a la habitación de la reina, y le conté mi teoría sobre la muerte de los tres vampiros de Arkansas.

—Tienes que admitir que tiene sentido —expliqué, y luego le conté lo que pensaba de la muerte de Henrik Feith y la ejecución de su asesino. Le hablé de la mujer muerta del centro de tiro, y de mis sospechas acerca de la explosión—. Lamento que Jake estuviera con ellos —continué—. Sé que te caía bien. Pero no soportaba ser un vampiro. No sé si recurrió a la Hermandad, o si fue al revés. Tenían al tipo del ordenador, el que fue tan grosero conmigo. Creo que fue él quien llamó a un delegado de cada comitiva para que fuera a por una maleta. Algunos fueron demasiado listos o vagos para recogerla, y otros las devolvieron cuando nadie las reclamó. Pero yo no, oh no. Yo la dejé en el condenado salón de la reina. —Meneé la cabeza—. Supongo que no había mucho personal del hotel implicado, de lo contrario Barry o yo habríamos detectado algo antes de que Barry empezara a sospechar.

Dormí durante unos minutos, creo, porque Frannie estaba de vuelta cuando miré alrededor. Comía de una bolsa de McDonald's. Se había aseado, y su pelo aún estaba húmedo.

—¿Lo amas? —preguntó, bebiendo un sorbo de Coca Cola de una pajita.

—Es demasiado pronto para decirlo.

—Tengo que llevármelo a Memphis —dijo.

—Sí, lo sé. Puede que no lo vea durante un tiempo. También tengo que volver a casa… de alguna manera.

—La estación de Greyhound está a dos manzanas.

Me estremecí. Un largo, largo viaje en autobús no era la mejor de las expectativas.

—O te podrías llevar mi coche —añadió.

—¿Qué?

—Bueno, hemos llegado aquí por separado. Él vino hasta aquí con el material y la caravana, y yo salí de casa de mi madre a toda prisa en mi pequeño deportivo. Así que tenemos dos coches, y sólo necesitamos uno. Tendré que llevar a Quinn a casa y quedarme con él un tiempo. Tú tienes que volver al trabajo, ¿no?

—Así es.

—Pues llévate mi coche, y lo recogeremos cuando te venga bien.

—Es muy amable por tu parte —agradecí. Me sorprendió su generosidad, porque me había convencido de que no le gustaba nada la idea de que Quinn tuviese novia, especialmente si la novia era yo.

—Pareces una tía legal. Intentaste sacarnos de allí a tiempo. Y le importas mucho.

—¿Cómo lo sabes?

—Me lo ha dicho.

Sin duda gozaba de la franqueza a quemarropa de la familia.

—Vale —dije—. ¿Dónde lo has aparcado?

Capítulo
19

Durante los dos días de viaje, me aterró la idea de que me parasen y no creyesen que tenía permiso para usar el coche, que Frannie cambiase de opinión y dijera a la policía que se lo había robado o sufrir un accidente y tener que pagarle el coche a la hermana de Quinn. Era un viejo Mustang rojo, muy divertido de conducir. Nadie me detuvo, e hizo un tiempo muy bueno durante todo el camino de regreso a Luisiana. Pensé que quizá tendría ocasión de ver algo de Estados Unidos, pero por la interestatal todo parecía igual. Imaginé que por cada pequeña ciudad que pasaba de largo habría otro Merlotte's, y puede que otra Sookie.

Esas noches no pude pegar ojo. No dejaba de soñar con el suelo que temblaba a mis pies y el terrible momento en que atravesé el cristal de la ventana. También veía a Pam ardiendo, entre otras cosas que había hecho o visto durante las horas que estuve rastreando los escombros en busca de cuerpos.

Cuando giré por mi camino privado, después de una semana de ausencia, el corazón se me desbocó, como si la casa me estuviese esperando. Amelia estaba sentada en el porche delantero con un llamativo lazo azul en la mano, mientras Bob, sentado frente a ella, jugueteaba con el lazo con su pezuña negra. Miró hacia el frente para ver quién se acercaba, y cuando me reconoció al volante se puso en pie como un cohete. No rodeé la casa. Detuve el coche allí mismo y salí disparada del asiento. Los brazos de Amelia me rodearon como si fuesen plantas trepadoras y noté cómo se estremecía.

—¡Has vuelto! Virgen bendita, ¡has vuelto!

Saltamos de alegría como adolescentes, gritando de pura alegría.

—En el periódico se decía que habías sobrevivido —dijo—. Pero nadie te encontró al día siguiente. Hasta que llamaste, no estaba segura de que estuvieses viva.

—Es una larga historia —expliqué—. Una historia muy, muy larga.

—¿Me la quieres contar?

—Dame unos días —le pedí.

—¿Tienes algún bulto que meter?

—Nada. Todas mis cosas se evaporaron cuando estalló el edificio.

—¡Oh, Dios mío! ¡Tu ropa nueva!

—Bueno, al menos he salvado mi carné de conducir, la tarjeta de crédito y el móvil, aunque se le ha agotado la batería y no tengo cargador.

—¿Y el coche nuevo? —dijo, contemplando el Mustang.

—Es prestado.

—No creo que tenga un solo amigo que me pueda prestar todo un coche.

—¿Y si fuera sólo medio? —pregunté, y se rió.

—¿Sabes qué? —me contó Amelia—. Tus amigos se han casado.

Me quedé de una pieza.

—¿Qué amigos? —Sin duda no podía referirse a la doble boda de los Bellefleur; no creía que hubiesen vuelto a cambiar la fecha.

—Oh, no debí decirte nada —se lamentó Amelia, con aire culpable—. ¡Hablando del rey de Roma!

Otro coche se acercaba y se detuvo junto al Mustang rojo. Era Tara.

—Te he visto conduciendo desde la tienda —dijo—. Casi no te reconozco con tu coche nuevo.

—Me lo ha prestado una amiga —le expliqué, mirándola de reojo.

—¡No se lo habrás dicho, Amelia Broadway! —consultó Tara con tono de legítima indignación.

—Qué va —se defendió Amelia—. He estado a punto, ¡pero has llegado justo a tiempo!

—¿Decirme qué?

—Sookie, sé que esto te va a sonar a locura —empezó a decir Tara, y sentí que se me juntaban las cejas—. Desde que te fuiste, parece que todo ha empezado a encajar de una extraña forma, como si supiese que tenía que pasar algo, ¿me entiendes?

Negué con la cabeza. No la entendía.

—¡J.B. y yo nos hemos casado! —confesó Tara, y la expresión de su cara estaba tan llena de matices: ansiedad, esperanza, culpa, fascinación.

Repetí aquella increíble frase mentalmente varias veces antes de estar segura de haberla comprendido.

—¿J.B. y tú? ¿Casados? —balbuceé.

—Lo sé, lo sé, puede que parezca un poco extraño…

—Parece perfecto —respondí, con toda la sinceridad que pude aunar. No estaba del todo segura de cómo me sentía, pero le debía a mi amiga la alegría que le estaba ofreciendo. En ese momento, aquello me pareció el mundo real. Los colmillos y la sangre bajo los potentes focos parecían un sueño, escenas de una película que no me hubiera gustado demasiado—. No sabes cómo me alegro por ti. ¿Qué puedo regalarte por la boda?

—Sólo tu bendición, pusimos el anuncio en el periódico ayer —dijo, burbujeando de alegría cual feliz arroyo—. Y el teléfono no ha dejado de sonar desde entonces. ¡Cómo es la gente!

Creía de veras haber arrinconado todos sus malos recuerdos. Estaba dispuesta a considerar las intenciones del mundo con benevolencia.

Trataría de imitarla. Haría todo lo posible por sofocar el recuerdo del momento en el que Quinn se incorporó apoyándose en los codos. Cuando alargó los brazos hacia Andre, que yacía mudo y afligido. Se apoyó en un codo, extendió la otra mano para coger un trozo de madera que había bajo la pierna de Andre y se lo hundió en el pecho. Y así, de ese modo, la larga vida de Andre tocó a su fin.

Lo hizo por mí.

¿Cómo podría seguir siendo la misma persona?, me pregunté. ¿Cómo podría felicitarme por el matrimonio de Tara, aun albergando tales recuerdos, no con horror, sino con un salvaje sentido de placer? Quise que Andre muriera con la misma intensidad que quería que Tara encontrase a alguien con quien compartir su vida y que nunca le echase en cara su horrible pasado, alguien que cuidase de ella y la amase con dulzura. Y J.B. lo haría. Puede que lo suyo no fuesen las conversaciones intelectuales, pero Tara parecía haber encontrado la paz en ello.

En teoría, debería estar feliz y esperanzada con mis dos amigas. Pero no era capaz de sentirlo. Había visto y sentido cosas horribles. Ahora, sentía que dos personas distintas trataban de existir en un mismo espacio.

«Si tan sólo pudiera alejarme de los vampiros durante un tiempo», me dije a mí misma, sonriendo y asintiendo a la vez, mientras Tara hablaba y Amelia me palmeaba el hombro o el brazo. «Si rezo todas las noches y frecuento más a otros humanos, si dejo tranquilos a los cambiantes, estaré bien.»

Abracé a Tara, estrujándola hasta que lanzó un chillido.

—¿Y qué opinan los padres de J.B.? —pregunté—. ¿De dónde sacarás la licencia? ¿De Arkansas?

Cuando Tara empezó a explicármelo, guiñé un ojo a Amelia, quien me lo devolvió y se agachó para coger a Bob en sus brazos.

Bob parpadeó cuando me miró a la cara, se restregó con los dedos que le ofrecí y ronroneó. Entramos en la casa, mientras el sol brillaba con fuerza a nuestras espaldas y nuestras propias sombras iban marcando nuestro camino.